HEYNE <

Für Pierrot und Louisette,
für ihre unermüdliche Unterstützung.

Für meine liebe Véronique und unsere Happy Hours,
die diesen heiteren Basar getragen haben.

Prolog

4. Mai 1897, Paris, Bazar de la Charité, fünfzehn Uhr dreißig.

Seit man entlang der Champs-Élysées auf beiden Straßenseiten schnurgerade Reihen von Kastanienbäumen angelegt und hübsche Häuser gebaut hatte, war es nicht mehr so wie früher, als die Bürger einen weiten Bogen um diese Gegend machten. Damals streunten noch Wildkaninchen über das freie Gelände und durch die Gemüsefelder, und man traf nur auf Gärtner und Boulespieler. Nachts huschten Angst einflößende dunkle Gestalten zwischen den kaum beleuchteten Nachtlokalen, die in Gartenlauben und Bruchbuden eingerichtet worden waren, hin und her.

Heutzutage spazierte dort der moderne Bürger mit seiner Gattin am Arm, voller Bewunderung für die Parade der mit Wappen verzierten Landauer. An diesem Nachmittag fiel das gelbliche Licht der Sonne auf den Rond-Point der Champs-Élysées, der kreisförmig gesäumt war von frisch gepflanzten Bäumchen und den erst kürzlich in gleichmäßigen Abständen errichteten Straßenlaternen. Es fiel auch auf die vereinzelten Gruppen, die vor dem Bazar de la Charité miteinander sprachen. In diesem Jahr hatte der Basar seinen Platz in der Rue Jean Goujon, auf einem der letzten unbebauten Gelände dieses inzwischen sehr vornehmen achten Arrondissements, nicht weit entfernt vom Rond-Point. Die jährliche Wohltätigkeitsveranstaltung hatte den Zweck, Geld für die Unterstützung der Bedürftigsten zu sammeln.

Émeline verabscheute den heuchlerischen Begriff »bedürftig«, den doch wohl bloß die Reichen benutzten. Die Bourgeoisie fürchtete sich, das viel deutlichere Wort »arm« direkt auszusprechen. Sie lebten demnach in einer Illusion und waren überzeugt davon, dass Dinge nicht existierten, wenn man sie nicht aussprach. Gerade so, als ob hinter dem Elend kein bisschen Licht mehr zu sehen wäre! Hingegen hatte Émeline kein Problem damit, eine Katze eine Katze zu nennen. Siebzehn Jahre alt und nicht auf den Mund gefallen, mischte sie sich unter die anderen jungen Mädchen ihres Alters, die hierherkamen, denn dieser Bazar de la Charité war der ideale Ort, um zu zeigen, dass man zur abgeschotteten Welt der Pariser Oberschicht gehörte.

Bazar de la Charité …

Nur Dummköpfe wagten es, schlichtweg unvereinbare Wörter derart zu paaren. Zu dieser karitativen Veranstaltung, die von der Presse bejubelt wurde, waren die Aristokraten aus ganz Frankreich herbeigeströmt und fühlten sich geläutert, wenn sie dem Elendsviertel ihrer Belle Époque ein paar Krümel zukommen ließen.

Die oberen Zehntausend von Paris nutzten die Gelegenheit, um sich zur Schau zu stellen, und demonstrierten eine geheuchelte Großzügigkeit, die Émeline auf die Palme brachte. Das junge Mädchen seufzte tief: Diese »Belle Époque«, die in der Welt Furore machte, war nichts anderes als ein Selbstbetrug und interessierte nur diejenigen, die das nötige Geld für Prunk und Eleganz besaßen. Die Armen dieser Gegend hatten nichts »Bedürftiges«; sie kamen vielmehr in ihren ungesunden, schäbigen Hütten, die auf der anderen Seite der ehemaligen Befestigungsanlagen errichtet worden waren, vor Hunger um. Émeline wusste, wovon sie sprach, denn die Tuberkulose und der Hunger hatten ihre gesamte Familie getötet.

Diese ganze Maskerade machte sie wütend. »Sollen sie doch alle verrecken …«, murmelte die junge Anarchistin. Sie hatte es geflüstert, aber bei dem ohrenbetäubenden Lärm hier bestand ohnehin keine Gefahr, dass jemand sie hörte.

Eines musste man anerkennen: Auguste de Jeansin, der Vorsitzende des Organisationskomitees dieser gesellschaftlich hoch angesiedelten Veranstaltung, hatte keine Kosten gescheut, um den Ort und die Besucher mittels einer Zeitreise in eine Atmosphäre des Mittelalters zu versetzen. Dank seiner Verbindungen – genauer gesagt, der seines Schwagers Marc-Antoine de Lenverpré, Abgeordneter der Konservativen – hatte Auguste de Jeansin das Bild *Straße von Alt-Paris* zu einem guten Preis erworben, um seinen alten Gebäudetrakt in ein Château de Contes, ein Märchenschloss, zu verwandeln. Das Werk des Malers und Raumausstatters Chaperon war eine der Hauptattraktionen der Theater- und Musikausstellung gewesen, die ein paar Monate zuvor stattgefunden hatte. Nach dieser Vorlage also wurde das Elendsquartier in ein Luxushotel verwandelt. De Jeansin kalkulierte richtig, indem er die Gänge, in die Licht einfiel, durch diesen meistbesuchten Wohltätigkeitsbasar der Stadt aufwertete. So konnte er künftige Gäste sowie weitere potenzielle einträgliche Verträge für die Zeitung, deren Chefredakteur er war, gewinnen – falls er bankrottging. Denn de Jeansin, ein Anhänger des Fortschritts, ruinierte sich durch Patente aller Art, er meldete jede seiner Erfindungen beim Patentamt an, so unbedeutend und sonderbar sie auch sein mochten. Die Qualitäten dieses Mannes verkehrten sich schnell ins Gegenteil: Er war faszinierend, wurde aber manipulierbar wegen seiner Verschuldung für die Sache des Fortschritts.

Die Dekorationen, die er für die Wohltätigkeitsveranstaltung erworben hatte, bestanden aus Pappmaschee und Leinwand, mit Ölfarben bemalt. Sie sollten eine mittelalterliche Straße darstellen: zweiundzwanzig überdachte Stände, kleine Läden mit anheimelnden Aushängeschildern und in Trompe-l'œil-Technik ausgeführte Stockwerke. Zwei Tage zuvor hatten sich bei der Aufstellung der Verkaufsstände die Schirmherrinnen des Basars über den starken Luftzug beklagt. Daraufhin wurden sofort fast alle Ausgänge sorgfältig abgeschottet, damit der heftige Wind keine Chance mehr hatte hindurchzuziehen.

Es gehörte zum guten Ton bei dieser Wohltätigkeitsveranstaltung, die von den und für die Damen der Oberschicht ausgerichtet wurde, gesehen zu werden. Wurde man dort beachtet, war es noch besser. Angesichts der vielen Aristokraten und vornehmen Bürger, die sich hier zeigten, konnte man sagen, dass die Rechnung aufging: Der Basar hatte das unbebaute Gelände in der Rue Jean Goujon eindeutig zu dem einzigen Ort gemacht, wo man einfach sein musste. Die Wände waren sorgfältig mit Efeu und Blattwerk verziert, was naturverbunden und abgehoben zugleich wirkte. Émeline fand das ganze Ensemble schwülstig geschmacklos. Über alldem war ein riesiges Segeltuch gespannt, das an diesem vorzeitig eingetretenen Sommertag die Hitze noch erdrückender erscheinen ließ.

Bei Regen konnte sich das Gelände in ein Schlammloch verwandeln. Deshalb hatte man den Boden mit Fichtenholzbrettern belegt, für alle Fälle. Darüber war ein roter Samtteppich ausgebreitet, und an den Seiten standen üppige Pflanzen und Gaslaternen, was einen Eindruck von Pracht vermittelte. Vor Nässe wären die Stiefeletten der Damen und Herren der Oberschicht geschützt gewesen. Eine unnötige Vorsichtsmaßnahme, denn die Sonne brannte an diesem Donnerstag der Eröffnung gnadenlos auf Paris herunter, hinzu kam die durch die Hitze ausgelöste Beklemmung und die Zusammenballung von einigen Tausend Menschen.

In der Menge erspähte Émeline eine auffallende Blondine mit offenem Blick, die sich im Mittelgang vorwärtsbewegte. In ihrem Kleid aus puderfarbenem Musselin, das zum Pfirsichton ihres Teints passte, wirkte sie recht hochmütig. Es war Alice de Jeansin, die älteste Tochter des Organisators des herrschenden Chaos. Sie unterhielt sich mit ihrer Freundin Odette de La Trémoille.

Seitdem Émeline sie kannte, wurde Odette von ihrem Ehemann betrogen. Jeder wusste, dass er eine Geliebte nach der anderen hatte und es nicht einmal zu verbergen suchte. Der ungehobelte, abscheuliche Kerl pflegte mit seinen Hausmädchen zu schlafen und ihnen, falls nötig, auch Gewalt anzutun. Man brauchte nicht das Pulver erfunden zu haben, um zu erkennen, wie eindeutig schwanzgesteuert er war. Émeline wusste es aus sicherer Quelle von einer der Küchenhilfen, die bei der Familie Huchon angestellt war, der Herkunftsfamilie von Odette mütterlicherseits. Diese berichtete wahrheitsgemäß, dass de La Trémoille in der Nacht, als seine Ehefrau ein Kind zur Welt brachte, das Hausmädchen seiner Schwiegermutter schwängerte. Die noch nicht fünfzehnjährige Zofe musste abtreiben und starb während des Eingriffs, da die Engelmacherin die durch das Entfernen des Fötus hervorgerufene Blutung nicht eindämmen konnte.

Odette hatte von ihrer Mutter das Vermögen, das de La Trémoille gierig belauerte. Mürrisch war die Witwe auf der Hut und verachtete ihren Schwiegersohn, der ihrer Tochter außer den vielen Scherereien aber immerhin einen Adelstitel eingebracht hatte sowie einen Nachkommen: Thomas, sieben Jahre alt. Dieser ließ gerade die Hand seiner Mutter los, um nach Alices Hand zu greifen und dem jungen Mädchen in Richtung des Kinos zu folgen. Émeline bemühte sich, die Erinnerung an ihren kleinen Bruder zu verscheuchen, der im selben Alter von der Tuberkulose dahingerafft worden war. Sie näherte sich Odette, die gerade auf einen der Verkaufsstände zusteuerte.

»La Trémoille, der Hurensohn …«, flüsterte die Anarchistin Odette ins Ohr, als diese an ihr vorüberging.

Sie hatte besonders darauf geachtet und es genossen, das Adelsprädikat »de« wegzulassen. Schockiert erstarrte Odette de La Trémoille, als sie das hübsche junge Mädchen bemerkte, das sie gerade angesprochen hatte.

»Schande über dich, die Frau eines solchen Hurensohns zu sein«, beschimpfte Émeline sie und spuckte vor die Stiefeletten der vornehmen Dame.

Dann verschwand sie, von der dichten Menge verschluckt. Sie hatte zwei Polizisten in Zivil entdeckt, die zur Sicherheit vor Ort waren. Bei der Polizei kursierte das Gerücht einer Attentatsdrohung. Polizeipräfekt Maurice Leblanc hatte einen anonymen Brief ernst genommen, der behauptete, dass im Basar ein Attentat geplant sei. Sofort setzte er seine beste Mannschaft ein, die von Kommissar Hennion, und versicherte der Pariser Prominenz, sie habe nichts zu befürchten. Doch Émeline stellte amüsiert fest, dass die Polizisten gerade nur herumschlenderten und den Mädchen nachschauten. Als Bürgerin zurechtgemacht, mit einem kleinen Schleier über dem Gesicht und in einem luftigen Kleid, das gar nicht ihrem Stil entsprach, war Émeline nicht zu erkennen. Ihr Aussehen glich in keiner Weise den Fotos auf ihrem Meldeschein. Sie ging kein Risiko ein, entdeckt zu werden, war es vielmehr von jeher gewohnt, vorsichtig zu sein und den Polizisten nicht in die Arme zu laufen.

Als Émeline die Herzogin von Alençon, Präsidentin des Komitees für die Schirmherrschaft, erblickte, starrte sie diese einen Moment lang an. Sie musste zugeben, dass diese Frau von Welt mit ihrem hochgereckten Kinn zu Recht einen gewissen schwärmerischen Ruf genoss. In ihrem Gesicht harmonierten Ernst und Milde perfekt. Sie trug ein einfarbiges dunkles Kleid aus Perkal, dazu weder Federn noch Bänder: Die Herzogin legte Wert auf ein schlichtes, fast strenges Aussehen. Einen kleinen Hang zur Koketterie bewiesen die Handschuhe, die zu ihrem Handtäschchen passten, und ein mit Elfenbein umrandeter Seidenfächer. Obwohl Émeline nicht wissen konnte, dass er aus Bayern stammte, dem Herkunftsland der Herzogin, erkannte sie doch, dass es sich um ein wunderschönes Accessoire handelte. Die Herzogin hatte das Glück, mit einem überaus reichen und dazu noch treuen Mann verheiratet zu sein.

»Kein Gott und kein Herr«, murmelte Émeline vor sich hin und fixierte »die« von Alençon: Auch wenn die Herzogin unbestechlich war, so blieb eine dreckige Aristokratin doch eine dreckige Aristokratin, das Gift ihrer Herkunft floss in ihren Adern, und Émeline duldete das nicht.

Ausgerechnet am Stand des Noviziats, den die Herzogin betreute, hatte Émeline ihre gebastelte Bombe versteckt. Die junge radikale Frau jubelte innerlich, hier zu sein, und fühlte sich wie eine hungrige Wölfin im Schafstall.

Über viele Monate hatte sie ihren Plan geschmiedet: Sie wollte die Urheberin des respektlosesten Attentats seit fünf Jahren sein. Kam nicht für denjenigen, der warten konnte, alles zur richtigen Zeit?

Erster Teil

– 1 –

4. Mai 1897, Kaserne der Feuerwehrbrigade von Passy, fünfzehn Uhr fünfundvierzig.
Fünfunddreißig Minuten vor der Explosion.

»Ein Wolf im Schafstall …« Jedes Mal, wenn Lucile einen Geistesblitz hatte, kramte sie das Notizbuch und den Stift heraus, um ihn aufzuschreiben. Als ehrgeizige freie Journalistin von zweiundzwanzig Jahren grübelte sie über die Schlagzeile ihres nächsten Artikels nach. Er würde ihre verdeckte Investigation in der Frauen-Psychiatrie an der Klinik Sainte-Anne schildern, die schlimmen, ja missbräuchlichen Behandlungsmethoden, die die Patientinnen dort ertragen mussten. Um bei ihren Recherchen die gleichen Bedingungen wie die Patientinnen vorzufinden, hatte Lucile eine Geisteskrankheit simuliert und sich einweisen lassen. Ein gewagtes Vorhaben, das den Respekt mancher Kollegen ihr gegenüber noch vergrößerte, während andere aus Eifersucht ihre Methoden als Humbug abtaten.

Lucile de Mermet stellte bereits für sich allein einen Roman dar. 1892 wurde sie erst Assistentin, dann Schülerin von Séverine, der ersten Chefredakteurin von *Le Cri du*

Peuple. Anschließend war sie »der« Sekretär von Séverine geworden.

Unter Séverine hatte Lucile den Journalismus gelernt, sich mit dem Sozialismus vertraut gemacht und ihre Leidenschaft für die Wahrheit entdeckt. Lucile hatte Séverine im Auftrag des *Le Figaro* nach Rom begleitet und sogar an der Audienz teilgenommen, die Papst Leo XIII. der »Päpstin« der französischen Presse gewährt hatte. Diese meisterhafte Lektion von Fragen und Antworten blieb Lucile noch lange in Erinnerung. Séverine leitete nun *La Chouette* und achtete darauf, dass es kein Blatt des Anstands und der Moral wurde, wofür ihr Lucile dankbar war.

Gerade als Lucile die Reportage über den Alltag der angesehenen Feuerwehrbrigade von Paris beenden wollte, lernte sie Mattéo kennen. Der Sergeant, sechsundzwanzig, der eine glänzende Karriere vor sich hatte, war nicht gerade ein Hüne, aber sehr kräftig: Da er täglich Sport und Gymnastik trieb, was sein Beruf erforderte, wirkte sein ohnehin schon athletischer Körper wie eine Skulptur von Rodin. Jedenfalls dachte Lucile an Rodin, wenn sie Mattéos Muskeln bestaunte. Die sanfte Geschmeidigkeit in Verbindung mit seiner kräftigen Umarmung machten diesen Liebhaber einmalig. Die beiden fanden echten Gefallen aneinander, das war nicht zu leugnen. Manchmal kann man nicht alles erklären.

Mattéo stellte sich keine Fragen. Lucile war für ihn sexuell die Erfüllung, er bewunderte ihre sinnliche Unbeschwertheit. Alle Frauen, die er bisher gekannt hatte, erschienen ihm blass und bedrückend mit ihren engstirnigen

Wünschen nach Ehe, Familie und einem kleinen, geordneten Leben. Ihm selbst, der das Reisen und das Alleinsein liebte, bereiteten diese bürgerlichen Muster Unbehagen. Mit Lucile dagegen gab es kein Missverständnis: Sie wollte sich nicht binden, und noch weniger hatte sie Lust auf Kinder.

Am meisten aber liebte Mattéo ihre Fähigkeit zuzuhören, ohne zu urteilen. Vielleicht würde er ihr eines Tages sein Geheimnis anvertrauen … Manchmal fühlte er sich total hingezogen zu lodernden Flammen und war beherrscht von dem seltsamen Wunsch, mit ihnen zu kommunizieren. Aus Angst, seine Vorgesetzten und seinesgleichen könnten ihn für geisteskrank halten, hatte er nie ein Wort darüber verloren, dass er, wie eine Vorahnung, den Brand in der Oper gespürt hatte, noch bevor dieser ausgebrochen war. Dies hatte es ihm ermöglicht, als Erster vor Ort zu sein und das Schlimmste zu verhindern.

Außerdem kannte er Paris durch und durch, die Monumente der Stadt, die ihre Kulissen bildeten, und die nagelneuen Haussmann-Gebäude sowie die zahlreichen Projekte der Politik, die Großbauten, die nie fertig wurden. Mattéo liebte seine Stadt, und seine Zugehörigkeit zu deren Feuerwehr war gewissermaßen die schönste Liebeserklärung, die er Paris machen konnte. Paris retten oder für die Stadt und ihre Bewohner sterben – er verkörperte das Hohe Lied der Feuerwehrleute und ihrer dunklen Rauchsäulen aufs Beste.

Wenn es um das Meistern von Gefahren ging, zeichnete sich Mattéo ganz besonders aus: Eine Rettung erforderte das schnellste Handeln, und die Unmittelbarkeit war die herausragende Eigenschaft dieses glänzenden Brand- und Rettungstechnikers. Hinzu kam seine Leidenschaft für die Entwicklung neuer Einsatzgeräte. Alle glaubten, dass die Karriere dieses sportiven Mannes bemerkenswert sein würde.

Lucile und Mattéo trafen sich im Schlafsaal der Brigade. Es war ihm gelungen, sich vom Gymnastiktraining zu befreien, um sie zu sehen. Lucile durfte zwar den Schlafsaal nicht betreten, aber die Kollegen einigten sich untereinander, damit jeder seine Privatsphäre wahren konnte. In dieser Welt von Männern und Dramen spielte Leichtigkeit eine besondere Rolle. Die Soldaten des Feuers, die täglich mit dem Tod konfrontiert wurden, fanden es fast schon notwendig, dass der Körper ab und zu sein Verlangen stillen konnte. Die Vorgesetzten drückten großzügig die Augen zu angesichts der Schäferstündchen der Rekruten, solange diese nicht die Stärke der Gruppe gefährdeten. Auf jeden Fall war Mattéo mit seinem Sachverstand unentbehrlich. Auch wenn er diesen hohen Status nicht missbrauchte, verstand er es, ihn zu nutzen. Schließlich war es bisher ein ruhiger Tag gewesen. Er hatte morgens ein Kind vor dem Ertrinken gerettet: eine Routinesache. Mit Lucile setzte er nun das Sprichwort »Erst die Arbeit, dann das Vergnügen« in die Tat um.

Der Sex mit ihr war völlig unbefangen. Sie bemühte sich, seinen Wunsch zu erfahren – sei er intellektuell oder sexuell –, und dieses Leitmotiv hatte sie zur Lebenskunst erhoben. Sie hatte immer zwei oder drei Liebhaber gleichzeitig, ohne sie sammeln zu wollen. »Setz nicht alles auf eine

Karte«, wiederholte ihr Séverine ständig. Höchst diskret betrieb sie ohne Scham Vielmännerei, was sie jedoch nicht daran hinderte, sofern ihre Konzentration es erforderte, auch mal mehrere Monate lang keusch zu bleiben.

Lucile zog die Blicke auf sich. Vor allem die Männer waren fasziniert von ihren feinen Zügen, ihrem frischen Teint und ihren großen Augen, grün wie Gebirgsseen. Ihr natürlich geschwungener Mund erinnerte an bestimmte Ikonen. Doch trotz ihres Aussehens war sie keineswegs ein Unschuldsengel.

»Wenn du einen Monat weg bist, könnte ich dich besuchen …«

Mattéo streichelte ihren Hintern, während er mit ihr sprach. Er war gut aussehend und glatt rasiert, aber vor allem hatte er es deshalb in ihre sehr anspruchsvolle Rangliste der Besten geschafft, weil er sich, was selten bei einem Mann vorkam, für die weibliche Lust interessierte. Lucile lächelte ihn an und wölbte genießerisch ihren Leib. Niemals würden Mattéos Vorgesetzte es ihm erlauben, vier Wochen fortzubleiben, das wussten sie beide. Und sie wussten auch, dass Lucile, die aus beruflichen Gründen verreiste – sie legte zu einer Zeit, da die Selbstständigkeit des »schwachen Geschlechts« auf ein Mindestmaß reduziert war, großen Wert darauf –, mit ihrem Thema allein sein wollte. Beide Liebenden hatten die Leidenschaft für ihren Beruf gemeinsam: die Sorge um das Leben der anderen.

Lucile, die aus dem vornehmen Passy stammte und dessen Privilegien genoss, hatte Geld von ihrer Familie geerbt. Statt sich ein schönes Leben zu machen, legte sie es gewinnbringend an und gönnte sich den Luxus, umfangreiche Reportagen für angesehene nationale Tageszeitungen zu schreiben. Als Feministin, Demokratin und Sozialistin setzte sie ihre provozierenden Vorstellungen unverfroren gegen die ihres Vaters, eines eingefleischten Republikaners. Er empfand aber zu viel Liebe und auch Stolz für dieses Mädchen (das einzige unter sechs Jungen), um ihr die unerhörten anarchistischen Ansichten übel zu nehmen. Sie war kultiviert und rebellisch, die idealen Voraussetzungen für Erfolg …

Mattéo war im Viertel Saint-Médard aufgewachsen. Er war der Sohn von Ramon, einem Gerber vom Fluss Bièvre, Nachkömmling eines spanischen Seemanns, und von Valeria, einer Italienerin. Er war der einzige Sohn. Sein karamellfarbener Teint war das Ergebnis einer glücklichen Mischung: Ramons Vater hatte auf der Gewürzroute bei einem Zwischenstopp in Sansibar Zelia kennengelernt. Sie war schwarz wie Ebenholz und starb leider bei Ramons Geburt. Laut der Familiengeschichte hatte Mattéos Großmutter vom anderen Ende der Welt ihm die langen Wimpern vererbt und seine italienische Mutter die lustigen Augen. Von seinem Vater hatte er die breiten Schultern und die bernsteinfarbene Haut, die Lucile so gern streichelte. Sie hatte ihm verschwiegen, dass es das erste Mal war, dass sie einen aufreizenden Körper nackt sah, das erste Mal, dass sie einen so attraktiven Mann berührte, und das erste Mal, dass sie so viel Sinnlichkeit und Wollust erlebte. Denn sie gehörte nicht zu denen, die ihr Herz auf der Zunge tragen. Lucile zog Taten großen Worten vor. Sie hatte Probleme mit Versprechungen und gab auch keine. Das traf sich gut, denn Mattéo war genauso eingestellt. Es kam recht selten vor, dass die beiden Liebenden aneinanderklebten, doch in den letzten Wochen sahen sie sich bemerkenswert regelmäßig.

»Lass dich fallen«, säuselte sie ins Ohr ihres Geliebten, während sie sich in den Armen lagen.

Er knabberte am Nacken der hübschen Journalistin, konnte spüren, wie sehr sie das genoss. Bei jeder Berührung erbebte ihr Körper. Das Mädchen verwöhnte ihn mit ihren Liebkosungen und erregte ihn. In ihren Armen fühlte er sich lebendig und vergaß die Bilder von Flammen und Leichen, die seine Tage und Nächte als Feuerwehrmann füllten. Natürlich wusste er nicht, dass sie noch andere Liebhaber hatte, er war überzeugt, der Einzige zu sein, wenn er mit ihr schlief. Sie umarmten sich, um ihr Stöhnen und unkontrollierbares Zittern zurückzuhalten.

Die Tiefe ihres strahlenden Blickes steigerte sich noch, wenn sie den Höhepunkt erreichte. In ihren Augen blitzten dann einen Moment lang goldene Funken auf, als wenn sie ein Feuer entzünden könnten. Weil er seinen Beruf ernst nahm, beunruhigte Mattéo diese schlichte Tatsache mehr, als er sich eingestehen wollte.

– 2 –

4. Mai 1897, Bazar de la Charité, sechzehn Uhr fünfzehn. Fünf Minuten vor der Explosion.

Der Gesandte des Vatikans, der gekommen war, um den päpstlichen Segen zu überbringen und den Basar zu eröffnen, wollte gerade aufbrechen. Er wurde innerhalb von zweiundsiebzig Stunden im Vatikan zu einem Fest zurückerwartet und hatte daher nicht vor, ewig zu bleiben. Fast zweitausend Gäste schlenderten durch den Mittelgang zwischen den Verkaufsständen und dem heiß ersehnten Kinematografenapparat.

Da Émeline sich ausgerechnet hatte, dass ihre Bombe während der Erteilung des religiösen Segens hochgehen würde, machte sie sich nun Sorgen. Der Zeitpunkt der Explosion sollte mit der für diese frömmlerische Aristokratie bedeutsamen Handlung zusammentreffen, die Émeline genauso ärgerte wie die Kirche an sich. Émeline liebte die Symbole. Deshalb war die Kirche der Auslöser für das Attentat gewesen, und deshalb hatte sie sowohl diesen Ort als auch dieses Datum dafür gewählt. Die Mitglieder ihrer anarchistischen Zelle hatten ihre Wahl nicht gebilligt, denn sie lehnten Gewalt eher ab. Durch Hartnäckigkeit und Überzeugungskraft war es Émeline jedoch insgeheim gelungen, zwei Kameraden zu bewegen, ihr zu helfen. Seit Monaten hatte ihre Gruppe diese Aktion vorbereitet. Sie konnte nicht verstehen, warum das Dynamit, das sie sorgfältig im Sockel einer Heiligenstatue, die die Herzogin zum Verkauf anbot, versteckt hatte, nicht detoniert war. Gab es einen Fehler bei der Einstellung des Zeitpunkts der Zündung? Was hatten die Kameraden, die ihr geholfen hatten, die Bombe zu basteln, übersehen? Wut tobte in ihr. Was nutzte es, sich mit diesen verdammten Bürgern anzulegen, wenn der Anschlag misslang? Es wurde Zeit, dass die Bombe explodierte!

Sie versuchte, sich einen Weg bis zum Verkaufsstand zu bahnen, um die Ladung ein letztes Mal zu überprüfen, doch vergeblich. Um sechzehn Uhr siebzehn strömte der Großteil des Publikums zum Kinematografensaal und riss Émeline mit sich, in die entgegengesetzte Richtung. Die Hitze war drückend, die Stoffe der Kleider waren gestärkt, und die Schleppen, so lang wie Tischläufer, berührten sich ständig in diesem viel zu kleinen Raum. Auf einmal spielte ihr Puls verrückt. Émeline bewegte sich langsamer, nahm sich Zeit, wieder Atem zu schöpfen; ihr Herz schlug zum Zerspringen. Das Rascheln all der Kleider rauschte ohrenbetäubend in ihrem Kopf.

Das junge Mädchen stöhnte und lehnte sich gegen eine Kulissenwand. Sie hatte Durst, fühlte sich nicht wohl und musste zweimal hinschauen, bis sie den jungen Mann erkannte, der von rechts auf sie zukam: Victor Minville. Er trug ein Tablett mit appetitlich aussehenden Petit Fours.

Émeline wandte den Kopf ab, damit er sie nicht bemerkte. Der hübsche Bengel war Hilfskoch im Palais, dem Hotel, das an den hinteren Teil des Basars angrenzte. Émeline konnte sich den Luxus eines solchen Restaurants nicht leisten, und wenn sie mit Victor in Kontakt kam, geschah es anlässlich von Anarchistentreffen im Boucan, einem politisierten Schuppen, der allgemein bekannt war. Bei einigen Treffen hatte Émeline Victors Charme entdeckt, doch nach ihrem Geschmack war er viel zu pazifistisch und theoretisch. Sie hatten nicht dieselbe Vision von einer Revolution. Victor war nicht über das geheime Attentat informiert. Und es war undenkbar, sich so kurz vor dem Ziel zu verraten.

»Meine Damen, meine Herren, die Vorführung bewegter Bilder beginnt jetzt«, verkündete plötzlich die Stimme eines eleganten, livrierten Herrn, der eine Kupferglocke schwenkte.

Es würde ihr nie und nimmer gelingen, den Stand der Herzogin zu erreichen; sie müsste bis zum Ende der Schau warten, um dorthin zu gelangen. Die allgemeine Aufregung überzeugte Émeline schließlich davon, die Vorstellung zu nutzen, bevor sie nach ihrer Bombe sehen würde. Da die Plätze sehr knapp waren, hatte sich der Rest der Menge vor der Drehtür zusammengedrängt und genoss das Programm kostenlos.

Immerhin war es eine Chance, an dieser Vorführung beweglicher Bilder teilzunehmen, auch wenn sie etwas experimentell war. De Jeansin, der Organisator, war besessen davon, und die Schau trug sein Markenzeichen, war seinem

Eifer zu verdanken. Er freute sich über die Anzahl der Leute und schätzte, dass die Warteschlange sich über zweihundert Meter erstreckte. Hätte er diesen Erfolg vorausgeahnt, hätte er die Eintrittskarten zu einem hohen Preis verkauft. Ansonsten war er sehr stolz auf seine Organisation: Damit ihn niemand übers Ohr hauen konnte, hatte er den Eingang zum Kinematografensaal verengt und eine Drehtür installiert, was es nach einem von ihm erfundenen System möglich machte, jeden der Besucher zu erfassen.

Émeline erblickte Alice de Jeansin. Rose, das Hausmädchen von Alice, eine zurückhaltende hübsche Brünette, hatte den kleinen Thomas de La Trémoille in ihre Obhut genommen und somit einem jungen Mann die Chance eingeräumt, Alice den Hof zu machen: Julien de La Ferté. Dieser reiche elternlose Mann, der in Paris wegen seiner konservativen und reaktionären Ideen bekannt war, strebte eine politische Karriere an. Genauso hässlich wie dumm, machte sich Émeline innerlich über ihn lustig und stellte fest, dass Alice sich schon zu Tode langweilte.

Émeline fiel es schwer, den Blick von Alice zu lösen. Sie fühlte sich wie ein Liebender angezogen. Sie hatte bereits die Gelegenheit gehabt, der Mademoiselle de Jeansin im Bois de Boulogne zu begegnen, als diese vorbeiritt. Immer wenn sie die junge Frau traf, spürte Émeline ein Prickeln und eine Hitze in ihrem Unterleib, wurde überwältigt von unbändigem Verlangen. Sie war wütend auf sich selbst, weil sie ein Mädchen begehrte, noch dazu eine vornehme Bürgerin. Émeline befand sich in ständigem Kampf gegen alles und jedes, sogar gegen ihre eigene Begierde. Nie hatte sie die Bedeutung von Milde erfahren, das Leben hatte ihr dafür nicht die Zeit gelassen.

Plötzlich hörte man eine Verpuffung, kurz und fast geräuschlos. Gleichzeitig wurde es dunkel im Vorführraum. »Ein Böller hätte mehr Krach gemacht«, fluchte Émeline gedemütigt. Sie begriff nicht, was die Kameraden und sie mit dem Dynamit angestellt hatten, da es wohl nur kurz aufgeflackert war. Die Zuschauer zeigten keinerlei Unruhe, sie zuckten lediglich ein wenig zusammen. Émeline vernahm sogar hinter sich, wie ein junges Mädchen sich begeisterte, überzeugt davon, dass der Knall den Auftakt der Festivitäten bedeutete. Sollen sie doch alle verrecken …

Als knapp dreißig Sekunden später Flammen an den Vorhängen hochzüngelten und den Raum in glutrotes Licht tauchten, brach Panik aus. Es war etwa sechzehn Uhr zwanzig. Die Rebellin trampelte vor Genugtuung, weil die Flammen sich blitzschnell in einer Kulisse ausbreiteten, die einem Dekor der komischen Oper La Basoche glich. Endlich kam ihre ruhmreiche Stunde. »Wie viel kosten Lügen?«, war die letzte Frage, die Émeline vernahm, bevor sie in Ohnmacht fiel. Es war die Stimme eines Kindes.

– 3 –

4. Mai 1897, Kaserne der Feuerwehrbrigade von Passy, sechzehn Uhr zehn.
Zehn Minuten vor der Explosion.

Einheitspreis, nicht verhandelbar, niemals umsonst. Das war Luciles Philosophie. Wenn sie ihre Artikel an den Meistbietenden verkaufte, zog sie keinen großen Profit daraus. Sie musste nach wie vor die Recherchen selbst finanzieren und sie auch lange, gründlich und gesellschaftsverträglich durchführen. Dann bot sie diese den Lesern an, von denen immer mehr ihre kritische Feder schätzten, was allein für sie zählte. Da sie Humanistin war, beanspruchte die Suche nach Gerechtigkeit und Wahrheit ihre ganze Zeit. Noch nie hatte ein Journalist, schon gar nicht eine Frau, die Erlaubnis erhalten, den Offizier Dreyfus zu treffen, den man wegen angeblichen Landesverrats ins Gefängnis gesteckt hatte. Er war nun auf der Île du Diable vor der Küste von Französisch-Guayana in Südamerika inhaftiert. Mit diesem Interview hätte Lucile die Reportage des Jahres ergattert! Als ihre Eltern von ihrem Projekt, auf der Teufelsinsel zu recherchieren, erfahren hatten, schlugen sie spontan vor, einen Freund der Eltern, den

Polizeipräfekten Leblanc, zu bitten, ihr Gesuch zu prüfen. Sie wollte sich mit Dreyfus in einer Zeit treffen, in der sich dessen Unschuld immer mehr abzeichnete und alles auf einen anderen Schuldigen und zahlreiche involvierte Funktionäre hindeutete. Einer ihrer Verehrer, ein Abgeordneter, hatte ihr ebenfalls angeboten, mit Leblanc darüber zu sprechen. Lucile wusste nicht, dass der Polizeipräfekt ihren Eltern sowie ihrem Liebhaber noch mehrere Gefälligkeiten schuldig war, darunter einige Tausend Francs.

Jedenfalls hatte Leblanc Luciles Vorhaben genehmigt. Es war der jungen Reporterin egal, wer von diesen – ob ihre Mutter, ihr Vater oder ihr Liebhaber – den Präfekten überzeugt hatte: Nur dieses »Sesam, öffne dich« zählte. Sie würde eine anstrengende, zweiwöchige Hinreise überstehen müssen, zwei Wochen vor Ort verbringen, dabei unter denselben Bedingungen wie Dreyfus leben und wiederum zwei Wochen für die Rückfahrt nach Hause benötigen, eine Zeit, die sie nutzen würde, um ihre Artikel auszufeilen.

Sie rechnete sich aus, dass sie spätestens zum Ball am französischen Nationalfeiertag, dem 14. Juli, zurück in Paris sein könnte. Ein ideales Datum, um ihren Feuerwehrmann wiederzusehen, überlegte sie und beobachtete dabei Mattéo. Er hing mit seinem schlanken, muskulösen und schweißbedeckten Körper an einer Querstange und machte Klimmzüge. Die Energie dieses Mannes faszinierte sie. Sie hatten gerade miteinander geschlafen, aber er war nicht erschöpft, blieb immer in Bewegung. Es stellte sich überhaupt die Frage, ob er wohl manchmal schlief. Zwei Papageien in einem Käfig, der auf einer Kommode stand, fingen an zu kreischen. Lucile lächelte insgeheim. Ihre Reise zur Teufelsinsel sollte nächste Woche beginnen. Sie musste ihre Recherchen bei der Feuerwehrbrigade BSPP beenden und schnellstens ihren Artikel abliefern. Sie räkelte sich nackt in den Laken und genoss den Moment.

Bei den Feuerwehrchefs hatte sie darauf bestanden, während ihrer Zeit bei der Brigade des sapeurs-pompiers de Passy (BSPP) eine Feuerwehr-Uniform zu erhalten. Um sich dadurch besser in die Lage der Personen zu versetzen, genau wie bei Studienobjekten. Wenn sie sich unauffällig in ihr Umfeld einfügte und sich diesem anpasste, wäre es leichter, an die Männer heranzukommen. Sie erwähnte nicht, dass sie einfach jede Gelegenheit nutzte, um kein Korsett zu tragen. Sie schätzte den Komfort und die Bewegungsfreiheit, die ihr die Männerkleidung bot.

Lucile knöpfte ihre Uniformhose zu, die überaus gut an ihre Größe angepasst war. Sie war marineblau und wurde unten durch ein Gummiband festgehalten. Dann zupfte sie ihren gestreiften Pullover zurecht, glättete ihre vom Liebesspiel zerzausten Haare und griff nach ihrem Fotoapparat. Ein Magnesiumblitz zuckte auf und verewigte Mattéo, der mit nacktem Oberkörper Klimmzüge machte. Ein Rinnsal aus Schweiß lief seine Wange herunter. Lucile musste unwillkürlich an die allegorische Figur der weinenden Madonna denken.

»Hast du niemals Angst?«

»Wovor?«

Lucile fand nicht die Zeit, ihm zu antworten: »... diesen

Beruf auszuüben«, denn er sprang auf die Füße, stellte sich vor sie und umarmte sie.

»Zu sterben oder zu leben?«, wollte er wissen und küsste Lucile zärtlich auf den Hals.

Plötzlich sah er zum halb offenen Fenster, als ob ein Phantom erschienen wäre. Sie befanden sich hier im fünften Stock. Der Blick über die Seine war majestätisch, das Sonnenlicht strahlte auf den Arc de Triomphe. Lucile konnte nicht nachvollziehen, warum Mattéo plötzlich so ernst war.

»Spürst du es nicht?«, fragte er besorgt.

Lucile schnupperte in die Luft: kein Geruch wahrnehmbar.

»Nein. Was ist denn?«

»Das Feuer, der Rauch, spürst du es nicht?«, wiederholte er und trat ans Fenster.

Er blickte auf Paris hinunter, schloss die Augen, wie um sich den Anblick einzuprägen. Dann wurde er ohne einen sichtbaren Grund unruhig und geschäftig, was Lucile einen Moment lang die Sprache verschlug. Sie begriff aber, dass Mattéo nicht scherzte, als er in seine schwarzen Lederstiefel schlüpfte und, ohne diese zuzubinden, nach seiner Schutzweste griff und schrie:

»Es geht los!«

Lucile schenkte sich einen Kommentar und folgte ihm.

Sie glitten an einer senkrechten Stange hinunter und purzelten in den Flur, an dessen anderem Ende, im Baderaum der Kaserne, ein Soldat gerade seine Rasur beendete. Der Mann trocknete schnell das Gesicht ab und rannte aus dem Raum.

»Feuer! Feuer!«, rief Mattéo, obwohl noch niemand Alarm geschlagen hatte.

Im Ruheraum, der an die Einsatzzentrale grenzte, trank Arthur Krebs, Ingenieur und diensthabender Branddirektor, gerade Tee mit etwa zehn Feuerwehrleuten, die von einer Schwimmübung zurückgekehrt waren. Sie unterhielten sich lebhaft, als sie Mattéo hörten.

Dieser platzte herein, Lucile dicht dahinter.

»In die Stiefel, in die Stiefel!«

Major Krebs war froh, diesen hervorragenden Mann in sein Team aufgenommen zu haben. Mattéos Fähigkeit, eine Katastrophe, welcher Art sie auch sein mochte, zu spüren, noch bevor sie eintrat, war von großem Nutzen. Krebs sah darin keinerlei schwarze Magie oder ein Geschenk des Himmels, eher einen realen Vorteil, um die Einsatzstatistik seiner Brigade aufzuwerten.

Es kam vor, dass seine Leute dank Mattéo schon am Unfallort waren, wenn der Unfall sich gerade eben ereignet hatte – was die Rettungschancen erhöhte. Auch nicht zu verachten war es dann, wenn Krebs seinen Vorgesetzten gegenüber Rechenschaft ablegen sollte, um den Erfolg seiner Brigade zu verteidigen und ein Budget zu sichern. Das war die Triebfeder für diesen Ingenieur, der wusste, was gute Ausrüstung und die bessere Betreuung der Unfallopfer kosteten.

Zehn Jahre zuvor hatte Krebs größte Mühe gehabt, die Einstellung des jungen dunkelhäutigen Mannes durchzusetzen. Der kaum verhüllte Rassismus seiner Vorgesetzten hatte ihn empört. Dieser Mattéo war ein Spitzenmann –

und allein das zählte! Letztlich hatte es Krebs geschafft, und niemand sollte seine Entscheidung bereuen. Der junge Mann repräsentierte voller Stolz die Farben der Feuerwehr, vor allem aber die Wertvorstellungen der Brigade; seine Arbeit und sein Engagement waren beispielhaft, wenn nicht gar visionär.

In der Einsatzzentrale warf Mattéo einen flüchtigen Blick auf die Wandtafel und lud sich seinen Interventionsbeutel auf die Schulter. Sekundenschnell verbreitete sich der Alarm in der gesamten Kaserne, Feuerwehrleute rannten die Treppen hinunter.

Lucile begriff, dass sie jetzt unmittelbar an einem Einsatz der BSPP teilnahm. Noch nie hatte sich einem Journalisten die Gelegenheit geboten, diese Elitebrigade hautnah mitzuerleben. In der Laufbahn eines Reporters war dies ein seltenes Privileg, und das durfte man sich nicht entgehen lassen.

»Kann ich mitkommen?«, fragte Lucile, die sich, von der Hektik angesteckt, den Fotoapparat bereits umgehängt hatte.

Mattéo warf ihr einen prüfenden Blick zu: Sie hatte ihre Sachen zusammen und war bereit. Als Antwort reichte er ihr einen Schutzhelm aus Messing.

»Du bleibst dicht hinter mir und tust, was ich dir sage, kapiert?«

»Ja.«

Lucile hatte das Gefühl, dass ihr Flügel wuchsen; sie vertraute ihrem guten Stern ... denn wer sonst würde ihr erlauben, immer zur rechten Zeit am rechten Ort zu sein?

»Steig hoch!«

Lucile kletterte auf das dreirädrige Hippomobil und richtete sich hinten ein. Mattéo sprang ebenfalls hinein, und der Wagen fuhr aus dem Kasernengelände hinaus, gefolgt von einem Löschfahrzeug. Der für die Dampfpumpe zuständige Feuerwehrmann stand hinten auf dem Trittbrett. Alles hatte man erst vor knapp zwei Stunden genauestens überprüft. Die Ausrüstung musste bis ins kleinste Detail ständig einsatzbereit sein. Wie immer war Mattéos Team das schnellste. Die umfassenden Übungen, zu denen Krebs seine Männer täglich anhielt, zahlten sich aus.

»Los, los! Ça décale!«

Lucile lächelte. Sie hatte diesen Ausdruck, der den Start zu jedem Einsatz signalisierte, während ihrer Zeit bei den Feuerwehrleuten noch nie gehört.

»Hm … ja … Aber wohin geht es denn, Sergeant?«

Krebs warf Mattéo einen fragenden Blick zu, der an seiner Stelle antwortete:

»Zu den Champs, und zwar schnellstens.«

Auf der Straße war immer noch kein Feuermelder zu hören, aber Mattéo schien sich sicher zu sein. Deshalb trieb der Kutscher die Pferde an, die in Richtung Pont de l'Alma lospreschten.

Lucile machte sich im Hippomobil ganz klein. Zwei Feuerwehrleute schlüpften noch schnell in ihre Hose, drei weitere schnürten ihre Stiefel und lauschten dabei den Anweisungen ihres Teamchefs: Mattéo erinnerte sie an die Besonderheiten der Haussmann-Gebäude, die erst vor Kurzem erbaut worden waren. Vermutlich würde ihr Einsatz in einem dieser Gebäude stattfinden, einem wahren Kriegsschauplatz für die Feuerwehrleute von Paris.

Mattéo suchte den Horizont mit dem Fernglas ab und fragte sich, wo sich seine Eingebung materialisieren würde. Noch immer sah niemand Anzeichen eines Brandes, nicht einmal Rauch.

Doch plötzlich ertönte ein Knall, und sehr bald darauf schoss ein Funkenregen in die Höhe. Es war wie schon so oft kaum zu begreifen, dass Mattéo sich nicht geirrt hatte! Einen kurzen Moment lang fragte sich Lucile, warum man zu dieser Zeit und an diesem Tag des Jahres ein Feuerwerk hochgehen ließ.

»Zwischen den Champs-Élysées und der Place de la Concorde!«, schrie Mattéo.

Machtlos beobachteten sie, wie sich vor ihren Augen die Funken in eine lodernde Flamme verwandelten. Als ob sie nach langem Eingeschlossensein aus der Büchse der Pandora entwichen und jetzt entfesselt wären.

Das Feuer. Lucile beobachtete Mattéo, der gebannt hinhörte. Er kannte nur allzu gut die Geräusche, die bei einem Brand auftraten: die am Anfang und die, wenn er sich entfachte … Jede Phase verursachte ein anderes Geräusch, und Mattéo besaß die Gabe – sofern es nicht ein Fluch war –, dies zu erkennen.

Als ein Prasseln erklang, wusste er, dass die Feuersbrunst sich jetzt mit voller Wucht ankündigte und schnelles Handeln erforderlich war.

»Verdammt, es ist der Bazar de la Charité, Rue Jean Goujon siebzehn!«, schrie er dem Kutscher zu.

Weit und breit war kein Haus zu sehen. Zum Glück hatte Mattéo, der ständig sein Wissen über diese Stadt erweiterte, auch Informationen über die Struktur des Basars eingeholt.

»Ein freies Gelände inmitten von vornehmen Wohnungen. Das Gebäude selbst besteht aus Holz, ich glaube, aus Tannenholz«, fügte er mit ernster Miene hinzu.

Die Feuerwehrleute zogen sich ihre Schutzanzüge über, während das Hippomobil am Quai Debilly vorbei in Richtung des Basars fuhr. Wenige, doch mächtige Flammen stiegen dort, wo die Explosion stattgefunden hatte, säulenförmig empor.

»Es gibt nicht einmal Rauch, nur Flammen ... Das sieht nicht normal aus ...«, bemerkte ein Feuerwehrmann, stutzig geworden.

»Ein Anschlag?«, fragte Lucile.

»Ich weiß es auch nicht, aber es brennt gewaltig«, erwiderte Mattéo.

Der Kutscher trieb seine Pferde immer wieder mit der Peitsche an. Hinten auf dem Trittbrett versuchte der für die Pumpe zuständige Feuerwehrmann, das Gleichgewicht zu halten. Währenddessen warf er Holzscheite ins offene Feuer, um den notwendigen Dampfdruck der Wasserspritzen zu erzeugen. Je mehr sie sich dem Basar näherten, desto dichter wurde die Menschenmenge. Sie überholten eine Gruppe von Geistlichen. Der Kutscher lenkte seine Pferde mit Entschlossenheit und Geschick durch das Gedränge.

»Das Problem ist das Dach«, meinte Mattéo. »Es besteht

aus geteerter Leinwand, und im Inneren hängt unter der Decke ein Sonnensegel.«

»Verdammt, diese Idioten!«

Kaum hatte der Wagen angehalten, sprangen zwei Männer herunter, um den Feuerwehrschlauch auszurollen.

»Bleibt ruhig, ja?«, befahl Mattéo und strahlte Zuversicht und Kompetenz aus. Er hatte seine Männer gut im Griff. Einer der beiden hatte schon seinen Schutzhelm übergestülpt, während der zweite die Sauerstoffmaske anlegte. Die ständigen Trainingsübungen ermöglichten es ihnen, im gleichen Rhythmus wie eine einzige Person vorzugehen.

Plötzlich erstarrte Lucile, als ihr einfiel:

»Dieses Jahr gibt es ja den Kinematografen …«

Mattéo zog eine Grimasse.

»Ist er leicht entflammbar?«, fragte der Kutscher.

»Sehr …«, betonte Mattéo.

Zwei Jahre nach seiner Erfindung war der richtige Einsatz des Kinematografen immer noch eher unklar. Doch da Mattéo sich näher damit befasst hatte, glaubte er, verstanden zu haben, dass das Filmmaterial tatsächlich leicht entzündbar war und daher ein großes Risiko bestand.

»Bald werden wir es wissen«, meinte der Kutscher, der keine Antwort erwartete. Angesichts der stärker werdenden Flammen verdüsterte sich seine Miene zunehmend.

Lucile achtete darauf, Mattéo nicht abzulenken. Kaum hatte dieser den Boden berührt, rannte er auf dem Trottoir an dem Gebäude entlang. Er fand den städtischen Wasserhydranten, schloss den Feuerwehrschlauch an und kehrte dann wieder zu seinen Mannschaftskameraden zurück. Verärgert und entsetzt stellten diese gerade fest, dass alle Türen und Fenster fest verriegelt waren.

Sie liefen um das Gebäude herum. Der einzige Eingang war gleichzeitig auch der einzige Ausgang: zwei Türen, deren Flügel sich nur nach innen öffneten. Unvorstellbar! Eine richtige Mausefalle! Die Türen waren blockiert, vermutlich durch Körper, die wegen des Drucks der Menschenmenge gestürzt waren.

»Es brennt! Lasst uns raus! Hilfe!«

Aus dem Gebäude drangen Schreie. Einige Gaffer und Kutscher waren zum Eingang gestürzt, um zu versuchen, die Türen mit Gewalt aufzubrechen. Nichts zu machen. Irgendetwas blockierte von innen das Öffnen der Flügel, wodurch jeglicher Zugang unmöglich wurde. In Windeseile war eine wahre Feuersbrunst entstanden.

Mattéo, der trotz der Panikschreie aus dem Inneren ruhig blieb, entdeckte auf der anderen Straßenseite Balken, an die sich ein Stallbursche lehnte. Der Kerl, überrumpelt durch den plötzlichen Ausbruch des Feuers – da es kein Vorzeichen oder Rauch gegeben hatte –, rührte sich nicht von der Stelle. Mattéo gab seinen Kollegen ein Zeichen, und zu sechst, jeweils drei auf einer Seite, ergriffen sie geschickt einen der Balken. Sie benutzten ihn wie einen Rammbock, nahmen Anlauf und zertrümmerten die Tür des Basars. Die Öffnung war nicht groß, aber Menschen voller Panik streckten die Arme heraus, und die Schreie der Eingesperrten wurden noch durchdringender. Die Feuerwehrleute verzichteten darauf, ihre Axt zu benutzen, aus

Angst, die Überlebenden zu verletzen. Mattéo rief Lucile etwas zu und klappte das Visier seines Schutzhelms herunter.

»Benachrichtige den Kommandanten, dass es ernst ist.«

Lucile sah zu, wie er sich mit seinen Kameraden auf die Tür stürzte. Erst jetzt vernahm sie das Geheul der Feuermelder.

»Bald trifft Verstärkung ein«, überlegte Lucile. Sie hatte die Dramatik der Lage noch nicht richtig erkannt, hatte noch nicht begriffen, dass das nackte Grauen ausgebrochen war und die Flammen sich wie ein Dämon auf das Holz des Basars gestürzt hatten. Im Inneren des Gebäudes dienten die Stoffe und Spitzen der Kleider und venezianischen Schleppen nur noch dazu, das rasende Feuer zu schüren. Und im Dachstuhl, der aus einem alten Flechtwerk aus Tannenholz bestand und in dem sich Dreck und Reisig, die von Vögeln hierhergetragen worden waren, angesammelt hatten, verbreiteten sich die Flammen unglaublich schnell.

Noch hatte niemand richtig begriffen, was vor sich ging, denn es war schlichtweg unfassbar – das Feuer war erst wenige Augenblicke zuvor ausgebrochen.

– 4 –

4. Mai 1897, Bazar de la Charité,
sechzehn Uhr dreiundzwanzig.
Drei Minuten nach der Explosion.

»Ihr drei räumt weiter den Eingang. Wir müssen um jeden Preis rein. Wenn das Feuer das Dach erreicht … Kommt!«

Mattéo wollte nicht nur die Verletzten evakuieren, sondern auch das Feuer selbst eindämmen. Die Mannschaft hatte keine Zeit, auf den Zustand der im Basar eingeschlossenen Menschen zu achten und sich um sie zu kümmern, denn die lodernden Flammen breiteten sich in Windeseile aus. Es gab sicher nichts, das noch schneller entflammte als ein aus frisch lackiertem Tannenholz errichtetes Behelfsgebäude. Die Feuerwehrleute hatten es geschafft, die rechte Tür an der Seite unten aufzubrechen. Mattéo stieß einen Körper, der an der Tür lehnte, zurück und zwängte sich durch die Öffnung, gefolgt von seinen Kameraden, denen man die Spritzdüse mit dem Wasserschlauch nachreichte. Das weitere Vordringen im Innern des Gebäudes wurde zu einer heiklen Sache, da die von Panik erfassten Menschen auf den Körpern derjenigen herumtrampelten, die als Erste versucht hatten, die Türen zu öffnen.

»Männer, es wird gefährlich, wenn die Flammen das Zeltdach erreichen, aber wir lassen uns nicht aus der Ruhe bringen.«

Obwohl Mattéo seine Anweisungen laut rief, achtete niemand darauf, sie waren wie Gespenster in einem Flammenmeer. Die schreiende Menschenmeute hatte nur Augen und Ohren für die immer noch verschlossenen Türen.

In dem undurchsichtigen Rauch – kein Lufthauch war zu spüren – rückte Mattéos Team vorsichtig und entschlossen vorwärts, ganz auf die Aufgabe konzentriert, näher an den Feuerherd heranzukommen. Sie missachteten die Schmerzensschreie, das panische Gebrüll, die Leute, die erschöpft und rußbedeckt auf dem Boden saßen. Sie mussten auch die Frauen ignorieren, die wie gelähmt waren angesichts der nicht zu bändigenden Flammen, die immer gieriger nach ihren modischen, bauschigen Kleidern züngelten. Die Menschen, zusammengedrängt, vor Entsetzen erstarrt und von der roten Glut geblendet, sahen nicht, dass die Feuerwehrleute an ihnen vorbeirannten, getarnt in ihren Atemschutzausrüstungen (ARI), die Taucheranzügen ähnelten. Selbst Victor, Mattéos Freund aus Kindheitstagen, nahm sie nicht wahr, so sehr hatte auch ihn die Panik erfasst. Dieser junge Mann, engagiert und mutig, erstickte mit den Händen einen Funken, der das Musselinkleid eines jungen Mädchens erfasst hatte. Die Flammen fraßen sich von der linken Seite nach rechts, verschlangen das Dekor aus Pappmaschee und bedienten sich an den Holzbrettern des Behelfsbaus. Ein Behelf … Wie das Leben … Das Attribut schien für diese Situation erfunden worden zu sein.

Die Feuerwehrleute konnten schließlich ihre Spritzdüse mit dem Wasserschlauch in Position bringen, und das Wasser sprudelte heraus. Mattéo leitete das Manöver.

»Vorwärts, los, dreht die Spritzdüse voll auf, das muss funktionieren!«

Alles ging so schnell ... Die Flammen hatten sich zuerst entlang der Wände geschlängelt, breiteten sich jetzt nach oben aus und würden sehr bald die Decke erreichen.

Die Feuerwehrleute, geschützt durch ihre Atemgeräte, arbeiteten sich in diesem giftigen und erstickenden Umfeld weiter voran.

»Achtung!«, brüllte Mattéo, eine mächtige Flamme im Blick, die als erste am Zeltdach züngelte.

Er erkannte sofort, dass sich die Situation einer Katastrophe näherte. Da es ihnen nicht gelungen war, den Brand einzudämmen, blieb ihnen jetzt nur, unter allen Umständen das Unheil so weit wie möglich zu begrenzen. Er hoffte, dass die Kollegen außerhalb des Gebäudes die Türen freibekamen, damit die Eingeschlossenen dieser Hölle entfliehen konnten, bevor diese zu ihrem Grab wurde.

Mattéo griff nach der Spritzdüse, in deren Schlauch sich ein Kamerad verheddert hatte. Er beherrschte die Einstellung des Wasserdurchflusses wie kein anderer, und eine mächtige Fontäne ergoss sich in den brennenden Gang, um zehn Meter hohe Flammen zu bekämpfen.

Plötzlich ließ eine Verpuffung die Menschen erstarren.

Mattéo ging angesichts der aufsteigenden Feuerwand in Deckung. Kurz danach begann die Decke einzureißen, das Zeltdach segelte herab, mitsamt dem triefenden Teer.

Die Menge schrie auf. Mattéo, seine Feuerwehrleute im Schlepptau, rückte weiter vor, was nicht einfach war, da sich die Menschen, ganz gebannt, nicht von der Stelle rührten. Das dumpfe Prasseln der Flammen, die die Decke verschlangen, erfüllte den begrenzten Raum. Die meisten waren wie betäubt angesichts dieser beispiellosen Feuersbrunst und des unglaublichen, fast choreografisch anmutenden Tanzes der glühenden Schlacken. Diese fielen herunter, breiteten sich in atemberaubender Geschwindigkeit von der linken Seite nach rechts aus und von dort wieder zurück zu den immer noch blockierten Türen. Ohne Luftzufuhr waren die Menschen unfähig zu reagieren. Nicht nur Flammen umzingelten sie. Auch die hölzernen Dachstützen, die bereits von der Feuersglut angesengt waren, mussten bald einknicken. Mehrere Hundert Kilo würden dann über die Menge hereinbrechen und das behelfsmäßig erstellte Gebäude zum Einsturz bringen.

»Schnell, macht Platz!«

Durch die Feuersbrunst, die im Basar wütete, wurden vor dem Gebäude auch die Baumwipfel kräftig durchgeschüttelt. Die eindrucksvollen Flammen wirbelten zum Himmel hoch, dessen Blau sich durch die rötliche Glut im Nu verdüstert hatte.

»Ist es schlimm?«

Selbst wenn man angesichts dieses ohrenbetäubenden Prasselns der Flammen fast taub und blind wurde, war es unmöglich, sich der Folgen des Infernos nicht bewusst zu werden.

Der ehrgeizige Polizeipräfekt Leblanc litt keineswegs an

Blindheit, doch verdrängte er liebend gerne. Diese persönliche Methode – alles mit einer Handbewegung abzutun und darauf zu bestehen, nicht zu sehen, dass das Glas nur halb voll war – hatte sich bisher als förderlich für seine Karriere erwiesen. Aber er war Realist genug, um zu wissen, dass er nie ein Leben der Fülle und des Luxus führen würde.

»Herr Präfekt, ohne Ihnen etwas vorzuschreiben: Ich rate Ihnen, nicht hierzubleiben.«

Major Krebs, der gerade mit der Verstärkung eingetroffen war, ließ das Dach des Basars, das immer mehr zum Opfer der Flammen wurde, keinen Moment aus den Augen.

»Das Dach ist das Problem. Es ist mit Teer überzogen, und es gibt eine Katastrophe, wenn es einstürzt.«

Leblanc schaute nach oben – die Hitze wurde erdrückender, aber er konnte nicht verstehen, warum das Dach einstürzen sollte. Er hatte höchstpersönlich mit seiner Unterschrift dem Grundstückseigentümer Monsieur de Lenverpré erlaubt, den Basar hier abzuhalten, und de Lenverpré hatte ihm versichert, dass die neuesten Sicherheitsvorkehrungen beachtet würden und alles auf dem aktuellsten Stand sein werde. Leblanc hatte seinem Wort geglaubt und sich damit zufriedengegeben, das Geld einzustreichen.

Dieses Geld ermöglichte es ihm, insgeheim die unseriöse Informations- und Archivierungsabteilung zu leiten, die Personen lediglich aufgrund ihrer politischen Überzeugung ausspionierte. Von der schmutzigen Praxis hielt Leblanc sich fern. Leichen widerten ihn an, er war noch nie in eine Schießerei verwickelt gewesen und hatte selbst noch nie jemanden verhaftet. Als er Polizeipräfekt geworden war, hatte er sein Amt schnell in eine einzigartige Machtzentrale verwandelt, und zwar mit dem Ziel, die Sicherheit der Pariser Bürger zu gewährleisten und das Verbrechen zu bekämpfen. Leider übte er dabei auch gravierenden Amtsmissbrauch aus.

»Das Feuer verhält sich wie das Wasser«, erklärte Krebs, belehrend trotz der Situation. »Es wählt den kürzesten Weg und versucht gleichzeitig, immer mehr die Oberhand zu gewinnen. Wissen Sie, es geschieht im Handumdrehen. Es dringt überall ein, ohne sich aufhalten zu lassen.«

»Es wird stinken, das ist alles. Sonst wird nichts geschehen«, murrte der Präfekt.

Leblanc verabscheute schlechte Gerüche, er war besonders empfindlich dagegen und hatte die abstoßende Manie, sich mit Parfüm zu überschütten. Als eine Flamme plötzlich fünfzig Meter von ihnen entfernt an der Wand hochzüngelte, beherrschte der Brandgeruch alles.

Der Feuerwehrkommandant blickte ihn skeptisch an, denn die Feuersglut, die jetzt aufloderte, gab ihm recht.

Leblanc wurde kreidebleich.

Im Inneren des Basars erinnerte die von den Flammen eingeschlossene Menschenmenge an eine Kolonie wild gewordener Ameisen. Jeder versuchte, sich einen Weg zu bahnen, ohne zu wissen, in welche Richtung er gehen sollte, denn das Feuer wütete überall.

Alles ging sehr schnell: Das unter der Decke gespannte Sonnensegel blähte sich mit heißer Luft auf, wie eine Montgolfière. Rauch entströmte der Bedachung, die Luftzufuhr schürte die Feuersbrunst noch mehr, und die brennende Leinwand entzündete den Teer. Die Halteseile des Segels zerbarsten mit einem knirschenden Geräusch, das Feuer drang nun durch das Zeltdach und zerriss es. Die Blicke aller waren nach oben gerichtet. Schreckensschreie ertönten, als das Dach nachgab, unter seinem Gewicht einbrach und auf die erstarrte Menschenmenge herunterstürzte.

»Was brauchen Ihre Männer?«

»Mehr Schläuche«, erwiderte Krebs mit ernster Miene.

Leblanc blieb nichts anderes übrig, als sich der Dringlichkeit der Situation zu beugen.

»Schon gut, schon gut. Sie bekommen alles.«

Leblanc war ein Meister darin, Versprechungen zu machen, die er nie einhielt. Es kostete nichts und war sehr wirkungsvoll, weil es dem Gesprächspartner einen Funken Hoffnung vermittelte, wodurch Leblanc die beste Handhabe zur Manipulation hatte. Er hatte diese Theorie aus einem angesehenen Wissenschaftsmagazin. Für diesen Mann zählte jetzt nur, die Moral der Einsatzmannschaften zu heben, damit jeder Einzelne wieder seinen Platz auf dem Schlachtfeld einnahm.

Er warf einen flüchtigen Blick auf seine Taschenuhr – er war zu einem Diner im Élyséepalast verabredet und wollte nicht zu spät kommen. Deshalb beschloss er, sich diskret davonzumachen. Doch eine Stimme hielt ihn zurück:

»Leblanc, da sind Sie ja!«

Er setzte eine ernste Miene auf.

»Ah, Hennion! Ich habe Sie gerade gesucht«, log er.

Kommissar Hennion war der neue Leiter des Staatlichen

Sicherheitsdienstes, einem eigenständigen Ressort, das der Präsident gefordert hatte, um den Ruf der Geheimpolizei zu verbessern. In den Bereichen Strategie und Organisation fühlte sich Hennion wie ein Fisch im Wasser. Er war ein rechtschaffener, charismatischer Mann, dessen mit Grau durchzogener Bart gut zu seinen Anzügen passte und seine ernsten Gesichtszüge abmilderte.

Wenn er seines Weges ging, selbst wenn er bloß die Straße überquerte, gewann man den Eindruck, dass er etwas Großartiges anstrebe.

Seine Büroräume in der Rue des Saussaies waren fußläufig vom Basar entfernt. Um sechzehn Uhr zwanzig trat er nach einer Versammlung ans Fenster und entdeckte, wie aus der Richtung der Champs-Élysées Flammen hochstiegen, ohne jeglichen Rauch als Vorwarnung. Er begriff sofort, dass es sich um den Bazar de la Charité handelte, und war dorthin geeilt. Da seine Dienststelle sich mit Recherchen über Terroristen beschäftigte, wusste er, dass die Organisatoren der Wohltätigkeitsveranstaltung Drohungen erhalten hatten. Hennion hatte strenge Sicherheitsmaßnahmen veranlasst: Sechs Polizisten in Zivil bewachten die Umgebung und das Innere des Gebäudes.

»Hennion, was gibt es?«, wollte Leblanc wissen, der bemüht war, seine Ungeduld zu kaschieren.

»Wir haben bisher ein Dutzend schwer verletzter Brandopfer.«

Er ließ unerwähnt, dass einer seiner Männer eine Brandwunde am linken Arm erlitten hatte.

»Gut, gut. Das ist nicht so schlimm, keine Katastrophe.«

Hennion ersparte sich einen Kommentar, denn er kannte den Hang seines Vorgesetzten, alles zu relativieren, um besser dazustehen.

Im Inneren des Basars ergoss sich, nachdem das Dach eingebrochen war, ein Schwall glühenden Teers über mehrere Personen, wobei deren Haut auf der Stelle brannte. Die Menschen hatten keine Zeit mehr, sich zu schützen oder die Flucht zu ergreifen.

»Wir werden hier von den Flammen verschlungen!«, brüllte eine entsetzte Männerstimme. Der Mann warf sich gegen eine verschlossene Tür.

Durch den herabrieselnden glühenden Teer gerieten die Menschen in Panik und drängelten. Sie begriffen zu spät, dass dieser von Gott gesegnete Tag vom Teufel dazu ausersehen war, ihnen ein Grab zu bereiten.

Außerhalb des Gebäudes herrschte das totale Chaos. Zahlreiche Männer – Kutscher, Stallknechte, all jene dienstbaren Geister, die gebeten worden waren, draußen zu warten, bis ihre Herrschaften ihre Einkäufe getätigt hätten – halfen, die blockierten Ausgänge frei zu machen, damit die eingeschlossenen Menschen flüchten konnten. Eine Öffnung war entstanden, durch die sich die Überlebenden mühsam und brüllend hindurchzwängten, einer nach dem anderen. Als der Basar mit unbeschreiblichem Getöse zur allgemeinen Erschütterung zusammenbrach, hielt sich Leblanc wie unter Hypnose die Ohren zu.

– 5 –

4. Mai 1897, Bazar de la Charité,
sechzehn Uhr fünfundzwanzig.
Fünf Minuten nach der Explosion.

Mattéo drang von der linken Seite in einen verräucherten Flur vor. Das Feuer war jetzt noch intensiver, verschonte nichts und niemanden, jeder Quadratzentimeter Holz fiel den Flammen zum Opfer.

»Achtung! Es wird immer schlimmer! Einen weiteren Wasserschlauch, schnell, haltet hier drauf.«

»Kapiert!«

»Bleibt alle unter eurem Atemschutzgerät!«

»Kapiert, Sergeant!«

»Ist da jemand? Wir sind die Feuerwehr!«, brüllte er und öffnete mit dem Fuß eine Tür.

Keine Reaktion. Er machte seine Lampe an und sah sich hinter den Ruinen der Stände um. Dann erreichte er eine Gitterwand – das Feuer hatte alles verschlungen.

»Das übersteigt unsere Kräfte. Abmarsch!«, befahl er seinen Kollegen.

»Es brennt jetzt auch von unten, und es besteht die Gefahr, dass der Boden einbricht.«

»Wir ziehen uns zurück, es wird zu gefährlich.«

Mattéo wandte sich den Flammen zu. Er nahm das Knirschen wahr, dann die Explosion und ging in die Knie.

»Achtung, der Boden bricht ein!«

»Schnell raus!«

Seine Teamkollegen folgten ihm sofort, mit Ausnahme eines Einzigen: Garden.

»Ein paar Jungs von mir sind noch hinten, ich muss sie suchen.«

»Geht nicht, Garden, nicht allein.«

Die Augen weit aufgerissen, blickte Garden in Richtung der Feuerwand. Ohne auf die Gefahr zu achten, rannte er los und drang durch den Flammenwall.

»Garden, komm zurück!«

Eine erneute Explosion warf Mattéo zu Boden. Er umklammerte die Spritzdüse und lenkte den Strahl in Richtung des Feuerkorridors, wobei er langsam zurückwich.

Ringsum brannte es lichterloh, er glaubte, zu ersticken und den Tod zu spüren, als er seinen Teamkameraden, der im Inferno gefangen war, zurückließ und durch das von Flammen umzingelte Erdgeschoss eilte. Um ein Haar entging er einer einstürzenden Feuersäule, schlüpfte durch die Bresche in der Tür ins Freie – und brach zusammen. Major Krebs schüttelte ihn, sodass er sofort wieder aus seiner Betäubung erwachte.

»Sind alle Männer im Freien?«

Mattéo nahm sein Atemschutzgerät ab und trank einen halben Liter Wasser. Dann rief er, als er die Feuerhölle erblickte, die alles zerstört hatte:

»Garden, er ist noch dort …«

Garden saß benommen auf dem Boden. Das ohrenbetäubende Geräusch und die Nähe der ihn einkreisenden Flammen versetzten ihn in Panik. Und in diesem Augenblick hatte er begriffen, dass der Gurt seiner Axt, die am Rücken befestigt war, sich in einem Schrotthaufen verfangen hatte und ihn festhielt. Die Flammen schlängelten sich an seinen Stiefeln hoch. Er brüllte »Ich bin eingeklemmt, ich bin eingeklemmt!«, aber es konnte ihn niemand hören.

Er schlüpfte aus der Schutzweste, um sich von der Axt zu befreien, und taumelte durch den verwüsteten Basar. Er atmete schwer, der untere Teil seiner Hose, die Arme sowie der Rücken hatten Feuer gefangen. Dann fiel er zu Boden, blieb auf dem Rücken liegen und verlor das Bewusstsein.

Mattéo starrte auf die Weltuntergangsszene, die im inneren Bereich des verwüsteten Terrains herrschte. Garden würde nie mehr wiederkommen. Mit seinen Kameraden hatte Mattéo das Feuer eingedämmt, aber das war nicht genug. Sie hatten die Katastrophe, die in Rekordzeit über sie hereingebrochen war, nicht verhindern können. Teilnahmsvoll tätschelte Krebs seine Schulter.

»Sergeant, wir brechen jetzt auf. Wir müssen weiter.«

Mattéo erblickte gerade den Schimmel eines Hippomobils, das in der Nähe des Basars geparkt hatte. Der Gaul, der beim Einsturz des Dachs von einer Teerplatte getroffen worden war, bäumte sich auf – er hatte sich in eine lebende Fackel verwandelt. Doch es herrschte allgemeine Gleichgültigkeit. Mattéo sprang an ihm hoch und versuchte, die Flammen, die das Pferd zu verbrennen drohten, zu ersticken. Aber es war zu spät, der brave Schimmel brach stöhnend zusammen und erlag seinen Verbrennungen. Der Feuerwehrmann begriff, dass der Kampf immer ungleich sein würde: Dieser Brand, mochte er nun auch eingedämmt sein, war noch lange nicht gelöscht.

»Sergeant, möglicherweise haben wir in den umliegenden Gebäuden weitere Brandherde«, informierte ihn Krebs und bestätigte damit seine Befürchtungen.

»Danke, Kommandant.«

Was Mattéo immer ausgezeichnet hatte, war das Handeln, die Aktion. Deshalb verabschiedete er sich mit militärischem Gruß von seinem Vorgesetzten und gesellte sich wieder zu seinen Kameraden, um den Kampf fortzuführen.

– 6 –

4. Mai 1897, Bazar de la Charité, sechzehn Uhr dreißig. Zehn Minuten nach der Explosion.

Beim Zusammenbruch des Basars waren Funken durch offene Fenster in einige angrenzende Wohnungen geweht worden. Dank ihrer berühmten hängenden Feuerleiter war es den Feuerwehrleuten gelungen, zu den Brandherden zu gelangen und sie einzudämmen. Sie konnten dadurch das Schlimmste verhindern. Sie hatten die Anweisung erhalten, aus Sicherheitsgründen die Bewohner zu evakuieren. Es war besser, ein Unglück von vornherein zu verhindern, als es später zu bekämpfen.

Doch die alte blinde Näherin im sechsten Stock, der am meisten gefährdet war, teilte diese Meinung keineswegs. Sie sollte als Letzte evakuiert werden, weigerte sich aber beharrlich, Mattéo zu folgen.

»Kommen Sie, Madame, ich muss Sie runterbringen.«

»Ich habe mein Leben lang hier gewohnt, ich kam in diesem Haus zur Welt. Mit dreiundachtzig ist die Sicherheit meine geringste Sorge. Ich rühre mich nicht von der Stelle.«

»Machen Sie mir bitte meine Arbeit nicht noch schwerer«, erwiderte Mattéo entschlossen und griff nach ihrem Arm.

Die alte Dame plapperte weiter, erhob sich aber und stützte sich auf Mattéo. Das Gehen fiel ihr schwer. Er geleitete sie sicher bis zum offenen Fenster des Wohnzimmers, wo seine Kollegen warteten. Er fragte sich, wie die alte Dame es schaffen sollte, über die Fensterbrüstung und dann die Leiter hinunterzuklettern.

»Als ich acht war, herrschte Hungersnot. Ich habe den Krieg erlebt, er hat mir meine zwei Jungen genommen. Dann kam die Kommune. Man hat mich aufgefordert zu gehen, aber ich bin hiergeblieben. Meine Brüder sind tot. Und Sie wollen, dass ich meine Wohnung wegen etwas verlasse, das ich nicht einmal sehen kann?«

Dank Mattéos Geschick konnte die alte Frau auf die Leiter steigen, hörte dabei aber nicht auf zu meckern. Ein Feuerwehrmann half ihr, einen Fuß nach dem anderen auf die Sprossen zu setzen, bis sie festen Boden erreichte. Vielleicht war es im Grunde genommen sogar ein Glück, an diesem schicksalsschweren Tag die gegenwärtige Katastrophe verdrängen zu können und in der Vergangenheit zu leben, statt das Drama nebenan mitzubekommen.

Knapp zehn Minuten nach dem Feuerausbruch waren alle Pappdekorationen, die mittelalterlichen Verkaufsstände und die hübsche Garderobe der Schirmherrinnen abgebrannt, und die Träume von Wohltätigkeit hatten sich in Rauch aufgelöst.

Vor dem Gebäude schaffte die Feuerwehr alles an verfügbaren Geräten heran.

Das Schlimmste war, dass über tausend Personen immer noch zwischen den Trümmern eingekeilt waren. Vor den blockierten Ausgängen stapelten sich Leichen und verhinderten, dass die Überlebenden der Hölle entrinnen konnten. Vergeblich hatte man versucht, die Türen mit Gewalt aufzubrechen. Es war unmöglich, die Hand auszustrecken, um zu helfen, ohne selbst vom Feuer erfasst zu werden. Ein paar Männer hatten ihre Kleidungsstücke ausgezogen und diese miteinander verknotet. Dann warfen sie das improvisierte Rettungsseil den Eingesperrten zu. Diese konnten sich daran festhalten, über die angehäuften Leichen steigen und sich schließlich aus der glühenden Asche retten.

Etwas weiter entfernt griff ein junger Stallknecht nach einer Schaufel – nicht, um Leichen aufzusammeln, sondern um die Schaufel den Personen im Inneren zu reichen. Auch wenn es auf diese Weise vielen gelang, aus der Feuerhölle auszubrechen, erlagen sie doch leider unter grauenhaften Schmerzen wenige Minuten später ihren tödlichen Brandwunden.

Die Verletzten liefen von allen Seiten herbei. Diejenigen, die dem Feuer entkommen waren, hatten schreckliche Quetschungen erlitten. In der allgemeinen Panik waren viele von der Menschenmenge niedergetrampelt worden. Doch hatten sie das unglaubliche Glück, nicht erdrückt und erstickt zu werden.

– 7 –

4. Mai 1897, Bazar de la Charité, sechzehn Uhr fünfunddreißig.
Eine Viertelstunde nach der Explosion.

Das Trottoir entlang der Rue Jean Goujon war wegen der zahllosen Verletzten und Sanitäter nicht begehbar. Julien, der junge Mann, der noch vor einer Viertelstunde der hübschen Alice de Jeansin Komplimente gemacht hatte, war ebenfalls zusammengebrochen, wie auch die Reste des Basars selbst. Lediglich ein paar rußgeschwärzte Balken schwelten noch inmitten dichter Rauchwolken. Das Feuer hatte wie ein Tornado gewütet und alles in seinem Weg zerstört. Julien war es jedoch gelungen, sich unversehrt zu retten.

Ein Mann um die dreißig, der Kutscher der Familie de Jeansin und der Ehemann von Rose, dem zurückhaltenden Hausmädchen in Alices Diensten, schüttelte Julien an der Schulter:

»Monsieur? Sind Sie es?«

»Ah, Jean«, stieß Julien mit verstörtem Blick hervor.

»Monsieur, wo sind Alice und Rose?«

»Ich … ich weiß nicht … Ich hielt Alice an der Hand. Wir

sind gerannt … und jetzt finde ich sie nicht mehr. Ich … ich verstehe das nicht, denn ich habe ihre Hand nicht losgelassen, ich …«

»Und Rose?«, unterbrach ihn Jean ungeduldig.

»Ich … ich weiß es nicht …«

Jean, den jetzt Panik erfasste, sah sich ängstlich um und hielt im Gewühl der Verletzten Ausschau nach Rose.

Vergeblich. Hilflos ließ er sich auf dem Trottoir nieder und begann, lautlos zu weinen.

Dem Basar gegenüber befand sich ein Vermieter von Fahrzeugen. Er bot hauptsächlich Hippomobile an, doch er hatte auch ein paar Motorfahrzeuge auf Lager, die allerersten Autos mit Öltanks.

Die Feuerwehrleute beschlagnahmten die kostbare Flüssigkeit, die bei den Verunstaltungen durch Teer helfen sollte. Es ging darum, das Öl so schnell wie möglich über die Brandwunden der Betroffenen zu gießen, denen es gelungen war, der Feuerfalle zu entkommen. Hunderte von verstörten Menschen irrten auf der Suche nach medizinischer Versorgung umher. Einige jammerten, andere weinten still vor sich hin. Manchmal hörte man ein Gebrüll im Stimmengewirr. Inzwischen trafen die Familien der Verletzten ein und wollten ihre Angehörigen finden. Von den Überlebenden waren viele entstellt, ihre Haut hing in Fetzen herunter, etliche waren unkenntlich. Andere hatten Brandwunden an den Beinen und Füßen und konnten nicht mehr gehen. Das Rote Kreuz hatte eilig im Hof des Fahrzeugvermieters ein Zelt errichtet und versorgte die Verletzten notdürftig. Krankenwagen trafen ein und brachten die am schwersten Verletzten in die Krankenhäuser der Hauptstadt.

Lucile, die den Hilfskräften zur Hand ging, goss Öl über den Kopf eines knapp fünfjährigen Kindes. Es war eines der ersten Opfer, das die Säure des Teers getroffen hatte. Dank seiner geringen Körpergröße war es dem Mädchen, das ein Kleid mit englischer Stickerei trug, gelungen, sich durch die von den Feuerwehrleuten geschlagene Bresche hindurchzuschlängeln.

Das arme Kind hatte einen glühenden Teertropfen abbekommen, der auf seinem kleinen Hut gelandet war, sich entzündete und die langen Haare sowie das Kleid in Brand setzte. Das Kind musste grauenhafte Angst gehabt und Schreckliches durchgemacht haben.

»Mein Engel, mein Engel.«

Eine Dame rannte herbei und schwenkte die Arme. Das kleine Mädchen blickte auf und erkannte seine Mutter.

»Mama! Mama!«

Sie fielen sich um den Hals. Dann bemerkte die Mutter, dass die Flammen die Hälfte der Haare ihres Kindes angesengt hatten. Das Gesicht war unversehrt, aber auch die Augenbrauen und Wimpern waren verbrannt, was dem Kind das Aussehen eines verschreckten Kükens verlieh.

»Oh mein Gott, du bist gerettet«, rief die Mutter und hielt ein Schluchzen zurück.

Sie drückte ihr Kind an sich und dankte Gott oder der Vorsehung.

Lucile reichte ihnen eine Flasche mit Wasser. Sie war

froh, dass sie immer noch ihre Feuerwehruniform trug. Die Frauen, die in ihre Kleider und Korsetts eingezwängt waren, sahen nun aus wie zerlumpte Gespenster. Sie bewegten sich nur mühsam vorwärts und hoben dabei ihre Taft- und Unterröcke hoch, einige auch ihre Schleppen, die zu Beginn der Saison modisch angesagt waren. Das Löschwasser hatte den Boden an manchen Stellen in ein schwammiges, glitschiges Terrain verwandelt, was die herrschende Atmosphäre eines Schlachtfelds noch verstärkte.

Das kleine dehydrierte Mädchen ließ sich nicht zweimal bitten und trank gierig mehrere Schlucke.

»Danke«, flüsterte die Mutter.

»Merci, Madame«, wiederholte das Kind und gab Lucile die Flasche zurück.

»Du warst im Gebäude?«

Lucile hatte sich hingehockt, um auf Augenhöhe mit dem kleinen Mädchen zu sein.

»Ja, Madame. Ich ging zum Pestakel mit den beweglichen Bildern …«

»Spektakel, Solène, Spek-ta-kel«, verbesserte die Mutter, als ob das jetzt eine Rolle spielte.

»Du heißt Solène?«

Das Kind, das fasziniert war von der sanften Art der jungen Frau in der Feuerwehruniform, nickte.

»Und wie alt bist du, mein Schatz?«

»Fünf.«

»Solène, du warst tapfer …«

Lucile holte ein Bonbon aus ihrer Tasche und reichte es dem Kind.

»Was ist passiert? Erinnerst du dich?«

»Es hat bumm gemacht, um allen zu sagen, dass das Fest losgeht«, erklärte die Kleine und griff nach dem Bonbon.

Lucile bemerkte, dass Solène gegen einen Schwindel ankämpfte, als sie die Bilder des furchtbaren Geschehens wieder vor sich sah.

»Es gab eine Explosion, nicht wahr?«, erkundigte sich Lucile und hob die Brauen, um Solène zu ermutigen weiterzureden.

»Ja ...« Die Antwort kam zögernd, sie suchte wohl nach den richtigen Worten: »Ja, es gab eine Essposion.«

Dieses Mal schwieg ihre Mutter, die sich erst jetzt der Gefahr, der ihre Tochter gerade entgangen war, wirklich bewusst wurde.

»Und dann?«

»Dann ... Da war etwas Heißes auf meinem Kopf, mir wurde schlecht, und ich bin losgerannt. Ein sehr freundlicher Herr hat mir geholfen rauszukommen.«

Die Kleine war schon die zweite Person, die ihr von diesem »freundlichen Herrn« berichtete. Das Kind fing an zu gähnen, und die Journalistin wollte nicht weiter in die Kleine dringen.

»Solène, du bist sehr tapfer gewesen, bravo«, wiederholte Lucile und streichelte ihre Wange.

Dann erhob sie sich und zeigte der Mutter ein Sanitätszelt. Das rote Kreuz, das auf die Juteplane aufgemalt war, wirkte düster.

»Sie sollten den Arzt aufsuchen, er gibt Ihnen eine Heilsalbe.«

»Danke«, erwiderte die Mutter und nahm ihr Kind in die Arme. »Komm, mein Engel.«

Lucile blickte ihnen hinterher. »Es hat bumm gemacht«, hatte die Kleine gesagt. Könnte die Explosion einer Bombe dieses Inferno ausgelöst haben?

– 8 –

4. Mai 1897, Bazar de la Charité, sechzehn Uhr vierzig.
Zwanzig Minuten nach der Explosion.

Die Feuerwehrleute waren aus sämtlichen Kasernen von Paris ausgerückt. Stallknechte der Umgebung halfen ihnen bei ihrer mühevollen Arbeit, Leichen aus den Trümmern zu bergen.

Einige Opfer hatten noch alle Gliedmaßen, und man bemühte sich, sie an den Armen bis zum Trottoir zu ziehen. Dort wurden sie von anderen Feuerwehrleuten oder freiwilligen Helfern übernommen.

Bald stapelten sich die Leichen bedenklich hoch. Sie schwelten immer noch, und der Geruch und der Rauch, die von ihnen ausgingen, wurden unerträglich. Man erkannte jetzt deutlich die gewaltige Zahl der Opfer.

Im Inneren der Trümmer war der Anblick nicht weniger deprimierend.

Überfordert durch die vielen verkohlten und zerstückelten Körper, die sofort evakuiert werden mussten, da sonst die Gefahr bestand, dass man sie nicht mehr identifizieren konnte, hatten die Feuerwehrleute Pappkartons aus den Läden in der Avenue Montaigne beschlagnahmt, um den

Staub, die Asche und die verbrannten Schmuckstücke der Opfer darin aufzubewahren. Ungefähr ein Dutzend Feuerwehrleute tappten mühselig durch die rußige Schwärze. Licht spendete ihnen lediglich eine Stirnlampe. Das Modell, das Major Krebs und Mattéo erfunden hatten, steckte noch in der Experimentierphase, doch sein Strahl ermöglichte den Männern eine deutliche Sicht aus der Nähe.

»Schaut überall hin, legt alles in den Karton. Und passt auf, wo ihr hintretet, Jungs.«

Mattéo war nun nicht mehr kreidebleich. Als guter Feuerwehrmann kannte er das Opfer, das ihm dieser Beruf – seine Berufung – abforderte.

»Da ist ein Bein!«

Mithilfe ihrer Stirnlampen entdeckten sie Körper, die fast vollständig verbrannt waren. Eines der Opfer hatte keine Beine und Arme und auch keine Schädeldecke mehr. Der Bauch war unter dem Druck innerer Gase aufgeplatzt, sodass die verbrannten Gedärme herausquollen. Die eingeschmolzene Muskelmasse legte den Oberschenkel- und Oberarmknochen frei, außerdem fehlten der Leiche zwei Zähne im rechten Oberkiefer.

– 9 –

Bazar de la Charité, sechzehn Uhr fünfzig.
Dreißig Minuten nach der Explosion.

Alles hatte sich rasend schnell abgespielt.

Angesichts des Ausmaßes der Schäden und der Katastrophe fiel es dem Polizeipräfekten Maurice Leblanc schwer, nicht in Panik zu geraten. Denn alle erforderlichen Genehmigungen für den Aufbau dieses Basars waren von ihm unterschrieben worden. Dafür hatte sich sein Freund Marc-Antoine de Lenverpré großzügig gezeigt. Dieser trat als Bürge für seinen Schwager Auguste de Jeansin ein, den Herausgeber einer nationalen Tageszeitung und Ehrenpräsidenten dieser Wohltätigkeitsveranstaltung. Auguste de Jeansin hatte die Idee gehabt, die Dekorationen aus Pappmaschee anzubringen und den Kinematografen vorzuführen, um damit die Kunden anzulocken und die Gesellschaft zu beeindrucken. Ein Erfolg ist ein Erfolg: Über tausend Personen waren zu dem Zeitpunkt, als die Brandkatastrophe ausbrach, im Inneren des Basars gezählt worden.

Nun, dreißig Minuten nach dem Ausbruch des Feuers, das den Basar verwüstet hatte, entdeckte Leblanc gewisse verdächtige Anzeichen – obwohl de Jeansin ihm versprochen hatte, alle erforderlichen Sicherheitsmaßnahmen ergriffen zu haben. Leblanc hatte ihm vertraut, zumal es nicht das erste Mal war, dass sie miteinander zu tun hatten, und noch nie hatte Auguste de Jeansin ihn enttäuscht. Doch was die Barackenkonstruktion aus lackiertem Tannenholz anging, die dieses Jahr den berühmten Basar beherbergte, schien der Behelfsbau in keiner Weise die vorgeschriebenen Normen einzuhalten, und somit ergaben sich Probleme. Wenn eine Untersuchung die Schmiergelder, die er eingestrichen hatte, an den Tag bringen würde, konnte Leblanc seinen ehrgeizigen Plan, eines Tages ein Ministerium zu leiten, begraben.

Sie drangen ins Innere des Palais de l'Industrie ein, dessen Abriss kurz bevorstand. Der Boden war mit Trümmern übersät. Leblanc versuchte, sich zu konzentrieren: Krebs, der Chef der Feuerwehr, hatte die Betreuung der Brandopfer geleitet. Die Krankenwagen hatten die Schwerstverletzten in die Krankenhäuser transportiert, die jetzt voll waren. Einige von ihnen hatten es jedoch vorgezogen, nach Hause zu gehen, sie wollten lieber in Seidenlaken, umgeben von ihren Lieben, leiden.

Es blieben noch die Leichen, die immer mehr wurden – oder vielmehr das, was von diesen übrig war.

Leblanc musste gegen Übelkeit ankämpfen; die Gerüche von versengter Haut vermischten sich mit denen von Schweiß und Urin, was für ihn kaum zu ertragen war. Auch wenn er sich sein parfümiertes Taschentuch unter die Nase hielt, so atmete er doch die Verwesung der ganzen Welt ein. Leblanc wandte sich ab, als sie an den Feuerwehrleuten vorbeikamen, die einige Schienbeine aufstapelten.

»Krebs, was schlagen Sie vor?«

»Ich denke, wir sollten sie im Palais unterbringen ... Der Direktor hat mir versichert, dass innerhalb einer Stunde das Licht funktionieren wird. Die Familien hätten dann die Möglichkeit, hier ihre Angehörigen zu identifizieren.«

»Da ein Schienbein dem anderen gleicht, kann ich mir schlecht vorstellen, wie sie das anstellen wollen.«

»Ein Schmuckstück, ein Kleidungsstück ...«

Leblanc folgte Krebs auf den Fersen, während Feuerwehrleute sich abmühten, die Überreste eines bis zu Staub verkohlten Körpers in Kartons zu verstauen.

»Gut, gut. Beschlagnahmen Sie das Palais«, befahl Leblanc, der keine Lust hatte, sich noch näher mit den morbiden Details zu beschäftigen.

Diese ganze Sache stank genauso zum Himmel wie das Massengrab, das er hier vor sich hatte. Der Polizeipräfekt konnte sich seiner Verantwortung nicht entziehen. Einmal war keinmal, es galt, das Heft in die Hand zu nehmen. Lenverpré und sein Schwager de Jeansin mussten jetzt etwas Passendes inszenieren.

Leblanc war gut darin, sich zu verteidigen, politische Strategien befeuerten ihn geradezu.

In solchen Augenblicken konzentrierte der Polizeipräfekt seine Gedanken auf etwas Schönes: Er dachte über die Reden nach, die er halten würde. Er war bekannt für seine guten Festreden, und auch seine kritischen Ansprachen wurden häufig zitiert. Während er die Unzulänglichkeiten der Dekorausstattung verdrängte, durchschritt er den Ort der Verwüstung und überlegte, welchen Anzug er bei all den Beerdigungen tragen würde, an denen er teilnehmen musste. Und schon bald würde er, an den üppigen Busen seiner Geliebten geschmiegt, nicht mehr die verkohlten Körper der unzähligen Opfer vor der Nase haben.

Sein Ruf als Schnüffler, der dem Journalisten von *La Chouette* vorausging, wurde ihm nicht ganz gerecht: Hugues Chaville war zwar verbissen, aber auch mitreißend.

Wenn Séverine die Mentorin von Lucile war, so betrachtete die junge Reporterin ihren Kollegen Hugues, den anderen Protegé von Séverine, als ihren wesentlich älteren Bruder. Hugues hatte sie geformt und ihr zahlreiche Kniffe des Berufs gezeigt. Lucile, seine treue kleine Seelenverwandte, deckte ihn bei Séverine, wenn er mal wieder außer Kontrolle geriet. Die beiden Reporter waren zu unterschiedlich, um Konkurrenten zu sein; doch ihre einander ergänzenden Vorgehensweisen begeisterten die Leser, denn darin zeigte sich das Talent ihrer »Patin« Séverine: Es war ihr gelungen, zwei starke, aber ganz ungleichartige Reporter harmonisch zu vereinen.

Hugues hatte Lucile, deren Aufmachung und Schutzhelm ihr ein männliches Aussehen verliehen, zunächst nicht erkannt.

»Was zum Teufel treibst du denn in dieser Verkleidung?«

»Ist geheim ... Ich arbeite eigentlich an einer Reportage. Und du? Wie lange bist du schon hier?«

Hugues war gerade eingetroffen. Unauffällig wich er Luciles Frage aus.

»Weiß man, was genau passiert ist?«

»Auf eine Frage mit einer Frage zu antworten ... Du traust

dich was! Und eben du hast mir beigebracht, dass dies die schlimmste Täuschung sei«, spottete Lucile. »Du willst mir einfach nicht verraten, wo du gewesen bist, nicht wahr?«

»Wie nervtötend du doch sein kannst mit deinen Binsenweisheiten.«

Manchmal beneidete er den weiblichen Scharfsinn seiner jüngeren Kollegin, das war nicht zu leugnen.

»Dann stimmt es also: Du hast eine Liebste«, stieß Lucile hervor und schnupperte an Hugues' Hals.

In der Redaktion kursierte das Gerücht, dass Hugues mit einer »prominenten Persönlichkeit« liiert sei. Allein Séverine war von ihm ins Vertrauen gezogen worden, deshalb versuchte Lucile, ihm mehr zu entlocken.

»... Aha, der neueste *Spurway*-Duft! Sehr elegant, sehr teuer, sehr exklusiv. Ein Knüller.«

Hugues zuckte mit den Schultern.

»Lass deinen Blödsinn, das ist der falsche Moment.«

Er unterdrückte ein Lächeln, war kurz davor, weich zu werden, fuhr dann aber fort.

»Jetzt mal im Ernst, Lulu, was ist im Basar passiert?«

»Feuer ist ausgebrochen, mein Lieber. Mehr weiß ich auch nicht«, log sie ohne Skrupel.

Er verdrehte die Augen, fiel nicht auf die Hinterlist seiner jungen Kollegin herein.

»Habe ich dir das auch beigebracht?«

»Was?«

»... So schlecht zu lügen.«

Plötzlich bemerkte er die Klappkamera, die sie mit sich führte.

»Hast du es geschafft, Fotos zu machen?«, fragte er neugierig, verbarg seine Bewunderung kaum.

»Das geht nur mich etwas an, aber man könnte ja ... im Tausch ...«, neckte ihn Lucile.

»Einverstanden«, resignierte er mit einem tiefen Seufzer. »Ja, ich habe eine Liebste.«

»Bist du verliebt?«, fuhr Lucile fort.

»Das geht nur mich etwas an, aber man könnte ja ...«

»Gut«, gab sie nach. »Ich bin mit den ersten Feuerwehrleuten eingetroffen, habe alles direkt miterlebt. Es war fast nichts mehr zu retten. Und ja, ich habe fotografiert, was ich konnte«, fügte sie hinzu und tippte auf das Objektiv ihres Apparats.

»Du bist die Beste, aber ich verrate dir da nichts Neues, nicht wahr, Darling?«

Es war ein Zeichen der Zuneigung, wenn er seine kleine Seelenschwester Darling nannte.

»Schau mal, wer da kommt ...«, sagte er und warf einen Blick auf das gegenüberliegende Trottoir. Auguste de Jeansin und de Lenverpré. Der Ehrenpräsident der Handelskammer war innerhalb von Stunden gealtert, da ihn die Katastrophe voll getroffen hatte. Sein Schwager neben ihm diskutierte gestenreich und paffte dabei mit der Zigarre zwischen den Lippen Spiralen in die Luft.

»Der Gute ist immer bereit, sich überall zu zeigen«, spottete Lucile, als sie den Abgeordneten der Konservativen erkannt hatte.

Hugues schaute sich möglichst unauffällig um. Er hatte den Nachmittag mit Adrienne, de Lenverprés Gattin, verbracht. Es war nicht daran zu denken, Lucile ins Vertrauen zu ziehen!

In diesem Augenblick musste Adrienne wieder daheim sein, aber er sah keinen Anlass, ihren Mann darüber zu informieren.

Adrienne ... Sie hatte die jüngste Kreation des berühmten Parfümeurs aufgetragen, der Duft haftete immer noch an Hugues. Wenn sie zum Zeitpunkt des Feuerausbruchs nicht in seinen Armen gelegen hätte, wäre sie im Inneren des Basars gewesen und jetzt vielleicht tot. Hugues begriff voller Schaudern, dass er diese Frau unter keinen Umständen verlieren wollte: Seit sie seine Geliebte geworden war, konnte er nicht mehr auf sie verzichten. Ihre Haare hatten die Farbe des Feuers, dem sie entgangen war, und ihre eigenwilligen Augen waren türkisgrün, wie Moos bei Regen. Sie besaß einen starken, leidenschaftlichen Charakter. Hugues lag sie sehr am Herzen, basta.

»Ja, er ist immer zur Stelle, das kann man wohl sagen«, stimmte Hugues ihr zu, der Lenverpré musterte, ohne dass dieser ihn sehen konnte.

Adrienne war völlig verstört zu ihrer Verabredung gekommen: Ihr Mann schäumte vor Wut, nachdem er erfahren hatte, dass sie sich über die rechtlichen Auswirkungen einer Scheidung erkundigt hatte. Ihre gemeinsame Tochter Camille hatte er auf ein Internat im Ausland geschickt. Lenverpré war ein richtiger Dreckskerl, doch Hugues ersparte sich jeden Kommentar. Er beobachtete zu gerne, auch wegen der neuesten dramatischen Ereignisse, wie der reichste Mann von Paris, der im Rennen um die Senatspräsidentschaft war, nun hilflos inmitten der Verwüstung herumirrte. Er suchte nach seiner Frau, die er unter den Opfern oder den Überlebenden wähnte, während sie seelenruhig zu Hause auf ihn wartete.

Als Hugues und Lucile zur Rue Jean Goujon zurückgingen, sahen sie vor dem Wohnsitz der Herzogin von Alençon etwa zehn Journalisten der Rubrik *Lokales*. Sie lauerten auf eine Bestätigung, dass die Herzogin zu einem Opfer der Brandkatastrophe geworden war.

»Schau sie dir an«, seufzte Hugues empört. »Sie verhalten sich wie Aasgeier, haben keine Fantasie …«

»Sie vergeuden ihre Zeit, aber wie hängt das mit der Fantasie zusammen?«

»Hast du den Zustand der Leichen gesehen? Man hat nicht die geringste Ahnung, wo sich die Herzogin befindet. Dagegen …«

Er stockte mitten im Satz, da sein Blick plötzlich von zwei Männern auf dem gegenüberliegenden Trottoir gefesselt wurde. Lucile folgte seinem Blick und entdeckte Präfekt Leblanc, in ein hitziges Gespräch mit einem hochrangigen Feuerwehrmann vertieft. Trotz des Gegenlichts erkannte sie Major Krebs. Die beiden Männer gingen in Richtung des Palais de l'Industrie.

»Kennst du den Kerl neben Leblanc?«

»Nein«, log Lucile. Hugues hatte ihr ebenfalls beigebracht, nichts preiszugeben, ohne sich abzusichern.

»… Es ist besser, sich gleich an den lieben Gott zu wenden statt an seine Heiligen«, fügte Hugues hinzu, der jetzt die Straße überquerte, um dem Präfekten und dessen Gesprächspartner auf den Fersen zu bleiben.

Lucile grinste. Ohne ihren Kollegen im Schlepptau konnte sie nach Belieben ihre Untersuchungen anstellen. Anders als er vertraute sie weder dem lieben Gott noch seinen Heiligen, sondern allein ihrer Logik, ja ihrem Instinkt: Sie hatte den Tag hier mit den Feuerwehrleuten der BSPP begonnen und wollte diesen mit ihnen beenden, ohne sie aus den Augen zu verlieren. Die spektakulären Dinge überließ sie den anderen.

Mattéo, dem sie zwischen zwei Rettungsaktionen begegnet war, hatte ihr von seinen Sorgen berichtet, was die Identifizierung der Leichen betraf, denn das Feuer hatte die meisten Opfer bis zur Unkenntlichkeit verbrannt. Er wusste auch nicht, wie die Gerichtsmediziner das Problem lösen könnten. Ein Detail hatte dabei ihr Interesse geweckt: Einzig und allein die Zähne der verbrannten Opfer waren unversehrt geblieben.

Seit mehreren Jahren interessierte sich Lucile für die Zahnheilkunde und nahm an internationalen Kongressen teil, hörte die hervorragendsten Spezialisten. Die Fortschritte mit Amalgam, Stiftzähnen und in der Kariesbehandlung waren beträchtlich, die Forschung erzielte ausgezeichnete Ergebnisse. Eine weltweite Gemeinschaft der Zahnärzte hielt untereinander Kontakt und traf sich, um die technischen Entwicklungen und ihre Erfahrungen auszutauschen. Lucile war zum Beispiel nach Chicago, Berlin und Bordeaux gereist, um die Granden der chirurgischen Zahnheilkunde zu interviewen. Bei dieser Gelegenheit hatte sie Dr. Oscar kennengelernt, der erst vor Kurzem sein Examen gemacht hatte und bereits der Liebling der feinen Gesellschaft von Paris war. Als begeisterter Wissenschaftler schrieb er gerade eine Abhandlung über die zahnärztliche Praxis in der Gerichtsmedizin.

Lucile wiederum verfolgte den ehrgeizigen Plan, ein psychoanalytisches Wörterbuch über Zähne zu erstellen. Von Kindheit an hatte sie sich für Zahnschmerzen interessiert: Als Lucile mit acht Jahren hörte, wie ihre Mutter die »maux de dents« (Zahnschmerzen) ihres älteren Bruders erwähnte, hatte sie sich verhört und »mots dedans« (Worte darin) verstanden. Ihr Bruder litt seit der Geburt an einer seltenen Krankheit, der Zahnheterotopie. Manchmal zeigte sich bei dem Jungen ein Zahn an einer ganz unwahrscheinlichen Stelle des Körpers. Als Kind und auch später als Jugendlicher wurden mehrere Zähne gezogen, am Schenkel, auf dem Rücken und sogar am Fuß. Lucile war vom Mut ihres großen Bruders beeindruckt. In der neueren Zeit trat diese Krankheit zum Glück immer seltener auf. Lucile konnte es bezeugen: Dank eines Psychiaters, der ihrem Bruder das Stottern abgewöhnte, verschwanden seine »Zahnschmerzen« nach und nach.

Um ihr Wörterbuch so vollständig wie möglich zu gestalten, bemühte sich Lucile, die Geheimsprache der Zähne zu entschlüsseln. Sie archivierte ihre Entdeckungen und notierte selbst einfache Intuitionen zur Symbolik der Zähne und ihrer Probleme. Bei einem Kongress hatte Lucile ein junges Mädchen getroffen, das eine Dermoidzyste mit über dreihundert Zähnen entwickelt hatte. Das Schlimmste war, dass einige Opfer dieser Fehlbildung, die man mit

Morphium vollpumpte, um ihre Schmerzen erträglich zu machen, auf Jahrmärkten zur Schau gestellt wurden.

In Oscar, diesem unkonventionellen Professor der Medizin, hatte sie einen Verbündeten für ihr Interesse an der Zahnheilkunde und deren zahlreichen Rätseln gefunden. Lucile versuchte, diese Geheimnisse zu erforschen, um das Leben zu verstehen, sogar zu verbessern (war nicht ihr Bruder ein Beispiel dafür?), und Oscar arbeitete an seinen Thesen über die forensische Odontostomatologie. Sie tauschten häufig ihre Ergebnisse oder Zweifel auf diesem Gebiet aus. Daher ergriff die junge Frau die Initiative und schickte dem Experten ein Telegramm, um ihn über die aktuelle Katastrophe zu informieren. Diese makabre Gelegenheit, daran ließ sie keinen Zweifel zu, müsse er unbedingt nutzen, um seine neuesten Recherchen in die Praxis umzusetzen.

»Herr Präfekt!«

Leblanc erstarrte und löste sich schnell von seinen erotischen Träumereien. Er setzte ein ernstes Gesicht auf und wandte sich um. Chaville war bemerkenswert schlank und wirkte sehr jugendlich. Es war schon fast unverschämt, wie gut ihm die Reife stand. Er trug einen dunklen Anzug, hatte schwarze wellige Haare, ein energisches Kinn und streng zusammengepresste Lippen. Seine maronenbraunen Augen strahlten so viel Konzentration aus, dass sie den Eindruck erweckten, als würden sie ihr Gegenüber fotografieren. Leblanc fand keine Zeit, das Wort zu ergreifen, denn Chaville fragte ihn wie aus der Pistole geschossen:

»Herr Präfekt, können Sie bestätigen, dass sich die Herzogin von Alençon unter den Opfern befindet?«

Leblanc räusperte sich, um Haltung zu zeigen. Er hasste es, überrumpelt zu werden, und erinnerte sich an seine Strategie: Es gilt, eine nicht verifizierte Information weder zu bestätigen noch zu entkräften, denn das kann verhängnisvoll sein.

»Es ist noch zu früh, um etwas zu sagen …«, war daher alles, was er herausbrachte.

Dann sah er seinen Sekretär, so treu wie ein Adjutant in der Schlacht, mit einem Telegramm auf ihn zueilen. Leblanc begriff, dass das von Chaville verbreitete Gerücht drauf und dran war, sich in eine Exklusivmeldung zu verwandeln.

Er öffnete das Telegramm: *Ist meine Schwester Sophie-Charlotte unversehrt?*

Unterzeichnet war es mit: *Elisabeth, Kaiserin von Österreich*.

Ihm entging die Raffinesse von Hugues Chaville, denn der Journalist konnte verkehrt herum lesen und entzifferte das Telegramm, das das Gerücht untermauerte.

Sisi. Die Schwester der Herzogin von Alençon. Jenseits der Grenze machte man sich Sorgen.

Leblanc fuhr sich über die Stirn.

Widerwillig diktierte er auf der Stelle seinem Sekretär ein Telegramm für den Präsidenten, welcher ihn zum Diner erwartete: »Ich bleibe vor Ort. Zahlreiche Leichen sind zu identifizieren.«

Wenn das Drama noch um einen diplomatischen Vorfall verschlimmert würde, könnte er sich endgültig von seiner Karriere verabschieden.

– 10 –

4. Mai 1897, Rue Boileau 12, einundzwanzig Uhr zwanzig. Fünf Stunden nach der Explosion.

Jean, Roses Mann und der Kutscher von Auguste de Jeansin, hatte große Mühe gehabt, mit seinen Pferden aus dem Umkreis der Champs-Élysées herauszukommen, da alle Straßen von Rettungs- und Feuerwehrfahrzeugen verstopft waren. Unaufhörlich dachte er an Rose und Alice, die wie viele andere Damen, die im Basar in der Falle gesessen hatten, vermisst wurden. Es herrschte Chaos, und er hoffte, dass die jungen Frauen, vermutlich verletzt, im Krankenhaus waren. Nachdem er seinen Herrn in die Rue Boileau nach Hause gefahren hatte, war Jean wild entschlossen zurückzukommen, um die beiden zu suchen.

Die Fassade des von Guimard errichteten Stadtpalais war elegant und schlicht, sie hob sich deutlich von der prunkvollen Opéra Garnier ab. Mathilde de Jeansin pflegte zu sagen, dass man es in Italien als pseudoflorentinisch bezeichnen würde. Der einzige Eindruck von Pracht wurde hervorgerufen durch das feine Zusammenspiel unterschiedlicher Farbnuancen, bei denen Ocker dominierte, manchmal unterbrochen von Kieselkalkstein und einigen türkisfarbenen Backsteinen. Der Glockenturm war massiv, aber unauffällig. Das Vordach des Eingangs war mit Ziegeln bedeckt, deren Farben zu denen des Giebels passten.

Jean schaute zur Dienstwohnung hoch, die im obersten Stock lag: Keinerlei Licht ließ vermuten, dass Rose zu Hause war.

Alices Zimmer im ersten Stock war ebenfalls dunkel, was auf ihre Abwesenheit schließen ließ. Jean seufzte, seine letzte Hoffnung war zerplatzt.

Als Jean das verstörte Gesicht seines Dienstherrn betrachtete, begriff er, dass auch dieser gehofft hatte, die Frauen seien zu Hause.

»Machen Sie sich keine Sorgen, Monsieur, wir werden sie finden.«

»Ja. Danke, Jean.«

Die Tür wurde von einer eleganten brünetten Frau, einundvierzig, geöffnet. Tränenüberströmt stürzte ihnen Mathilde de Jeansin entgegen. Auguste, dem es davor graute, seiner Frau mitteilen zu müssen, dass er Alice nicht gefunden hatte, zögerte kurz, als er sah, wie seine Frau die Vortreppe hinuntereilte. Mathilde achtete nicht auf die Schicklichkeit und fiel ihrem Mann um den Hals.

»Auguste! Auguste! Sie lebt! Sie ist hier. Es ist ein Wunder …«

Auguste war es gelungen, keine Tränen der Trauer zu vergießen, aber nun ließ er seinen Freudentränen freien Lauf, brachte keinen Ton heraus und umarmte seine Frau.

»Es geht ihr gut. Sie schläft in ihrem Zimmer«, ergänzte Mathilde mit zitternder Stimme.

Nach all diesen Stunden des Bangens löste sich die Anspannung.

»Mein Gott«, sagte schließlich Auguste, den Blick zum Himmel gewandt. »Danke.«

Jean, der sich schweigend im Hintergrund gehalten hatte, bekam jedes Wort mit, das seine Herrschaften austauschten. Wenn Alice zu Hause war, war es Rose wohl auch. Er wollte es genau wissen und ging auf Mathilde zu.

»Madame …«

Aber Mathilde hatte ihn nicht gehört.

»Und meine Schwester?«, fragte sie plötzlich ihren Mann. »Weißt du etwas über Adrienne?«

Hilflos schüttelte Auguste den Kopf.

»Mathilde, du darfst die Hoffnung nicht aufgeben …«

Sie musste sich gewaltsam beherrschen, um nicht erneut in Tränen auszubrechen. Als sie sich aus ihrer Benommenheit löste, bemerkte sie Jean, der immer nervöser wurde.

»Ist Rose zu Hause?«, stieß er hervor.

»Oh Jean! Pardon … Es tut mir sehr leid, aber Alice ist ohne Rose zurückgekommen.«

Jean riss sich zusammen, um diese Nachricht zu verkraften. Mathilde und Auguste tauschten einen verständnisvollen Blick.

»Man darf die Hoffnung nicht aufgeben«, meinte der Hausherr mit großem Feingefühl. »Sie selbst haben das gesagt.«

»Ja, Monsieur«, erwiderte der Kutscher und nickte. Sein Herz war gebrochen.

– 11 –

4. Mai 1897, Sûreté générale, Rue des Saussaies, dreiundzwanzig Uhr zwanzig.
Sieben Stunden nach der Explosion.

Major Krebs und Kommissar Hennion hatten nicht nur durch Heirat gemeinsame Schwiegereltern – ihre Ehefrauen waren Cousinen zweiten Grades –, die beiden verband auch ihr Pflichtbewusstsein und ihr Gerechtigkeitssinn. Bei diesen Männern, die trotz ihrer Unterschiede harmonierten, stand Fairness im Vordergrund. Krebs war ein leidenschaftlicher Ingenieur, durch und durch Feuerwehrmann, passionierter Techniker, Vorkämpfer der Professionalisierung und der sportlichen Ausbildung der Feuerwehrleute. Hennion, der wortkarge Polizeikommissar mit rigorosen Methoden und beispielhaften Ergebnissen, war verliebt in die Wahrheit und das Moderne. Seit Kurzem leitete er das brisanteste Ressort der französischen Hauptstadt.

Krebs hatte nicht die Zeit gefunden, in die Kaserne zurückzukehren, und trug immer noch seinen schweren und unbequemen Feuerschutzanzug.

Hennion sah durchs Fenster in Richtung Basar. Vor einigen Stunden hatte er im Kommissariat eine Sitzung beendet und war dort geblieben. Er war zufrieden, den Bericht der aktuellen Ermittlungsakte abgeschlossen zu haben, den das Büro des Präsidenten angefordert hatte, es betraf den neuen Mann an der deutschen Botschaft in Paris. Die Erkenntnisse von Hennions Männern waren noch nicht endgültig, doch man hielt es für unwahrscheinlich, dass die betreffende Person zur deutschen Spionageabwehr gehörte. Inzwischen hatte sich die Nacht über den Aschehaufen des Basars gesenkt. Dunkler, staubiger Rauch wirbelte weiterhin zum Himmel hoch.

Zu dieser Stunde gab es die ersten Verlautbarungen über die Zahl der Opfer.

»Wie viele Tote?«

»Es ist zu früh, um eine genaue Zahl zu nennen. Im Moment sind es Dutzende, aber das gilt nur vorläufig, und es ist zu befürchten, dass es viel mehr werden.«

Hennion, der noch in Gedanken versunken war, stimmte schweigend zu.

Die Herzogin von Alençon war bisher nicht unter den Leichen identifiziert worden. Der diplomatische Druck nahm zu: Ihr Onkel, irgendein Baron aus Bayern – es ging Hennion regelrecht auf den Geist, sich die aristokratischen Titel merken zu müssen –, hatte einen Herzanfall erlitten, als ihm die Nachricht von ihrem Verschwinden überbracht worden war.

Die Kammerzofe der Herzogin behauptete kategorisch, die Herzogin habe an diesem Morgen beim Verlassen ihrer Gemächer blaue Stiefeletten getragen. Das Problem war, dass die Damen alle mehr oder weniger dieselben

Stiefeletten trugen, nämlich das Modell, das dieses Jahr in Mode war: blaue mit Schnürsenkeln und Bleistiftabsätzen. Und durch das Feuer hatte nun alles eine rabenschwarze Farbe.

Zwei Inspektoren waren im Augenblick damit beauftragt, unter den Kleidungsstücken, Accessoires und verbrannten Schmuckstücken, die in der improvisierten Leichenhalle im Palais de l'Industrie ausgelegt waren, die »herzoglichen« Schuhe zu suchen. Hennion blieb vorsichtig: Niemals würde der Richter eine Identifizierung ohne einen eindeutigen Beweis bescheinigen.

»Wie weit seid ihr mit der Räumung und der Identifizierung?«

»Mein bestes Team durchkämmt die Trümmer. Ich werde sofort informiert, wenn sie fündig werden sollten. Dagegen erweisen sich die Identifizierungen als sehr mühsam … Ich habe Leblanc darum gebeten, dass noch ein bis zwei Pathologen das Team vor Ort unterstützen, es ist völlig überlastet.«

»Sehr gut. Du hältst mich bitte auf dem Laufenden.«

Mattéo platzte, ohne zu klopfen, ins Büro des Kommissars herein.

»Major, entschuldigen Sie die Störung, aber sehen Sie sich an, was ich gefunden habe …«

Er reichte seinem Vorgesetzten eine elegante Schachtel, die beim Hutmacher in der Avenue de l'Alma erworben worden war. Krebs begutachtete den Inhalt und fand Reste von Dynamit.

»Mein Gott, eine Bombe.«

Hennion trat näher. Auch er stellte verwundert fest, dass es sich um eine Sprengstoffvorrichtung handelte.

»Wo haben Sie die gefunden?«

»Hinten unter den Trümmern.«

Hennion breitete den Grundriss des Basars vor sich aus.

»Wo genau?«

Gewissenhaft nahm sich Mattéo die Zeit, den Grundriss zu studieren, bevor er auf eine bestimmte Stelle deutete. Hennion stöhnte nervös.

»Sind Sie sicher, Sergeant?«, fragte der Kommissar, als ob er das Gegenteil erwartet hätte.

»Ja, völlig«, erwiderte Mattéo überzeugt. »Es war dort.«

»Scheiße«, murmelte Hennion.

Mattéo hatte zweimal ohne Zögern auf den Stand der Herzogin von Alençon gedeutet. Das konnte kein Zufall sein: Die Terroristen wollten mit diesem Attentat ein Symbol setzen, indem sie die Bombe der Schwester der Kaiserin Sisi untergeschoben hatten.

Hennion äußerte sich gegenüber seinen Gesprächspartnern nicht zu Details – Diskretion und Schweigen lagen diesem Polizisten, der sich mit Verrat auskannte, in Fleisch und Blut. Er hatte das Bedürfnis, allein zu sein, um sich kurz zu sammeln. Und so nahm er dem jungen Feuerwehrmann die Schachtel ab.

»Danke, Sergeant, gute Arbeit!«

Das war alles. Hennion versenkte sich wieder in seine Überlegungen und gab damit zu verstehen, dass das Gespräch für ihn beendet war. Die ersten Aussagen von Verletzten, die am Ort der Brandkatastrophe befragt wurden, ergaben alle dasselbe: Es hatte eine Explosion gegeben, und dann verbreiteten sich in Windeseile Flammen.

Der Polizist konnte das Ganze nicht nachvollziehen. Tatsächlich hatte er einen anonymen Brief erhalten, in dem ihm mitgeteilt wurde, dass Anarchisten ein Attentat auf den Basar planten. Doch der Inspektor, der in die politische Zelle als verdeckter Ermittler eingeschleust worden war, hatte dies praktisch offiziell verneint, denn die neuen Anarchisten waren keine Terroristen, sondern predigten Gewaltlosigkeit. Im Übrigen hatten zwei Bombenspezialisten das Behelfsgebäude des Basars bis auf den letzten Winkel durchsucht und keine Bombe entdeckt.

Er griff nach dem Hörer des Wandtelefons – die Sûreté générale und die BSPP waren die beiden Institutionen, die der Polizeipräfekt immer zuerst auf den neuesten Stand brachte, noch vor Leblanc. Zweifellos würde diesen die neue Wendung der Ereignisse endlich wachrütteln.

Zweiter Teil

– 12 –

5. Mai 1897, Saint-Mandé, Wohnsitz des Barons und der Baronin de Chapuis, vier Uhr zwanzig. Zwölf Stunden nach der Explosion.

Es war eine ruhige Nacht, fast eine Fuge. So träumte die Baronin vor sich hin und bemühte sich, die Wagentür des glänzenden Daimlers, hinter dessen Lenkrad ihr Geliebter saß, lautlos zu schließen.

Sie kehrten von Trouville zurück, wohin sie gestern Mittag gefahren waren. Die Baronin hatte behauptet, zum Bazar de la Charité zu gehen, stattdessen aber ihren jungen Liebhaber getroffen, der ihr ungeahnte Momente der Leidenschaft bescherte. Es war nie zu spät, um sich den Wonnen der fleischlichen Lust hinzugeben – welche ihr Gemahl, der Baron, ihr nie hatte geben können. Dieser befand sich gerade auf einer Geschäftsreise und würde erst am nächsten Tag zurückkommen. Seine monatliche Reise, so regelmäßig und unveränderlich wie die Linien von Notenpapier. Die Baronin vermutete längst, dass ihr Mann eine Affäre hatte, doch hatte sie noch nie versucht, sich Gewissheit darüber zu verschaffen. Es interessierte sie einfach nicht. Sie hatte ihm zwei Töchter geschenkt, was ihm sehr recht war, und das genügte ihm dann auch. Seit der Geburt der jüngsten Tochter Pauline, inzwischen acht Jahre alt, hatte das Paar getrennte Schlafzimmer. Die Baronin war zufrieden, dass die nächtlichen Besuche ihres wortkargen Ehemanns nur selten stattfanden. Das war es, was für sie zählte, denn als Kind hatte sie oft die sexuellen Übergriffe ihres Onkels ertragen müssen.

Sie hatte geplant, sich noch vor dem Erwachen ihrer Bediensteten diskret ins Haus zu schleichen. Während sie sich durch das offene Wagenfenster beugte, lächelte ihr Pseudo-Romeo ihr zu.

»Man könnte sagen, dass ich mich verliebt habe, du schöner Jüngling ...«, murmelte sie, zwinkerte ihm zu und beobachtete dann zufrieden, wie der Wagen in der Dunkelheit verschwand.

Gedanklich noch in den Armen ihres jungen Geliebten, ging die Baronin auf das Patrizierhaus zu, als eine Stimme sie erschreckte:

»Madame de Chapuis! Madame de Chapuis!«

Ihr Zimmermädchen lief auf sie zu.

»Madeleine?! Was tun Sie hier mitten in der Nacht?«

»Oh Madame! Wo sind Sie denn gewesen? Wir suchen Sie überall.«

Die Baronin fand nicht die Zeit, ihr eine Lüge aufzutischen. Madeleine schien völlig aufgelöst zu sein, ihre Augen waren durch Tränen gerötet. Da begriff die Baronin, dass etwas Schwerwiegendes passiert sein musste, und rief:

»Was ist los?«

»Es geht um Ihre Tochter, Madame. Die Kleine, die

Jüngste. Es ist ein Unglück geschehen. Sie hat Ihnen nicht gehorcht und ging trotz Ihres Verbots zum Basar, sie wollte Sie überraschen …«

Die Baronin erbleichte.

»Wo ist Pauline?«

»… Sie war im Basar, als das Feuer ausbrach. Sie … sie wurde von den Flammen erfasst … Man hat sie ins Krankenhaus gebracht, weil Sie nicht da waren.«

Der Basar … Das Feuer … Die Worte hämmerten auf die Baronin ein.

»Mein Gott, wo ist sie?«

»Im Krankenhaus.«

»In welchem?«

»Im Beaujon, Madame. Ihr Gatte ist bereits dort …«

Als Kämpfer für die Freiheit – sowohl für seine eigene wie auch die der Presse – und jemand, der dem Kapitalismus, dieser Erschlaffung des bürgerlichen Denkens, misstraute, hatte Hugues Chaville den guten Geschmack gehabt, sich wohlweislich eine Wohnung auf der Île Saint-Louis, seiner Insel im Fluss, zu mieten. Dieses beliebte und doch preiswerte Viertel besaß den Vorteil, zentral zu liegen.

Obwohl Hugues antiklerikal eingestellt war, bewunderte er stets, wenn er auf seinem Sofa entspannte, die Rückseite der Kathedrale Notre-Dame. Er schätzte sich glücklich, einen Logenplatz zu haben, der ihm den schönsten Blick auf Paris gewährte. Vor allem aber lag seine Wohnung nur wenige Meter entfernt vom Justizpalast und der Polizeipräfektur. Außerdem konnte er, wenn er die Seine entlangging, mühelos den Sitz der neuen, von Hennion geleiteten Sûreté générale in der Rue des Saussaies erreichen. Dies war für ihn sehr günstig, da er sich bei seinen Artikeln auf das Geschehen in der Politik, der Polizei und der Justiz spezialisiert hatte und immer hinter den großen Exklusivberichten her war.

Üppig und bequem ausgestattet wirkte seine Wohnung mit ihrer Mischung aus Purpur- und Holzfarben urgemütlich. Der Raum quoll geradezu über von Globen, Büchern, Lexika und Enzyklopädien und verriet dabei viel vom Weltbild dieses großen Reisenden.

Zwei Schreibmaschinen standen einander gegenüber auf einem Tisch. Wenn er die erste benutzte, fiel sein Blick auf die Notre-Dame und die Spitze der Île de la Cité. Er war dann von Wasser umgeben und fühlte sich quasi wie der Gott von Paris. Wenn er sich an die andere Schreibmaschine setzte und dem Lärm der Stadt den Rücken zukehrte, nahm er die Ausstattung seiner Wohnung wahr und all die Dinge, die er von seinen Expeditionen mitgebracht hatte und die jetzt den Kaminsims zierten. Als er die Wohnung besichtigt hatte, war genau dieser Kaminsims ausschlaggebend gewesen für seinen Entschluss, die Wohnung zu mieten. Im Winter genoss er es, den Tag mit einem kleinen Kaminfeuer zu beenden. Er liebte das Prasseln des Holzes und den rotgoldenen Schein der tänzelnden Flammen, die dem Papier, auf dem er schrieb, einen bernsteinfarbenen Schimmer verliehen. Die Belichtung war überdies ideal: Bereits morgens genoss er das einfallende Licht, und am Ende des Tages verlieh es seinem Klavier einen warmen Glanz.

Er hatte sich von Lucile beraten lassen, was die Einrichtung seiner Wohnung betraf. Sie hatte ihm die beiden Schreibmaschinen vorgeschlagen, damit er für seine Arbeit zwei unterschiedliche Ausblicke genießen konnte. »Ich habe es bei mir genauso gemacht. Du wirst sehen, das inspiriert.« Die Kleine war ganz schön clever.

Wenn er auf Reisen war, hütete Lucile häufig seine Wohnung, um die Pflanzen zu gießen und seine Katze zu versorgen. Sie freute sich dann, ihre ruhige Bude im Westen für ein paar Wochen im Jahr zu verlassen, um mitten in der Stadt zu leben. Hier, nur einen Katzensprung von den Pariser Markthallen entfernt, konnte sie intensive Recherchen über den Schwarzhandel anstellen.

Während unten die Seine friedlich dahinfloss, befasste Hugues sich intensiv mit einem streng vertraulichen, sehr aufschlussreichen Dokument.

Niemand, nicht einmal Séverine, wusste, dass er den von Leblanc eingesetzten Geheimdienst untersuchte. Offenbar war Marc-Antoine de Lenverpré in die Organisation dieser »Geheimpolizei« involviert – womöglich zu tief? Kurz nach dem Ausbruch des Brandes, als allgemeine Panik herrschte, war Hugues aufgefallen, dass de Lenverpré das Gebäude der Sûreté générale durch eine Geheimtür betreten hatte. Hugues wusste aus einer internen Quelle, dass de Lenverpré sich häufig in das Gebäude in der Rue des Saussaies begab, mitunter auch allein, ohne Leblanc, genauer gesagt, während dessen Abwesenheit. Dieses seltsame, nicht ganz korrekte Vorgehen beunruhigte Hugues zunehmend. Was heckte der Geschäftsmann und Abgeordnete mit den maßlos ehrgeizigen Plänen noch aus? Würde ihm die Senatspräsidentschaft reichen? De Lenverpré, der sehr gerne provozierte, war – seinen eigenen Worten zufolge – davon überzeugt, dass seine politischen Vorstellungen »Frankreich vor dem Abschaum retten« würden. Er meinte, es gebe zwei Arten von Menschen auf der Erde: die überlegenen und die unterlegenen. Er wiederholte dies häufig und betonte dabei scheinbar ironisch, dass ja jeder wüsste, zu welcher Kategorie er sich selbst zählte.

Hugues erinnerte sich an Luciles Worte nach dem Ausbruch des Brandes im Basar: »Der Gute ist immer bereit, sich überall zu zeigen.«

Etwas ging dem Journalisten ganz besonders gegen den Strich: Seine Quelle bei der Polizei, ein Brigadier von der Präfektur, hatte ihm berichtet, dass Lenverpré »im Hinblick auf seine Wahl zum Senatspräsidenten« einen »Diplomatenpass« erhalten hätte, ein Privileg, das nur einigen Diplomaten sowie dem Staatschef und dem Senatspräsidenten gewährt wurde. Doch war Lenverpré weder Diplomat noch Präsident der Republik noch des Senats! Hugues' Quelle hatte sich unmissverständlich ausgedrückt: Jemand im Außenministerium war korrupt, und de Lenverpré hatte ihn wohl mit einer riesigen Summe bestochen, um diesen »Passierschein« und die damit verbundene Immunität zu bekommen.

Warum nur diese Eile, dieses Privileg zu erlangen? Wie konnte de Lenverpré so sicher sein, der nächste Senatspräsident zu werden? Aber es passte ganz und gar zu diesem Mann, großspurig aufzutreten und das Pferd von hinten aufzuzäumen.

Das Problem bei solchen Typen bestand darin, dass sie sich nicht nur für unbesiegbar hielten, sondern sogar für unantastbar. Da Hugues wusste, dass dieser Mann zum Schlimmsten fähig war, machte er sich nun größte Sorgen.

Lenverpré war derart davon überzeugt, der nächste Senatspräsident zu werden, und fühlte sich so sicher, Leblanc würde ihm ewig zur Seite stehen, dass ihm ein Scheitern undenkbar schien. Er hatte immer alles bekommen, was er wollte, und zwar schnell! Da de Lenverpré vom Leben und seinen guten Seiten verwöhnt worden war, konnte er sich nicht vorstellen, wie ein lächerlich winziges Sandkorn seine Pläne vereiteln sollte. Im Gegensatz zu ihm hatte Hugues jedoch vom Leben die Lektion erhalten, dass es sich empfahl, immer einen Plan B zu haben.

Und nun beunruhigte der Brand des Basars den Mann, der sich als Gouverneur von Paris betrachtete, offensichtlich über die Maßen. Dafür hätte Hugues die Hand ins Feuer gelegt! Was brütete der Chef der Konservativen aus?

Besorgt griff Hugues nach seiner Jacke und seiner Kopfbedeckung – eine modische Stoffmütze –, fand aber nicht mehr die Zeit, die Tür zu öffnen, denn jemand klopfte gerade leise dagegen: zweimal kurz, dann dreimal lang. Ein verabredeter Code.

»Adrienne?«

»Ja, ich bin's …«

Er riss die Tür auf. Adrienne war leichenblass. Hugues bat sie herein und schloss die Tür hinter ihr. Vorher hatte er sich noch schnell nach allen Seiten umgeschaut, um sicher zu sein, dass niemand seine Geliebte gesehen hatte. Sollte Lenverpré ihre Beziehung entdecken, wäre Adrienne in Gefahr.

»Liebste, was ist passiert?«, erkundigte er sich und nahm sie in die Arme.

Adrienne antwortete nicht sofort. Sie stieß einen tiefen Seufzer aus und löste sich aus den Armen ihres Geliebten. Dann musterte sie ihn intensiv, nach wie vor schweigend.

»Adrienne, sag mir endlich, was los ist …«

Sie holte tief Luft und begann:

»Eigentlich hätte ich beim Basar sein sollen. Ich hätte eines der Opfer sein können …«

Hugues unterbrach sie, verblüfft, dann sah er sie prüfend an. Ein Schock?

»Hör zu … Alles steht Kopf … Aber du musst nach Hause gehen, man sorgt sich bestimmt um dich …«

»Nein, ich kann nicht zurück. Er wird alles tun, damit ich Camille nie mehr wiedersehe.«

»Vielleicht freut man sich so, dass du nicht tot bist, dass er …«

»Du kennst ihn nicht! Er ist ein Ungeheuer!«

Hugues, machtlos gegenüber Adriennes tiefem Abscheu, versuchte, sie zur Vernunft zu bringen.

»Das sehe ich ein. Aber solange ihr nicht geschieden seid, musst du vorsichtig sein …«

»Genau. Und wenn er glaubt, dass ich tot bin …«

Sie ließ ihren Satz unvollendet und beobachtete Hugues' Reaktion. Die Miene des Journalisten verriet eine Mischung aus Besorgnis und Erleichterung. Es war sein melancholischer Tiefsinn, weswegen Adrienne sich von Anfang an bei ihm sicher gefühlt hatte.

»Die meisten Leichen sind unkenntlich«, betonte sie unnötigerweise.

Er drückte sie an sich und küsste zärtlich ihren Hals.

»Wenn er glaubt, ich sei tot, ändert das alles, du verstehst …«

Hugues, erschüttert, nickte schweigend. Sie entspannte sich in seinen Armen und murmelte:

»Meine einzige Möglichkeit, um meine Tochter zu schützen, besteht darin, sie zu finden und mit ihr zu fliehen …«

»Fliehen? Wohin?«

»Ganz weit weg von ihm. Ins Ausland. Vielleicht nach London.«

»London? Wie willst du es anstellen, Camille nach London zu schaffen? Du hast kein Geld, und man weiß nicht einmal, wo sie ist.«

»Genau … Er wird sie zu meiner Beerdigung zurückkommen lassen.«

»Was soll ich dazu sagen? Du hast ja anscheinend eine Antwort auf alles«, stimmte Hugues hilflos zu. »Und wenn sie erfährt, dass ihre Mutter tot ist? Hast du dir das schon überlegt? Welch ein Schock es für sie sein wird?«

Adrienne wandte den Blick ab, Hugues begriff, dass sie auch daran gedacht und vermutlich bereits eine Idee hatte, wie sie das lösen könnte. Er seufzte. Im Gegensatz zu ihrem Mann dachte Adrienne an alles.

»Das ist Wahnsinn. Wenn dein Mann …«

Sie unterbrach ihn. Plötzlich wirkte sie zart und hilflos.

»Hugues … Ich weiß, es ist grauenhaft, diese Katastrophe auszunutzen, aber ich habe keine Wahl. Ich brauche deine Hilfe. Wenn du Zweifel hast oder mit meinem Plan nicht einverstanden bist, dann sag es jetzt – und ich gehe auf der Stelle.«

Er versuchte, Adriennes Blick auszuweichen, doch es gelang ihm nicht. Sie hielt den Blick eisern auf ihn gerichtet. Inzwischen hatten sich ihre Augen mit Tränen gefüllt. Was sollte er dieser Frau antworten, die er wider jegliche Logik unsterblich liebte? Was könnte er ihr anderes als »Ich werde dir helfen« antworten? Er presste sie erneut an sich, spürte ihre Anspannung, ihre Erschöpfung. Dann umarmte er sie zärtlich und küsste sie hingebungsvoll. Schließlich murmelte er ihr ins Ohr: »Ich bin bereit …«

Lucile, die beunruhigt war, weil sie keinerlei Nachricht von Dr. Oscar erhalten hatte, suchte ihn zu Hause auf. Sie kam genau in dem Moment, als der Zahnarzt von einem ermüdenden Tag und einer Nacht in seinem Labor an der Fakultät heimkehrte. Vermutlich war Oscar der einzige Pariser, der nicht auf dem Laufenden über die Katastrophe war, die die Stadt gerade in einen Zustand der Trauer versetzt hatte. Abgesehen vom Miauen einer streunenden Katze war das Viertel Odéon zu dieser Zeit ruhig.

Oscar, der aus Kuba stammte, schenkte als guter Wissenschaftler, der etwas auf sich hielt, dem Alltag des Lebens kaum Beachtung. Das bestätigte auch das Chaos, das in seiner Wohnung herrschte. Während die Einrichtung in den Farben der Karibik gehalten war, wo er seine Kindheit verbracht hatte, lagen in den Räumen selbst überall Kiefer von Tieren und Menschen herum, Schnellhefter und Skripte, Fachzeitschriften und ausgeschnittene Zeitungsartikel. Lucile entdeckte ungefähr zehn ungeöffnete Telegramme auf einem Stapel, erkannte darunter ihr eigenes und grinste. Sie schätzte diesen wunderlichen Wissenschaftler, der nur für und durch die Zähne lebte, selbst wenn dies noch so seltsam erscheinen mochte.

Da sie wusste, dass er gerade eine Abhandlung verfasste und seine Forschungen auch noch die geringe Freizeit, die sein Beruf ihm ließ, in Anspruch nahmen, hörte sie sich zunächst seine Neuigkeiten an, während er einen Kaffee zubereitete. Sie unterhielten sich über seine Arbeiten zu Zahnschmelz und Dentin.

»Meinst du etwa, dass der Mensch ohne seine Zähne das Gleichgewicht verlieren würde?«

»Absolut. Weißt du, die Zähne sind mit hochempfindlichen Sensoren zu vergleichen. Sie können Informationen sammeln, zum Beispiel über die Temperatur und den Luftdruck, und sie sind ein hochkomplexes System, ein räumlicher Einflussfaktor, der, wenn du willst, an der aufrechten Körperhaltung mitwirkt.«

»Ein räumlicher Einflussfaktor«, wiederholte sie bewundernd. »... Das ist hübsch ausgedrückt.«

All das begeisterte auch sie, doch sie ging nicht näher darauf ein, sondern überlegte krampfhaft, wie sie ihm den Grund ihres Kommens erklären könnte. Als habe er ihre Gedanken gelesen, servierte er ihr den Kaffee, setzte sich an den Rand einer Sitzbank und fragte:

»Und was führt dich zu mir?«

»Nun …«, begann Lucile und räusperte sich. »Du scheinst es noch nicht zu wissen, aber heute Nachmittag ist der Bazar de la Charité abgebrannt.«

Oscar riss die Augen so weit auf wie eine Marionette.

»Das kann doch nicht wahr sein.«

»Ich schwöre es. Es war grauenhaft.«

»Scheiße. Was ist passiert?«

»Ein Unfall, ein Attentat, ich weiß es nicht … die Ermittlungen sind im Gange.«

»Warte – gibt es Opfer?«

»Eine Menge«, erklärte sie und nahm jetzt ebenfalls Platz.

Oscar begriff, dass er als Zahnarzt der Pariser Oberschicht vermutlich sehr viele dieser Opfer kennen würde, und stellte seine Tasse ab, ohne davon getrunken zu haben. Er stand unter Schock.

Die Fassade des Wohnsitzes der de Jeansins war typisch für die neuesten der von Art Nouveau geprägten Bauten, und der Park, der sich an das Gebäude anschloss, erschien als subtiles Zusammenspiel verschiedener Farbtöne. Das Innere des Hauses, obwohl es von gutem Geschmack zeugte, ohne protzig zu sein, wies dagegen keinerlei geschwungene Formen und Arabesken auf. Das Mobiliar bewahrte den klassischen Stil des Aristokratenpaars. Alices Zimmer im ersten Stock ging nach hinten hinaus mit Blick auf den Park. Es war ein Zimmer wie das der Prinzessinnen in den Märchenbüchern der Kinder.

Dieser letzte Tag war anders verlaufen als gewöhnlich,

und die darauffolgende Nacht setzte das fort: Die Stille über Paris glich eher einer Ruhe vor dem Sturm.

Trotz ihrer Erschöpfung konnte Alice, völlig aufgewühlt, keinen Schlaf finden. Ihr kleiner Bruder Paul und ihre kleine Schwester Marguerite waren bei ihr, umarmten sie und unterhielten sich flüsternd.

»Waren die Flammen riesig groß?«, fragte Paul beeindruckt.

In Wahrheit hörte Alice den Fragen ihres siebenjährigen Bruders nur mit einem Ohr zu. Ihre jüngere Schwester Marguerite, elf, widmete sich ihrer Lieblingsbeschäftigung. Sie kämmte hingebungsvoll die langen blonden Haare ihrer älteren Schwester wie die einer Puppe. Ihre sanften Bewegungen wirkten beruhigend auf Alice: Ja, sie hatte den Brand im Basar überlebt, war aber gleichwohl erschüttert.

»Denk nicht mehr daran, mein Herz«, sagte sie automatisch zu ihrem kleinen Bruder.

Als Alice sprach, wirkte ihr Blick verloren. Sie schien irgendwo anders zu sein. Ihr Kopf war schwer, die vor ihren Augen aufflackernden Bilder des Brandes bemächtigten sich ihrer Gedanken. Zuerst die Flammen, dann die Panik, die Rücksichtslosigkeit der Männer gegenüber den Frauen, um sich, koste es, was es wolle, an ihnen vorbeizudrängen. Alice erinnerte sich, dass Julien ihre Hand gehalten hatte.

Es wäre ihr lieber gewesen, sich an nichts mehr zu erinnern, sondern zu vergessen, wie feige sich Julien dann benommen hatte: Denn als sie anfing, nach Luft zu ringen, hatte er ihre Hand losgelassen. Sie hatte versucht, ihn zurückzuhalten, aber er hatte sie ignoriert, im Stich gelassen.

Doch das Schlimmste … Das Schlimmste war, dass er auf seinem Fluchtweg Rose in die Flammen gestoßen hatte. Dies war das letzte Bild, das Alice sich eingeprägt hatte: die schreiende Rose, erdrückt von einem herabgestürzten brennenden Balken, gefangen. Dann hatte sich alles um Alice gedreht, und sie war in Ohnmacht gefallen.

Als sie wieder zu sich kam, sah sie in die Augen eines attraktiven fremden Mannes. Er trug sie durch die Flammen, hatte sie aus dem Inferno befreit. Und kehrte zurück, um weiteren Opfern zu helfen. Sie dachte jetzt an ihn, konnte sich jedoch nicht erinnern, ob sie die Zeit gefunden hatte, ihm ihren Vornamen zu verraten.

Das Gesicht ihres Retters und das von Rose gingen ihr nicht aus dem Kopf. Und sie sah wieder Julien vor sich, wie er Rose in die Flammen stieß … Da wurde ihr bewusst, dass Rose tot sein musste.

Eine Träne rann über ihre Wange. Ihr kleiner Bruder griff nach ihrer Hand.

»Bist du fast umgekommen?«

Alice unterdrückte das Schluchzen, konnte aber nicht antworten.

»Paul, lass sie in Frieden«, befahl ihm Marguerite.

Plötzlich öffnete sich die Tür, und Auguste de Jeansin stand auf der Schwelle. Er lächelte, als er seine Rasselbande sah.

»Los, schnell ins Bett, meine Süßen … Nehmt Rücksicht, eure Schwester braucht Ruhe.«

Marguerite küsste ihre ältere Schwester auf die Wange und zog ihren kleinen Bruder mit sich.

Als Alice allein mit ihrem Vater war, fiel sie ihm um den Hals.

»Papa …!«

»Mein Liebling …«

Bestürzt nahm de Jeansin Alice fest in die Arme. Die junge Frau weinte.

»Papa … Rose …«

Ihre zittrige Stimme versagte.

»Jean schaut gerade in allen Krankenhäusern nach ihr«, versicherte ihr Auguste. »Er wird sie finden.«

»Papa, das hat keinen Sinn«, brachte sie schließlich hervor, nachdem sie ihre Tränen getrocknet hatte.

Alice löste sich behutsam aus den Armen ihres Vaters.

»Aber natürlich hat es Sinn«, beharrte er. »Überall herrscht Chaos, wir dürfen die Hoffnung nicht aufgeben …«

»Rose ist tot«, sagte Alice unter heftigem Schluchzen.

»Was?«, fragte Auguste.

»Julien hat sie in die Flammen gestoßen. Sie ist gestürzt und hat sich nicht mehr gerührt.«

Als Alice sah, wie ihr Vater aschfahl wurde und sehr ernst, war sie davon überzeugt, dass er ihr glaubte. Sie verlor jede Kraft und brach zusammen.

»Ja, Papa, er hat sie getötet …«

Auguste war fassungslos. Natürlich war es unmöglich, Julien, den wohlhabenden künftigen Schwiegersohn, mit einem solchen Vorwurf zu belasten. Alice war sicher noch verwirrt.

»Alice, wie kannst du nur …! Julien ist unfähig, so etwas

zu tun. In der allgemeinen Verwirrung haben dir dein Verstand oder deine Augen einen Streich gespielt.«

Alice hatte jetzt die Tränen zurückgedrängt. Zorn ergriff sie.

»Wenn ich dir aber doch sage, dass ich es gesehen habe! Er hat sie getötet! Das musst du mir glauben.«

Auguste de Jeansin wusste, dass Frauen höchst sensibel waren. Das hatte er zuerst durch seine Mutter, dann durch seine Ehefrau kennengelernt – man durfte sie nicht brüskieren. Ebenso wie diese Katastrophe ihn mitgenommen hatte, benötigte seine Tochter jetzt unbedingt Schlaf.

»Alice, du hast einen Schock erlitten. Das ist normal, du musst dich erholen ... Sprich vor allem nicht mit deiner Mutter darüber, sie ist sehr in Sorge. Man weiß immer noch nichts von Adrienne, man hat sie noch nicht gefunden.«

Alice seufzte tief. Mein Gott! Ihre Tante! Bestimmt hatten sich ihre Wege dort gekreuzt. Da sie sehr niedergeschlagen war, fehlte Alice der Mut, ihren Vater zu fragen, ob er etwas von ihrer Freundin Odette de La Trémoille gehört hatte. Gefügig und folgsam schwieg sie.

»Schlaf ein bisschen«, fügte ihr Vater hinzu und zog sich dann zurück.

Sie wollte allein sein und gab dem nach. Ausgestreckt auf dem Bett versuchte Alice nachzudenken. Als ihr Blick auf das gerahmte Foto von ihr und Julien in seiner hübschen Husarenuniform fiel, schleuderte sie es voller Wut quer durch das Zimmer.

Sie hatte sich bisher kaum Gedanken über ihre Zukunft gemacht, die vorgezeichnet und gradlinig schien. Ihr Leben war bestimmt durch die typischen Aktivitäten einer jungen Großbürgerin, die etwas auf sich hielt. Sie hatte noch nie irgendwelche Tragödien oder Katastrophen erlitten. Ihr Leben war abgefedert und bequem, und sie war glücklich, zumindest nahm sie das an.

Aber dieser Brand änderte alles; die Karten wurden nun neu gemischt.

Der Kommissar sowie der Polizeipräfekt wirkten niedergeschlagen. Hennion war weiß wie ein Gespenst, und seine Gesichtszüge verrieten äußerste Erschöpfung. Er stützte sich auf seinen Schreibtisch, der überhäuft war von Fotos des brennenden Basars. Hennion hatte die Arme vor der Brust verschränkt und wartete darauf, dass Leblanc mit der Lektüre des ersten Rechercheberichts zu einem Ende käme.

»Aber das ist doch eindeutig, Hennion«, stieß Leblanc plötzlich hervor und erhob sich. »Die Ermordung von Präsident Carnot hat den Bastarden noch nicht gereicht! Es war ein neuer Anschlag der Anarchisten! Da haben Sie Ihren Beweis.«

Der Präfekt deutete auf die Schachtel des Hutmachers.

»Diese Bombe ist kein Beweis«, erwiderte Hennion. »Schauen Sie …«

Mithilfe eines Pinsels wischte der Kommissar Asche und Staub, die das Dynamit bedeckten, weg und legte eine Uhr frei, die mit dem Sprengkörper verbunden war.

»Die Stangen sind nicht aufgerissen, die meisten Zündschnüre sind unverbraucht, und der Wecker ist blockiert. Diese Bombe ist nicht explodiert, sie hat nicht gezündet.«

»Na und? Vielleicht gab es ja nicht nur eine Bombe. Sofern es eine gab, gab es vielleicht eine zweite«, vermutete Leblanc. »Vielleicht sogar noch mehr«, versuchte er, dem Kommissar einzureden.

Hennion, der im Lauf der Zeit gelernt hatte, angesichts der üblichen hochtrabenden Vermutungen seines Vorgesetzten den Ball flach zu halten, blieb ruhig und gefasst.

»Meine Männer haben vor der Eröffnung alles durchkämmt. Keine Bombe.«

»Der Beweis dafür, dass sie ihre Arbeit nicht gründlich genug gemacht haben«, bemerkte der Polizeipräfekt tadelnd.

»Das glaube ich nicht. Diese Sprengkörper waren vermutlich in der einzigen großen Skulptur des Basars versteckt. Ein Jules Dalou, den die Herzogin selbst zum Verkauf angeboten hat. Der Sprengkörper wurde im Sockel der Skulptur eingebaut, bevor diese zum Basar gebracht wurde. Dalou hat bestätigt, dass gestern Nacht jemand in sein Atelier eingedrungen ist. Er hat es nicht angezeigt, da nichts gestohlen wurde.«

»Und das soll mich beeindrucken? Die haben ihre Bombe dort deponiert, inmitten von Kindern, deren Eltern und Kindermädchen. Da bedarf es doch keiner weiteren Beweise!«

»Die rasende Geschwindigkeit, mit der sich das Feuer ausgebreitet hat, lässt es vermuten, auch wenn nichts sicher ist. Es bleibt eine Hypothese, es kann gleichwohl etwas anderes gewesen sein.«

»Genug jetzt!«, fiel ihm Leblanc genervt ins Wort. »Ich brauche Ihnen wohl nicht zu erklären, dass man an oberster Stelle ungeduldig wird. Sie brauchen Antworten, und zwar schnell.«

Er steuerte auf den Ausgang zu.

»Die da oben werden sich gedulden müssen«, erwiderte Hennion gleichmütig. »Die Anarchisten können nicht ohne Beweise angeklagt werden. Wir geben ihnen nicht die Gelegenheit, auf die sie nur warten, um loszuschlagen.«

Leblanc erstarrte.

»Langsam nerven Sie mich mit Ihren Beweisen, die mir völlig egal sind. Haben Ihnen die Jahre nicht gereicht, die Sie in den Kolonien verbracht haben, wegen Gehorsamsverweigerung? Ich bin in dieser Stadt verantwortlich für die Aufrechterhaltung der Ordnung. Ich muss den vornehmsten Familien von Paris Rechenschaft ablegen. Also, beeilen Sie sich, finden Sie die Ursache für diese Katastrophe.«

Leblanc hatte bereits die Hand auf der Klinke und wollte die Tür schon öffnen, hielt aber mitten in der Bewegung inne und knurrte, ohne sich umzudrehen:

»Schicken Sie Ihre Leute in alle Krankenhäuser. Sie sollen dort vor Ort prüfen, ob sich unter den Verletzten polizeibekannte Anarchisten befinden.«

Leblanc verließ das Zimmer, ohne sich die Mühe zu machen, die Tür hinter sich zu schließen.

Hennion begutachtete die intakten Sprengkörper, und sein Blick verdüsterte sich.

– 13 –

5. Mai 1897, Hôpital Beaujon, vier Uhr fünfundvierzig. Zwölf Stunden und fünfundzwanzig Minuten nach der Explosion.

Das Pflegepersonal rannte immer noch in alle Richtungen, schwer verletzte Brandopfer saßen oder lagen auf dem Boden, die Gänge waren überfüllt, es mangelte an Betten. Innerhalb weniger Stunden hatte das Krankenhaus den Anblick eines Armenhauses geboten.

Als sie die Halle betrat, verursachte der ungewohnte Äthergeruch ihr einen Würgereiz. Dank einer gesunden körperlichen Verfassung war der Baronin Chapuis und ihrer Familie bisher der Schrecken eines Krankenhauses erspart geblieben. Sie hatte ihre Kinder zu Hause zur Welt gebracht, auf Seidenlaken. Jetzt bemühte sie sich, in diesem feindlichen Umfeld nicht einer gehetzten Hirschkuh zu gleichen. Sie missachtete die Warteschlange untröstlicher Eltern, die auf der Suche nach Informationen waren, und stürzte direkt zum Empfang.

»Ich bin Madame de Chapuis und möchte meine kleine Tochter besuchen.«

Sie hatte sich sehr beeilt, aber es war doch eine gewisse

Zeit verstrichen, bis der Kutscher den Wagen bereitstellen konnte.

Die Krankenschwester, die zu viel um die Ohren hatte, antwortete nicht.

Es war eine sternförmige Empfangshalle, von der aus zahlreiche Flure abgingen. Die Baronin wusste nicht, wohin sie sich wenden sollte. Sie geriet schon fast in Panik, als zum Glück ihr Mann, der ihre Stimme erkannt hatte, vom anderen Ende eines Ganges herbeieilte und ihr zurief:

»Jeanne!«

»Oh, Jacques«, brachte sie trotz der Gefühle, die sie zu überwältigen drohten, hervor.

Er reichte ihr die Hand, sie griff danach und verschwand mit ihm im Laufschritt.

»Komm, hier geht's lang.«

»Ich suche meine Tochter …«

Die Krankenschwester starrte auf ihre Liste.

»Welcher Name, sagten Sie?«

»De La Trémoille. Odette de La Trémoille.«

»Ach …«, erwiderte die Schwester und erstarrte.

Einen Moment lang musterte sie die Frau vor sich. Trotz einiger Falten im Gesicht hatte Sidonie Huchon einen offenen Blick. Sie trug ein schlichtes schwarzes, aber teures Kleid, wenn man die Feinheit der Spitzen betrachtete. Es war maßgeschneidert und betonte die Figur dieser etwas rundlichen Frau, die das Leben nicht verschont hatte. Madame Huchon … Das war sie also, die Schwiegermutter von de La Trémoille, diesem notorischen Lüstling, diesem geilen Bock von Paris.

»Dreiundzwanzig, kastanienbraune Haare, blaue Augen …«, erklärte Madame Huchon, die allmählich ungeduldig wurde.

»Ich weiß, wie Ihre Tochter aussieht, Madame. Aber nein, ich habe sie nicht gesehen.«

Dann machte sie auf dem Absatz kehrt und entfernte sich. Madame Huchon blieb ihrer Verzweiflung überlassen.

Die Schlafsäle waren überfüllt von den Verletzten, deren Klagen in den Räumen widerhallten. Uniformierte Kommissare gingen auf Anweisung des Polizeipräfekten durch die Säle. Madame Huchon bahnte sich mühsam einen Weg zwischen den Betten und blickte in jedes Gesicht.

Sie musste Platz machen, als Krankenschwestern das Bett eines jungen Mädchens, das starke Verbrennungen am Oberkörper und an den Armen erlitten hatte, verrückten. Die Diagnose war besonders beunruhigend für den linken Arm des Mädchens, da das Feuer bis zu den Sehnen durchgedrungen war. Dennoch wollte sie die Klinik verlassen. Das medizinische Fachpersonal hatte die junge Terroristin Émeline erkannt. Man bestand darauf, dass sie bleibe, sie brauche Pflege. Doch ihre draufgängerische Jugend war stärker als die Besorgtheit der Ärzte und Schwestern. Émeline stahl mehrere Dosen Morphium und verschwand, ohne sich um die anderen zu scheren.

Trotz des Hin und Hers des Klinikpersonals prüfte Madame Huchon weiterhin jede der Verletzten. Plötzlich entdeckte sie zwei große blaue Augen in einem stark verbrannten Gesicht. Die Flammen hatten die Kopfhaut völlig versengt. Die junge Frau stöhnte, und ihre Worte waren unverständlich. Madame Huchon, wie gelähmt, näherte sich schweigend.

»Odette …?«, murmelte sie, als befürchte sie, eine Tote aufzuwecken.

Anfangs zeigte die Verletzte keine Reaktion.

»Odette, mein Schatz?«, beharrte Madame Huchon, aufgewühlt, weil sie glaubte, sie habe ihre Tochter wiedergefunden.

»Madame … bitte!«, stammelte die junge verletzte Frau mit den blauen Augen. »Helfen Sie mir …«

Es war nicht die Tochter von Madame Huchon, sondern Rose, das Hausmädchen der de Jeansins. Sie war völlig entstellt, unkenntlich geworden.

»Ich bin da, mein Liebes, das wird schon«, fuhr Madame Huchon fort.

Ihr Blick fiel auf die Hände der jungen Frau: kein Ring von Cartier oder ein Verlobungsring mit Brillanten, sondern ein schlichter goldener Ring und ums Handgelenk ein bescheidenes Silberkettchen. Es waren die Hände eines Hausmädchens.

Bitter enttäuscht, ging Madame Huchon weiter.

»Bitte, teilen Sie meinem Mann mit, dass ich lebe«, flehte Rose, der nicht bewusst war, dass man sie nicht erkennen konnte. »Er heißt Jean … Ich flehe Sie an.«

Madame Huchon, vertieft in die Suche nach ihrer Tochter, beachtete das Flehen des Hausmädchens der de Jeansins nicht. Sie hatte genug mit ihrem eigenen Unglück zu tun und setzte ihre Suche fort.

Im zweiten Stock erblickte sie den weißen Kittel von

Dr. Malo, der sich mit konzentrierter Miene über eine Patientin beugte.

»Dr. Malo, ich suche Odette!«, rief sie und stürzte auf ihn zu.

Der Arzt hob den Kopf und erkannte Sidonie Huchon. Vor sieben Monaten hatte er bei ihr eine erhebliche Verschlechterung der Lungenfunktion diagnostiziert: Seit fünf Wochen hustete die Dame noch mehr und spuckte Blut. Kein gutes Zeichen. Da er jedoch völlig erschöpft war durch die Vielzahl der Verletzten, die er behandeln musste, verstand er nicht, von welcher Odette Madame Huchon sprach.

»Meine Tochter, Odette de La Trémoille. Sie war beim Basar …«

Dr. Malo dachte in Ruhe nach, wobei er weiterhin die Verletzte untersuchte. Da sich jetzt Marc-Antoine de Lenverpré dazwischendrängte, fand der Arzt nicht die Gelegenheit, Madame Huchon zu antworten, dass er ihre Tochter hier nicht gesehen hatte. De Lenverpré, der sich gewöhnlich gut beherrschen konnte, wirkte nervös und schien sich inmitten der Verletzten ausgesprochen unwohl zu fühlen. Er besaß nicht einmal die Höflichkeit, Sidonie Huchon zu begrüßen.

»Doktor, ich suche meine Frau … Adrienne de Lenverpré.«

Er zeigte ein Foto seiner Frau.

»Ein solches Gesicht vergisst man nicht …«

Dr. Malo warf einen Blick auf das Foto und erklärte dann mit ernster Miene:

»Ich weiß nicht. Schauen Sie doch mal in der Leichenhalle nach.«

»Wieso das denn?«, regte sich der Abgeordnete auf. »Meine Frau ist nicht tot.«

De Lenverpré, der keine Lust hatte, noch mehr zu hören, zuckte mit den Schultern, wandte sich schon zum Ausgang, den Kopf gesenkt, seinen Gedanken nachhängend, und wäre fast mit einer Krankenschwester zusammengestoßen, die herbeieilte:

»Dr. Malo, schnell! Der Puls der kleinen Pauline ist bei hundertzwölf.«

Dr. Malo sagte noch schnell zu Madame Huchon, während er sich im Laufschritt entfernte:

»Tut mir leid, Madame ... Ich habe Ihre Tochter nicht gesehen.«

Sidonie Huchon fragte eine Krankenschwester, die gerade die Infusion eines Brandopfers überprüfte:

»Schwester ... Entschuldigen Sie ... Wo befindet sich Ihre Leichenhalle?«

Die sehr blasse Schwester sagte: »Zweites Untergeschoss«, und konzentrierte sich wieder auf ihre Arbeit.

Als ob es eine Manie wäre, fast ein Zeichen der Dankbarkeit, nahm sich Madame Huchon nicht einmal die Zeit, der Krankenschwester zu danken, und stürzte zur Treppe. Da sie der Mechanik von Aufzügen misstraute, verließ sie sich lieber auf ihre eigenen Beine.

Unzählige sich steigernde Dramen beherrschten die Klinik, und auch die Kinderabteilung stand dem in nichts nach. Die Baronin und der Baron de Chapuis stützten einander, während sie vor der geschlossenen Tür eines Zimmers auf und ab gingen. Hinter ihnen saßen die Eltern der Baronin auf einer Bank. Der alte Herr las *Le Figaro*, und seine Gattin drehte Däumchen. Etwas weiter entfernt saß Aglaé, sechzehn, die älteste Tochter der de Chapuis, und beobachtete ihre Mutter aus dem Augenwinkel.

»Der Arzt meinte, es wäre besser, sie in die Klinik zu bringen, alles wird wieder gut«, erklärte Jacques de Chapuis seiner Frau Jeanne, die völlig durcheinander war.

»Das hat er keineswegs gesagt«, unterbrach ihn Jeannes Mutter.

Die Mutter der Baronin hütete sich, einen Skandal heraufzubeschwören, doch sie war wütend, weil man ihre Tochter so lange nicht finden konnte. Offensichtlich hatte sie die Nacht auswärts verbracht!

»Er hat gesagt, sie müsse liegen, die Feuerwehrleute haben sie dann nach Hause gefahren, aber du warst nicht da, also hat man sie hierhertransportiert.«

»Mama! Mama, wo warst du denn?«, fragte Aglaé eindringlich mit Tränen in den Augen.

Plötzlich wurde die Tür des geschlossenen Zimmers, vor dem sie warteten, aufgerissen. Dr. Malo trat heraus, grüßte und forderte die Eltern auf einzutreten. Die Baronin de Chapuis nutzte die Gelegenheit, um den Anspielungen ihrer Mutter und der Frage ihrer ältesten Tochter auszuweichen.

»Mach dir keine Sorgen«, sagte sie zu ihr und küsste Aglaé auf die Stirn. »Es wird alles gut, sie wird sich schnell erholen.«

Als die Baronin das Krankenzimmer betrat, in dem Pauline in tiefen Schlaf versunken war, wurde ihr klar, dass sie mit ihren Worten wohl sich selbst überzeugen wollte.

Die Frauen waren im Basar mit ihren bauschigen Kleidern praktisch unbeweglich gewesen, zudem eingezwängt in Korsetts und Röcke. Daher machten sie die große Mehrheit der Brandopfer aus. In der Hauptstadt kursierte ein Gerücht und verbreitete sich blitzschnell: Mit Ausnahme einiger Arbeiter und Diener waren die Männer, besonders die der Oberschicht, alle geflüchtet, ohne den Kindern oder den Frauen beizustehen. Noch schlimmer: Um dem Inferno zu entkommen, hatten sie diese niedergetrampelt, ja sie sogar mit Stöcken beiseitegestoßen. Einige Personen dürften erstickt und nicht verbrannt sein. Auch wenn die meisten *Überlebenden* misstrauisch und reserviert waren, so lösten sich doch einige Zungen. Lucile besaß das Talent, diese Frauen aufzutreiben und ihnen zuzuhören.

Im Gegensatz zu ihrem Kollegen und Seelenverwandten Hugues war sie nicht hinter der großen Story her, sondern suchte Material für einen Artikel, der einen gesellschaftlichen Blickwinkel bieten und zum Nachdenken anregen würde. Sie nahm sich die Zeit, den »Helden des Tages« zu finden, diesen »jungen sehr freundlichen Herrn«, der als Hitzkopf – kein böses Wortspiel – sein Leben riskiert hatte, um mehrere Opfer der Feuerhölle zu entreißen. Lucile wollte Séverine, ihrer Chefredakteurin, vorschlagen, ein Interview zwischen diesem Mann und den Personen, die er gerettet hatte, zu führen. Doch obwohl der junge Retter vielen Menschen im Gedächtnis war, blieb er ein Unbekannter, und man konnte nur hoffen, dass er überlebt hatte.

Um sich unter die Männer zu mischen und ihre Standpunkte kennenzulernen – sie hatte immer diese Neigung zu Nebenschauplätzen, statt sich auf den Hauptweg zu konzentrieren –, drang Lucile mithilfe ihrer Feuerwehruniform bis in den Männerflügel der Klinik vor. Sie stellte fest, dass sich unter den Verletzten lediglich Männer einfacher Herkunft befanden – Arbeiter, Stallknechte, Kutscher und Lakaien in Livree, die sich hier ausruhten oder darauf warteten, behandelt zu werden. Dieses Mal hatte man sich an die Regel »Frauen und Kinder zuerst« gehalten.

Lucile betrachtete die erschöpften Personen, die vor sich hin dösten, und versuchte, den »jungen sehr freundlichen Herrn« auszumachen, dessen Kühnheit die Geretteten beeindruckt hatte. Eine Dame hatte ihn ihr beschrieben, aber Lucile erkannte hier niemanden, auf den die Auskunft passte.

Sie entdeckte eine kleine Gruppe von Überlebenden, die gerade Karten spielen wollten, und ging auf sie zu. Nach ihren kurzen, taktvollen Schilderungen gaben die Herren ihrer Empörung Ausdruck.

»Ich habe alles gesehen«, sagte der Älteste. »Das Feuer und die Feuerwehrleute, und ich habe erlebt, wie sie sich sofort ans Löschen machten. Aber die Katastrophe war bereits geschehen, die Menschen *waren schon* verbrannt …«

»Die Kinovorführung fand unten statt. Nach Ausbruch des Brandes krachte der Boden ein, sodass die Besucher es nicht einmal bis zur Tür schafften, um ins Freie zu gelangen.«

»Ich habe miterlebt, wie bedauernswerte Frauen niedergeknüppelt wurden und man über sie hinweggetrampelt ist …«

»Die Sanitäter haben dann eine Bresche in die Mauer geschlagen, und so konnten sich einige Leute retten.«

Plötzlich schwiegen die Männer, als fünf uniformierte Polizisten auftauchten. Sie wirkten furchterregend und hatten den Befehl, Anarchisten, die möglicherweise zwischen den Patienten abgetaucht waren, aufzustöbern.

In diesem Moment beobachtete Lucile im hinteren Teil des Schlafsaals einen Verletzten, der beim Auftauchen der Polizisten schnell und geräuschlos in die Schuhe schlüpfte. Es war ein junger Mann, der Verletzungen im Gesicht, am Oberkörper und an den Händen davongetragen hatte. Er entsprach den Beschreibungen des Retters.

»Die sind weggerannt wie Memmen«, wiederholte der Älteste der Verletzten. »Ich habe noch nie etwas Derartiges gesehen … Diese Dreckskerle! Schreiben Sie das unbedingt in Ihrem Artikel«, forderte er Lucile auf.

Sie nickte schweigend und folgte mit dem Blick dem jungen Mann. Es war offensichtlich, dass der Held, der sich gerade unauffällig verdrückte, vor der Polizei floh.

Alice de Jeansin betrat den gepflasterten Hof des Krankenhauses Beaujon und schlängelte sich so gut wie möglich an dem Pflegepersonal vorbei, das immer mehr verletzte Frauen auf Tragen herbeischleppte. Ihr wurde erst jetzt richtig bewusst, welch unglaubliches Glück sie gehabt hatte. Das verdankte sie dem attraktiven Unbekannten, der sie aus den Flammen gerettet hatte, und nicht etwa Julien, mit dem sie sich in ein paar Tagen verloben sollte. Immer wieder musste sie daran denken, dass Julien Rose getötet hatte. Sie war hin- und hergerissen und unfähig, mit Jean, ihrem Kutscher und dem Ehemann der Toten, zu reden.

Nachdem Jean alle Pariser Krankenhäuser abgesucht und verkündet hatte, er werde in die Leichenhalle gehen, wollte Alice ihn begleiten. Rose war ihr Hausmädchen, aber vor allem ihre Vertraute. Ihre Mutter hatte versucht, es ihr auszureden: »Du wirst einen Schock erleben«, doch Alice hatte nicht nachgegeben.

»Mademoiselle, es wäre mir lieber, Sie würden hier auf mich warten«, sagte Jean unvermittelt, als sie vor der Eingangstür standen. »Die Leichenhalle ist kein Ort für Sie«, versicherte er ihr.

»Aber ich will Sie gerne begleiten«, erwiderte Alice.

Sie war doch nicht aus Porzellan und hatte es allmählich satt, als solches behandelt zu werden. Jean, der von Trauer erfüllt war, nahm seine Kopfbedeckung ab und blickte seine junge Herrin eindringlich an.

»Mademoiselle, ich bestehe darauf«, bemerkte er energisch und zerknüllte seine Mütze zwischen den Händen. »Und zudem … möchte ich lieber allein sein.«

Alice schwieg, denn sie begriff, dass Jean recht hatte. Sie musste ihm bei diesem tragischen Wiedersehen unbedingt seine Privatsphäre lassen.

Im Hof vollzog sich das endlose chaotische Szenario von gehetzten Ärzten, Krankenschwestern und Krankenwagen, die immer neue Verletzte ablieferten. Alice fühlte sich hilflos und unbehaglich und warf einen Blick zum Himmel, als bäte sie diesen um Hilfe.

Im zweiten Untergeschoss konnte Madame Huchon die Hand nicht vor den Augen sehen. Der Flur, der zur Leichenhalle führte, war dunkel. Sie tastete sich mühsam vor:

»Ist da jemand?«

»Was wollen Sie denn hier? Die Leichenhalle ist geschlossen.«

»Ich suche meine Tochter, Odette de La Trémoille.«

»Hier wurde noch keine Frau eingeliefert.«

»Das ist unmöglich. Ich komme vom Basar, und man hat mich hierherverwiesen.«

»Ah, für den Basar sind wir nicht zuständig. Sie müssen in der improvisierten Leichenhalle im Palais de l'Industrie suchen.«

»Aber warum hat man mir das nicht gesagt!«

»Weil sich niemand mehr auskennt.«

Im Klinikhof beobachtete Alice von einer Bank aus das Kommen und Gehen der Ärzte und Chirurgen. Sie belauschte Gespräche und verstand kein Wort – das wissenschaftliche und medizinische Kauderwelsch war ihr völlig fremd. Alle wirkten erschöpft und wiesen denselben beunruhigend ernsten Gesichtsausdruck auf.

Plötzlich bemerkte sie einen jungen Mann. Als ihr bewusst wurde, dass er es war, der sie aus den Flammen gerettet hatte, erstarrte sie.

»Monsieur …?«

Ihre Blicke trafen sich. Er blieb stehen, wie gebannt und sichtlich erfreut, sie wiederzusehen.

»Sie leben!«

Sie eilte auf ihn zu, hätte sich am liebsten in die Arme ihres Retters gestürzt, riss sich aber zusammen.

»Wie geht es Ihren Brandwunden?«, wollte sie wissen. »Wie geht es Ihnen?«

»Es geht, es geht. Und Sie?«

Flüchtig sah sich Victor nach allen Seiten um, ob auch kein Polizist ihm folgte. Dann schwieg er plötzlich, weil er eine Gruppe Uniformierter entdeckt hatte. Sie kamen auf die beiden zu und zerrten dabei einen Mann mit sich, der trotz seiner Brandwunden gefesselt war.

»Durchsucht das gesamte Gebäude«, befahl der Mann, der hier wohl das Kommando hatte.

Victor drängte Alice gegen die Wand und umarmte sie, sodass die Polizisten, als sie an ihnen vorbeigingen, sein Gesicht nicht erkennen konnten, weil er es an Alices Kopf schmiegte.

»Was tun Sie da?«

Das junge Mädchen, überrumpelt, fassungslos, war purpurrot angelaufen.

»Nichts«, versicherte ihr Victor mit charmantem Lächeln.

Alice ließ sich nicht hinters Licht führen und hatte sehr wohl begriffen, was das Vorgehen ihres Retters, nachdem er die Uniformierten entdeckt hatte, bedeutete.

»Sind Sie auf der Flucht vor der Polizei?«, fragte sie ihn, während er seine Umarmung löste.

»Keineswegs«, antwortete Victor, wieder lächelnd.

»Aber ich muss in die Richtung«, fügte er hinzu und verschlang sie mit Blicken. »Begleiten Sie mich?«

Alice spürte ein Frösteln und schüttelte nur den Kopf, da sie unfähig war zu sprechen.

»Ich kann nicht«, stieß sie schließlich hervor. »Ich muss auf einen Freund warten …«

»Verstehe … Bis bald, hoffe ich.«

Sie sah ihm nach, wie er sich aus dem Staub machte, und wusste nicht, ob sie diesen hübschen unverfrorenen Bengel jemals wiedersehen wollte.

»Ich reite jeden Morgen durch den Bois de Boulogne!«, rief sie ihm spontan hinterher. »Bei den Buchenwäldchen!«, ergänzte sie und hob dabei die Stimme.

Sie konnte es nicht fassen, dass sie ihm diesen Ort verraten hatte, wo sie so gerne allein war.

»Ich werde da sein!«, erwiderte er. Dann verschwand er, tauchte irgendwo in Paris unter.

Aus der Gegenrichtung rannten Polizisten herbei, um sich die nächsten Stockwerke vorzunehmen. Alice bedachte sie mit einem Lächeln, und die Männer grüßten sie höflich, als sie an ihr vorbeieilten.

Die kleine Pauline de Chapuis, die Brandwunden an beiden Beinen davongetragen hatte und deren Haar versengt war, steckte in dicken Verbänden.

Die Baronin von Chapuis konnte nur schlecht ihre Besorgnis zurückhalten, denn ihre Tochter erinnerte an eine Mumie. Sie schien zu schlafen. Ihre Wangen waren glühend rot. Die Baronin strich ihr sanft über die Stirn und küsste sie, während Dr. Malo erklärte, was passiert war.

»Es ist beeindruckend, wie sie sich erholt, aber ich mache mir Sorgen wegen des Fieberschubs.«

Das kleine Mädchen öffnete als Reaktion auf die Liebkosungen ihrer Mutter mühsam die Augen. Allein das Blinzeln kostete sie unendliche Mühe, ihre Energie schien völlig verbraucht zu sein. Die Krankenschwester beugte sich über sie, um sie aufzumuntern:

»Schau, deine Mama ist da …«

»Ja, mein Herz, ich bin da …«

Die Baronin konnte nur mühsam das Schluchzen unterdrücken.

Als das Mädchen seine Mutter erkannte, deutete es ein kleines glückliches Lächeln an. Ihre glühenden Wangen erinnerten an die Farben der Flammen. Dann fiel sie wieder in einen Dämmerzustand.

»Es beunruhigt mich auch, dass sich die Brandblasen entzünden«, fuhr der Arzt besorgt fort. »Sie braucht schnellstens eine Bluttransfusion.«

Das Palais de l'Industrie war in völlige Dunkelheit getaucht. Zwar bemühten sich die Techniker, für Strom zu sorgen, aber nichts davon funktionierte. Deshalb hatte man die Familien, die gekommen waren, um ihre Lieben zu identifizieren, gebeten, im Freien zu warten. Sidonie Huchon bemerkte eine Geheimtür, durch die gerade ein Arbeiter schlüpfte. Wild entschlossen und mit argloser Miene nutzte sie die Gelegenheit und *folgte* ihm ins Gebäude.

Im Halbdunkel ließ die improvisierte Leichenhalle sie erschaudern. Madame Huchon fröstelte, doch sie nahm allen Mut zusammen und hob ein Laken an. Sie unterdrückte mühsam einen Schrei und die aufkommende Übelkeit: Die Leiche war völlig verbrannt, die Gesichtszüge unkenntlich,

Haut war nicht mehr vorhanden. Selbst der Schmuck, den die Dame angelegt hatte, um sich für den Basar herauszuputzen, war geschwärzt, ihre Kette zum Teil geschmolzen. Odette jedoch konnte Ketten nicht ausstehen, sie war es also nicht.

Nachdem sie die erste Reihe überprüft hatte, nahm sie die zweite in Angriff. Als sie wieder ein Laken hochhob, erstarrte sie – es war ihre Tochter. Madame Huchon, zutiefst erschüttert, fiel auf die Knie.

»Odette …«, murmelte sie. »Mein kleines Mädchen …«

Sie weinte sich die Seele aus dem Leib. Nachdem der Tod ihr bereits während des Deutsch-Französischen Krieges den Ehemann genommen hatte, raubte er ihr jetzt auch Odette. Unter Tränen dachte sie an den kleinen Thomas, den Sohn ihrer Tochter und ihres Schwiegersohns, dieses Tunichtguts.

Dann riss sie sich zusammen und trocknete die nassen Augen. Da war diese Krankheit, die immer mehr durch Husten und Blutspucken Besitz von ihr ergriff, auch sie würde bald sterben. Doch zuvor sah sie es als ihre oberste Pflicht an, ihren Enkel zu beschützen. Sie nahm Odettes Hand und streifte ihr behutsam den Schmuck ab. Wohl war er durch den Brand geschwärzt, aber nicht geschmolzen. Sie schob den Ehering mit den Edelsteinen und die luxuriöse Cartier-Uhr in ihre Tasche. Ihr Schwiegersohn durfte unter keinen Umständen ihr Vermögen erben.

Nach ihrem Besuch der Leichenhalle kehrte Madame Huchon in die Klinik Beaujon zurück. Da war ja noch dieses Hausmädchen, das sich aus dem Basar hatte retten können, aber entstellt war. Vorhin, auf der Suche nach Odette, hatte sie sie kennengelernt. Die junge Frau besaß die gleichen Augen wie ihre Tochter … Sie schlief, nachdem die Krankenschwester ihr eine Morphiumspritze verpasst hatte. Sidonie Huchon versicherte ihr, sie sei die Mutter der Patientin, und verlangte, mit Dr. Malo zu sprechen.

»Er ist völlig überlastet, aber wenn Sie auf ihn warten wollen …«

Die Krankenschwester schob einen Stuhl neben das Bett und ging. Als Madame Huchon endlich allein war, zog sie den bescheidenen Ring vom Finger des schlafenden Hausmädchens und streifte ihr den teuren Ehering ihrer Tochter über, vergaß auch nicht, ihr das silberne Armbändchen vom Handgelenk abzunehmen. Dann hielt sie Wache bei dieser jungen Frau, die sie nicht kannte und die durch den Zufall dieser Katastrophe an die Stelle ihrer Tochter treten würde.

»Madame Huchon …«

Sie war drei Minuten lang eingenickt, und die Krankenschwester rüttelte sie behutsam an der Schulter, um sie aufzuwecken. Als sie die Augen öffnete, erkannte sie Dr. Malo. Dieser untersuchte gerade die Patientin. Ihre Odette … Immer noch bewusstlos.

»Wegen der Schmerzen haben wir Ihrer Tochter Morphium gegeben. Aber das wird schon.«

»Sind die Brandwunden im Gesicht schlimm?«

»Ja, ziemlich, doch sie wird sich davon erholen.«

»Bleibt sie entstellt?«

»Es ist zu befürchten, tut mir wirklich leid …«

Madame Huchon wog kurz ab, die Stirn in Falten gelegt.

»Ich möchte meine Tochter mit nach Hause nehmen«, verkündete sie plötzlich.

»Das ist noch zu früh«, wandte Dr. Malo ein. »Sie braucht Pflege.«

»Ich werde für eine Krankenschwester sorgen. Glauben Sie mir, meiner Tochter wird es besser gehen, wenn sie zu Hause ist.«

Die Klinik brauchte jedes freie Bett. Dr. Malo war müde und unfähig, sich ihr zu widersetzen. Also erklärte sich der Arzt damit einverstanden und reichte Madame Huchon den Entlassungsschein.

»Wie Sie wollen. Ich rufe Ihnen ein paar Träger.«

Kurz danach verließ die bewusstlose Rose als Odette de La Trémoille die Klinik. Jean sah sie nicht. Verstört schob er den Besuch in der Leichenhalle hinaus, suchte seine Frau zuerst noch auf den Stockwerken unter den Verletzten. Ohne zu wissen, dass das Schicksal manchmal seltsame Spiele mit den Menschen trieb, betrat er voller Hoffnung den Schlafsaal, den Rose – jetzt Odette – soeben verlassen hatte.

Madame Huchon machte noch einen Umweg, zum Palais de l'Industrie. Sie ging zur Leiche ihrer leiblichen Tochter und legte ihr das Armband des Hausmädchens, das fortan ihrem Enkel die Mutter ersetzen würde, um. Thomas zuliebe hatte sie diese Inszenierung auf die Beine gestellt. Madame Huchon kniete neben ihrer Tochter nieder und verabschiedete sich von ihr.

»Entschuldige, mein Liebling. Verzeih mir.«

– 14 –

5. Mai 1897, fünf Uhr zwanzig.
Dreizehn Stunden nach der Explosion.

Es wurde Zeit, dass Jean den Tatsachen ins Auge sah.

Nachdem er ein letztes Mal gehofft hatte, er könne Rose unter den Überlebenden im Krankenhaus Beaujon entdecken, hatte er sich zur Leichenhalle der Klinik begeben, wo ihn der wenig freundliche Aufseher an das Palais de l'Industrie verwiesen hatte.

Er nahm nicht an, dass Mademoiselle Alice noch immer da sein würde. Doch sie erwartete ihn im Hof des Krankenhauses, als er dieses verließ. Sie bestand darauf, ihn bis zur behelfsmäßigen Leichenhalle im Palais zu begleiten, und blieb dann diskret außerhalb des Gebäudes.

Es dauerte nicht lange, bis Jean wieder zurückkam. Alice war sofort klar, dass er die sterblichen Überreste von Rose gefunden hatte, als sie seinen verstörten, kummervollen Blick sah und das zarte silberne Armband, das er in der Hand hielt. Er hatte es erst neulich seiner Frau geschenkt, und sie legte es nie ab.

Kommissar Hennion trank gerade seinen dritten Kaffee. Es war ihm gelungen, zwanzig Minuten im Sessel vor sich hin zu dösen, was wohl erholsam war, aber zu wenig. Da er ahnte, dass die kommenden Stunden alles andere als ruhig sein würden, zündete er sich eine Zigarette an und analysierte erneut den Plan des Grundrisses des Basars, der vor ihm auf dem Schreibtisch ausgebreitet lag.

Ohne Vorankündigung platzte Polizeipräfekt Maurice Leblanc in sein Büro, mit Monsieur de Lenverpré im Schlepptau. Hennion hob den Kopf und fragte sich, wie die beiden Männer, die immer wie aus dem Ei gepellt und frisch rasiert waren, es schafften, selbst in einer so heiklen Situation adrett auszusehen.

Leblanc schwenkte ein Karteiblatt des Erkennungsdienstes mit dem Vermerk *Anarchist* und legte es auf den Schreibtisch des Beamten. Das Foto zeigte Victor Minville.

»Dieser Anarchist war unter den Verletzten im Krankenhaus. Einen Monat vor Eröffnung des Basars soll er in der Küche des Hôtel du Palais eingestellt worden sein.«

Hennion starrte auf das Foto, ohne mit der Wimper zu zucken.

»Ein Anarchist, der im Hôtel du Palais direkt hinter dem Basar arbeiten möchte. Finden Sie das etwa nicht verdächtig?«, beharrte Leblanc.

»Er ist der Terrorist«, behauptete *de* Lenverpré. »Er hat die verdammte Bombe gelegt.«

Hennion versank überrascht in seinem Sessel.

»Zurzeit weiß man noch gar nicht, ob es sich um eine Bombe handelt«, sagte er.

De Lenverpré bedachte ihn mit einem spöttischen Grinsen.

»Auf jeden Fall scheint die Polizei weitaus effizienter zu sein als Ihre Leute, Monsieur Hennion …«

Hennion, der versuchte, seine Verärgerung zu verbergen, wandte sich ab.

»Bitte, wollen Sie mich daran erinnern, wie viele Personen bei diesem Brand gestorben sind?«, bemerkte Lenverpré bissig.

»Die Zahlen sind noch nicht endgültig«, bremste der Kommissar pragmatisch. »Anscheinend um die hundert.«

»Mehr als hundert«, verbesserte ihn Lenverpré. »Die Krankenhäuser sind überfüllt, und man weiß nicht, wohin mit den Opfern. Auch meine Frau ist bei diesem Brand verschwunden«, verkündete der Abgeordnete mit düsterer Miene.

Hennion schluckte die Neuigkeit. Es blieb zu hoffen, dass man die Gattin des Abgeordneten schließlich unter den Überlebenden fand, sonst würde dieser womöglich nur für sie allein eine Schweigeminute fordern. Hennion wusste, dass der Kerl zu allem fähig war, wenn es seinem Ego schmeichelte. Doch er schenkte sich einen Kommentar.

»Schnappen Sie diesen Mann«, schimpfte Lenverpré, »und zwar schnell.«

»In Ordnung, Monsieur«, erwiderte der Polizist mit einer Ruhe, die selbst ihn überraschte.

Nachdem Lenverpré und Leblanc sein Büro verlassen hatten, dachte der Kommissar, dass die Tiere im Käfig eines Zirkus wahrhaftig alle friedlich sind.

Ein frischer Regen hatte den Boden von Staub befreit, aber die Sonnenstrahlen knallten wieder erbarmungslos auf den Hügel von Belleville, zu dem gerade die Seilbahn hochfuhr. Man vernahm laute Hammerschläge der Arbeiter, die Gerüste hochzogen, das Geratter der Wagen auf dem Pflaster, Gebrüll und Pfiffe. All dies artete in diesen engen und verwinkelten Gassen zu einer unangenehmen Geräuschkulisse aus – kein Vergleich zu den ruhigen, reichen Vierteln der Stadt. Victor, den Arm in der Schlinge, sprang direkt vor der Kirche Saint-Jean-Baptiste aus der Straßenbahn und bog in ein Gässchen ein, wo es nur so wimmelte von Weinläden und Handwerkern.

Er schlüpfte durch die Menge bis zum Boucan, einem Nachtlokal, und stieß die Tür auf. Im Inneren dieses wenig vornehmen Wirtshauses, das an ein Grabgewölbe erinnerte, herrschten ohrenbetäubender Lärm und Hektik. Ein Orchester spielte Unterhaltungsmusik, und einige Gäste lümmelten auf Sitzbänken mit rotem Samt herum. Victor durchquerte das Boucan. Hinter dem Tresen der Bar grüßte ihn der Besitzer der Kaschemme mit einem Kopfnicken. Félicien Janvier war fünfzig, hatte einen schönen, charismatischen Kopf und empfand große Zuneigung für Victor. Er schien erleichtert zu sein, dass dieser am Leben war, trotz seiner Brandwunden.

Als Victor die Treppe erreichte, stieg er diese hinauf. Im ersten Stock betrat er ein verräuchertes Zimmer. Er ließ den Blick durch den Raum wandern. In der Nähe des Fensters saßen vier junge Arbeiter an einem Tisch. Sie waren ins Gespräch vertieft mit zwei jungen Mädchen, darunter Émeline. Sie trug einen dicken Verband um den Arm, der in einer Schlinge steckte. Offensichtlich unterhielten sie sich gerade über die Katastrophe im Basar. Émeline glaubte zwar, dass die Bombe, die sie gelegt hatte, Ursache für das Massaker war, tat aber so, als wisse sie nichts. Als Victor sich vor einem von ihnen aufbaute – vor Octave, fünfundzwanzig, mit dem Aussehen eines Rebellen –, verstummte die Gruppe.

»Und nun? Ist es geschafft?«, fragte Victor aggressiv. »Bist du zufrieden, dass du deine verdammte Bombe hast hochgehen lassen?«

Octave blies Victor den Rauch seiner Zigarette aufreizend ins Gesicht, um ihn zu provozieren. Dieser wich dem Rauch aus, hielt aber seinem Blick stand.

»Man schnappt sich die Kohle und macht sich aus dem Staub, das war der Plan«, fuhr Victor fort. »Was davon hast du nicht verstanden? Wir sind doch keine Terroristen!«

»Hunderte von Blaublütigen sind verreckt wie Hunde, das ist alles, was für mich zählt. Also sind deine Skrupel …«

Victor packte Octave am Kragen und drängte ihn gegen die Wand.

»Keine dieser Frauen hat es verdient, so zu sterben!«

»Mir doch scheißegal«, stieß Octave hervor und schob Victor heftig von sich zurück. »Genauso, wie diesen stinkreichen Typen das gemeine Volk scheißegal ist.«

Victor, der bestürzt war, warf ihm einen verächtlichen Blick zu. Octave musterte ihn.

»Weißt du, übrigens«, sagte er herablassend, »nicht ich habe diese Bombe gelegt. Aber ich hätte es gern getan.«

Der Besitzer des Nachtclubs, der Vater von Octave, mischte sich ein:

»Victor, überall sind Bullen. Welcher Teufel hat dich geritten, im Basar aufzutauchen? Du hast uns die Bullen auf den Hals gehetzt und führst immer noch mehr von ihnen hierher.«

»Monsieur hat sogar vor diesen Nutten alias vornehmen Damen den Helden gespielt«, spottete Octave und gab seinen Kameraden ein Zeichen, sich zu verziehen.

»Du Vollidiot«, brummte Victor zwischen den Zähnen, während die jungen Männer auseinanderstoben.

Hennion war sehr angespannt. Die Herzogin von Alençon hatte man immer noch nicht offiziell unter den Brandopfern erkannt. Ungefähr fünfzig Leichen waren bis zur Unkenntlichkeit verbrannt. Man musste hoffen, dass ein Gerichtsmediziner sie schließlich identifizierte und dieses verdammte Protokoll erstellte, das formell die Identität der Schwester der Kaiserin bescheinigen würde. In Österreich wurde man ungeduldig, und der Druck, den Leblanc deswegen auf Hennion ausübte, hielt den Polizisten von der eigentlichen Ermittlung ab.

Er wartete auf die Ergebnisse der Trümmeranalysen, um zu prüfen, ob man die Überreste einer weiteren Bombe fand. Das würde die These eines terroristischen Attentats untermauern. Sollte sich eine neue Explosionswelle in der Hauptstadt anbahnen, und zwar trotz aller Polizeikontrollen, die er veranlasst hatte, müsste der Kommissar als Erster informiert werden. Doch angesichts der Tonnen von Schutt und Asche, die die

Feuerwehrleute zusammengekehrt hatten, würde Hennion sich gedulden müssen, um die Situation klar einschätzen zu können.

Aber ein Detail ließ ihm keine Ruhe: Laut den ersten Zeugenaussagen sollte das Feuer in der Nähe des Basareingangs ausgebrochen sein, beim Kinematografen. Der Filmvorführer war in den Flammen verschwunden, womit keine Chance mehr bestand, seine Aussage zu erhalten.

Sorgenvoll betrat er das Boucan. Das Nachtlokal war ihm nicht unbekannt. Er begrüßte Janvier herzlich und stieg zielsicher zur oberen Etage hoch. Ohne Zögern öffnete er die Tür des Zimmers, in dem sich Victor befand.

»Was hast du denn im Basar getrieben?«

»Ich habe gearbeitet, was dagegen?«

»Es war doch klar, dass die Bullen an dir kleben würden. Konntest du dich denn nicht ein einziges Mal unauffällig verhalten?«

»He! Ho! Mit deiner Bombe habe ich nichts zu tun. Ich habe mich in die Flammen gestürzt und sogar mein Leben riskiert, um die armen Frauen zu retten – was ihre Männer nicht von sich behaupten können.«

Hennion unterließ es, ihn darauf hinzuweisen, dass gerade hier das Problem lag: Ganz Paris sprach über seine Heldentaten. Mindestens zwanzig Mal hatte er es mit den Flammen aufgenommen.

»Kennst du die Namen dieser armen Frauen, wie du sie gerne nennst? Sie könnten dann nämlich für dich aussagen, was die Zweifel beseitigen würde.«

»Nein, ich kenne sie nicht.«

»Du kennst sie also nicht, du Esel! Denk gut nach, sonst droht dir die Guillotine.«

»Wenn ich's dir doch sage, ich kenne sie nicht ... Glaubst du etwa, ich hätte die Zeit gehabt, dass wir uns einander vorstellen?«

»Victor, bleib brav hier. Man sucht nach dir, spiel dich also nicht auf, kapiert?«, sagte der Polizist und zog sich zurück.

»Ich tu, was ich will!«, brüllte Victor, als sich die Tür hinter seinem Besucher schloss. »Ich habe mir nichts vorzuwerfen.«

Als Hennion wieder in seinem Büro war, erfuhr er aus einem Telegramm von Krebs, dass das Zimmermädchen der Herzogin von Alençon ein Paar Stiefeletten erkannt hatte, die denen ihrer Herrin glichen. Die BSPP stellte fest, dass es etwa die Schuhgröße der Herzogin war.

In der Dunkelheit eines üppig ausgestatteten Zimmers war die Krankenschwester damit beauftragt, die Verbände über dem Gesicht von Odette de La Trémoille – in Wahrheit Rose – zu wechseln. Sie konzentrierte sich voll und ganz auf ihre schlafende Patientin. Die Verbände verhüllten mit Ausnahme der Augen der jungen Patientin den gesamten Kopf und machten ihn unkenntlich. Der Schwindel von Madame Huchon funktionierte, denn man sah statt eines Gesichts nur die Spuren des Feuers.

»Wie hoch sind die Morphiumdosen?«, fragte Sidonie Huchon und beobachtete jede Geste der Krankenschwester.

»Wenn sie Schmerzen hat, gibt man ihr die Tropfen, aber nicht mehr als dreißig pro Tag.«

»Sonst?«

»Sonst ... könnte sie sterben.«

Die Krankenschwester holte fünf Fläschchen Morphium aus ihrer Sanitätstasche und reichte sie Madame Huchon, die sie sorgfältig in die Schublade des Nachttisches packte.

»Die Heilung wird lange dauern, aber Ihre Tochter hat großes Glück gehabt«, bemerkte die Schwester mitfühlend und bekreuzigte sich.

Madame Huchon begleitete sie zur Tür, als lautes Kindergeheul zu hören war. Thomas, der Sohn von Odette, der den Brand überlebt hatte, fand keinen Schlaf mehr und hatte nachts Albträume. Madame Huchon verabschiedete sich schnell und stürzte ins Zimmer ihres Enkels. Der kleine, in Schweiß gebadete Junge fiel seiner Großmutter um den Hals.

»Omi! Omi! Auf meinem Bett und in meinem Schrank sitzen rabenschwarze Monster«, behauptete Thomas.

»Nein, mein Liebling, das ist nicht möglich ... Du hast schlecht geträumt, mein Engel.«

»Kann ich Mama sehen?«

»Bald. Wenn es ihr besser geht, in Ordnung?«

»Versprichst du's?«

»Ich verspreche es dir. Und wir verjagen all diese Monster, die es gar nicht gibt ...«

Das Kind schmiegte sich an die Großmutter.

Als Thomas endlich in Morpheus' Arme sank, erteilte Madame Huchon dem Verwalter ihre Anweisungen.

»Jacques? Bitten Sie Thérèse, sie soll über Nacht bei

Thomas bleiben und mich sofort benachrichtigen, wenn er wieder anfängt zu weinen.«

»Das arme Kind«, bemerkte der Verwalter gerührt.

»Und schicken Sie ein Telegramm an meinen Schwiegersohn.«

Der Verwalter nickte.

»Schreiben Sie ihm, dass Odette schlimme Brandwunden im Gesicht hat, aber nicht in Lebensgefahr schwebt, und dass es Thomas gut geht.«

»Ich kümmere mich darum, Madame. Soll Monsieur seine Russlandreise abkürzen, um ans Krankenbett seiner Frau zu eilen?«

Ohne darauf einzugehen, wechselte Madame Huchon ins Zimmer ihrer »Tochter«, um sich davon zu überzeugen, dass sie friedlich schlief. Das Morphium wirkte, die junge Frau litt keine Schmerzen.

Kaum hatte sie die Tür hinter sich zugemacht, da öffnete Rose langsam die Augen. Durch das Morphium war sie noch benommen, doch nach und nach erkannte sie ihre Umgebung deutlicher.

Ihr Blick fiel auf ein Foto von Odette, und die Erinnerungen an die letzten Stunden kamen wieder hoch …

Julien, der Verlobte von Alice, hatte sie in die Flammen gestoßen, um seine eigene Haut zu retten. Rose zwang sich, ihr benebeltes Gedächtnis zu durchforsten. Sie erinnerte sich daran, im Krankenhaus aufgewacht zu sein, und wusste noch, dass Madame Huchon sie mit ihrer Tochter verwechselt hatte. Rose dachte an Jean: Er machte sich bestimmt Sorgen, sie musste ihn benachrichtigen.

Es gelang ihr mit großer Mühe, die gesäumte Bettdecke beiseitezuschieben, um aus dem Bett zu steigen. Sie schwankte, schaffte es aber schließlich bis zur Tür. Sie versuchte, diese zu öffnen, und stellte fest, dass sie fest verschlossen war. Als sie begriff, dass sie gefangen gehalten wurde, ließ sie sich zu Boden gleiten.

»Ich habe Durst«, sagte sie flehend. »Bitte ... Ist da jemand?«

Sie brach in Tränen aus und wurde von quälenden Krämpfen geschüttelt: Ihre Wunden meldeten sich zurück.

Auf der anderen Seite der Tür blickte Thomas, den der Lärm geweckt hatte, durchs Schlüsselloch. In diesem Augenblick tauchte Sidonie Huchon auf.

»Thomas, geh bitte in dein Zimmer!«

»Warum schließt du Mama ein?«

»Um sie zu schützen, mein Liebling.«

»Vor den Feuermonstern?«

»Aber nein, es gibt keine Feuermonster«, erwiderte sie und ergriff seine Hand.

»Sag, Omi, warum hat sie so viele Verbände?«, fragte Thomas und ging mit seiner Großmutter in sein Zimmer zurück.

»Sie wurde während des Brandes verletzt und braucht sie deshalb. Mach dir keine Sorgen, das wird besser werden.«

»Ist es schlimm?«, beharrte der kleine Junge besorgt.

»Nein, überhaupt nicht«, versicherte ihm Sidonie Huchon, um das Thema zu beenden. »Komm, mein Liebling, geh schnell wieder ins Bett.«

Odette alias Rose hatte von ihrem Zimmer aus dem

Wortwechsel verblüfft gelauscht. Ihre Kehle brannte, das Sprechen fiel ihr schwer, sie fühlte sich ausgetrocknet.

»Ich bin nicht Odette«, stieß sie schließlich hilflos hervor, fast lautlos, aber niemand hörte sie.

Sie entdeckte auf dem Nachttisch ein Glas Wasser und griff danach. Sie leerte das Glas langsam, Schluck für Schluck. »Ich bin nicht Odette«, murmelte sie und schlüpfte zurück ins Bett. Dann dämmerte sie wieder vor sich hin.

Pauline de Chapuis war am Rauch nicht erstickt. Dennoch hatte das Höllenfeuer sie schwer getroffen: Dr. Malo hatte ihren Eltern soeben erklärt, dass die Intensität der Flammen, die über ihre Tochter hereingebrochen waren, den Grad der Brandwunden und des Wundbrands verursacht hatte. Die Baronin hatte diesen medizinischen Fachjargon voller Worte und Zahlen, die ihr fremd waren, nur zum Teil verstanden. Doch das Wichtigste hatte sie begriffen: Ihre Tochter war geschwächt und noch lange nicht über den Berg.

»Das Fieber sinkt, der Puls verlangsamt sich. Alles normalisiert sich. Sie hätte sich Streptokokken zuziehen können, was tödlich gewesen wäre, aber sie hat gut auf die Transfusion angesprochen. Bis sich ihr Zustand stabilisiert, müssen wir sie hierbehalten. Ich schlage Ihnen vor, nach Hause zu gehen und sich zu erholen, das hilft ihr mehr.«

»Ich danke Ihnen, Doktor«, nickte Jacques de Chapuis.

»Nun gut, danke, Doktor«, stimmte auch Jeanne zu.

Dr. Malo verabschiedete sich herzlich von ihnen und ging weiter.

Das Ehepaar betrachtete noch einen Moment lang seine

Tochter. Ihr Schlaf war unruhig. Die Eheleute hielten sich an der Hand, zusammengeschweißt durch die gemeinsame Sorge.

»Jacques«, sagte die Baronin unvermittelt. »Geh du nach Hause, und leg dich hin. Ich würde gern noch bei ihr bleiben ... Ich werde darum bitten, dass man mir ein Bett reinstellt.«

»In Ordnung«, stimmte ihr der Baron zu, nachdem er kurz nachgedacht hatte. »Sag mir Bescheid, wenn es Probleme gibt.«

»Natürlich.«

Die Baronin wollte unbedingt an der Seite ihres Kindes sein.

Sie hatte es zudem nicht eilig, nach Hause zurückzukehren und sich dem Streit mit ihrer älteren Tochter auszusetzen. Und sie verspürte keinerlei Lust, die anzüglichen und bissigen Bemerkungen ihrer Mutter, einer unausstehlichen bigotten Frömmlerin, zu ertragen.

Sie verdrängte auch die Gedanken an die Spritztour ans Meer, die ihr Liebhaber ihr vorgeschlagen hatte. Seit ihrer Rückkehr wurde sie durch eine ganze Verkettung von Schuldgefühlen gequält. Sie beschwor den Gott, an dem sie jeden Tag mehr zweifelte, er möge ihre Tochter verschonen. Pauline hatte dieses Schicksal nicht verdient. Eine solche Strafe hätte nur sie selbst verdient, doch nicht ihr Kind.

– 15 –

5. Mai 1897, sechs Uhr vierzig.
Am Tag darauf, früher Morgen.

Jeanne de Chapuis kämpfte gegen den Schlaf an. Über eine halbe Stunde lang wachte sie bei ihrer kleinen Pauline, sprach leise mit ihr und half dem Kind so, seine Ruhe wiederzufinden.

Nachdem sie sicher war, dass Pauline eingeschlafen war, ging sie auf den Flur hinaus, um sich die Füße zu vertreten. In den Gängen des Krankenhauses war niemand mehr, es herrschte Ruhe. Alle Zimmer waren belegt, und ausnahmsweise sogar das Dachgeschoss, damit alle Überlebenden der Brandkatastrophe aufgenommen werden konnten. Die Baronin wollte gerade zur Entkrampfung ihren Nacken massieren, als ein Alarm ertönte. Gleichzeitig blinkte das Lämpchen über der Tür von Paulines Zimmer. Krankenschwestern rannten herbei und riefen nach dem Arzt.

»Schnell! Schnell!«

»Das hört sich ernst an ... Ich glaube, die Transfusion hat versagt ...« Jeanne beschleunigte ihre Schritte, als erneut der Alarm losging.

»Schnell, wir brauchen Hilfe!«

»Dr. Malo. Wo ist Dr. Malo?«

Dr. Malo rannte herbei.

»Herr Doktor, sie hat Schüttelfrost. Sie ist schweißnass und zittert.«

Die Baronin kam ins Zimmer.

»Dr. Malo, sagen Sie mir ...«

Der Arzt schenkte ihr keine Beachtung und beugte sich über das Kind.

»Bringen Sie mir Wasser«, befahl er einer Krankenschwester.

Als die Baronin erkannte, dass Pauline ohne Bewusstsein war und von Krämpfen geschüttelt wurde, blieb sie wie gelähmt stehen.

»Was hat sie, Doktor ...«

»Es sind bestimmt die Brandblasen«, stellte der Arzt fest. »Sauerstoff, Adrenalin und Eis. Schnell!«

»Dr. Malo, ihr Puls steigt«, verkündete eine Schwester besorgt.

Sie hielt das Handgelenk des ohnmächtigen Kindes und zählte den Pulsschlag.

»Wie hoch ist er?«, wollte der Arzt wissen, der sich inzwischen der Herzmassage widmete.

»Über hundertzwanzig.«

»Das Fieber ist auf vierzig Grad gestiegen«, rief eine zweite Krankenschwester.

Pauline, die immer noch nicht das Bewusstsein erlangt hatte, begann zu zittern. Jeanne de Chapuis, die am Ende des Bettes stand und nichts tun konnte, schluchzte, als sie ihre Tochter so hilflos vor sich sah. Das Pflegepersonal wurde geschäftig, doch der Arzt konzentrierte sich auf die Herzmassage, die er intensivierte.

»Nehmt die Wärmflaschen aus dem Bett, und schlagt die Bettdecke zurück«, ordnete er an.

Eine Krankenschwester brachte eine Zinkschüssel, ein Stethoskop und eine Sauerstoffmaske.

»Puls?«, fragte Dr. Malo und griff nach der Maske.

»Jetzt hundertfünfundzwanzig.«

»Das Fieber steigt weiter an«, verkündete die zweite Krankenschwester.

Pauline wurde plötzlich von heftigen Zuckungen geschüttelt.

Kein gutes Zeichen.

Seit ein paar Monaten wandte Dr. Malo die neue Behandlungsmethode seiner englischen Kollegen Schafer und Oliver an. Bei dieser gewann man Extrakte aus der Nebenniere, die den Herzrhythmus beschleunigten. Die Substanz war dickflüssig. Wenn man sie jedoch spritzte und das Adrenalin hinzufügte, das in der chemischen Substanz enthalten war, die der polnische Physiologe Cybulski, ein Freund des Franzosen, vor zwei Jahren isoliert hatte, konnte sie sich als wirksam erweisen. Malo, ein leidenschaftlicher Arzt, hielt sich über die neuesten medizinischen und wissenschaftlichen Entdeckungen auf dem Laufenden und kommunizierte mit internationalen Fachleuten aller Disziplinen. Diese Gemeinschaft der Wissenschaftler war gewissermaßen seine zweite Familie, ja letztlich seine einzige.

Paulines Fall war vergleichbar mit dem, von dem ihm Cybulski bei einem Kolloquium berichtet hatte. Die Herzmassage war damals nicht ausreichend gewesen, um ein Kind wiederzubeleben, aber zwei Adrenalinspritzen hatten es schließlich gerettet. Dr. Malo hatte die Dosierung vorbereitet, war entschlossen, bei seiner kleinen Patientin alles auf eine Karte zu setzen. Von der neuen Methode überzeugt, hatte er noch eine Dosis Epinephrin hinzugefügt, welches ein amerikanischer Kollege erst vor Kurzem isoliert hatte.

»Sind die Spritzen fertig?«, wollte der Arzt wissen. Seine Miene wurde immer düsterer, was keineswegs beruhigend wirkte. Er beharrte darauf, das kleine Mädchen stark zu massieren, und übertrieb wohl damit: Eine Rippe knackte. Daraufhin mäßigte er die Druckbewegungen.

»Ja, Herr Doktor, drei Spritzen«, bestätigte die Schwester, die bereits eine Spritze mit einer zähen Flüssigkeit aufzog.

»Sie hat jetzt hundertneunundzwanzig.«

»Noch mehr Eis!«

»Hundertzweiunddreißig«, informierte die Schwester, die das Handgelenk des Kindes nicht losließ.

Plötzlich bäumte sich das kleine Mädchen auf und gab einen seufzenden Laut von sich, der allen das Blut in den Adern gefrieren ließ. Ihre Wangen waren so hochrot, dass sie zu platzen schienen. Und dann hauchte sie aus.

»Pauline, nein«, reagierte ihre Mutter.

»Kein Pulsschlag«, murmelte die Schwester.

Jeanne de Chapuis war wie gelähmt und fing plötzlich an, zu zittern und zu schluchzen.

»Pauline! Bleib bei uns, Pauline«, beschwor der Arzt.

»Sauerstoff, schnell!«, brüllte er den Schwestern zu. »Bereitet sie für die Reanimation vor.«

Er stülpte der Kleinen die Maske über den Mund und die Nase. Die Baronin hatte das Gefühl, als verschlinge die Maske das Gesicht ihres Kindes. Sie war unfähig, auch nur einen Ton herauszubringen.

»Dreht sie um«, befahl Dr. Malo.

Die Schwestern befolgten seine Anweisung und drehten Pauline zur Seite.

»Die erste Spritze, Doktor«, sagte die Schwester und reichte sie ihm.

Der Arzt setzte die Spritze präzise am Schenkel des Kindes an, dann injizierte er die Mischung.

Der Baronin war danach aufzuschreien, doch ihrem Mund entrang sich kein Laut. Zum Glück sprach eine der Schwestern, professionell und sanft, an ihrer Stelle:

»Mein Engel. Halt durch. Bitte.«

»Der Puls? Der Puls?«, wollte der Arzt wissen, der das Kind nicht aus den Augen ließ. Es hatte immer noch keine Reaktion gezeigt.

Die Schwester prüfte den Puls und schüttelte dann von rechts nach links einmal mit dem Kopf.

»Die zweite Spritze, schnell!«, rief Dr. Malo und streckte die Hand nach der Schwester aus, ohne sie anzusehen, denn sein Blick war auf Pauline gerichtet.

Erneut setzte er die Spritze mit sicherer Hand.

Und wieder zeigte die Kleine keine Reaktion.

Madame de Chapuis hatte das Gefühl, das Leben weiche aus ihr.

»Die dritte Spritze«, befahl der Arzt beharrlich.

»Stopp«, flehte ihn die Baronin an.

Die Schwestern erstarrten, als der Arzt die Entscheidung dieser Mutter akzeptierte, die weitere lebensverlängernde Maßnahmen ablehnte.

Paulines Gehirn wurde schon zu lange nicht mehr mit Sauerstoff versorgt, die Schäden wären irreparabel gewesen. Madame de Chapuis wusste das nur zu gut. Ihre Eltern hatten nie darüber gesprochen, doch sie hatten vor ihrer eigenen Geburt eine ältere Tochter bekommen – Hélène. Diese war behindert. Jeanne hatte sie nur einmal gesehen, nämlich an deren einundzwanzigstem Geburtstag. Da sie zu früh zur Welt gekommen war, hatten sich die Ärzte beharrlich bemüht, sie zu reanimieren, und dadurch bleibende Gehirnschäden verursacht. Man hatte Hélène sofort in eine abgelegene medizinische Anstalt gesteckt, weit entfernt von den Eltern. Sie verbrachte dort ein kurzes, trostloses Leben und starb mit fünfundzwanzig.

Jeanne wollte nicht, dass ihre Tochter so behindert wie Hélène leben müsste. Nie und nimmer.

Tränenüberströmt trat sie zu Pauline ans Bett, nahm ihre Hand und küsste sie mit unendlicher Zärtlichkeit, vergrub das Gesicht lange an ihrer Schulter.

Dann riss sie sich zusammen. Sie musste Jacques benachrichtigen, alles war so grausam.

Sie erhob sich wortlos, verließ das Zimmer und durchschritt den Flur, wobei sie sich immer wieder an der Wand festhielt. Die Baronin, benommen und verzweifelt, fragte sich ständig, ob Pauline für ihre eigene Sünde gebüßt hatte.

Sie konzentrierte sich, um diesen Gedanken zu verscheuchen. Doch schaffte sie es nicht mehr bis zum Telefon, sondern fiel in Ohnmacht.

»Julien ist unten, er will wissen, wie es dir geht. Kommst du?«, fragte Mathilde Alice.

Das junge Mädchen lag, die Augen rot geweint, mit angezogenen Beinen auf dem Bett und starrte die Wand an.

»Ich bin müde, ich möchte niemanden sehen.«

»Oh Liebling ... Nach allem, was sich im Basar abgespielt hat, kannst du ihn nicht so stehen lassen, versuche zumindest, ihn zu beruhigen.«

»Ich fühle mich nicht wohl«, beharrte Alice. »Der Feuerqualm hat mir Kopfschmerzen bereitet.«

»Aber er ist ganz durcheinander. Sag ihm zumindest, dass ...«

»Mama, bitte«, unterbrach Alice ihre Mutter. »Ich habe nicht die Kraft ...«

Besorgt bestand Mathilde nicht länger auf ihrem Wunsch. Sie schloss die Tür des Zimmers ihrer Tochter wieder und begab sich ins Wohnzimmer, wo Julien geduldig wartete und ein Gemälde bewunderte, das eine Jagdszene zeigte.

»Julien, es tut mir sehr leid«, sprach ihn Mathilde an. »Alice fühlt sich nicht wohl ...«

»Will sie mich nicht sehen?«, fragte der junge Mann beunruhigt.

»Nein, nein«, log die Hausherrin. »Was glauben Sie denn! Das sind die Nachwirkungen dieser schrecklichen Katastrophe.«

Sie begleitete ihn bis zur Freitreppe.

»Morgen geht es ihr schon besser«, versicherte sie ihm.

»Während der Brandkatastrophe haben wir uns an der Hand gehalten«, erklärte Julien plötzlich. »Und dann ... haben wir losgelassen. Bevor ich es richtig merkte, bin ich zurück in die Flammen ... Ich habe sie überall gesucht, ihren Namen gerufen, sie aber nirgendwo gefunden. Ich habe alles getan, um sie zu retten. Alles. Ich hätte dabei umkommen können.«

Juliens Stimme bebte.

»Denken Sie nicht mehr daran«, erwiderte Mathilde zutiefst berührt. »Denken Sie nicht mehr daran, Julien.«

Er wandte sich Mathilde zu.

»Bitte, sagen Sie ihr das. Wiederholen Sie ihr bitte, was ich Ihnen gerade gesagt habe. Und sagen Sie ihr ... dass ich immer für sie da bin, wenn sie mich braucht.«

»Sie weiß es bereits, da bin ich mir sicher.«

Alice hatte von oben alles mitbekommen.

»Lügner«, murmelte sie. Dann brach sie in Tränen aus.

Auguste betrat das elterliche Schlafzimmer. Mathilde, die sich zum Ausgehen fertig machte, ließ sich von ihrer Kammerzofe beim Ankleiden helfen.

»Ich habe Julien zum Essen eingeladen«, sagte er, »um mit ihm über die Hochzeit zu reden.«

Mathilde blieb wie erstarrt stehen.

»Die Hochzeit?«, wiederholte sie bestürzt. »Alice ist durch den Brand traumatisiert, sie möchte Julien nicht einmal sehen! Meine Schwester ist verschwunden, und Rose ist tot. Da sprichst du von Hochzeit?«

Auguste, der sich nicht wohl in seiner Haut fühlte, wandte den Blick ab.

»Alice braucht Zeit, du selbst hast das gesagt.«

»Du weißt genau, dass wir keine Zeit haben«, brach es aus ihm hervor.

Mathilde betrachtete ihn eindringlich. Diese Nervosität und diese Wutanfälle sahen ihrem Mann gar nicht ähnlich …

»Mathilde«, fuhr er fort und riss sich sofort wieder zusammen, »ich will nur sagen …«

»Nun denn«, erwiderte Mathilde gereizt. »Die Entscheidung liegt ganz bei dir.«

Endlich war sie mit dem Ankleiden fertig und wandte sich zum Gehen.

»Ich fahre mit Marc-Antoine zur Leichenhalle«, sagte sie, ohne sich umzudrehen. »Ich will dort nachsehen, ob man Adrienne gefunden hat.«

Auguste de Jeansin ließ sich in einen Sessel fallen. Seit der Katastrophe ging alles den Bach herunter. Er fühlte sich völlig überfordert.

Solange es nicht um seinen eigenen Tod ging, ließ de Lenverpré sich im Prinzip nicht von diesem beeindrucken. Aber angesichts des verkohlten Leichnams, der mit einem weißen Tuch bedeckt war und vor dem sich Mathilde de Jeansin mühsam sammelte, wandte er den Blick ab. Adrienne, seine schöne, lebenslustige, großartige Frau war jetzt nur noch eine schwarze Masse.

»Sie kann nicht tot sein«, stieß er schließlich angespannt hervor.

»Trotzdem glauben das die Ärzte«, erklärte Mathilde. »Und sie ist sonst nirgendwo zu finden, es wurde ja in allen Krankenhäusern nach ihr gesucht.«

»Das ist nicht Adrienne. Ihr Schmuck fehlt.«

»Vielleicht hat man ihn gestohlen, es wird allerhand gemunkelt.«

De Lenverpré reagierte nicht.

»Die namenlosen Leichen werden morgen in einem Gemeinschaftsgrab beerdigt«, fuhr Mathilde fort und wirkte aufgewühlt. »Wir können nicht zulassen, dass Adrienne wie ein Tier vergraben wird.«

»Warum berührt Sie das so sehr?«

»Sie ist eben meine Schwester«, platzte es aus ihr heraus.

»Und meine Frau.«

»Ja, zu ihrem größten Unglück«, konterte Mathilde, ohne ihn aus den Augen zu lassen. Es war ein Duell.

»Sie hat Sie gehasst, sie wollte sich scheiden lassen. Ich weiß es.«

De Lenverpré hatte genug gehört und machte auf dem Absatz kehrt.

»Sorgen Sie dafür, dass der Körper zu mir gebracht wird«, befahl er seiner Schwägerin wie einem Hausmädchen.

Lenverpré verließ die Leichenhalle und überließ Mathilde ihrer Trauer. Als sie allein war, kniete sie nieder und vergoss schweigend bittere Tränen.

In seinem Büro, das von den Rauchwolken der Zigaretten, von denen er sich eine nach der anderen anzündete, eingenebelt war, stand Hennion dem Sergeanten Mattéo gegenüber, der kaum seine Befangenheit verbergen konnte. Als Hennion ihm höflich eine Zigarette anbot, lehnte Mattéo durch bloßes Kopfschütteln ab. Der Feuerwehrmann hatte allzu oft erlebt, wie eine einzige Kippe einen Brand ausgelöst hatte, um in Versuchung zu geraten. Er musste an sich halten, um nicht das Fenster aufzureißen, frische Luft hereinzulassen und den Geruch von kaltem Rauch zu vertreiben.

»Sergeant, drücken Sie sich deutlicher aus: Ist sie es, oder ist sie es nicht?«

Mattéo fiel die Verantwortung zu, dem Kommissar mitzuteilen, dass die Stiefeletten, die das Hausmädchen als die der Herzogin von Alençon erkannt haben wollte, nun doch zu klein für deren Schuhgröße waren. Der Feuerwehrmann stand stramm da und sagte:

»Sie ist es nicht, auf jeden Fall nicht formell.«

Hennion seufzte. Unter diesen Umständen würde im Augenblick kein Protokoll angefertigt werden, die Akte blieb offen, und die Bestattung der Herzogin konnte nicht stattfinden ... Sicher war nur, dass Leblanc immer noch mit den Zähnen knirschte.

»Man hat mich außerdem damit beauftragt, Ihnen mitzuteilen, dass Madame de Lenverpré unter den Brandopfern ist.«

Der Kommissar rieb sich die Augen. Er war erschöpft, und all diese schlechten Nachrichten verhießen keineswegs, dass er bald zur Ruhe kommen würde. Er hatte die Frau des Abgeordneten nie kennengelernt, ihm reichte es bereits, die Arroganz ihres Ehemannes ertragen zu müssen.

Es klopfte.

»Was denn jetzt noch?«, knurrte er und wandte sich zur Tür. Hennion war nicht in der freundlichsten Stimmung, doch als Lucile hereinplatzte, war es, als ob ein Sonnenschein das Halbdunkel durchbreche. Oscar folgte ihr.

»Hallo, Chef, störe ich dich?«

Mattéo blieb die Luft weg: Lucile erlaubte sich nicht nur, den Kommissar zu duzen – im Rahmen seines Amtes, das auch das des Leiters der Sûreté einschloss –, sondern bediente sich sogar bei ihrer Betonung des Wortes »Chef« der Ironie. Am verblüffendsten war, dass Hennion weder überrascht noch empört zu sein schien! Er hatte gelächelt, was bei diesem schon von Amts wegen gequälten Polizisten selten vorkam. Er trug nicht das Herz auf der Zunge, aber er war den Personen gegenüber offen, die er mochte. Dem Feuerwehrmann wurde klar, dass die beiden sich bestens kannten.

Augustin Hennion war ein langjähriger Freund von Luciles Vater und verkehrte mit der Journalistin und ihrer Familie seit ihrer Kindheit. Er schätzte den Scharfsinn, ja die Frechheit des jungen Mädchens – er konnte sich daran erinnern, dass Lucile bereits als Kind wenig konventionell war.

»Das ist mein Freund Dr. Oscar Oscar«, stellte sie vor und wies auf ihren Begleiter.

So gut wie nie glichen sich der Familien- und der Vorname. Die Gesprächspartner des Zahnarztes rissen ihre Witze über diese amüsante Verdoppelung. Darauf reagierte Oscar dann immer lakonisch: »Meinen Eltern fehlte es entweder völlig an Fantasie, oder sie hatten viel Humor, ich muss sie unbedingt mal fragen.«

Hennion interessierte sich nicht die Bohne dafür, ob Oscar nun den Vornamen Oscar oder Barnabé hatte, und schenkte sich jeglichen Kommentar.

»Guten Tag, Herr Doktor«, sagte er und reichte ihm die Hand.

»Guten Tag, Herr Kommissar«, erwiderte Oscar und drückte sie.

Als er Mattéo erkannte, der kerzengerade hinter Hennion stand, bedachte ihn der Wissenschaftler mit einem Kopfnicken – ein Gruß, den der Feuerwehrmann, nun neugierig geworden, erwiderte. Warum, um Gottes willen, tauchte Lucile frühmorgens mit Oscar in der Sûreté générale auf?

»Sag, Kleine, was kann ich für dich tun?«, fragte Hennion Lucile. Auch er war neugierig zu erfahren, was es mit diesem unerwarteten Besuch auf sich hatte.

»Du kennst ja mein Interesse an der Zahnforschung …«, begann sie.

Hennion nickte zustimmend. Als langjähriger Freund ihrer Eltern hatte er die medizinischen Missgeschicke von Luciles älterem Bruder mitbekommen. Er wusste sehr wohl, dass sie sich für die Psychosomatik der Zahnprobleme interessierte, verstand aber nicht, worauf sie jetzt hinauswollte. Doch er ermutigte sie weiterzumachen.

»Und …?«

»Oscar ist der Zahnarzt der Pariser Oberschicht«, fügte sie hinzu.

Bei diesen Worten hob Hennion den Blick und musterte Oscar mit großem Interesse. Die Zähne! Niemand hatte daran gedacht. Lucile war der Hammer: Das Feuer raffte alles dahin, zerstörte alles – mit Ausnahme der Zähne!

Es war fast unmerklich, doch Hennion spürte, wie sich der Knoten, der ihm den Hals zuschnürte, löste, als Oscar an die Tafel trat und nach der Kreide griff.

Der Professor begann, einen Kiefer mit zweiunddreißig Zähnen schematisch darzustellen:

»Ich trage bei der ersten Konsultation die wichtigsten Besonderheiten des Mundes und der Zahnorgane meiner Patienten auf einer Karteikarte ein. Besonders prüfe ich, ob Zähne gezogen wurden. Bei fehlenden Zähnen verändert sich die Lage der benachbarten Zähne. Ich notiere ebenfalls Wurzeln, Abszesse, tote Zähne, Kronen, Brücken und Platten. Jedes Loch wird mit Bleistift oder Tinte gekennzeichnet. Jede Zahnfüllung wird mit Tinte an der Originalstelle der Behandlung markiert. Es wird eine Nummer angebracht, die auf ein vollständiges Verzeichnis auf der Rückseite besagter Karteikarte verweist. Die verwendeten Materialien, die Behandlungsmethoden, alles wird in einem Register eingetragen, sozusagen als ständige Erinnerung.«

Oscar legte die Kreide beiseite, rieb sich die Hände und holte dann aus der Innentasche seines Mantels eine Karteikarte heraus.

»Natürlich bewahre ich die Originalkarteikarten auf.«

Hennion, der für gewöhnlich nicht an Wunder glaubte, blieb vorsichtig.

»Und … sind Sie zufällig der Zahnarzt der Herzogin von Alençon?«

»Ja. Und ihrer gesamten Familie«, bestätigte er. »Im Fall der Herzogin habe ich zwei Karteikarten über den Zustand ihrer Zähne sowie über alle siebzehn Behandlungen angelegt. Das umfasst eine Zeitspanne von mehr als zwei Jahren. Zu Ihrer Information: Die letzte Behandlung erfolgte …«

Da Französisch nicht seine Muttersprache war, klangen Oscars Ausdrücke manchmal etwas geschwollen.

Er nahm sich die Zeit, die Karteikarte in seiner Hand genau zu prüfen. Dann sagte er:

»Fünfzehnter Dezember sechsundneunzig, Amalgamfüllung an Zahn vierzehn.«

Das war knapp sechs Monate vor dem Brand, überschlug Hennion. Seine Stimmung besserte sich, und er rief sofort den Polizeipräfekten an.

»Vor mir steht der Zahnarzt der Herzogin. Er besitzt die schematischen Darstellungen des Mundes seiner Patienten. Mittels dieser Unterlagen kann er Amalgamfüllungen, Goldplomben, ja sogar Stiftzähne und alte oder neue Zahnextraktionen nachweisen.«

Hennion legte eine kleine Pause ein, testete, wie diese Enthüllung auf seinen Gesprächspartner wirkte. Das Schweigen des Letzteren, der gewöhnlich nicht auf den Mund gefallen war und schon mal gerne redete um des Redens willen, bestätigte dem Kommissar, dass Leblanc baff war.

»Gestatten Sie ihm, die Zähne der Namenlosen zu analysieren?«

Am anderen Ende der Leitung richtete sich Leblanc auf. Allein die Identifizierung der Herzogin zählte.

»Es kann nicht schaden, es zu versuchen, Hennion«, erklärte er, als ob die Idee von ihm stamme. »Jedenfalls muss es mal gesagt werden: Die Pathologen haben nichts zu beißen. Also los …«

Zufrieden mit seinem Scherz, legte Leblanc unvermittelt auf, was Hennion dazu bewog, dasselbe zu tun.

»Geht schnell zum Palais de l'Industrie und stürzt euch in die Arbeit«, rief Hennion den drei jungen Leuten zu. »Ich eile zum Justizpalast und bringe Ihnen dann die richterliche Vollmacht«, fügte er hinzu und griff schon nach seinem Hut.

Sie waren noch nicht an der Tür, als das Telefon läutete. Er gab den jungen Leuten ein Zeichen, ihren Weg fortzusetzen, und nahm den Hörer ab.

»Hennion, ich höre.«

Es war Leblanc. Ein schlechtes Omen.

»Gerade erhalte ich die Mitteilung, dass die Leichen in der Leichenhalle geplündert wurden«, erklärte der Präfekt. »Kein einziges Schmuckstück ist übrig, stellen Sie sich das vor, eine Schande! Finden Sie die Arschlöcher, die das getan haben!«

Er legte den Hörer auf, ohne zu erklären, ob er mit »Schande« die Diebe meinte, die ohne Skrupel die Toten ausgeplündert hatten, oder die Polizisten, die ganz offensichtlich ihre Aufgabe, die Leichen zu bewachen, nicht erfüllt hatten. Sicher ein wenig von beidem, überlegte Hennion und rannte die Treppe hinab, wobei er immer zwei Stufen auf einmal nahm.

Er sah Lucile und ihre Begleiter im Sturmschritt den Hof der Sûreté verlassen. Diese seltsame Faszination für die Zähne, die Lucile aufgrund der Pathologie ihres Bruders entwickelt hatte, kam nun wie gerufen.

Es reichte schon, dass zahlreiche Leichen aufgrund der Feuerschäden unkenntlich waren; jetzt waren auch noch jene, die man anhand ihrer Schmuckstücke hätte identifizieren können, ausgeplündert worden ... Er musste Lucile zu ihrer klugen Idee beglückwünschen und war stolz darauf, der Pate dieser kühnen jungen Frau zu sein.

Etwas aufgemuntert rief er eine Pferdedroschke herbei und hoffte, dass der Staatsanwalt unverzüglich die richterliche Vollmacht ausstellen würde.

Auf der Rückbank des Polizeiwagens schlüpfte Oscar, wie ein Feuerwehrmann, der zu einem Einsatz unterwegs ist, in seinen OP-Kittel und überprüfte seine Sanitätstasche. Der gebürtige Kubaner zeigte immer eine gewisse Gelassenheit und trug sein Haar mit Gel nach hinten gekämmt. Lucile hatte ihn nie anders gesehen als in einem maßgeschneiderten Anzug. Deshalb fotografierte sie die Aufmachung des perfekten Zahnarztes, die an die eines Metzgers erinnerte.

»Du kennst Hennion also gut?«, fragte Mattéo, der am Steuer saß.

»Er ist mein Pate«, erwiderte Lucile seelenruhig. Sie war über ihren Fotoapparat gebeugt, der Auslöser klemmte gerade.

»Aha«, sagte er beeindruckt. »Und wer ist deine Patin?«

Die Neugier des Feuerwehrmanns konnte nicht mehr gestillt werden, denn sie waren am Palais de l'Industrie angelangt.

Als Lucile hinter Mattéo und Oscar das Gebäude betrat, wurden sie sofort von einem Dunstkreis eingehüllt: Es roch nach Harz, Phenol, Erdöl und verbrannter Haut. Entgegen den Aussagen des Direktors des Palais konnte das Licht nicht eingeschaltet werden. Die Feuerwehrleute kämpften sich mühsam vor und benutzten Fackeln, die düsteres Licht verbreiteten und den Raum mit ätzendem Rauch erfüllten.

Über hundert Leichen, oft bis zur Unkenntlichkeit verbrannt, lagen unförmig und völlig nackt aufgereiht auf Brettern. Die einen hatten keine Arme mehr, andere hatten ein Bein eingebüßt ... Lucile wurde besonders von den entsetzten Gesichtsausdrücken einiger Toter berührt.

Die etwa dreißig Leichen, die am schlimmsten verstümmelt waren, hatte man durch einen Paravent von den anderen abgesondert. Lucile fragte sich, weshalb eine derart unsinnige Vorsichtsmaßnahme angeordnet worden war: Der Paravent konnte den Anblick des trostlosen Szenarios nicht verhindern. Viele der Leichen waren völlig entblößt, die Gesichtshaut war geschwärzt und hatte sich durch das Feuer verhärtet. Die Haut des Unterleibs war durch die Hitze aufgeplatzt, Gedärme quollen heraus.

In einer Ecke lagen vereinzelt Arme, Beine und Schuhe. Es gab Knie mit zerbrochenen Knochen, die offen standen, als seien sie durch Axtschläge gespalten worden, verrenkte Arme, Kinderstiefel, klaffende Oberkörper, die an eine Orgie von Kannibalen erinnerten, geschwärzte Beine, manchmal verbogen wie Weinranken, andere wiederum in ihren natürlichen Formen, verkohlte, geschrumpfte Köpfe, von denen lediglich die Zähne übrig geblieben waren.

Lucile stellte die genaue Zahl der nicht identifizierten Leichen fest: zweiunddreißig. Insgeheim war sie froh, dachte sofort an die verschiedenen Numerologie-Stunden, die sie hinter sich gebracht hatte. Zweiunddreißig Leichen. Genauso viele wie Zähne im Mund eines Erwachsenen.

Ungefähr zehn Experten hatten sich zu ihnen gesellt – Kollegen von Dr. Oscar, aber auch Richter und Pathologen, die von den Erkenntnissen und Forschungen des Kubaners angelockt worden waren. Lucile erkannte darunter Major Krebs und Dr. Malo. Alle trugen einen weißen Arztkittel. So ähnelten sie im Halbdunkel und inmitten der vielen verkohlten Leichenteile einer Gruppe von Wissenschaftlern, die auf dem Mond gelandet waren.

»Dort«, verkündete Dr. Malo und zeigte auf die Überbleibsel eines Körpers. »Das ist sie.«

Er hatte die Morphologie dieser Leiche begutachtet und gemeint, dass es sich um die Herzogin handeln könnte. Oscar beugte sich sofort über sie und begann mit seiner Untersuchung. Das Gesicht war völlig entstellt, die Nase, die Ohren und die Haare waren nicht mehr vorhanden. Er griff nach seiner Zahnzange, und es gelang ihm mit Geduld und Präzision, den Kiefer aufzuklappen. Erstaunlicherweise hatten die verkohlten Wangen das Zahnfleisch gegen das Feuer geschützt. Die Zähne waren geschwärzt.

»Gut, gut«, murmelte er. Er trug Handschuhe und wischte sich den Ruß an seinen Händen an seinem langen Kittel ab. »Sie ist es nicht«, verkündete er dann kurzerhand.

Die anderen reagierten mit einem »Ooohhh«, das sowohl bewundernd als auch enttäuscht klang. Bewundernd, weil Oscar beim bloßen Anblick der geschwärzten Zähne kategorisch »Sie ist es nicht« verkündet hatte, was auf jeden Fall angesichts der wenigen Indizien eine sehr starke Aussage war. Enttäuscht, weil es sich nicht um die Herzogin handelte. Der Zahnarzt musste wohl oder übel die übrigen einunddreißig verkohlten Münder untersuchen, um festzustellen, hinter welchem sich die Herzogin verbarg.

»Ich habe meiner Patientin die Zähne siebzehn und zweiunddreißig gezogen«, erklärte er und deutete auf die Zahnreihen der Leiche. »Der Mund ist aufgeteilt in vier Halbarkaden – oben rechts, oben links, unten rechts, unten links. Jede Halbarkade umfasst acht festgewachsene Zähne, alle sind nummeriert.«

Oscar hatte in den Vereinigten Staaten studiert, deshalb orientierte er sich an dem allgemeinen Zahnnummerierungssystem.

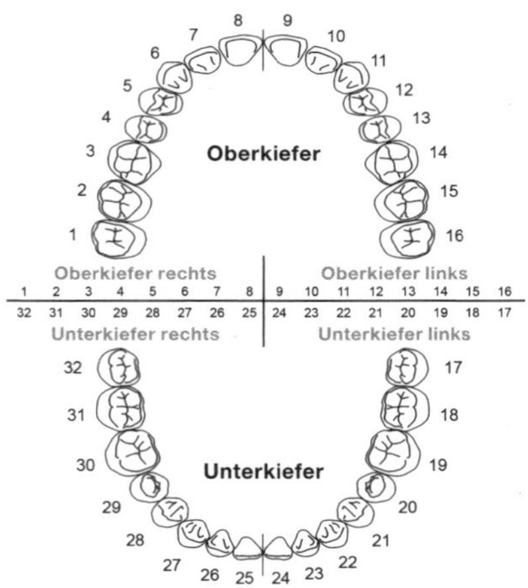

Da er aber in Frankreich praktizierte und lehrte und hier die Zahnärzte sich eher auf das Nummerierungssystem des Weltverbandes der Zahnärzte (FDI) bezogen, passte er sich an und führte jede Karteikarte seiner Patienten zweisprachig.

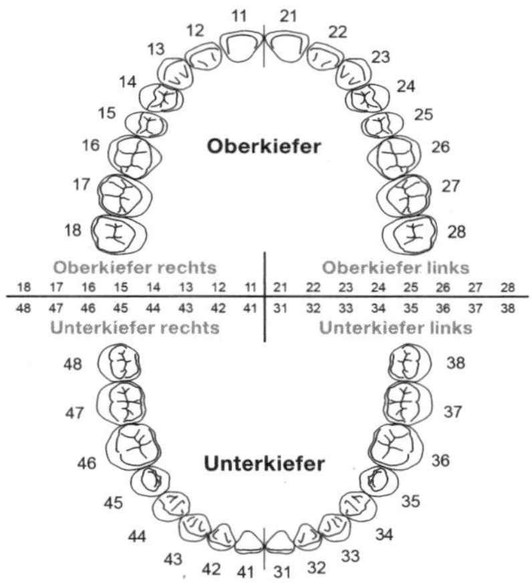

»Also achtunddreißig und achtundvierzig gemäß FDI, dem europäischen Zahnschema«, erläuterte Professor Oscar.

Gewissenhaft prüfte er die Karteikarten der Herzogin, die er jedoch auswendig kannte, wie im Übrigen jede einzelne Karte seiner Patientenkartei. Dann präsentierte er sie seinen Gesprächspartnern, meistens Kollegen, als wären sie seine Studenten.

»Mit einem Blaustift markiere ich alle kariösen Zähne, die zu behandeln sind, und mit einem Rotstift die fehlenden Zähne oder die anstehenden Wurzelextraktionen. Sobald die Behandlung eines Zahns beendet ist, mache ich um die blaue Markierung einen Tintenstrich. Und am Tag der Extraktion versehe ich den roten Strich mit einem roten Querstrich.«

Der Zahnarzt präsentierte die FDI-Karteikarte seinen französischen Kollegen. Als Bestätigung seiner Aussagen zeigte er einen mit roter Tinte aufgemalten Querstrich, der die Extraktion der beiden Zähne 38 und 48 markierte.

Nun waren aber die letzten Backenzähne im Mund der Leiche, die er gerade untersuchte, vorhanden.

Die versammelten Kollegen nickten zustimmend, beeindruckt von so viel Methodik.

»Außerdem ist festzustellen, dass die Leiche bestimmte weitere Zähne hat, die auf der Karteikarte der Herzogin als fehlend angegeben sind.«

Nichts in diesem Mund entsprach den Behandlungen, die Oscar im Mund Ihrer Hoheit vorgenommen hatte. Auch wenn er noch nicht herausfinden konnte, welche der aufgebahrten Leichen nun zur bayerischen königlichen Familie gehörte, so hatte er doch seine Kollegen verblüfft, ebenso wie Hennion. Letzterer hatte sich gerade zu der Gruppe gesellt, als Oscar die Nicht-Identität der Leiche, die man für die der Herzogin gehalten hatte, bewies.

In dem Maße, wie ihr Bruder während seiner Kindheit die besten internationalen Zahnspezialisten aufgesucht hatte, hatte Lucile sich mit den Besonderheiten der zwei Nummerierungssysteme vertraut gemacht. Jedes von ihnen besaß seine Vorteile, und ihr Gehirn entzifferte beide. Für die *Psychoanalytische Abhandlung über Zähne*, die sie verfasste, verwendete sie das europäische System FDI, das sie später dann in das amerikanische System übersetzte. Für ihre persönlichen Recherchen notierte sie also die Nummern 38 und 48.

Wenn der Zahn als ein Barometer des körperlichen Befindens funktioniert, führen Schäden an den Zähnen zu Stress, sie bringen das Verdeckte zum Vorschein und legen Emotionen offen. Lucile hatte zum Beispiel festgestellt, dass Karies in schwierigen Phasen ihres Lebens auftrat, als Reaktion auf Anspannungen. Der Zahn musste eine quasi embryologische Verbindung zum Gehirn unterhalten, da der primitive Stamm des Gehirns dem entwickelten Gehirn und den Zähnen zugrunde lag. Letztere entwickelten sich aus Zellen, die im Laufe der Entwicklung des Gehirns abwanderten. Laienhaft ausgedrückt: Ein Nervenstrang, der Trigeminusnerv (fünfter Teil der Hirnnerven), schuf eine direkte Verbindung zwischen Zähnen und Gehirn. Für Lucile stand fest: Wenn der Zahn eine Erweiterung des Gehirns war, dem gegenüber er die Rolle des Sensors spielte, stellte jeder kleine Zahn eine Facette der Persönlichkeit dar.

Sie breitete das Tuch wieder über die untersuchte Leiche, während die zehn Anwesenden Oscar folgten, der den nächsten Mund überprüfen wollte.

»Hast du gesehen, zweiunddreißig müssen identifiziert werden«, konnte sich Mattéo nicht verkneifen, Lucile ins Ohr zu flüstern. »Das ist ein Zeichen, oder?«

»Ein Zeichen wofür?«, fragte sie neugierig.

Lucile war es gewohnt, von den wenigen Männern, die über ihre Leidenschaften Bescheid wussten, verspottet zu werden. Einer hatte sie sogar als Spinnerin behandelt. Die Ausnahmen bildeten dabei ihr kubanischer Freund, ihr Bruder und ihr Vater. Deshalb blieb sie vorsichtig und vertraute nicht jedem ihre Recherchen im Bereich der Zahnheilkunde, der Numerologie und sogar der Astrologie an.

»Zweiunddreißig Leichen, zweiunddreißig Zähne, zweiunddreißig Karteikarten … diese Zahl ist nicht beliebig.«

Inmitten dieser Toten, deren Identität bis dahin unbekannt war, erkannten die beiden Liebenden, dass sie, abgesehen von der auf Gegenseitigkeit beruhenden Anziehung, auch noch eine gemeinsame Leidenschaft für alle Wissenschaftszweige hatten, selbst die mysteriösesten.

Die Brandopfer waren meistens mit geschlossenem Mund und zusammengepressten Zähnen gestorben. Das Gewebe hatte sich in dieser Position zusammengezogen, die Muskeln hatten sich verkrampft, und es war jetzt schwer, den Kiefer zu öffnen. Die unzerstörten Hautanteile im Gesicht waren durch das Feuer gehärtet und zäh wie Leder. Als Hennion dem Staatsanwalt seinen unkonventionellen Antrag vorlegte, die Gebisse der verkohlten Leichen untersuchen zu lassen, um die Herzogin von Alençon zu identifizieren, hatte dieser sehr schroff und kategorisch reagiert: Aus Achtung vor den unglücklichen Brandopfern und ihren Familien verbot er jegliche Sektion der Wangen.

Der Richter hatte außerdem verlangt, dass der Zahnmediziner nicht nur die berühmte Herzogin, sondern alle zweiunddreißig Opfer identifizierte. Deshalb nahm sich Oscar die Zeit, die es erforderte, um jeden Leichnam gründlichst zu untersuchen.

Da war vor allem ein in Tränen aufgelöstes Elternpaar, dessen kleinen Sohn der Brand getötet hatte. Es waren reiche Amerikaner, die in Paris lebten und die der kubanische Arzt zu seinen Patienten zählte. Es gab für sie keinerlei Indizien, um ihren Jungen zu erkennen. Die Goldkette, die ihr Sohn getragen hatte, war verschwunden, verschlungen von den Flammen. Lediglich die Körpergröße und die Physiognomie dienten ihnen dazu, zu vermuten, dass es sich um ihr geliebtes Kind handeln könnte.

Oscar studierte seine Karteikarte. Er hatte die regelmäßige Form der Zähne notiert, wusste, dass die Schneide- und Eckzähne im Ober- und Unterkiefer in Ordnung waren. Lediglich mehrere Backenzähne hatten Füllungen von ihm erhalten. Er hatte auch einen sechs Jahre alten Zahn entfernt; es war der Einzige, der dem kleinen Jungen fehlte. Aber nun waren die Kieferknochen ineinander verkrampft. Angesichts dieser Situation von höherer Gewalt bat Oscar die Eltern und die Behörde um Erlaubnis, einen Schnitt in die Wangen machen zu dürfen, um den Mund gewaltsam zu öffnen.

Mithilfe der Bügel seiner Zahnzange stellte er vor den verblüfften Anwesenden das Fehlen des sechs Jahre alten Zahnes fest, und zwar auf der linken Seite des Unterkieferknochens. Es war der einzige Zahn, der fehlte.

»Er ist es«, erklärte er.

Lucile wirkte mit als Oscars Assistentin. Sie achtete darauf, dass der Zahnarzt immer Wasser zur Verfügung hatte, um genügend Flüssigkeit zu sich zu nehmen, sowie ein

Stück Zucker oder etwas Gebäck zum Knabbern, damit er keinen Schwächeanfall erlitt. Die Arbeitsbedingungen waren schlichtweg grauenhaft. Bereits seit über zwei Stunden untersuchte er die Münder der Leichen, antwortete auf Fragen und hörte sich dringende Bitten an, ohne auch nur einmal zu protestieren. Er biss ab von der Brioche, die die Reporterin ihm reichte, und machte sich an den siebenundzwanzigsten Leichnam, der völlig nackt und durch das Feuer geschwärzt war. Der Körper bestand fast nur noch aus Kopf und Rumpf, die Beine und der rechte Arm fehlten.

Die Anwesenden begannen, müde zu werden. Um sich wachzuhalten, flüsterten einige miteinander über diese ungewöhnliche wissenschaftliche Erfahrung. Ohne undiszipliniert zu sein, waren sie weniger konzentriert und beeindruckt und hatten sich bereits an die gewaltsamen Kieferöffnungen gewöhnt, die Oscar mit bemerkenswerter Geschicklichkeit durchführte.

Hennion, der sich etwas abseits hielt, zerknüllte seine Zigarettenschachtel und dachte nach, über die Brandursache, die Anarchisten und über Victor. Warum weigerte sich der junge Mann, der doch immer davon geträumt hatte, Paris hinter sich zu lassen und andere Länder zu sehen, für einige Zeit unterzutauchen?

Was hielt ihn denn hier? War er etwa doch an diesem Massaker beteiligt gewesen? Fühlte er sich dafür verantwortlich? Was verheimlichte er? Wen schützte er? So viele Fragen, die Hennion nur von seinem Büro aus oder vom Gelände des Basars aus beantworten konnte, aber bestimmt nicht in dieser Leichenhalle, wo man darauf wartete, dass Ihre Hoheit identifiziert wurde. Nervosität erfasste den sonst so unerschütterlichen Mann.

Oscar, als guter Professor der Universität von Paris, fuhr fort mit der Erklärung seiner Vorgehensweise und seiner Handgriffe. Lucile stellte überrascht fest, dass er sogar zu den Leichen sprach. Mattéo sorgte für sichere Beleuchtung, damit der Professor das, was keineswegs ein Honigschlecken war, einigermaßen ohne Rauchbelästigung tun konnte.

Lucile unterstützte Oscar weiterhin mit einer Begeisterung, die nicht gespielt war und nie abstumpfte. Findig hatte sie einen Rolltisch entdeckt, den sie vor sich herschob und auf den sie die Sanitätstasche sowie die schweren Krankenakten der Patienten von Oscar gelegt hatte. Sie reichte ihm die Karteikarten, die er verlangte, manchmal auch den Abguss des Gebisses einer Patientin, den er klugerweise vorsorglich gemacht hatte. Von den noch zu identifizierenden Leichen war nur eine einzige die eines Mannes, und diese hatte Oscar bereits eindeutig begutachtet und wiedererkannt. Es blieben ausschließlich Frauen übrig. Lucile hatte die Zahnakten der männlichen Patienten bereits weggeräumt.

Plötzlich runzelte Oscar, den Kopf über den Kiefer der Unbekannten Nr. 27 gebeugt, die Stirn. Noch hatte er nicht die Zahnzange benutzt, um den Kiefer zu spreizen, aber es fehlten eindeutig der Eckzahn und der Schneidezahn im rechten Oberkiefer. Die übrigen Zähne wiesen eine unterschiedliche Farbschattierung auf: Der linke mittlere Schneidezahn war kreideweiß, im Gegensatz zur bläulichen Färbung des seitlichen Schneidezahns und des Eckzahns auf derselben Seite.

»Diese Färbung nehmen im Feuer Zähne aus Porzellan an«, erklärte Oscar Lucile, die als Einzige zuhörte.

Er streckte ihr wortlos die Hand hin, was bedeutete, dass er die Karteikarte der Herzogin prüfen wollte. Lucile reichte ihm die entsprechende Karte.

»Den Abguss vom Oberkiefer, bitte«, sagte er, ohne die Karteiblätter zu nehmen.

Lucile führte seine Anweisung aus. Der Abdruck des Oberkiefers der Herzogin wies alle Zähne auf, mit Ausnahme des seitlichen Schneidezahns und des Backenzahns im linken Oberkiefer. Oscar hatte der Herzogin eine kleine Prothese in Gold eingebaut, die diese beiden fehlenden Zähne ersetzte.

Es war unendlich mühsam, den Kiefer zu öffnen; die Unbekannte Nr. 27 hatte wohl große Schmerzen erlitten, denn die Kontraktion war enorm.

Als er jetzt feststellte, dass die Zähne mit dem bläulichen Schimmer diejenigen waren, die er der Herzogin eingesetzt hatte und die dank der goldenen Prothese einen festen Anker besaßen, verstand er, dass dieses Gebiss zu Madame d'Alençon passte.

»Die Zähne, die im Kiefer rechts fehlten, sind wohl während des Sterbeprozesses oder danach herausgefallen«, vermutete er und deutete auf die deutlich erkennbaren Aushöhlungen. »Zur selben Zeit«, erklärte er, »haben sich der Ober- und der Unterkiefer so energisch geschlossen, sich so zusammengepresst, dass die Zähne aus dem Mund gebrochen wurden.«

»Ist sie es?«, erkundigte sich Lucile, die begriff, dass Oscar gleich die Identifizierung der Herzogin verkünden würde.

Er schwieg, doch ein geheimnisvolles Lächeln überzog sein Gesicht.

Er ließ die Leiche ans Tageslicht bringen und konnte nun alle Details, die auf seiner Karteikarte notiert waren, überprüfen. Sein Protokoll wurde registriert, er wiederholte vor dem Staatsanwalt seine anfängliche Beschreibung der Zähne der Herzogin. Er betonte die genaue Übereinstimmung seiner Aufzeichnungen mit dem Vorgefundenen und legte einen Eid ab: Die Unbekannte Nr. 27 hatte jetzt ein Gesicht, es handelte sich um die Herzogin von Alençon, geborene Sophie-Charlotte von Wittelsbach.

Dr. Malo verkündete, dass die Autopsie, die er an der Leiche Nr. 27 veranlasst hatte, zeigte, dass die Herzogin, Schwester der Kaiserin Sisi, umgekommen war, während sie die junge Vicomtesse de Beauchamp fest umklammert hielt, um ihr die Flammen zu ersparen.

»So starb die Vicomtesse de Beauchamp schnell durch Ersticken, während die Herzogin bei lebendigem Leib unter grauenhaften Schmerzen verbrannt ist«, folgerte er und deutete auf die Kontraktionen des Körpers.

Mattéo hörte, wie einer der Männer aus der Gruppe kommentierte: »Das ist ein sehr christlicher Tod, der einer reuigen Sünderin, die durch das Feuer geläutert wurde und die edelmütig versuchte, eine Verwandte zu retten.« Da

Mattéo im Dienst war, hielt er sich zurück, dem Mann, der die Gemeinheit von sich gegeben hatte, die Fresse zu polieren.

Der Staatsanwalt, heilfroh, dass dies ein Ende hatte, unterzeichnete das Protokoll. Danach wurde sofort die Familie benachrichtigt.

Erleichtert verließen die meisten der Versammelten das Palais. Der Himmel war klar, und einige Vögel zwitscherten. Kommissar Hennion atmete tief ein, zündete sich eine Zigarette an und beschloss, zu Fuß zur Rue des Saussaies zu gehen, mit einem kleinen Umweg über die Rue Beaujon, womit er ganz konkret seine Ermittlung wieder aufnahm.

Oscar dagegen setzte seine Nachforschungen zusammen mit Lucile und Mattéo fort. Es waren noch fünf Leichen zu identifizieren. Drei von ihnen hatte das Feuer derart verstümmelt, dass sie wohl für immer namenlos bleiben würden.

Dritter Teil

– 16 –

5. Mai 1897, zwölf Uhr dreißig.
Zwanzig Stunden und zehn Minuten nach der Explosion.

Kommissar Hennion verstand es, einschüchternd zu wirken, mit seinem spitz geschnittenen Bart, seinen strengen Augen, die einen durchbohrten und das Gewissen ausleuchteten. Er verstrahlte Autorität, doch Hugues Chaville ließ sich nicht aus der Ruhe bringen und überquerte zügig die Straße, um ihn zu treffen. Schon seit Stunden wartete er auf die Gelegenheit, mit dem Polizisten zu sprechen.

»Ich habe mehrere Zeugen befragt, sie haben eine Explosion gehört. Was halten Sie davon?«

Hennion beschleunigte seine Schritte, blieb dem Journalisten jedoch eine Antwort schuldig. *Selbst* wenn er eingestand, dass ein Anarchist gegen den Willen seiner revolutionären Gruppe eine Bombe gelegt hatte – einer Gruppe, die Gewaltlosigkeit predigte und nur geplant hatte, die Kasse des Basars zu stehlen und die Verkaufserlöse direkt ans Volk zu verteilen und so all die Schirmherrschaften zu übergehen, von deren Geldern sich der Vorstand ganz offensichtlich nebenbei selbst bediente –, dann würde sich herausstellen, dass diese Bombe niemals explodiert war. Der

Brand hatte eine ganz andere Ursache! Hennion vermutete eher, dass er zufällig entstanden sein musste, vielleicht sogar aufgrund menschlichen Versagens. Das Ergebnis: über hundert Tote, Hunderte Verletzte und eine Terroristin, die wohl einen Arm eingebüßt hatte.

Hennion sah darin immer weniger ein Attentat durch Anarchisten. Dagegen beharrten seine Vorgesetzten – an der Spitze Leblanc – darauf, dass es ein solches gewesen sei und dass die Angelegenheit daher schnell ad acta gelegt werden könne. Hennion hielt Leblanc, seinen Chef, für einen Opportunisten. In ein paar Wochen würden die Wahlen zum Senatspräsidenten stattfinden, deren Spitzenkandidat de Lenverpré war. Leblanc umschmeichelte den Politiker, wollte sich lieb Kind bei ihm machen. Wenn die Ermittlungen ergäben, dass es sich um ein Attentat handelte, so wäre dies ein Geschenk des Himmels für den Konservativen, der in seinem Wahlprogramm versprach, alle Anarchisten in die Strafkolonie zu schicken.

»Wie kam es zu dieser Explosion?«, beharrte Chaville. »War es eine Bombe? Denken Sie an ein Attentat? An einen Anschlag der Anarchisten?«

Hennion durchbohrte den Journalisten mit seinem Blick.

»Ein Attentat … Das würde allen in den Kram passen …«, murrte er vor sich hin und ging weiter.

»Warum sagen Sie das?«, bemerkte Hugues erstaunt.

»Weil Sie die Exklusivmeldung suchen«, erwiderte Hennion. »Ich habe Ihren Artikel über die Feigheit der aristokratischen Männer gelesen. Aber wo waren die Männer?

Reißerisch, wie gewünscht …«, fügte er schulmeisterlich belehrend hinzu.

Auf Vorsicht bedacht, hielt Hugues dem Blick Hennions stand.

»Man hat ihre Spazierstöcke gefunden, mit getrocknetem Blut daran, mit Haaren … langen Frauenhaaren … Sie haben die Frauen, die ihnen im Weg standen, zu Boden geworfen … sie mit Fußtritten traktiert.«

»Das sind keine echten Informationen«, fiel ihm der Kommissar ins Wort, »das ist nur Gerede! Sie sind nicht verpflichtet, schmutzige Details zu verbreiten, die niemanden betreffen, auf jeden Fall weder Sie noch Ihre Leser!«

Hugues, verblüfft über die Heftigkeit des Kommissars, wusste nicht, was er noch sagen sollte. Er würde sich den Chef der Sûreté nicht zum Feind machen, zumal er schon beim Polizeipräfekten nicht gut angeschrieben war …

Sie hatten die Rue des Saussaies erreicht, und Hennion verzog sich in den Hof der Sûreté. Wachmänner versperrten dem Journalisten den Durchgang.

»Musste man ihn zum Schweigen bringen?«, rief Hugues ihm noch nach.

»Hören Sie, erledigen Sie Ihren Job, und lassen Sie mich meinen machen«, erwiderte Hennion und wandte sich ab. »Wenn Sie schon kein Berufsethos haben, so akzeptieren Sie, dass das bei anderen sehr wohl der Fall ist!«

Hennion zündete sich eine Zigarette an und fügte hinzu, wobei er den Reporter mit einem rätselhaften Lächeln bedachte:

»Nehmen Sie sich ein Beispiel an Lucile«, warf er ihm entgegen. »Sie denkt wenigstens gründlich nach …«

Bis ins Mark getroffen, verstummte Hugues und blickte dem Kommissar hinterher, der im Gebäude verschwand.

In den Pariser Cafés, den Clubs und den Salons herrschte der Buschfunk in Bezug auf den Brand. Die Gerüchteküche und die Presse unterrichteten ganz Frankreich darüber. Und es war sonnenklar, dass die offizielle Verkündigung der Anzahl von Toten die Wirkung eines Kinnhakens von einem Schwergewichtler haben würde! Hennion war darauf gefasst. Der Chef der Sûreté générale ging gerade den Flur entlang, als er aus seinem Büro die Stimmen von Leblanc und Lenverpré hörte. Hennion blieb stehen. Er hasste es, wenn andere die Intimität seines Refugiums verletzten. Doch im Grunde genommen wunderte ihn dieses Eindringen nicht, da beide Männer – sowohl der Präfekt als auch der Abgeordnete – sich durch ihre Unverfrorenheit auszeichneten. Er riss sich zusammen und betrat sein Büro. Die beiden Männer saßen, ins Gespräch vertieft, auf dem Sofa.

»Hennion!«, rief der Polizeipräfekt, ohne sich zu erheben. »Der dynamischste Mann, den ich kenne. Da sind Sie ja endlich!«

»Wir haben uns schon Sorgen gemacht«, spöttelte Lenverpré. »Fast hätten wir die Polizei gerufen«, sagte er lachend und wirkte selbstzufrieden.

»Tut mir leid, dass ich Sie warten lassen musste«, erwiderte der Kommissar, der dies keineswegs bedauerte.

Er zog seinen Mantel aus und hängte ihn an die Garderobe, setzte sich aber nicht zu den anderen.

»Hennion, herzlichen Glückwunsch zu dieser Identifizierung«, sagte Leblanc. »Eine geniale Idee.«

»Sie stammt nicht von mir. Trotzdem vielen Dank.«

»Zu bescheiden«, spottete Lenverpré.

Hennion schwieg. Wenn sich der Präfekt zu diesem Besuch durchgerungen hatte, dann sicher nicht, um ihm zu gratulieren. Also fasste Hennion sich in Geduld, denn er wusste, dass seine Besucher sich wegen seines Schweigens unbehaglich fühlen und bald mit der Sprache herausrücken würden.

»Und – wie weit sind Sie mit den Ermittlungen über Minville?«, fragte Leblanc.

Victor. Der Anarchist, den man im Basar gesehen hatte, war also ihr einziges Bestreben. Sie wollten jemanden hinter Schloss und Riegel bringen, ihn lediglich aufgrund seiner Ideale und ohne einen Beweis belasten. Hennion kannte Victor gut: Der junge Mann war ein gutartiger Träumer. Er klaute auch mal, wenn es um sein Überleben oder das von anderen ging, und stritt sich, wenn es die legitime Verteidigung erforderte. Aber er war ein unverbesserlicher Pazifist, der Gewalt ablehnte und sie bekämpfte. Niemals hätte er eine Bombe gelegt.

Das Problem war, dass er sich während des Brandes im Basar aufgehalten hatte und bemerkt worden war, als er ganz allein über zwanzig Menschenleben rettete.

»Meine Leute suchen ihn schon«, log der Kommissar. »Alle Anarchistenschlupfwinkel werden umgekrempelt.«

»Und?«, fragte Lenverpré ungeduldig.

»Der gute Mann scheint sich in Luft aufgelöst zu haben.

Aber keine Angst, man wird ihn aufstöbern und festnehmen.«

»Verdoppeln Sie die Suchkräfte, wenn erforderlich. Schnappen Sie ihn«, erklärte Leblanc und erhob sich.

Hennion nickte zustimmend und sah ihnen nach, als sie hinausgingen.

»Ich habe nichts gegen Sie«, fügte Lenverpré noch sarkastisch hinzu, bevor er die Tür hinter sich schloss. »Aber finden Sie ihn schnell!«

Der Abgeordnete machte den Kommissar betroffen. Er ließ sich in den Sessel fallen und studierte Victors Foto. Er hoffte inständig, dass der junge Hitzkopf seine Anweisungen befolgen und sich während der Ermittlungen zurückhalten würde.

Dann widmete Hennion sich der Akte über die Schmuckstücke, die in der Leichenhalle gestohlen worden waren. Während er darauf wartete, dass die BSPP ihre Analyse der Tonnen von Schutt, in denen man noch nach den Resten einer weiteren Bombe suchte, beendete, studierte er den Bericht über die Pariser Hehler. Dieser war von einem seiner Teammitglieder erstellt worden und enthielt den Vorschlag, bei sechs von ihnen eine Razzia durchzuführen.

Leblanc hatte die meisten Sergeants der Stadt eingespannt, um Minville zu jagen; nun standen nur noch wenige Männer zur Verfügung. Er fluchte, denn dieser Mangel an Mitteln und Polizisten verzögerte seine Arbeit, und er hoffte, dass die Hehler das nicht ausnutzten.

In Hugues' Gesichtszügen zeichnete sich der Ärger über

die Geschehnisse ab, als er nach Hause zurückkehrte, ein Bündel mit Kleidungsstücken unter dem Arm. Adrienne, begierig auf Neuigkeiten, stürzte ihm entgegen.

»Wie sieht's aus?«

»Grauenhaft … anders kann man es nicht sagen. Da, schau.« Er reichte ihr eine Zeitung.

Adrienne griff nach der *La Chouette*. Auf der Titelseite prangte das Foto des von Lucile fotografierten brennenden Basars. Die Schlagzeile in Großbuchstaben lautete: *IM INFERNO DES FLAMMENMEERS*. Hugues hatte einen noch provokanteren Titel vorgeschlagen, *IM HÖLLENFEUER*, doch Séverine wollte keine unterschwelligen religiösen Anspielungen.

Adrienne blätterte hektisch die Seiten um, bis sie zur Liste der Opfer gelangte, die noch provisorisch war.

»Mein Gott!«, rief sie. »Ich kenne sie alle. Pauline Carrière … Élisabeth de Guillebond … Hélène Delaune, ein knapp zwanzigjähriges Mädchen …«, fuhr sie betroffen fort. »Alice fehlt!«, schrie sie plötzlich aufgewühlt. »Meine Nichte. Sie steht nicht auf der Liste. Sie steht nicht auf der Liste«, wiederholte sie erleichtert und schmiegte sich an ihren Geliebten. »Sie lebt.«

Hugues drückte sie besorgt an sich.

»Es heißt, dass die Schwester der Kaiserin von Österreich ihr Leben geopfert haben soll, um das anderer zu retten«, seufzte er.

Er löste seine Arme und deutete auf das Paket, das er auf die Couch gelegt hatte. Daraus zog er ein dunkles weites Kleid, das sehr schlicht war, aber eine große Kapuze hatte, außerdem ein Paar bequeme Stiefel. Die Art der Kleidung passte gut zu den Leuten in diesem Arbeiterviertel.

»Ich muss zur Zeitung zurück. Kommst du zurecht?«

»Bestens«, bekräftigte Adrienne.

»Unternimm bitte nichts wegen deiner Tochter, ohne es mit mir abzusprechen, in Ordnung?«, prägte er ihr ein, bevor er die Tür hinter sich schloss. »Du bleibst hier drinnen.«

Adrienne, die in die Stiefel schlüpfte, um zu testen, ob sie ihr passten, schwieg.

»Versprichst du es?«, beharrte Hugues.

»Mach dir keine Sorgen«, beruhigte sie ihn und freute sich, dass die Größe der Stiefel stimmte.

Adrienne musste ständig an Camille denken. Diese Schuhe würden ihr als Siebenmeilenstiefel dienen, sie würden es ihr ermöglichen, ihre Tochter wiederzusehen.

»Eins, zwei, drei, vier, fünf …«, zählte Sidonie Huchon leise die Tropfen des Medikaments, das in einer Spritze aufgezogen wurde.

Rose, die sich in einem Dauernebel wegen des Morphiums befand, von dem Madame Huchon ihr gerade eine weitere Dosis verpassen wollte, gelang es, sich aufzurichten.

»Bitte …«, flehte sie. »Ich bin nicht Odette … Bitte … Können Sie meinen Mann benachrichtigen? Madame Huchon, bitte … Ich bin Rose, das Hausmädchen der Familie de Jeansin. Bitte, informieren Sie meinen Mann Jean. Ich bitte Sie inständig …«

Madame Huchon, unempfänglich gegenüber Roses Bitten, wandte sich dieser zu:

»Das wird schon, meine Kleine, ich werde jetzt die Verbände wechseln.«

Rose ging auf die Tür zu, die nach wie vor doppelt verschlossen war.

»Ich kann Sie nicht gehen lassen.«

»Warum? Warum schließen Sie mich ein?«, rief Rose wütend und versuchte, Madame Huchon abzuschütteln.

Doch diese trieb ihr jetzt die Spritze in den Arm.

Rose fiel aufs Bett zurück und verlor erneut das Bewusstsein.

»Das wird schon, meine Süße, das wird schon …«, wiederholte Madame Huchon und deckte sie zu.

»Eins, zwei, drei, Sonne!«

Alice wandte sich um: Paul und Marguerite verharrten unbeweglich, wie zwei kleine Statuen, und lächelten. In diesem Augenblick hätte Alice, obwohl sie unvermittelt tiefen Kummer empfand, alles gegeben, um ihre Freundin Rose bei sich zu haben. Sie riss sich aber zusammen, wollte mit ihrem Bruder und ihrer Schwester fröhlich sein.

»Gar nicht übel«, gratulierte sie ihnen.

Alice wandte sich der Wand zu.

»Eins … zwei … drei …«, sagte sie und ließ sich Zeit.

Als neben ihr eine Männerhand die Wand berührte, zuckte Alice zusammen: »Julien!«

»Sonne«, erwiderte dieser und schenkte ihr ein strahlendes Lächeln. »Ich habe schon geglaubt, du gehst mir aus dem Weg.«

Der junge Mann versuchte, seine Verlobte zu umarmen, doch Alice machte eine abwehrende Bewegung.

»Was tust du da?«

»Dein Vater hat mich zum Essen eingeladen«, erklärte er, erstaunt über den kühlen Empfang. »Hat er es dir nicht gesagt?«

»Marguerite, Paul, lasst ihr uns kurz allein?«, bat Alice die Kinder, statt zu antworten.

Paul und Marguerite trollten sich in den Garten.

»Ich bin froh, dass es dir gut geht … Alice, ich habe mir solche Sorgen um dich gemacht.«

»Weil du dir jetzt Sorgen um mich machst?«, fragte sie schneidend.

Julien zog ein mürrisches Gesicht, fand aber nicht die Zeit, etwas zu sagen, da Mathilde und Auguste auftauchten.

»Ihr habt uns gestoßen«, fuhr Alice fort. Ihre Stimme klang vorwurfsvoll. »Ihr habt uns niedergetrampelt.«

»Alice, von wem redest du?«, fragte Julien, leichenblass.

»Von den Männern … von dir.«

»Das stimmt doch nicht …«

»Zumindest könntest du deine Feigheit zugeben!«

Mathilde und Auguste, die sich immer unbehaglicher fühlten, tauschten Blicke.

»Alice, was hast du denn bloß?«, mischte sich ihre Mutter ein.

»Julien ist kein Feigling, sondern ein Ehrenmann«, verteidigte ihn Alices Vater.

Alice war nur noch deprimiert und wütend. Sie musterte ihre Eltern mit finsterem Blick, die Augen voller Tränen.

»Die Kutscher, die Kellner und die Arbeiter haben uns

gerettet. Und nicht die sogenannten Ehrenmänner. Warum hast du meiner Mutter erzählt, du hättest mich in den Flammen gesucht?«, fragte Alice unvermittelt und wandte sich Julien zu.

»Aber Alice, das habe ich doch getan«, konterte er. »Und dann habe ich dich im Gedränge verloren.«

»Du bist weggerannt«, widersprach das junge Mädchen tränenüberströmt. »Du hast mich allein zurückgelassen.«

»Was erzählst du denn da?«, entrüstete sich Mathilde, die kein Wort verstand.

»Die Wahrheit!«

»Hör zu«, sagte Julien beleidigt. »Das ist deine Version, aber nicht meine, ja?«

Außer sich verpasste Alice ihm eine Ohrfeige, ungeachtet der Anstandsregeln.

»Alice!«, rief Auguste. »Entschuldige dich sofort, dein Verhalten ist inakzeptabel.«

Statt ihrem Vater zu gehorchen, bot sie ihm die Stirn.

»Und ist es vielleicht akzeptabel, eine Frau niederzustoßen, um seine eigene Haut zu retten? Deinetwegen ist sie jetzt tot«, erklärte sie ihrem Verlobten, bevor sie auf dem Absatz kehrtmachte.

»Alice, was sagst du da?«, versuchte Mathilde zu verstehen. »Was ist denn geschehen, mein Liebling?«

»Mama, er hat Rose getötet, genau das hat er getan, euer Ehrenmann.«

Alice, am Boden zerstört und todunglücklich, verließ das Wohnzimmer. Julien riss geschockt Mund und Augen auf. Mathilde eilte ihr nach, wollte begreifen.

»Julien, es tut mir leid«, entschuldigte sich Auguste unbehaglich. »Sie hat den Kopf verloren.«

So würde seine Tochter Julien de La Ferté garantiert nicht heiraten! »Seit dem Brand ist sie nicht mehr dieselbe«, betonte Auguste. »Aber sie liebt Sie, zweifeln Sie nicht daran.«

»Ich liebe sie auch«, erwiderte der junge Mann und zuckte mit den Schultern. »Warum sonst würde ich eine Frau heiraten, deren Vater und Familie ruiniert sind?«

Beschämt wandte Auguste den Blick ab.

»Hören Sie«, verkündete der junge Verlobte. »Ich ertrage es nicht, dass Alice mich hasst. Es liegt an ihr, ob wir heiraten oder nicht ...«

Umflattert von ihren langen goldblonden Haaren ritt Alice im Galopp durch den Bois de Boulogne. An der Kreuzung du Hêtre stand Victor hinter einer Buche, die Hand schützend vors Gesicht gelegt. Nichts. Stille herrschte. Doch plötzlich hörte er zu seiner Rechten ein galoppierendes Pferd.

Als Alice heranpreschte, sah sie Victor noch nicht, zügelte aber ihr Pferd. Victor beobachtete sie einen Moment lang, glücklich lächelnd: Sie war so schön und erwartete ihn – sie suchte ihn, Victor, dessen war er sich sicher.

»Guten Tag«, sagte er und schritt auf sie zu.

»Guten Tag«, zuckte sie überrascht zusammen.

»Wie geht es Ihnen?«

Die Reiterin hatte gerade vom Galopp in den Trab gewechselt. Jedes Mal, wenn sie mit ihrem Pferd von einem Sonnenstrahl gestreift wurde, sah man, wie das Rosshaar und das schwarze Fell des Pferdes glänzten. Da Alice sehr hell gekleidet war, schien das Pferd im Gegensatz dazu aus einem kostbaren Material zu bestehen.

»Meine Familie würde Sie gerne belohnen«, erklärte sie unvermittelt.

»Ich pfeife auf Geld«, erwiderte Victor.

Alice, befangen, streichelte den Hals ihres Pferdes, um Haltung zu bewahren.

»Was wollen Sie dann?«, fragte sie überrascht.

»Ich will«, erwiderte der attraktive junge Mann und sah ihr tief in die Augen, »gemeinsame Augenblicke zu zweit, mit Ihnen zusammen.«

Alice wurde puterrot und wandte verlegen den Blick ab.

»Sie gefallen mir«, erklärte Victor. »Und ich gefalle Ihnen ebenfalls«, fügte er selbstsicher hinzu.

»Wie kommen Sie darauf?«, empörte sich Alice und tat so, als missachte sie ihr Herz, das zum Zerspringen schlug.

»Sonst wären Sie nicht hier, bei mir ...«

»Ich bin verlobt«, unterbrach ihn Alice.

»Niemand ist vollkommen«, tat Victor es leichthin ab.

Jedenfalls gelang es ihm, die Atmosphäre zu entspannen. Diese Fähigkeit wirkte auf Alice beruhigend, sie war in diesem Punkt sehr sensibel. Sie lächelte, und er begriff, dass er einen Punkt gewonnen hatte.

»Sind Sie denn verliebt?«

Der Blick, den Victor ihr schenkte, war so intensiv, dass sie weiche Knie bekam. Sie riss sich zusammen, um nicht ihrem Verlangen nachzugeben oder einzugestehen, dass sie durchaus verliebt war, jedoch nicht in ihren Verlobten, sondern in ihn. Er hatte sie aus den Flammen gerettet – und damit auch vor einem vorgezeichneten, eingeengten Leben.

»Sie haben recht, ich habe hier nichts verloren«, sagte sie, um die Begegnung abzukürzen.

Und dann gab sie ihrem Pferd die Sporen und ritt im Galopp los, so wie man vor der Liebe flieht, aus Angst, dass sie einen einholt.

Rose wagte es kaum, den Verband, der sich über ihre Stirn bis zu den Augen spannte, zu berühren. Sie fürchtete, dass die Brandwunden bei einer Bewegung wieder aufbrechen würden. Sie hatte jetzt damit aufgehört, hin und her zu laufen, und dachte nach. Die einzige Lösung bestand darin, möglichst bald die Flucht zu ergreifen. Und dazu musste sie zuerst endlich aus diesem verdammten Zimmer heraus!

Madame Huchon war zu einer Verabredung gegangen. Rose hatte gehört, wie sie es angekündigt hatte. Und Thomas würde den Tag bei einem Schulkameraden verbringen.

Sie trommelte gegen ihre Zimmertür, die immer noch doppelt abgeschlossen war. Als sie endlich Schritte hörte und spürte, dass jemand schweigend hinter der Tür stand, rief sie:

»Bitte, lasst mich nach Hause!«

»Sie sind zu Hause, Madame«, antwortete eine junge, spöttische Stimme.

Rose beschloss, nichts mehr zu sagen. Von Natur aus war Hauspersonal neugierig, das wusste sie nur allzu gut. Daher war sie überzeugt, dass die Person hinter der Tür früher oder später die Tür öffnen und hereinkommen würde.

Dann wurde der Schlüssel im Schloss gedreht. Sie hatte also richtig geraten, und dies war ihre Chance! Als das Hausmädchen Rose gegenüberstand, die wegen ihrer Bandagen unkenntlich war, nutzte Rose den Überraschungseffekt ihres Aussehens und drängte die junge Frau zur Seite. Sie floh auf den Flur, ohne ihr Zeit zu lassen, sie zurückzuhalten.

Doch während sie die Stufen hinuntereilte, begann Rose zu taumeln. Alles drehte sich um sie, sie musste wieder zu Atem kommen. Das Mädchen reagierte endlich und rannte ihr hinterher.

Rose setzte ihre Flucht fort, durchquerte das Foyer und erreichte die Haustür der luxuriösen Villa. Sie riss sie auf – und stand vor Sidonie Huchon. Rose wich zurück, versuchte, um sie herumzugehen, aber ihre Kräfte verließen sie, und Madame Huchon nutzte die Gelegenheit, sie ins Innere zurückzustoßen und die schwere Tür wieder zu schließen.

»Lasst sie nicht hinaus!«, befahl sie dem Personal, das durch den Lärm angelockt wurde. »Sie hat den Kopf verloren.«

Da Rose sich wie eine Löwin im Käfig fühlte, bereit zu allem, um dieses Haus zu verlassen, das nicht ihr Haus war, versuchte sie mit der Kraft der Verzweiflung, sich Madame Huchons Griff zu entwinden.

»Mein kleines Mädchen, bitte.«

Das Hausmädchen eilte seiner Herrin zu Hilfe.

»Madame Odette, beruhigen Sie sich«, flehte sie sie an.

»Aber ich bin nicht Odette«, beschwor Rose das Mädchen. »Sehen Sie nur!«, schrie sie und wickelte den Verband um ihren Kopf ab.

Alle erschraken vor dem neuen Gesicht ihrer geretteten jungen Herrin: Die linke Seite war durch das Feuer verbrannt, entstellte sie für immer.

Das Hausmädchen trat einen Schritt zurück. Rose gelang es mit einer übermenschlichen Anstrengung, sich zu befreien. Sie sah sich jetzt im großen Spiegel, und ihr Spiegelbild ließ sie erstarren: Ihr Gesicht, aufgedunsen durch die Brandwunden, machte sie unkenntlich.

Sie fiel zu Boden, zerstört durch den Schmerz. Aufgewühlt kniete Madame Huchon nun neben ihr nieder, umarmte sie mit unendlicher Zärtlichkeit und hoffte, die junge Frau würde in ihren Armen etwas Trost finden.

»Helft mir, meine Tochter in ihr Zimmer zu bringen«, bat Madame Huchon schließlich.

Immer noch unter Schock, leistete Rose keinerlei Widerstand mehr. Tiefes Schluchzen durchdrang ihre Traurigkeit, sie sprach kein Wort, und Tränen kullerten über ihre Wangen.

Im Wohnzimmer ging Auguste de Jeansin vor seiner erbosten Gattin hin und her. Sie spürte, dass man ihr etwas verheimlichte.

»Sie muss dieser Heirat unbedingt zustimmen«, stöhnte Auguste. »Ich habe Julien gebeten, mit ihr zu reden. Das lässt sich wieder einrenken.«

»Ah ja?«, fragte Mathilde und blickte ihn vorwurfsvoll an. »Und wie? Indem wir sie zwingen, einen Mann zu heiraten, den sie verdächtigt, unser Hausmädchen in die Flammen gestoßen zu haben? Auguste, wir hatten uns versprochen, sie frei entscheiden zu lassen.«

»Mathilde, ich kann nicht anders«, erwiderte Auguste entschlossen. »Du weißt es genau – ohne diese Heirat sind wir ruiniert.«

Mathilde hatte noch nie zwischen Pest und Cholera wählen müssen, und diese Art, die Dinge zu sehen, widerte sie an.

–17–

5. Mai 1897, vierzehn Uhr zwanzig.
Zweiundzwanzig Stunden nach der Explosion.

Als Rose die Augen öffnete, fiel ihr Blick auf Sidonie Huchon, die liebevoll bei ihr wachte. Es herrschte ein Moment der Stille. Madame Huchon strich behutsam über die Stirn der Verletzten.

»Was wollen Sie von mir? Warum schließen Sie mich ein?«

»Aber, aber ...«, erwiderte Madame Huchon sehr ruhig. »Sie können das Zimmer verlassen. Gehen Sie nach Hause, wenn Sie das wirklich wollen. Doch um was zu tun? Um zu arbeiten? Mit diesem Gesicht werden Sie weit und breit keine Arbeit finden, und Sie werden im Elend dahindämmern.«

Rose, überrumpelt von so viel schonungsloser Offenheit, war sprachlos.

»Und Ihr Mann? Glauben Sie, er möchte mit einem Monster wie Ihnen leben? Meine Tochter kam in den Flammen um, Sie ähneln ihr sehr ... Sie haben ihre Augen. Ich will nicht, dass mein Schwiegersohn La Trémoille, dieser Hochstapler, ihr Vermögen erbt und damit auch das meines

Enkels. Er brauchte Geld, und wir brauchten einen Adelstitel. Wir hätten dieser Heirat nie und nimmer zustimmen dürfen …«

Rose zuckte mit keiner Wimper, fassungslos über diese vertraulichen Mitteilungen.

»Aber angenommen, sie wäre nicht tot …«, fuhr Madame Huchon fort wie im Selbstgespräch. »Wenn sie lediglich schlimme Brandwunden erlitten hätte …«

Rose erstarrte aus Angst, richtig verstanden zu haben.

»Wollen Sie mir sagen, ich soll den Platz Ihrer Tochter einnehmen?«

Statt einer Antwort ließ Madame Huchon sie nicht aus den Augen.

»Sie sind völlig verrückt«, empörte sich Rose.

»Luxus«, unterbrach Madame Huchon sie. »Ein schönes Leben voller Dinge, die Ihnen unbekannt sind. Denken Sie in Ruhe nach. Sie sehen ihr sehr ähnlich! Ich gebe Ihnen vierundzwanzig Stunden Bedenkzeit.«

Madame Huchon legte den Zimmerschlüssel auf den Nachttisch. Sie ging wortlos hinaus und ließ Rose verwirrt zurück. Von klein an hatte sie sich bemüht, an das Leben zu glauben und jedem Tag, den Gott geschaffen hatte, zu vertrauen. Doch jetzt fühlte sie sich angesichts des Schicksals einer anderen Person, in deren Rolle sie schlüpfen sollte, überfordert.

Zwischen Alice und Julien war die Verstimmung greifbar.

»Ohne den Brand hätten wir geheiratet! Wir hätten uns geliebt und wären glücklich gewesen!«

»Hast du dich schon mal gefragt, wie ich dem Inferno entkommen bin?«, unterbrach ihn Alice und warf ihm vernichtende Blicke zu.

»Aber du bist am Leben«, rechtfertigte sich Julien, der sich überrumpelt fühlte. »Nur das zählt. Ich hielt deine Hand, Alice, und ich habe alles getan, um dich zu beschützen, alles.«

»Nein, das stimmt nicht!«, explodierte sie. »Es war ein anderer Mann, der mich gerettet hat. Einer, der ohne Zögern sein Leben für mich riskierte! Und kein Mann, der eine Frau ins Feuer gestoßen hat, um seine Haut zu retten.«

»Ich habe sie nicht gestoßen«, brachte Julien aschfahl hervor.

»Doch!«

Angesichts der Unaufrichtigkeit ihres Verlobten konnte sich Alice nicht länger beherrschen und brach in Schluchzen aus.

»Julien, ich habe es gesehen, ich habe dich gesehen, wie du sie gestoßen hast.«

»Nein!«, brüllte er, ganz auf Ablehnung eingestellt.

Alice wischte sich bestürzt die Tränen ab. Er versuchte, nach ihrer Hand zu fassen, aber sie entzog sie ihm entschlossen.

»Alice, ich hatte Angst. Angst! Alle drängelten und traten sich auf die Füße. Wenn ich sie gestoßen habe, dann geschah es unabsichtlich. Du kannst es mir doch nicht verübeln, dass ich überlebt habe. Das nun wirklich nicht.«

Statt Alice zu beruhigen, machte er es mit seiner Erklärung nur noch schlimmer.

»Es ist erbärmlich, was du da sagst.«

»Wäre ich gestorben, würdest du mich auf jeden Fall beweinen, beklagen. Vielleicht würdest du sogar versprechen, nie mehr einen anderen Mann zu lieben.«

»Aber da war der Brand«, konterte Alice trocken.

Deprimiert ließ Julien den Kopf hängen und verließ das Wohnzimmer in dem Augenblick, als Auguste, alarmiert durch den Streit, hereinkam. Julien ging wortlos an ihm vorbei und ließ die Tür hinter sich ins Schloss fallen.

»Papa, ich will ihn nicht mehr heiraten«, verkündete Alice unverblümt.

Auguste schluckte. Er konnte sich nicht länger um eine Erklärung drücken und räusperte sich, wie vor einer Rede.

»Alice, setz dich.«

Die ernste Stimme und das blasse Gesicht ihres Vaters verunsicherten das junge Mädchen, und sie gehorchte ihm.

»Gerne hätte ich die Wahl gehabt, das habe ich aber nicht«, begann er. »Du bist alt genug, um zu verstehen, was ich dir zu sagen habe.«

Alice starrte ihren Vater an.

»Ich wurde in Bezug auf meine Kapitalanlagen sehr schlecht beraten ... Wenn sich innerhalb von zwei Monaten nichts ändert, werden wir gezwungen sein, alles zu verkaufen. Auch dieses Haus.«

Alice riss die Augen auf.

»Das Einzige, was uns retten könnte«, fügte Auguste hinzu, »ist deine Heirat mit Julien. Er ist reich, er liebt dich, und er wird uns helfen.«

Alice spürte, wie ihr übel wurde.

»Du opferst mich wegen des Geldes?«, stieß sie schließlich hervor.

»Keineswegs«, erwiderte Auguste. »Ich würde dich nicht darum bitten, wenn ich mir nicht sicher wäre, dass du glücklich mit ihm sein wirst.«

Alice sprang auf und rannte aus dem Wohnzimmer. Die Kraft der Verzweiflung ermöglichte es ihr, vor gewissen unüberschaubaren Situationen die Augen zu verschließen. Sie verriegelte ihr Zimmer. Die Beziehung zu Julien war von Anfang an ein Fehler gewesen. Ihre Eltern hatten sie manipuliert, damit sie ihn wegen seines Geldes heiratete und sie vor dem Bankrott rettete! Alice fühlte sich in einer Falle.

Baron Jacques de Chapuis konnte den Blick nicht von dem Schwarz-Weiß-Foto seiner kleinen Pauline wenden. Er hatte sich tief in seinem Sessel im Wohnzimmer vergraben, gegenüber dem Kamin mit den aufgereihten Fotos. Er war zu keiner Bewegung fähig, war wie gelähmt durch diese verkehrte Trauerfeier. Es widerlief den Naturgesetzen, sein Kind zu verlieren.

»Die Gäste treffen jeden Moment ein«, verkündete die Mutter der Baronin, als handle es sich um ein Geburtstagsfest.

»Ihre Kleider müssen noch zurechtgelegt werden«, erwiderte Jeanne mit leerem Blick.

»Jacques, was kann ich Ihnen anbieten?«, fragte ihn seine Schwiegermutter. »Ein Glas Wein?«

»Im Augenblick nichts, Mutter, danke«, sagte er und erhob sich.

Seine Frau fing an zu schluchzen, aber ihre Mutter achtete nicht darauf. Es gab viel zu tun, also verließ sie den Raum, um sich vorzubereiten.

Der Baron und die Baronin, die endlich allein waren, verharrten einen Moment lang schweigsam.

»Jeanne, sie ist im Himmel«, sagte schließlich Jacques, mit einem verlorenen Blick auf das Foto.

In seiner Stimme schwang tiefe Trauer mit. Seit so vielen Stunden hielt er die Tränen zurück, jetzt konnte er sich nicht länger beherrschen.

»Natürlich ist sie im Himmel«, wiederholte er aufgewühlt. »Sie war das vollkommenste, liebenswürdigste …«

Überwältigt vom Schmerz, versagte ihm die Stimme. Schluchzend wandte er sich seiner Frau zu.

»Wenn es ein Kind gibt, das es verdient, im Himmel zu sein, dann Pauline«, brachte er schließlich hervor.

Noch nie hatte die Baronin ihren Mann so niedergeschlagen erlebt. Sie ging auf ihn zu und umarmte ihn.

»Natürlich ist sie im Himmel, Jacques.«

Er schmiegte sich an sie. Vereint im Schmerz und im Kummer über diesen unermesslichen Verlust beschlossen sie, für Paulines letzte Reise ein Kleid auszuwählen.

Aglaé, ihre älteste Tochter, tauchte auf. Sie war schwarz gekleidet und hatte darauf bestanden, einen Schleier zu tragen. Aufgelöst warf sie sich in die Arme ihres Vaters.

»Mama«, fragte sie unvermittelt und starrte sie an. »Wo warst du, als das Feuer ausbrach?«

»Ich habe es dir doch gesagt, mein Herz«, erwiderte die Baronin sanft.

»Ich bin vor dem Brand vom Basar weggegangen, habe

mich zu Freunden nach Compiègne begeben«, log sie und streichelte ihren Rücken. »Hätte ich gewusst, was passieren würde, wäre ich niemals dorthin gefahren.«

Die Baronin hatte sich wohl oder übel eine Lüge ausdenken müssen. Im Hinblick auf das Ausmaß der Tragödie hatte die Comtesse, die sie ursprünglich als Ausrede vorbringen wollte, natürlich ihren Empfang abgesagt, also konnte die Baronin nicht behaupten, dort gewesen zu sein.

»Niemals«, wiederholte sie und drückte ihre Tochter an sich.

Auch wenn es nur eine Täuschung war, ließ sich das junge Mädchen einlullen.

– 18 –

5. Mai 1897, sechzehn Uhr zwanzig.
Vierundzwanzig Stunden nach der Explosion.

»Frankreich vergisst nie jene, die gefallen sind, um dem Land zu dienen, um es zu beschützen und zu verteidigen«, begann der Polizeipräfekt seine Rede vor der zu Tränen gerührten Versammlung.

Der Feuerwehrmann Didier Garden, ein Opfer der Flammen, wurde im Hof der BSPP, abgeschottet vor Blicken, geehrt.

Die Feuerwehrleute, angetan mit Schutzanzug und Helm, standen auf beiden Seiten von Mattéo vor dem im Hof aufgebahrten Sarg stramm.

»Achtung!«, befahl Major Krebs. »Achtet auf die Farben! Los!«

Als die dreifarbige Fahne hochgezogen wurde, stimmten die Feuerwehrleute die Marseillaise an.

»Heute trauert die Republik und beweint diesen im Brand umgekommenen Helden«, erklärte Leblanc feierlich. »Er ist gefallen im Kampf gegen das Feuer, er ist gefallen, während er Menschenleben rettete, er ist als Held gefallen«, fügte der Präfekt hinzu und legte eine Medaille auf den Sarg. »Er steht nun in der Reihe jener, die für andere ihr Leben gelassen haben. Sein Name bleibt ewig in die Ehrentafel der Republik eingemeißelt, die den Verlust ihrer Helden beklagt.«

Die Eltern des beim Brand verschwundenen jungen Mannes konnten nur mit Mühe die Tränen zurückhalten. Der Polizeipräfekt wandte sich ihnen zu.

»Die ganze Wahrheit über diese Katastrophe wird ans Licht kommen, und Recht wird geschehen, das sind wir Ihnen schuldig«, versprach er ihnen.

Er erklärte aber nicht, dass er die Welt immer so sah, wie er sie sehen wollte, und niemals so, wie sie wirklich war. Für Leblanc hatte das Opfer dieses Soldaten nichts Außergewöhnliches. Die Feuerwehrleute kannten doch wohl die Risiken ihres Berufs, wenn sie sich auf den Kampf gegen das Feuer einließen.

»Sie hat es nicht gewagt, es Ihnen zu sagen«, erklärte Jean.

Er hatte Alice, die zur Beerdigung von Rose gekommen war, gerade anvertraut, dass sie geplant hatten, nach Amerika auszuwandern. Alice lächelte traurig.

»Sie hatte Angst, Ihnen wehzutun«, sagte Jean. »Sie hat Sie nämlich sehr gemocht.«

»Ich sie auch«, versicherte Alice gerührt. »Rose war meine Freundin.«

Sie schritten wieder den mittleren Weg des kleinen Landfriedhofs hoch, auf dem Rose künftig in Frieden ruhen würde. Zumindest gingen sie davon aus. Wie hätte es anders sein können?

»Sie sollten sich ein paar Tage bei Roses Familie erholen«, schlug Alice fürsorglich vor. »Und Sie kehren dann zurück, wenn Sie dazu bereit sind.«

Jean wusste nicht, was aus seinem Leben werden würde ohne die Frau seines Lebens, mit der zusammen er noch so viele Pläne gehabt hatte. Sie hatten sich bei den de Jeansins zu Hause gefühlt. Alles in der Villa seiner Arbeitgeber erinnerte ihn nun an Rose, und er wusste nicht, wie lange er es ertragen könnte, immer wieder mit seinem vergangenen Glück konfrontiert zu werden.

»Danke, Alice.«

Zum ersten Mal sagte er nicht »Mademoiselle Alice« – so, als ob Roses Tod die gesellschaftlichen Unterschiede verwischt hätte.

Auf der anderen Seite des Friedhofs stand eine Kalesche. Sidonie Huchon wartete, bis Roses Verwandte alle gegangen waren. Dann besuchte sie das Grab ihrer Tochter Odette. Sie legte einen kleinen Strauß neben die Blumen von Jean und Alice.

»Verzeih mir, mein Liebling«, sagte sie mit vor Rührung erstickter Stimme. »Ich habe es für dich getan, du verstehst? Verzeih mir!«, wiederholte sie erschüttert.

Die Ironie des Schicksals wollte es, dass Lucile in diesem Augenblick im Haus der de La Trémoilles vorsprach. Da Madame Huchon keinerlei genaue Anweisungen erteilt hatte, ließ der Hausverwalter die Journalistin eintreten und bat sie, im Vorraum zu warten.

Lucile hatte seit dem Ausbruch des Brands noch keine Zeit gefunden, Odette zu besuchen. Sie hatte erfahren, dass ihre Freundin und deren Sohn beide am Leben seien. Thomas habe keine Verletzungen davongetragen, doch Odette sei entstellt.

Lucile und Odette kannten sich seit sieben Jahren. Damals hatte Odette, frisch verheiratet, einen esoterischen Kreis ins Leben gerufen, dem die zukünftige Journalistin beigetreten war. Die beiden jungen Frauen, charakterlich sehr verschieden, waren Komplizinnen in Bezug auf die Kunst des Orakels, sei sie nun astrologisch oder numerologisch. Odette befragte sowohl Geister als auch Tarotkarten und die Kraft der Steine. Das half ihr, einen flatterhaften und perversen Ehemann zu ertragen. Da Lucile sie häufig bei ihren Arbeiten und Recherchen zur Zahnpsychologie ins Vertrauen gezogen hatte, war sie ganz versessen auf dieses Thema, und so hatte Odette Lucile ihren Komplex verraten: Die junge Frau schämte sich wegen ihrer Lücke zwischen den Schneidezähnen – laut ihren eigenen Worten der Grund für alles, was in ihrem Leben schieflief. Lucile hatte ihr erklärt, dass der Abstand zwischen den beiden Schneidezähnen im Oberkiefer einen inneren Bruch zwischen Yin und Yang symbolisiere.

Aus Angst, die Erinnerung an das Feuer, dem ihre Freundin entkommen war, wieder aufleben zu lassen, beschloss Lucile, ihr nichts von den Identifikationen aufgrund der Zähne der Opfer zu berichten, die Oscar Oscar mit Bravour durchgeführt hatte.

»Folgen Sie mir bitte«, forderte der Hausverwalter sie auf.

Rose fühlte sich wie gelähmt angesichts ihres ersten Besuchs, und als der Hausverwalter Lucile ankündigte, war ihr erster Impuls, diese abzuweisen. Dann fiel ihr ein: Alice hatte ihr mehrere Male anvertraut, dass sie und Odette an spiritistischen Sitzungen teilgenommen hatten, zusammen mit eben dieser Lucile, einer angesehenen Journalistin. Und deshalb stimmte sie schließlich dem Besuch zu.

Wovon Rose jedoch nichts ahnte, war das gemeinsame Interesse an Zähnen, das Odette mit Lucile verband.

Als Lucile das Zimmer ihrer Freundin betrat, lief ihr ein Schauer über den Rücken. Ihre Intuition riet ihr, wachsam zu bleiben. Irgendetwas stimmte nicht. Odettes Kopf war unter Verbänden verborgen, außerdem hielt sie sich einen Schleier vor die linke Gesichtshälfte, der ihre Schwellungen bedeckte. Tief bewegt nahm Lucile die Freundin in die Arme und reichte ihr dann eine Schachtel mit kandierten Früchten, die sie sehr gern mochte.

Dann berichtete Lucile, dass sie Untersuchungen über die Geretteten des Brandes und auch über den Retter dieser Damen anstellte. Sie versuchte herauszufinden, ob Odette sich an ihren Abtransport aus dem Basar erinnern konnte. Doch da ermüdete die junge Frau unvermittelt und brauchte Ruhe.

»Ich komme wieder, erhol dich.«

»Danke, Lucile«, erwiderte Odette und bedachte sie mit einem scheuen Lächeln.

Die Reporterin verabschiedete sich vom Hausverwalter. Nachdem sie das Anwesen hinter sich gelassen hatte, drehte sie sich noch einmal um und erinnerte sich plötzlich an das Abschiedslächeln ihrer Freundin.

Das Feuer veränderte oder zerstörte Stimmbänder, es veränderte auch ein Gesicht und schließlich einen Körper, jedoch keineswegs ein Gebiss! Diese junge Frau hatte keine Zahnlücke. Sie konnte nicht Odette sein.

Lucile dachte nach. Es erschien ihr geradezu unmöglich, dass Madame Huchon, die Mutter von Odette de La Trémoille, von dem Schwindel nichts wusste! Doch welches Spiel spielten die beiden Frauen? Und wo war die echte Odette? War sie etwa in den Flammen umgekommen? Wer hatte die Gelegenheit genutzt, ihre Identität anzunehmen? Und Thomas, Odettes Sohn: Hatte er nicht erkannt, dass die Frau im Bett seiner Mutter nicht seine Mutter war?

»Warum fehlt dir nichts, und sie ist tot!«, rief Aglaé de Chapuis.

Das Problem mit den Lügen war: Da man mit ihnen leben musste, fiel es schwer, sich an die Wahrheit zu erinnern.

Das Flammenmeer in der Rue Jean Goujon hatte nicht nur den Bazar de la Charité in Rauch verwandelt, es war dabei, auch das Leben der Baronin von Chapuis zu zerstören.

Ihre älteste Tochter quälte sie, indem sie immer wieder die eine Frage stellte: »Wo warst du? Wo warst du? Wo warst du, als das Feuer ausbrach?«

Und unermüdlich wiederholte die Baronin ihr Lügenmärchen.

Doch niemand ließ sich täuschen.

Ihre Mutter, bigott und verbittert, drängte sie in ein seelisches Tief, behandelte sie als schamlose Person.

Ihr Mann enthielt sich jeglichen Kommentars; er zog es

vor zu handeln und hatte einen Detektiv engagiert. Der bestätigte ihm nun, dass seine Frau einen jungen Geliebten hatte.

Die Baronin flehte ihn an, sie nicht aus dem Haus zu jagen. Sie wusste nicht, wohin sie gehen sollte, hing völlig von ihm ab, und das wusste er. Doch der Baron blieb unerbittlich, sein Entschluss war gefasst: Sie sollte nachdenken, sich entscheiden – und könnte dann wieder heimkommen.

Er rief seinen Kutscher, ließ den Koffer der Baronin aufladen und schickte das Gespann zu seinen Schwiegereltern. Eine Rückkehr zu den Quellen konnte nie schaden.

Odette trank gerade einen frischen Obstsaft, als der Hausverwalter erneut an die Tür ihres Zimmers klopfte.

»Madame?«

»Ja?«, antwortete Rose.

»Sie haben noch einen Besuch. Mademoiselle Alice de Jeansin möchte Ihnen ihre Aufwartung machen.«

Alice … Sie hatte sicher schon mit Lucile geredet.

»Ich habe ihr erklärt, dass Sie niemanden mehr empfangen, doch sie besteht darauf …«, sagte der Mann. »Soll ich sie bitten zu gehen?«

»Nein«, widersprach Rose. »Bitte führen Sie sie herauf.« Sie konzentrierte sich. Würde Alice bemerken, dass sie nicht Odette war, sondern Rose?

Diese Unterhaltung musste alles entscheiden.

– 19 –

5. Mai 1897, achtzehn Uhr zwanzig.
Sechsundzwanzig Stunden nach der Explosion.

An der Ecke der Rue Boileau ließ Victor, die Schirmmütze auf dem Kopf und den Glimmstängel im Mundwinkel, das Patrizierhaus von Auguste und Mathilde de Jeansin nicht aus den Augen. Hier also lebte Alice … Als er die Kalesche sah, die in die Rue Boileau einbog, drückte er den Zigarettenstummel aus und kam dem Wagen entgegen. Die schöne Blonde bemerkte ihn, informierte den Kutscher, dass sie zu Fuß weitergehen würde, und stieg aus. Sie wartete, bis die Kutsche außer Sichtweite war, dann eilte sie zum gegenüberliegenden Trottoir. Hier wartete Victor, gegen eine alte Mauer gelehnt, auf sie.

»Wie haben Sie mich gefunden?«, fragte sie nervös.

Ihre Augen wanderten unruhig umher, sie fürchtete, ihre Eltern könnten sie mit Victor sehen.

»Sie haben sich letztes Mal tatsächlich wie eine Diebin aus dem Staub gemacht«, lächelte er sie an und verschlang sie mit Blicken.

»Wir können uns nicht treffen«, sagte Alice. »Ich habe

keine Wahl. Meine Familie hat kein Geld mehr. Wenn ich diesen Mann nicht heirate, stehen wir auf der Straße …«

Sie hielt seinem Blick stand.

»Ah, na prima …«, erwiderte Victor und schaute zum Himmel hoch, war enttäuscht. »Also diese Art von Heirat?«

Als Alice ihren Bruder und ihre Schwester entdeckte, die mit ihrer Mutter des Weges kamen, stutzte sie.

»Wir müssen hier verschwinden.«

»Lassen Sie sich um Gottes willen nicht verkaufen. Sie verdienen weitaus Besseres als das«, flüsterte er ihr ins Ohr. »Ich erwarte Sie dann im Bois«, fügte er noch eindringlich hinzu, bevor er sich davonmachte, denn er hatte vor nichts Angst.

Sidonie Huchon war verstimmt. Sie hatte heute ihre echte Tochter Odette begraben, was sie zutiefst erschütterte. Doch nicht genug damit: Als sie nach Hause zurückkehrte, informierte der Hausverwalter sie darüber, dass zwei Freundinnen ihrer Tochter zu Besuch gewesen waren. Und das in ihrer Abwesenheit.

»Was haben Sie ihnen erzählt?«, erkundigte sich Madame Huchon.

Rose fühlte sich ausgelaugt.

»Alice hat mich nicht erkannt«, flüsterte sie niedergeschlagen. »Ich habe mein halbes Leben mit ihr verbracht, trotzdem hat sie mich nicht erkannt. Rose ist tot, basta. Ich nehme Ihr Angebot an.«

»Das ist eine kluge Entscheidung.«

»Aber ich habe eine Bedingung: Ich werde nicht mit Odettes Mann schlafen.«

»Das ist kein Problem. Er kommt nie hierher. Und wenn er doch mal kommt, dann schläft er mit allen Frauen, außer mit seiner eigenen«, erklärte Madame Huchon und verzog dabei angewidert den Mund. »Morgen bringe ich Ihnen Thomas«, fuhr sie fort.

»Ich bin noch nicht bereit.«

»Er verlangt ständig nach Ihnen.«

Verzweifelt hatte Rose beschlossen, die Rolle von Odette zu spielen. Die beiden unerwarteten Besuche gaben den Ausschlag. Ihre ehemalige Dienstherrin hatte sie nicht erkannt – das war bestürzend.

Ohne zu wissen, wie ihr neues Leben aussehen würde, zog sie es vor, im Schlafzustand dahinzudämmern, um zu vergessen, dass sie sich nie mehr an Jean, ihren Liebsten, schmiegen würde.

– 20 –

6. Mai 1897, acht Uhr zwanzig.
Vierzig Stunden nach der Explosion.

Adrienne de Lenverpré bewunderte das Morgenlicht, das wie eine Feuerkugel über Notre-Dame loderte. Da sie den Lärm, der morgens im Zentrum herrschte, nicht gewohnt war, hatte sie nachts kein Auge zugetan und auf ihren Geliebten gewartet, der noch nicht zurückgekehrt war. Angesichts des Tagesgeschehens bei der Zeitung saß er wohl wie auf heißen Kohlen. Sie ließ sich von der lebhaften Stimmung dieses Viertels mitreißen, das sie gegen ihr eigenes eingetauscht hatte, das leise war und fernab des Stadtzentrums lag. Wo war ihre kleine Camille zu dieser Zeit? Wohin hatte ihr Vater sie gebracht?

Um sich zu beruhigen, drückte Adrienne das Medaillon, in dem sie ein Foto ihrer Tochter aufbewahrte, ans Herz. Dies führte sie immer mit sich. Sie wurde aus ihren Träumereien aufgeschreckt, als es mehrmals an die Wohnungstür klopfte. Sie erstarrte.

»Monsieur Hugues?«, ertönte eine Jungenstimme. »Ich bin's, Léo. Ich habe ein Kuvert für Sie.«

Adrienne blickte durch den Spion und stellte fest, dass es sich wirklich um ein Kind handelte.

»Schieb es unten durch«, sagte sie leise. »Ich gebe es ihm.«

Der Junge tat, wie sie ihm auftrug. Adrienne nahm den Umschlag.

»Warte!«, rief sie, als sie hörte, dass der Junge sich entfernte. »Möchtest du dir ein bisschen Geld verdienen?«

»Ja. Natürlich.«

Adrienne zögerte, doch dann öffnete sie die Tür einen Spaltbreit. Der Junge war ungefähr zehn, hatte einen herausfordernden Blick und schien nicht auf den Kopf gefallen zu sein.

»Ist Monsieur Hugues nicht da?«, fragte er neugierig.

»Nein«, wich Adrienne aus. »Hör zu … Ich muss Schmuckstücke verkaufen.«

»An der Place Vendôme?«, schlug der Junge vor.

Adrienne schüttelte den Kopf. Ihr Mann war dort in der Gegend bekannt, das war nicht diskret genug, sie könnte auffliegen.

»Ich kenne da einen Kerl, aber …«, zögerte er. »Ich warne Sie, es ist wirklich ein verrufenes Viertel.«

Das war Adrienne egal. Sie benötigte Geld, um ihre Flucht ins Ausland vorzubereiten – sobald sie Camille gefunden hätte. Ihr gehörte ein Großteil des Vermögens, das de Lenverpré besaß. Da sie jedoch zum »schwachen Geschlecht« zählte, hatte sie nie darüber verfügen können.

Entzückt über die Gelegenheit, warf der Junge begehrliche Blicke durch die halb geöffnete Tür auf die schöne Dame, die sich gerade ankleidete.

Auch wenn Thomas de La Trémoille schon sieben war, begriff er nicht, warum seine Großmutter ihm verbot, seine Mutter in ihren Gemächern zu besuchen.

»Deine Mama will dich sehr gerne sehen, aber sie hat Schmerzen …«, erklärte Madame Huchon ihrem Enkel. »Man muss aufpassen, darf sie nicht berühren.«

»In Ordnung, Omi«, stimmte das Kind zu und schüttelte den Kopf wie eine Marionette.

»Und«, fuhr sie fort, »sie muss ihr Gesicht verbergen und abwarten, dass es ausheilt, verstehst du?«

Ja, Thomas hatte alles verstanden.

»Wir bleiben nicht lange, denn sie ist müde.«

Thomas verging vor Ungeduld. Als seine Großmutter die Tür zu Odettes Zimmer aufstieß und ihm sagte, er könne jetzt eintreten, stürzte er auf seine Mutter zu.

Er hielt ein Blatt Papier in der Hand, auf das er die Arche Noah gemalt hatte. Neben dem Bett seiner Mutter blieb er stehen, trat einen Schritt zurück und starrte sie an, tief beeindruckt von diesem bis zur Unkenntlichkeit entstellten Gesicht.

»Hallo, Thomas«, begrüßte ihn Rose freundlich.

Erstaunt, dass weder die Stimme noch die Hände oder die Gesten dieser Person denen seiner Mama entsprachen, wandte er sich an seine Großmutter.

»Omi, kann ich wieder in mein Zimmer zurück?«

»Willst du deiner Mama nicht Guten Tag sagen?«, versuchte Madame Huchon ihn zu überreden.

Dem kleinen Jungen kullerte eine große Träne über seine Wange, und er rannte hinaus. Als er in seinem Zimmer war, zerknüllte er das Blatt und warf es in den Papierkorb.

»Das ist der reine Wahnsinn«, bemerkte Rose. »Das wird nie funktionieren!«

»Das muss es aber!«, erklärte Madame Huchon hartnäckig.

Seit Adrienne de Lenverpré ihren Geliebten Hugues Chaville besuchte, kam sie öfters bis in die Stadtmitte, doch hatte sie sich bisher noch nie in den Pariser Norden gewagt. Das schäbige Ladengeschäft des Hehlers, das von allen möglichen Utensilien überquoll und ein wüstes Chaos darstellte, erinnerte an einen verlassenen Speicher. Auf dem Tresen stand ein Aschenbecher voller stinkender Kippen. Außerdem trug eine Batterie Flaschen mit alkoholischen Getränken dazu bei, dass dieser Ort abstoßend hässlich wirkte. Der Hehler, dessen Gehilfe neben ihm mit seiner Verbrechervisage gut zum Laden passte, untersuchte den Schmuck, den Adrienne verkaufen wollte, mit einer Lupe. Aus den Augenwinkeln musterte er sie.

»Für alles hunderttausend Francs«, verkündete er.

»Wie bitte?«, fragte Adrienne empört nach. »Sie machen wohl Scherze! Dieser Schmuck muss viel mehr einbringen. Allein dieser Ring«, sagte sie und zeigte auf einen Rubinring, »ist das Doppelte wert. Ich weiß es genau, denn er war ein Geschenk meines Mannes.«

Der Hehler beugte sich zu ihr vor.

»Hundertzwanzigtausend und das Medaillon da«, lautete sein neues Angebot, und er zerrte an der Kette, die sie um den Hals trug.

Das Medaillon mit dem einzigen Foto ihrer Tochter. Niemals würde sie sich davon trennen. Adrienne trat einen Schritt zurück.

»Es ist unverkäuflich«, verkündete sie fest.

»Sind Sie sicher?«, beharrte der Kerl mit schiefem Blick.

»Hundertzwanzigtausend Francs ohne das Medaillon«, bot ihm Adrienne an, die sich hier immer unbehaglicher fühlte.

Der Hehler machte seinem Assistenten ein Zeichen. Dieser zog ein Bündel Scheine heraus und reichte es Adrienne.

»Sie wissen ja, wo Sie mich finden«, sagte der Hehler und steckte den kostbaren Schmuck ein.

»Nun«, meinte der kleine Junge, an Adrienne gewandt, »es wird Zeit, dass wir uns verziehen.«

– 21 –

6. Mai 1897, fünfzehn Uhr fünfzig.
Siebenundvierzig Stunden und dreißig Minuten nach der Explosion.

»Ich weiß, wer du bist …«, murmelte eine zarte Stimme.

Rose öffnete die Augen. In dem Maße, in dem ihre Wunden verheilten, wurden die Morphiumdosen reduziert, und sie fühlte sich etwas munterer. Sie entdeckte Thomas, der neben ihrem Bett stand und sie beobachtete.

Rose lächelte ihn an.

»Ich weiß, wer du bist«, wiederholte das Kind, ohne sie aus den Augen zu lassen.

Sagte er die Wahrheit? Bestürzt durch die Klarsicht des Jungen, fiel dem ehemaligen Dienstmädchen keine Antwort ein. Zumal die Stimme von Madame Huchon zu hören war. Sie suchte Thomas und rief durchs ganze Haus nach ihm.

Als sie in Odettes Zimmer stürmte, verdrückte sich der Junge schleunigst.

»Was hat er zu Ihnen gesagt?«, fragte Madame Huchon erstaunt und beunruhigt.

»Guten Tag«, log Rose. »Bloß Guten Tag. Machen Sie sich keine Sorgen.«

Madame Huchon musterte sie lange, einen Funken Misstrauen im Blick. Dann half sie ihr, die Verbände zu wechseln. Es musste einfach funktionieren. Rose musste Odette sein, und Thomas musste das neue Gesicht seiner Mama akzeptieren. Im Grunde war es eine gute Nachricht, dass er allein, von sich aus, zu Rose gegangen war. Sicher hatte das Kind anfangs einen Schock erlitten, weil es seine Mutter nicht erkannt hatte, aber dann hatte es sich wohl beruhigt.

»Er wird bald seinen Imbiss einnehmen«, verkündete Madame Huchon, als sie Rose den frischen Verband angelegt hatte. »Es wäre klug, wenn Sie ihm Gesellschaft leisten würden.«

»Erzählen Sie mir von ihr …«

»Sie verbrachte viel Zeit mit ihrem Sohn. Sie vergötterte ihn, also versuchen Sie, eine gute Mutter zu sein.«

Rose lächelte. Sie bemühte sich, nicht an Jean zu denken und an die Familie, die sie gemeinsam geplant hatten.

»Geben Sie mir die Hand«, fuhr Madame Huchon fort. »Vergessen Sie nicht: Sie sind keine Bedienstete mehr, sondern eine der reichsten Frauen von Paris. Odette liebte diesen Ring sehr«, erklärte sie und reichte ihr das erlesene Schmuckstück, das sie der verkohlten Leiche ihrer Tochter abgenommen hatte. »Ich hatte ihn ihr gerade geschenkt, und sie hat ihn nur einmal getragen …«

Der Tag des Brandes … Sidonie Huchon, wie gelähmt vor Kummer, konnte ihren Satz nicht beenden.

»Offenbar«, sagte Rose, die die Atmosphäre entspannen wollte, »besitzt die Prinzessin von Wales den gleichen. Beim

Basar hat Odette mit Alice darüber gesprochen«, erzählte sie und bewunderte den Ring, der ihr wie angegossen passte. Sie war sehr stolz auf dieses Schmuckstück.

Langsam wurden die beiden Frauen zutraulicher.

Seit der Brandkatastrophe hatte Rose das Zimmer nicht verlassen. Sie war auf dem Land aufgewachsen und freute sich sehr, als sie erstmals wieder ins Freie konnte. Die Sonne war mild, und eine leichte Brise wehte um ihren Nacken, ein Gefühl, das ihr guttat.

»Madame, wollen Sie etwas essen oder trinken?«, erkundigte sich das junge Dienstmädchen.

Rose bemühte sich, eine Hausherrin darzustellen. Wohl sagte man, dass man nicht nach dem äußeren Schein urteilen solle – doch Rose, die Odettes blauen Seidenmorgenmantel trug, war noch nie so elegant gekleidet gewesen.

Thomas musterte sie wortlos und drückte seinen Plüschbären an sich wie ein Schutzschild.

»Bitte, bringen Sie mir einen Apfelsaft und ... Brioches.«

»Gern, Madame«, erwiderte das Mädchen und ging hinaus.

»Meine Mutter hasst Apfelsaft«, erklärte Thomas.

»Ich liebe ihn«, erwiderte Rose und lächelte herzlich.

Der kleine Junge wurde milder. Er hatte Rose, das Hausmädchen von Alice, der Freundin seiner richtigen Mama, wiedererkannt. Rose war es, die ihn aus den Flammen gerettet hatte, indem sie ihn aus dem Kinematografenraum und dann aus dem Basar getragen hatte. Und dann war sie in die Flammen zurückgelaufen, um Odette und Alice zu suchen.

»Ich auch«, meinte er.

Rose strich ihm mit großer Zärtlichkeit über die Wange.

»Wie geht es deinem Liebling?«, fragte sie und deutete auf seinen Plüschbären.

»Das ist nicht mein Liebling, sondern Félix, mein kleiner Bruder.«

»Félix«, wiederholte Rose und beugte sich über den Plüschbären, »du hast Glück, einen großen Bruder wie Thomas zu haben. Er ist sehr nett und sehr mutig. Er hatte keine Angst vor dem Feuer.«

»Und dir ist es schlimm ergangen?«, fiel ihr das Kind ins Wort. Sein Gesicht war todernst.

»Ja«, gab Rose nach kurzem Zögern zu.

»Und meine Mama kommt nicht mehr wieder?«

»Nein, mein Herz, sie kommt nicht mehr wieder.«

»Hast du sie nicht gefunden?«

»Nein, tut mir leid«, gab sie zu, aufgewühlt von diesem Gespräch.

Thomas schmiegte sich an sie.

»Sag«, fuhr Rose fort und drückte ihn an sich. »Bist du damit einverstanden, dass ich hierbleibe und mich um dich kümmere?«

Thomas löste sich sanft aus ihrer Umarmung. Er lächelte, wie er seit Tagen nicht mehr gelächelt hatte.

»Ja, das will ich gern«, stimmte er zu.

Rose lächelte ebenfalls, doch plötzlich zog es ihr den Boden unter den Füßen weg, und sie fiel in Ohnmacht.

»Es heißt, dass nach dem Brand Frauen wegen des Rauchs erkrankt sind.«

Madame Huchon hatte umgehend Dr. Malo informiert, der so schnell wie möglich bei ihr vorsprach.

»Ich glaube, es hat einen anderen Grund«, sagte der Arzt lächelnd. »Müssen Sie sich öfters übergeben?«, erkundigte er sich, an Rose gewandt, die ausgestreckt auf dem Bett lag.

»Ja, täglich seit dem Brand.«

»Ist Ihnen schwindelig?«, fuhr er fort.

»Ja, auch das«, bestätigte die junge Frau.

»Wann hatten Sie Ihre letzte Periode?«

»Ich weiß nicht ...«

»Letzten Monat, oder liegt es noch weiter zurück?«

»Ich glaube, vor zwei Monaten«, erwiderte Rose und hielt plötzlich inne. »Meinen Sie, dass ich schwanger bin?« Endlich hatte sie begriffen, warum Dr. Malo derartige Fragen stellte.

»Glückwunsch! Ja, Sie erwarten ein Kind.«

»Das muss ein Irrtum sein«, schaltete sich Madame Huchon ein, totenblass.

»Keineswegs. Es ist ein Wunder! Dieses Baby hat den Brand überlebt. Sie sollten leben, Madame, so stand es geschrieben«, versicherte der Arzt wohlwollend. »Bitte, benachrichtigen Sie mich bei der geringsten Schwierigkeit.«

Madame Huchon führte ihn hinaus, kehrte dann aber auf der Stelle zu Rose zurück.

»Sie hatten keine Ahnung, dass Sie schwanger sind?«, fragte sie nervös.

»Nein!«

Madame Huchon nahm es ihr nicht ganz ab und durchbohrte sie mit Blicken.

»Natürlich nicht«, wiederholte Rose, schockiert über das Misstrauen.

»Sind Sie sich der Situation bewusst?«, brach es aus Madame Huchon hervor. »Das ist eine Katastrophe!«

Thomas, der beobachtet hatte, dass der Arzt gegangen war, stand jetzt in der Türöffnung.

»Ist es schlimm?«, erkundigte er sich besorgt.

Rose, gerührt von der Zuneigung des kleinen Jungen, gab ihm zu verstehen, näher zu kommen. Er eilte ans Bett und schmiegte sich an sie.

»Nein, mach dir keine Sorgen«, beruhigte ihn Rose.

»Du wirst nicht sterben?«

»Nein, ich werde nicht sterben.«

»Mein Liebling«, mischte sich Madame Huchon ein. »Wir lassen jetzt Mama ruhen, denn sie ist sehr müde.«

Gehorsam umarmte das Kind seine »Mama« und verließ das Zimmer.

Doch dann kehrte er nochmals zurück und gab Rose seinen Plüschbären.

»Da«, sagte er. »Ich leihe dir Félix, damit er dir Gesellschaft leistet.«

»Danke, mein Engel, das ist sehr lieb. Danke.«

Vielleicht würden Rose und Thomas Zutrauen zueinander gewinnen. Manchmal hielt das Leben Überraschungen bereit, die ein Schicksal von Grund auf verändern können.

– 22 –

6. Mai 1897, achtzehn Uhr zwanzig.
Fünfzig Stunden nach der Explosion.

Auguste de Jeansin empfing seine Freunde von der konservativen Partei. De Lenverpré schwang große Reden, Julien eiferte ihm nach.

»Mach dir keine Sorgen«, murmelte Mathilde Alice zu, »er ist nicht wegen dir hier. Sie haben eine Versammlung.«

Alice zog ein finsteres Gesicht. Ihre Begegnung mit Victor ging ihr nicht aus dem Kopf; die Worte des attraktiven jungen Mannes hallten sowohl in ihrem Kopf als auch in ihrem Herzen wider: »Lassen Sie sich um Gottes willen nicht verkaufen! Sie verdienen weitaus Besseres als das.«

»Ich sollte frei entscheiden können«, sagte sie bekümmert zu ihrer Mutter.

Sollte sie Julien heiraten und sich für ihre Familie opfern – oder ihre eigenen Wünsche verfolgen und ihre Liebesgeschichte mit Victor leben? Das Dilemma war groß.

»Mein Liebling«, sagte Mathilde beruhigend und tätschelte ihre Schulter. »Wie auch immer du dich entscheidest, ich nehme es dir nicht übel.«

»Und doch … wenn ich ablehne, trage ich die Verantwortung.«

»Verantwortung wofür, Alice?«, konterte Mathilde.

»Für den Bankrott unserer Familie«, erklärte die junge Frau und blickte ihre Mutter an, die Augen voller Tränen.

Mathilde fühlte sich unbehaglich: Die Lage, in die sie Alice gebracht hatten, war schlicht unmöglich.

»Findest du das gerecht?«, fügte Alice hinzu.

Dann wandte sie ihrer Mutter den Rücken zu.

Die Versammlung der Konservativen näherte sich dem Ende. Alice, die sich ihrem Schicksal stellen wollte, trat an die Droschke ihres Verlobten.

»Julien«, sagte Alice schluchzend, mit rot geweinten Augen. »Es tut mir leid.«

»Nicht so sehr wie mir«, erwiderte der junge Mann.

Alice, erschüttert durch den Entschluss, den sie soeben getroffen hatte, brach zusammen. Gebranntes Kind scheut das Feuer – Julien zuckte mit keiner Wimper.

»Ich hätte nie so mit dir reden dürfen«, gab Alice zerknirscht zu. »Ich wünschte mir so sehr, dass dieser Brand niemals stattgefunden hätte, alles wäre wie vorher … Ich bitte dich um Verzeihung.«

Seinerseits erschüttert nahm Julien sie so fest in die Arme, dass sie fast keine Luft mehr bekam. Er liebte diese junge Frau, er konnte ihr nicht widerstehen.

»Alice, ich verzeihe dir«, flüsterte er ihr feierlich ins Ohr.

Durch das Wohnzimmerfenster sahen Mathilde und Auguste, wie Julien ihre Tochter sanft auf die Lippen küsste. Sie wandte sich nicht ab.

»Alice hat wieder Vernunft angenommen«, stellte Auguste erleichtert fest. »Denkst du, das geschah vielleicht, weil wir ihr die Wahl gelassen haben?«

Bitter enttäuscht zog Mathilde es vor hinauszugehen.

»Auguste, das hatten wir ihr keineswegs versprochen«, ermahnte sie ihn, ohne sich umzudrehen.

Deprimiert seufzte Auguste. Hatte seine Frau nicht recht damit, wenn sie ihn an ihre Versprechungen erinnerte?

In der Hoffnung auf die Auferstehung am Tag des jüngsten Gerichts.

Madame Adrienne de Lenverpré, geborene de Lacombes, ist am 4. Mai 1897 in ihrem 34. Lebensjahr ins Licht des himmlischen Vaters eingegangen.

Ihr Gatte Marc-Antoine de Lenverpré, Abgeordneter.

Ihre Tochter Camille.

Ihre Schwester Mathilde de Jeansin, ihr Schwager Auguste de Jeansin.

Ihr Neffe Paul de Jeansin.

Ihre Nichten Alice und Charlotte de Jeansin.

Ihre Freunde und Angehörigen laden Sie ein, am Trauergottesdienst, der am 7. Mai in der Kirche de la Madeleine um 10.30 Uhr ihr zu Ehren stattfinden wird, teilzunehmen.

Die Beisetzung erfolgt auf dem Friedhof Montparnasse.

Beten Sie für ihre ewige Ruhe.

Adrienne entdeckte erstaunt die hochtrabende Traueranzeige, die ihr Mann im *Le Figaro* aufgegeben hatte. Ihr Begräbnis würde also morgen stattfinden …

»Ich habe mich informiert«, fügte Hugues über ihre Schulter hinweg hinzu. »Deine Tochter ist jetzt zu Hause.«

Adriennes Gesicht leuchtete auf.

Sie umarmten sich, liebten sich dann leidenschaftlich und verbannten den Gedanken an den Tod.

Als Hugues, befriedigt vom Sex, eingeschlafen war, stieg Adrienne aus dem Bett. Lautlos schlüpfte sie in das Kleid, das sie auf dem Basar getragen hatte, und trat in die Nacht hinaus. Hugues schnarchte ahnungslos.

Unter dem Mond und den Sternen wirkte das Patrizierhaus der Familie Lenverpré wie ein verwunschenes Schloss. Adrienne ging um das Haus herum. Unter einem Stein in der Nähe einer Trauerweide lag, vor Blicken geschützt, der Schlüssel, den ihr Mann dort für den Notfall versteckt hatte. Sie nahm ihn an sich und betrat dann lautlos den parkartigen Garten *der* Villa.

Adrienne schlich zum Vogelgehege, das Marc-Antoine zu Camilles drittem Geburtstag anlegen ließ. Das Kind hatte eine schöne Singstimme und die Musikbegeisterung seiner Eltern geerbt. Es liebte die Nachtigallen und die Tauben. Dieser Ort war ein Refugium, in das die Gouvernante nur widerwillig den Fuß setzte. Adrienne war davon überzeugt, dass außer ihrer Tochter niemand sonst hierherkäme. Sie betrat das Vogelgehege, um eine Nachricht für Camille zu hinterlassen. Die Turteltauben gerieten in Aufregung – sie würde nicht lange bleiben.

Als sie gerade wieder zur Gartentür gehen wollte, hörte sie *aus* dem Erdgeschoss hinter einem halb offenen Fenster die Stimme ihrer Tochter.

Sie näherte sich vorsichtig. Die halb zugezogenen Vorhänge enthüllten das Gesicht ihrer untröstlichen Camille, die am Sarg der Mutter wachte. Adrienne legte die Hand auf den Mund, um nicht zu schreien. Es fiel ihr schwer, dieser Totenwache beizuwohnen, die sie selbst inszeniert hatte. Trotz ihres unbändigen Verlangens, Camille an sich zu ziehen und ihr zu versichern, dass alles gut werden würde, dass ihre Mutter lebte, verhielt sie sich ruhig.

Plötzlich kam Marc-Antoine hereingeplatzt. Adrienne ging sofort in Deckung.

»Camille, was tust du da?«, fragte er sie mit eiskalter Stimme.

»Ich will mich von Mama verabschieden«, erwiderte Camille. »Bevor sie für immer geht.«

»Ab in dein Zimmer«, befahl er ihr ohne jegliches Mitgefühl.

Adrienne hörte, wie ihre Tochter ihm folgte und eine Tür geschlossen wurde. Lautlos verließ sie das Grundstück. Bemüht, nicht an den Irrwitz ihrer Pläne zu denken, kehrte sie zu Hugues zurück.

Marc-Antoine de Lenverpré überzeugte sich davon, dass seine Tochter fest schlummerte, dann ging er hinunter zum Sarg seiner Gattin. Im ganzen Haus herrschte Ruhe, alle schliefen. Niemand konnte ihn sehen oder stören. Die Maßlosigkeit war bei diesem Mann der Ausschweifungen an der Tagesordnung. Er legte sich der Länge nach auf den Sarg, verharrte einen Moment lang in dieser makabren Pose und überließ sich seinem Kummer.

– 23 –

7. Mai 1897, neun Uhr zehn.
Drei Tage nach der Explosion.

Rose bemerkte, dass sie sich nicht mehr an ihren Traum der letzten Nacht erinnern konnte. Seit der Brandkatastrophe hatte sie einen Albtraum nach dem anderen gehabt, doch in dieser Nacht hatte sie zum ersten Mal tief geschlafen, ohne irgendwelche Bilder.

Sie misstraute dem Hausmädchen und lehnte es ab, dass dieses sie ankleidete oder berührte. Rose legte Wert darauf, allein zurechtzukommen, ungeachtet der Konventionen.

»Odette«, hörte sie eine Stimme von der Diele aus.

Es war ihre »Mutter«.

»Ich habe gerade ein Telegramm erhalten«, verkündete diese und platzte ins Zimmer. »La Trémoille trifft morgen ein.«

Rose wich unwillkürlich zurück, ließ sich aufs Bett fallen, war wie betäubt.

»Was wollen Sie ihm wegen des Babys sagen?«, fuhr Madame Huchon fort. »Denn es wird ihm wohl nicht entgehen ...«

Rose verzog keine Miene. Sie hatte noch nicht die Zeit

gefunden, sich diese Frage zu stellen, geschweige denn über Lösungen nachzudenken.

»Ich kenne eine sehr kompetente Person, die Ihr Problem schnell regeln könnte«, schlug Madame Huchon mit gesenkter Stimme vor.

»Sie wollen, dass ich abtreibe?«

Rose, die schockiert war, funkelte sie an.

»Sie haben kaum eine Wahl«, erwiderte ihre »Mutter«.

Rose, vom Gegenteil überzeugt, ging nicht näher darauf ein. Niemals würde sie das Baby, das sie mit Jean, der Liebe ihres Lebens, gezeugt hatte, abtreiben lassen.

Im Vogelgehege fütterte Camille ihre Tauben. Mit traurigem Blick bewegte sie sich wie in Trance, fast mechanisch, ohne wirklich dabei zu sein. Gewöhnlich liebte sie es, mit den Vögeln zu plappern, doch heute füllte sie die Futterhäuschen schweigend. Erst als sie die Tür des großen Käfigs wieder schließen wollte, entdeckte sie das Stück Papier, das in einem der Farntöpfe steckte. Sie trat erneut in das Vogelgehege, überzeugte sich kurz davon, dass ihre Gouvernante sie nicht beobachtete, und griff nach dem Papier.

Sie erkannte sofort die elegante Schrift ihrer Mama. Die zitterigen Buchstaben schienen von tiefem Kummer zu zeugen. Dann las sie voller Erstaunen:

Camille, mein Herz, ich lebe. Treffen wir uns heimlich am Nachmittag der Verlobung deiner Cousine Alice im Park, auf unserer Bank. Ich liebe dich, Mama.

Als ob die Vögel die Freude des jungen Mädchens gespürt hätten, flatterten sie mit ihren wunderschönen Flügeln.

Hugues hatte wie ein Bär geschlafen und Adriennes Abwesenheit während der Nacht überhaupt nicht bemerkt. Als er aufgewacht war, hatten sie sich erneut geliebt, ihr Verlangen ließ nie nach. Dann musste sie darum kämpfen, dass ihr Geliebter sich bereit erklärte, im Bistro um die Ecke einen Kaffee mit ihr zu trinken. Er befürchtete, Adrienne, die offiziell für tot erklärt worden war, könnte sich verraten. Sie hatte das weite Kleid angezogen und die Stiefeletten, die er ihr gebracht hatte. Das hatte ihn überzeugt: Ungeschminkt, die Kapuze ins Gesicht gezogen, war es unmöglich, sie zu erkennen. Im Bistro hatten sie zwei Croissants bestellt und sich wie ein Ehepaar unterhalten. Die Leichtigkeit, mit der Adrienne ihre nächtliche Eskapade hatte durchführen können, und die Freude über das bevorstehende Treffen mit ihrer Tochter waren ihr anzusehen, obwohl sie Hugues nichts verriet. Regelmäßig pendelten Schiffe zwischen Le Havre und London. Sie musste sich noch über die Abfahrtszeiten der Züge informieren und Tickets kaufen.

Sie hatten sich einen Moment lang auf eine Bank mit Blick auf die Seine gesetzt, waren dann in Hugues' Wohnung zurückgekehrt, froh gestimmt über dieses hübsche Intermezzo.

Auf dem Treppenabsatz bemerkten sie, dass die Wohnungstür halb offen stand und das Schloss aufgebrochen war. Hugues stürzte hinein, er glaubte, dass der Dieb hinter der Akte her war, die er über Lenverpré angelegt und in einer Schublade seines Schreibtisches versteckt hatte.

»Uff«, rief er, als er feststellte, dass hier alles genauso dalag wie vorher. »Sie ist noch da.«

»Das Geld«, meinte Adrienne mit ausdrucksloser Stimme, das Gesicht aschfahl. »Das Geld«, wiederholte sie und geriet in Panik: Die Scheine aus dem Versteck waren verschwunden.

»Was für Geld?«, fragte Hugues.

»Der Junge! Der Junge.«

»Welcher Junge?«

»Der gestern den Umschlag für dich gebracht hat.«

»Léo?«

»Nur er wusste, dass ich das Geld hier versteckt hatte.«

»Aber wovon redest du denn, Adrienne?«

»Er hat mich zu einem Hehler begleitet, damit ich meinen Schmuck verkaufe.«

Hugues brauchte keine weiteren Erklärungen, er begriff sofort, was seine Geliebte ihm gerade enthüllte.

»Du bist völlig verrückt! Alle Bullen sind auf der Suche nach den gestohlenen Stücken aus der Leichenhalle. Wenn sie den Schmuck bei deinem Hehler finden, ist es aus und vorbei!«

»Ich brauche dieses Geld. Ich habe bereits Camille benachrichtigt. Sie soll mich übermorgen im Park erwarten, damit ich sie mitnehme.«

»Camille?«

»Ich habe ihr eine Nachricht im Vogelgehege hinterlassen.«

»Du bist zu dir nach Hause gegangen? Adrienne, das ist höchst leichtsinnig. Was, wenn jemand deine Nachricht findet oder wenn Camille mit ihrem Vater darüber redet?«

»Das würde sie niemals tun.«

»Sie ist noch ein Kind.«

»Aber sie ist meine Tochter, ich kenne sie besser als du.«

»Warum vertraust du mir nicht? Warum hast du das nicht mit mir besprochen?«

»Weil du mich nicht hättest gehen lassen!«

»Damit du derartigen Blödsinn anstellst? Natürlich nicht. Im Übrigen wirst du ab jetzt nichts mehr unternehmen, ohne vorher mit mir zu reden.«

»Bitte? Du bist ja wie er! Willst mir sagen, was ich zu tun habe!«

»Du vergleichst mich mit deinem Mann? Verstehst du denn nicht, dass ich dich beschützen will?«

»Aber ich will nicht, dass man mich beschützt. Ich will es nicht.«

Hugues versuchte sie zu halten, als sie aus der Wohnung stürmen wollte, doch sie stieß ihn heftig zurück.

»Lass mich los!« Wütend ließ sie ihn stehen – und er konnte nichts tun.

»Zum letzten Mal: Wer hat dir all das verkauft?«

Hennions Hartnäckigkeit hatte sich schließlich ausgezahlt. Sie hatten den aus der Leichenhalle entwendeten Schmuck beschlagnahmt, nachdem sie ihn bei einem Hehler im Norden von Paris in einer Schatulle mit doppeltem Boden aufgestöbert hatten.

Die Stücke waren durch das Feuer geschwärzt, außer einem wertvollen Geschmeide. Der Hehler verhielt sich verstockt, mokierte sich über den Polizisten.

»Dieser Schmuck kann dich teuer zu stehen kommen«, drohte ihm Hennion.

»Eine Frau hat ihn mir verkauft«, stieß der Hehler schließlich hervor. »Eine Aristokratin.«

»Beschreib sie mir«, forderte ihn Hennion auf, der skeptisch war.

»Eine sehr schöne große Frau, rothaarig.«

Hennion hatte damit begonnen, ein Porträt zu skizzieren.

»Sommersprossen?«

»Eindeutig.«

»Und ihre Nase?«

»Was soll sein mit der Nase?«

»Gerade? Eine Haken- oder Adlernase?«

Der Hehler zuckte die Schultern, er hatte keine Ahnung.

»Ihr Mund?«, bohrte der Polizist weiter und arbeitete an seiner Skizze. »Üppig oder schmal?«

»Klein«, schlug der Mann vor, dessen Wortschatz eher dürftig war.

Hennion zeigte ihm das Porträt, das er gerade angefertigt hatte. Der Hehler bestätigte die Ähnlichkeit. Da aber Hennion Adrienne noch nie begegnet war, konnte er sie nicht identifizieren. Er steckte sein Notizbuch ein, fragte sich jedoch, wie eine so schöne Dame dazu kam, Leichen zu fleddern.

»Meine Damen und Herren, kaufen Sie *La Chouette*!«

Der Junge, den Adrienne gebeten hatte, ihr beim Verkauf ihres Schmucks zu helfen, ging auf dem Vorplatz von Notre-Dame hin und her und sprach die Kirchgänger an. Als Lucile ihm von hinten die Hand auf die Schulter legte, drehte er sich überrascht um, erkannte die Journalistin und lächelte.

»Anscheinend hast du etwas, was meiner Freundin gehört«, sagte sie.

In diesem Augenblick merkte Léo, dass sie nicht allein war: Neben ihr befand sich die schöne rothaarige Dame, welcher der Schmuck gehört hatte. Hugues, der sich Sorgen um Adrienne machte, hatte schließlich Lucile die Identität seiner Geliebten anvertraut. Und Lucile, die großes Mitgefühl hatte, war bereit zu helfen.

Der Straßenjunge geriet in Panik, konnte aber nicht weglaufen, da Lucile seinen Arm umklammert hielt.

»Was hast du mit meinem Geld gemacht?«, fragte Adrienne drohend.

»Lassen Sie mich los!«

»Was hast du mit ihrem Geld gemacht?«, wiederholte Lucile.

»Ich wollte nicht ... Er hat mich gezwungen.«

»Wer ... er?«, hakte die Journalistin nach.

»La Fouine. Er hat sich den ganzen Zaster unter den Nagel gerissen, obwohl wir halbe-halbe vereinbart hatten.«

Lucile gab Adrienne mit einem Blick zu verstehen, dass sie ihr Geld abschreiben konnte.

»Ehrlich, dachten Sie wirklich, dass ich Ihre Kohle habe?«, fragte der kleine Spitzbube. »Glauben Sie, ich geb mir dann noch die Mühe, das Blatt hier zu verkaufen?«

»Du hast mich ganz schön reingelegt«, stellte Adrienne verbittert fest.

»Tut mir leid«, erklärte der Junge.

»Das sollte es auch. Und was mache ich jetzt?«

– 24 –

7. Mai 1897, vierzehn Uhr vierzig.
Mathilde zündete eine Kerze an. Das Begräbnis ihrer Schwester hatte sie sehr mitgenommen. Mit rot umränderten Augen versenkte sie sich ins Gebet. Die Stille dieser Kapelle tat ihr gut, sie kam gerne hierher, um sich zu sammeln.

Die Tür der Kapelle wurde mit schrillem Knirschen geöffnet. Mathilde achtete nicht darauf, genauso wenig wie auf die Schritte, die durch den Mittelgang hallten.

»Mathilde«, flüsterte es ihr plötzlich ins Ohr.

Sie erkannte Adriennes Stimme und erstarrte. Konnte ihr Kummer so groß sein, dass sie schon Halluzinationen bekam?

»Es tut mir leid«, fuhr die Stimme fort. »Verzeih mir.«

Mathilde hätte fast das Bewusstsein verloren, als sie sah, dass ihre Schwester noch lebte. Verwirrt lauschte sie Adriennes Bericht, ohne diese zu unterbrechen.

»Ich hielt dich für tot …«, sagte sie nach einer Weile. »Ich habe dich gerade begraben … Ich weine Tag und Nacht um dich … Hast du auch nur einen Moment lang daran gedacht, was du anderen damit angetan hast?«

»Ich habe an meine Tochter gedacht.«

»An deine Tochter? Und ich, deine leibliche Schwester, zähle nicht?«

Mathilde war aufgewühlt und zutiefst verletzt.

»Natürlich zählst du«, versicherte ihr Adrienne und legte den Arm um sie. »Ich brauche dich.«

Mathilde stieß einen tiefen Seufzer aus. Sie liebte ihre kleine Schwester sehr und würde ihr selbstverständlich helfen.

»Ich brauche Geld, um mit Camille nach London zu fahren«, erklärte sie unvermittelt.

Völlig baff musterte Mathilde sie.

»Und deshalb hast du mich aufgesucht?«

»Nur um das Schiff bezahlen zu können, danach komme ich selber klar«, versicherte ihr Adrienne, die nicht verstand, was das Problem war.

»Wenn du meine Hilfe nicht benötigen würdest, hätte ich wohl nie erfahren, dass du lebst!«

»Er hat mir meine Tochter weggenommen … Was hätte ich deiner Meinung nach tun sollen?«

»Adrienne, ich habe kein Geld mehr. Auguste hat sich verspekuliert, mit seinen avantgardistischen Ideen. Wir sind ruiniert, und zwar dermaßen, dass Alice jetzt einen Mann heiraten muss, den sie nicht liebt. Sie opfert sich für die Familie.«

Adrienne glaubte, sich verhört zu haben; mit dieser Wendung der Dinge hatte sie nicht gerechnet.

»Aber Mathilde!«, rief sie bestürzt aus. »Du kannst mich so nicht abspeisen.«

»Für dich ist es ganz einfach. Du hast immer das getan, was du wolltest. Du warst die Rebellin der Familie. Für dich gab es nie Kompromisse oder Verbote! Du konntest den Mann heiraten, den du leidenschaftlich geliebt hast. Ich dagegen habe den Mann geheiratet, den Papa für mich vorgesehen hatte. Was auch immer ich tue und sage, meine Tochter schlägt gerade denselben Weg ein wie ich.«

»Mathilde, bedenke doch einmal, wo ich stehe«, bemerkte Adrienne desillusioniert. »Und sieh dir an, wozu dieser Mann mich treibt …«

Aufgewühlt von diesen Geständnissen wandte Mathilde den Blick von ihrer Schwester ab.

»Vielleicht bist du zu gehorsam gewesen«, fuhr Adrienne fort, »doch dafür hast du einen guten Mann geheiratet … Schön, Auguste ist ein Fantast, kein Geschäftsmann … Aber er liebt dich von Herzen.«

Die beiden Schwestern hielten sich an den Händen, betrachteten sich lange und bekräftigten die Blutsbande.

»Sag Bescheid, wenn ich etwas tun kann«, bat Mathilde, als Adrienne sich zurückzog.

Die Bestattungen der Opfer der Brandkatastrophe folgten eine nach der anderen. Der Polizeipräfekt sah es als Ehrensache an, an allen Zeremonien teilzunehmen. Das kam Hennion zugute, denn so hatte er ihn nicht ständig im Nacken und konnte mit seinen Ermittlungen fortfahren. Die BSPP sortierte und analysierte die Trümmer aus dem Flammenmeer. Krebs und seine Männer hatten noch keinen festen Hinweis darauf, dass eine weitere Bombe außer der, die Mattéo in der Statue entdeckt hatte, explodiert war – oder nicht. Sie suchten weiter, und Hennion hoffte, dass sie etwas fänden, womit sie den Bericht erstellen könnten.

Inzwischen konzentrierte er sich auf die einzige Spur:

die in der Leichenhalle geplünderten Schmuckstücke, die beim Hehler entdeckt worden waren. Ihn interessierten vor allem jene Stücke, die nicht von den Flammen angegriffen waren. Irgendetwas stimmte da nicht, und er musste unbedingt die Eigentümer ermitteln.

Noch ein Detail bereitete ihm Kopfzerbrechen: Wer konnte die schöne Aristokratin sein, die laut dem Händler der Hehlerei schuldig war? Hennion hatte seine engsten Vertrauten im Team darauf angesetzt, doch keiner seiner Spitzel war fündig geworden, und niemand hatte das Porträt, das er skizziert hatte, identifiziert.

»Ich brauche eine Information«, verkündete der Kommissar. »Dafür gebe ich Ihnen im Austausch ebenfalls eine.«

Hennion hatte versucht, Lucile zu erreichen. Die Schlinge um Victors Hals zog sich immer mehr zusammen. Ohne Beweise zu haben, beschuldigten sowohl der Polizeipräfekt als auch de Lenverpré den jungen Mann, die Brandkatastrophe durch eine Bombe ausgelöst zu haben. Der Kommissar wollte seine eigene Intuition um jeden Preis bestätigt wissen: Ja, Victor war im Basar gewesen, doch nicht, um eine Bombe zu legen, sondern als Mitarbeiter in der Küche des Hôtel du Palais, das sich hinter dem Bazar de la Charité befand. Man hatte ihn damit beauftragt, das Buffet für die Eröffnungsveranstaltung, die nur wenige Minuten vor der Explosion stattgefunden hatte, zu liefern. Hennion musste unbedingt die Aussagen der geretteten Personen sammeln, um diese dem Richter vorzulegen: Es konnte ja nicht angehen, dass Victor sein Leben riskierte, mehr als zwanzig von den Flammen Eingeschlossene herausholte und gleichzeitig derjenige sein sollte, der den Brand verursacht hatte! Das war schlichtweg unlogisch.

Da Lucile über alle Geschehnisse in Paris immer gut Bescheid wusste, hatte Hennion auf ihre Hilfe gehofft. Leider war die junge Frau nicht auffindbar. Deshalb hatte er beschlossen, Hugues Chaville zu besuchen. Nicht immer schätzte Hennion die drastischen Methoden des Reporters der Rubrik Verschiedenes, aber manchmal erlaubte das Leben kein Zögern.

»Es geht um Ihre Ermittlung über die Retter des Basars«, fuhr der Polizist fort. »Ich interessiere mich für Victor Minville, den Mann, dem man vorwirft, der Terrorist zu sein. Ich würde gerne wissen, ob Sie ihn befragt haben?«

Hugues fühlte sich geschmeichelt, weil der Chef der Sûreté persönlich bei ihm aufkreuzte. Er befürchtete aber auch, dass Adrienne, die unterwegs war, genau jetzt zurückkommen und Hennion begegnen könnte, was nicht passieren durfte.

»Nein, ich hatte noch keine Zeit dafür«, erwiderte der Reporter daher kurz angebunden. »Laut den Zeugen hat sich dieser Mann wie ein Held verhalten«, versicherte er. »Er soll sich immer wieder in die Flammen gestürzt und vielen Frauen das Leben gerettet haben.«

»Haben Sie deren Namen?«, erkundigte sich Hennion.

»Nein.«

»Könnten Sie die Zeugen wiederfinden und mir eine Liste erstellen?«

Der Journalist steckte in der Klemme. Sorgfältig musterte er den Polizisten.

»Und worin besteht Ihre Info?«, fragte er neugierig.

Hennion zeigte ihm die Seite des Notizbuchs mit seiner Skizze der Aristokratin, die die Toten gefleddert haben sollte.

»Sie hat den Schmuck in der Leichenhalle gestohlen.«

Hugues beugte sich vor, um das Porträt zu betrachten, das ihm der Chef der Sûreté générale unter die Nase hielt.

»Kennen Sie sie?«

»Nein, noch nie gesehen«, log er, nachdem er Adrienne auf der Zeichnung erkannt hatte.

Aber Hennion »spürte« Lügen, wie ein Trüffelhund verborgene Schätze roch. In Hugues' Augen hatte es beim Blick auf die Skizze kurz geblitzt. Solche Details täuschten nicht.

»Behalten Sie die Skizze«, sagte er. »Sie gehört Ihnen, Sie können sie veröffentlichen. Und verteilen Sie sie auch an Ihre Quellen, für alle Fälle.«

»Ich bringe Ihnen die Liste der Zeugen in Ihr Büro«, bot Hugues eifrig an, da er Adrienne am Ende des Flurs entdeckte.

Hennion dankte ihm und verabschiedete sich.

Er war ja nicht auf den Kopf gefallen: Die Dame, die ihr Gesicht unter einer Kapuze verborgen hielt und im Flur an ihm vorbeikam, als er hinausging, glich dem vom Hehler entworfenen Porträt. Da die hübsche Dame sicher noch weitere Geheimnisse zurückhielt, beschloss er, sie zunächst nicht festzunehmen. Er würde sie überwachen lassen und dann in flagranti erwischen.

– 25 –

7. Mai 1897, sechzehn Uhr zwanzig.
Alice preschte im Galopp heran. Sie brauchte nicht lange nach ihm Ausschau zu halten, Victor erwartete sie schon sehnsüchtig.

»Sie werden Ja sagen?«, fragte er, als sie sich vom Pferd schwang.

»Ich muss es tun«, versicherte sie ihm, traurig und hilflos.

»Alice, niemand hat das Recht, Sie zu etwas zu zwingen …«

Sie ließ ihn seinen Satz nicht beenden. Ihre Liebe war so mächtig, dass sie ihm um den Hals fiel und ihn voller Leidenschaft küsste. Victor, zunächst überrascht, reagierte mit einem langen heißen Kuss.

»Warte«, bat ihn Alice und ergriff seine Hand. »Komm …«

Da der Funke entzündet war, musste das Verlangen sich nur noch für ein Du oder ein Sie entscheiden, egal wie, es verschlang sie beide mit derselben Ungeniertheit. Sie zog ihn mit sich. Das junge Mädchen, das seit Kindheitstagen hierherkam, kannte den Wald in- und auswendig. Es gab hier eine Höhle, wo sie vor Blicken geschützt waren. Alice und Victor umarmten sich auf dem mit weißem Sand bedeckten Boden. Sie klammerte sich an ihn, als wolle sie mit Victor verschmelzen. Zärtlich schnürte er ihr Korsett auf, ohne seine Lippen von den ihren zu lösen. Gemeinsam gaben sie sich ihrer ungetrübten Lust hin.

– 26 –

8. Mai 1897, zehn Uhr fünfzig.
Vier Tage nach der Explosion.

Bestürzt hatte Hennion die Schlagzeile in der Zeitung *Le Temps* entdeckt, deren Chefredakteur Auguste de Jeansin war. Die Nahaufnahme von Victor Minville sprang dem Leser ins Auge. Der anklagende Titel lautete: *Der für das Attentat im Basar verantwortliche Anarchist wird von der Polizei gesucht.* Nur mit Mühe konnte Hennion seinen Zorn beherrschen.

»Sie bringen das ohne jegliche Beweise. Das ist unglaublich! Sie werden ganz Paris in Aufruhr versetzen.«

»Minville wurde im Basar gesehen«, erklärte Polizeipräfekt Leblanc. »Das reicht doch wohl, oder?«

De Lenverpré, der ihm auf den Fersen folgte, stimmte zu.

Hennion missbilligte das: »Sie haben großes Interesse daran, dass es sich um ein Attentat handelt. Wenn die Menschen Angst haben, werden Sie bei der Wahl ihre Stimme für Sie abgeben.«

»Wie können Sie so etwas sagen!«, explodierte der Abgeordnete. »Meine Frau ist bei diesem Brand umgekommen.«

»Hören Sie«, mischte sich Leblanc ein, der die Gemüter beruhigen wollte. »Wir kennen die Ideen der Anarchisten. Sie predigen Gewalt und Chaos. Es ist dieser Mann, das ist ganz offensichtlich«, schloss er und deutete auf das Bild von Victor.

Dann steuerte er den Ausgang an. De Lenverpré folgte ihm.

»Solange ich nicht den Beweis habe, dass der Brand durch eine Bombe ausgelöst wurde, setze ich meine Ermittlungen fort«, rief ihnen der Polizist hinterher. »Ist das klar?«

»Sie beschützen ihn«, schimpfte de Lenverpré geringschätzig und drehte sich um. »Ich weiß, woher Sie kommen, Sie stammen aus denselben Elendsvierteln wie dieser Abschaum.«

Die Schlagzeile der *Le Temps*, die die Identität des Mannes enthüllte, der verantwortlich sein sollte für die Brandkatastrophe sowie für deren etwa hundertdreißig Opfer, verbreitete sich in ganz Paris. Lucile hatte bereits bei Tagesanbruch Mattéo darüber informiert, dass sein Sandkastenfreund zum Staatsfeind Nummer eins erklärt worden war. Der Feuerwehrmann glaubte kein bisschen an dessen Schuld, doch verbot es ihm seine Schweigepflicht, dagegen vorzugehen.

Alice jedoch hatte noch keinen Fuß ins Freie gesetzt und noch nichts von all den Anklagen gehört. An diesem Morgen sollte die lang geplante Anprobe ihres Hochzeitskleids stattfinden. Es war dasselbe, das Mathilde bereits bei ihrer Hochzeit mit Auguste getragen hatte. Alice in diesem Kleid zu sehen, das sie an ihre Jugend erinnerte, bewegte Mathilde zutiefst. Sie zupfte den Rock aus Wildseide zurecht und gab etwas aus dem Nähkästchen preis.

»Als ich deinen Vater geheiratet habe, kannten wir uns kaum. Aber mit der Zeit haben wir uns lieben gelernt.«

Alice musterte sich im Spiegel. Sie fühlte sich in eine Verkleidung gezwängt, die sie gar nicht mochte.

»Mein Liebling, eines will ich dir noch sagen«, fuhr Mathilde fort, und es war ihr sichtlich unangenehm. »Deine Hochzeitsnacht … sie ist Gott geweiht!«

Alice seufzte heimlich. Sie dachte pausenlos an Victor, seinen heißen Penis in ihr, ihre verzehrenden, endlosen Küsse. Mit einem Ohr lauschte sie den Ratschlägen, die ihre Mutter, zu Tränen gerührt, ihr zu geben versuchte.

In diesem Moment betrat ihr Vater das Zimmer. Als er seine Tochter im Hochzeitskleid ihrer Mutter sah, blieb Auguste wie gebannt stehen. Seine Tochter war ein Traum!

»Du bist wunderschön«, sagte er.

Mathilde lächelte ihm zu.

Alice konnte ihren Blick nicht von der Titelseite der Zeitung lösen, die ihr Vater in der Hand hielt. Victors Porträt. Die Schlagzeile in Großbuchstaben war nicht zu übersehen: *EIN ANARCHISTISCHER TERRORIST IST VERANTWORTLICH FÜR DEN BRAND IM BAZAR DE LA CHARITÉ.*

»Nun weiß man Bescheid«, bemerkte Auguste.

Sprachlos griff Alice nach der Zeitung, die der Vater ihr reichte, und las den Artikel.

»Ein Attentat?«, stieß sie, aschfahl, hervor.

Victor hatte sich also über sie lustig gemacht. Wut stieg in ihr auf, doch sie konnte nichts sagen.

»Dieser Dreckskerl von Bombenleger hat die Flucht ergriffen. Aber er wird nicht weit kommen.«

»Weiß man denn genau, dass er es ist?«, beharrte Alice.

»Ja, und man wird ihn aufstöbern. Er wird verurteilt werden und die Guillotine zu spüren kriegen, das verspreche ich dir.«

In ihrem Kopf drehte sich alles. Victor hatte sie getäuscht. Doch ihre Schuldgefühle waren stärker: Sie hatte ihm vertraut, sich ihm angeboten, sie konnte ihn immer noch in sich fühlen. Alice musste gegen einen heftigen Brechreiz ankämpfen.

»Endlich wird man diesen armen Frauen Gerechtigkeit widerfahren lassen«, murmelte Mathilde schluchzend.

»Deiner Schwester«, fügte Auguste hinzu und umarmte sie. »Der Hass auf unsere Kreise, der Hass auf den Bürger, da sieht man, wohin das führt ... Was für eine Tragödie!«

Die Nachricht hatte sich wie ein Buschfeuer bis ans andere Ende der Hauptstadt verbreitet.

Im Boucan herrschte in dem Raum, in dem Victor sich verschanzt hatte, große Aufregung. Hennion stand vor ihm, und auch Janvier, der Besitzer des Lokals, war nicht weit entfernt.

»Wohlbekannt bei der Polizei, wurde der berüchtigte Anarchist Victor Minville vor Ort gesehen und von offizieller Seite als Verursacher des Attentats im Bazar de la Charité identifiziert.«

Victor hielt in seiner Lektüre inne und deutete auf das Foto auf der Titelseite von *Le Temps*.

»Was soll dieser Unsinn?«

»Die Konservativen wissen, dass du im Basar warst. Das genügt ihnen für eine Anklage, denn das passt ihnen in den Kram. Lenverpré braucht einen Schuldigen, um die Wahlen zu gewinnen.«

»Dieser Kerl ist Abschaum«, mischte sich Janvier ein, beunruhigt über die Situation, die immer mehr eskalierte.

Victor tobte.

»Ich soll allein wegen meiner Ideen untertauchen?«

»Gib mir Zeit, um zu beweisen, dass du nichts getan hast«, bot Hennion an. »Verlass inzwischen Paris und versteck dich, bis die Ermittlung abgeschlossen ist.«

»Kommt nicht infrage!«, protestierte Victor. »Ich bin unschuldig, muss also nicht flüchten.«

Hennion hob die Stimme, er schnaubte jetzt fast vor Besorgnis.

»Wenn du glaubst, die Justiz sei auf deiner Seite, dann liegst du aber falsch. Man wird dich verurteilen«, betonte er. »Was hält dich denn in Wahrheit zurück, Victor?«, fragte er.

»Was geht dich das an?«, erwiderte Victor gereizt. »Du bist ein Vertreter des Nachrichtendienstes, ich ein wegen eines Attentats gesuchter Anarchist ... Warum lieferst du mich nicht den Bullen aus?«

Hennion ließ einen Moment der Stille verstreichen. Victor begegnete trotzig seinem Blick.

»Wenn deine Mutter noch leben würde«, erklärte der

Polizist, »hätte sie Angst um dich, sie würde dich beschwören, dich in Sicherheit zu bringen.«

Hennion wandte sich zum Gehen, doch Victor hielt ihn wütend zurück.

»Lass meine Mutter, wo sie ist!«, brüllte er und drückte ihn gegen die Wand. »Du arbeitest für den Nachrichtendienst und sitzt mir ständig wie eine Glucke im Nacken. Welches Spiel spielst du hier? Was ist dein Problem?«

Hennion befreite sich energisch aus der Umklammerung durch Victor. »Nerv mich nicht. Und hör gut zu: Mach dich aus dem Staub, und warte, bis die Dinge sich beruhigt haben. Kapiert?«

»Gehen wir morgen in den Park?«, fragte Camille mit einer Unschuldsmiene ihre alte mürrische Gouvernante und dachte an die Nachricht, die ihre Mama ihr im Vogelgehege hinterlassen hatte.

»Aber Mademoiselle! Haben Sie nach dem Begräbnis Ihrer Mama wirklich das Bedürfnis, im Park zu spielen?«

»Wenn Mama noch am Leben wäre, hätte sie gewollt, dass ich Spaß habe«, erklärte das kleine Mädchen voller Überzeugung.

»Wie Sie wünschen, Mademoiselle.«

– 27 –

8. Mai 1897, zwölf Uhr vierzig.
Rose wurde durch Geräusche und eine Unruhe in ihrem Zimmer aus dem Schlaf aufgeschreckt.

Sidonie Huchon stand vor ihrem Bett, neben sich eine Dame. Eine Engelmacherin.

»Ich habe jemanden kommen lassen, die sich auskennt«, informierte Madame Huchon sie. »Leider müssen wir uns beeilen.«

»Nein«, flehte Rose. »Tun Sie das nicht!«

»Ich versichere Ihnen«, mischte sich die Engelmacherin ein, »es ist bei mir noch nie schiefgegangen.«

»Odette, so beruhige dich doch … Wir haben doch schon darüber gesprochen, du weißt genau, es ist die einzige Lösung.«

»Nein! Fassen Sie mich nicht an! Mein Baby hat den Brand überstanden, es wird leben!«

»Hören Sie, wenn Ihre Tochter nicht will, könnte ich …«

»Das ist nicht Ihr Problem, ich bezahle Sie schließlich großzügig.«

»Fassen Sie mich nicht an!«, schrie Rose und wehrte sich heftig.

»Werden Sie sich einig mit Ihrer Tochter, ich komme dann wieder, wenn sie bereit ist.«

Die Engelmacherin hasste diese familiären Auseinandersetzungen. Um arbeiten zu können, brauchte sie Ruhe, und die Schwangere musste einverstanden sein. Daher packte sie ihre Sachen zusammen und zog sich zurück.

»Sie wollen mein Baby töten, nachdem Sie Ihre Tochter verloren haben!« Rose war außer sich. »Sie sind ein Ungeheuer. Wenn Sie noch einmal damit anfangen, erzähle ich alles der Polizei.«

»Und was wollen Sie denen sagen?«, fragte Madame Huchon zynisch.

»Die Wahrheit«, beharrte die junge Frau. »Sie haben mich aus dem Krankenhaus entführt und erzählen jetzt jedem, ich sei Ihre Tochter.«

»Und ich werde erklären, dass ich vom Hausmädchen der de Jeansins manipuliert wurde. Sie hat die Verzweiflung einer leidgeprüften Mutter ausgenutzt, ist als ihre Tochter aufgetreten und hat dann deren Platz eingenommen. Niemand wird ihr glauben. Entweder werden Sie Ihr Kind jetzt los, oder Sie müssen es im Gefängnis bekommen.«

Es war nicht das erste Mal, dass Hennion einen Juwelierladen aufsuchte. Als Polizist wurde er öfters gerufen, um einen Einbruch festzustellen.

Die strenge Kargheit des Geschäftes von Monsieur Cartier stand in krassem Gegensatz zum Wert des Schmucks, den er beherbergte. Der Juwelier, eine elegante Erscheinung um die sechzig, begutachtete mit einer Lupe das Halsband, das wie durch ein Wunder von den Flammen verschont worden war.

»Diese Diamanten …«, kommentierte er, überwältigt. »Und die Perle …«

Monsieur Cartier richtete sich wieder auf, fasziniert.

»Diese Perle«, begann er zu erklären, »stammt aus dem sechzehnten Jahrhundert und wurde von mehreren Königinnen von Spanien und von Österreich getragen. Man kann sie auf einigen Gemälden von Velázquez erkennen. Diese Halskette ist einmalig, ihr Wert liegt bei geschätzt einer halben Million Francs.«

»Einmalig?«, fragte Hennion nach. »Dann weiß man also, wem sie gehört?«

»Aber ja! Monsieur de Lenverpré hat diese prachtvolle Kette für seine Frau gekauft. Ich erinnere mich noch sehr gut daran, denn ich selbst habe dieses Geschäft mit ihm abgeschlossen.«

Hennion runzelte die Stirn. War diese Information so fantastisch, wie sie sich anhörte?

»Lenverpré«, wiederholte er äußerst skeptisch. »Sind Sie sich da sicher?«

»Wissen Sie«, erklärte Monsieur Cartier und nickte, »solches Geschmeide verkauft man nicht jeden Tag.«

Der Polizist packte den Schmuck wieder ein. Er würde jetzt den Eigentümer aufsuchen.

»Die arme Frau«, seufzte Monsieur Cartier. »Warum ist dieses Collier, das aus der Leichenhalle gestohlen wurde, nicht wie die anderen verbrannt?«

Der Scharfsinn des Schmuckexperten beruhigte den Kommissar. Er war nicht der Einzige, der sich die richtigen Fragen zum richtigen Zeitpunkt stellte.

»Guten Tag, Monsieur«, sagte der Hausverwalter.

»Guten Tag, Raymond«, erwiderte Monsieur de La Trémoille.

Der Hausverwalter protestierte nicht: Er hieß keineswegs Raymond, war es aber gewohnt, mit falschem Namen angesprochen zu werden. Monsieur missachtete prinzipiell die Vornamen seiner Bediensteten.

»Hatten Sie eine gute Reise? Es ist so viel Zeit vergangen.«

»Ja, in der Tat! Im Übrigen«, amüsierte sich La Trémoille, »rechnete ich nicht damit, Sie lebend anzutreffen.«

Selbstzufrieden zwirbelte er seinen Schnurrbart.

»Bringen Sie mein Gepäck in meine Gemächer, und informieren Sie Madame de Courcelles, dass ich eingetroffen bin und sie unbedingt sprechen muss.«

»Gern, Monsieur«, erwiderte der Hausverwalter und verbeugte sich.

Im Wohnzimmer genoss Madame Huchon die letzten ruhigen Augenblicke mit ihrem Enkel. Wie lange hatte dieser seinen Vater nicht mehr gesehen? Würde er ihn wiedererkennen?

»Guten Tag«, meldete sich de La Trémoille lautstark, als er das Wohnzimmer betrat.

»Guten Tag«, erwiderte Thomas und musterte ihn. Er war etwas eingeschüchtert durch diesen Mann, den er kaum kannte.

»Und? Hattest du große Angst vor dem Feuer?«, fragte sein Vater wenig taktvoll.

Thomas war schockiert und warf seiner Großmutter einen Blick zu, um sich Mut zu machen.

»Schau«, fuhr de La Trémoille fort und zog ein Wurfmesser aus der Innentasche seines Anzugs. »Schau, ich habe dir ein Geschenk mitgebracht.«

»Ich darf nicht mit Messern spielen«, erklärte der kleine Junge, ohne danach zu greifen.

»Nun, eines Tages darfst du es«, erklärte sein Vater und legte es auf den Tisch, direkt vor das Kind.

»Omi«, fragte Thomas, »kann ich in mein Zimmer gehen?«

»Aber natürlich, mein Liebling.«

Sidonie Huchon läutete nach dem Hausmädchen, damit es den kleinen Prinzen begleitete. Das arme Kind hatte schon seit Langem begriffen, dass sein Vater häufig abwesend und auch sonst wenig präsent war. Nicht jeder hatte die Chance, Waise zu sein.

»Und räumen Sie das weg, denn es hat hier nichts verloren«, fügte Madame Huchon hinzu und reichte das Messer dem Hausmädchen.

»Thomas hat sich enorm verändert, nicht wahr?«, fragte de La Trémoille, als er mit seiner Schwiegermutter allein war.

»Nun, Sie sehen ihn ja so selten ... Sie dagegen haben sich gar nicht verändert. Sobald Sie eintreffen, benachrichtigen Sie schon Ihre Geliebte.«

Kaum war ihr Schwiegersohn zurück, reizte er sie. Er verhielt sich immer anstößig und taktlos.

»Ich nehme an, dass Sie nicht lange bleiben werden. Wohin führt Sie Ihre nächste Reise?«

»Weiß ich noch nicht«, antwortete er und schenkte sich

einen Whisky ein. »Vielleicht Südamerika?«, sinnierte er und nahm einen Schluck.

Sidonie Huchon blieb nach außen hin marmorglatt.

»Wie geht es meiner Frau?«

»Es geht ihr wie jeder Frau, die ihr Gesicht eingebüßt hat und nur knapp dem Tod entronnen ist.«

Er genehmigte sich einen zweiten Whisky und begab sich dann zum Zimmer von Odette.

»Stören Sie sie nicht«, bat ihn Madame Huchon. »Sie muss sich erholen.«

»Ich habe doch wohl noch das Recht, meine Frau zu sehen, oder?«, entgegnete er und öffnete, ohne anzuklopfen, die Tür zum Schlafzimmer.

Als er die Schwellungen und Narben entdeckte, die Roses Gesicht entstellten, wich er zurück und erstarrte.

»Odette?«, fragte er abschätzig.

Rose blickte ihn stumm an.

»Wie grauenhaft!«, stieß er hervor und verzerrte den Mund voller Verachtung.

Major Krebs kontrollierte unerbittlich das Gymnastiktraining, dessen Planung er selbst überprüft hatte.

Einen schweren aufgerollten Schlauch in den Armen, fuhr Mattéo mit den Übungen fort. Er kletterte ein Seil empor und verließ sich dabei auf die Kraft seiner Arme.

Hennion beobachtete es voller Bewunderung, als er den Kasernenhof überquerte.

»Wachen!«, rief Krebs den Feuerwehrleuten zu, die sofort strammstanden. »Wegtreten!«

Krebs hatte Hennion gebeten, ihn so schnell wie möglich aufzusuchen.

Ungeduldig, die Ergebnisse der Analysen zu erfahren, die die Pariser Feuerwehr, die BSPP, durchgeführt hatte, machte Hennion daher einen Abstecher zur Kaserne, um danach Lenverpré zu treffen.

»Die Untersuchung der Trümmer ist beendet«, begann der Major und forderte den Kommissar auf, in seinem Büro Platz zu nehmen. »Das Feuer ist im Raum des Kinematografen ausgebrochen«, erklärte er und breitete den Grundriss des Basars aus, den der Kommissar schon auswendig kannte. »Es wurden keinerlei Spuren von Sprengkörpern entdeckt.«

»Also war es keine Bombe?«, erkundigte sich der Polizist.

»Ich glaube nicht. Ich bin überzeugt, dass es sich um eine Fahrlässigkeit des Mannes handelte, der den Kinematografen bediente. Er hat wohl den falschen Regler bedient, als er sah, dass das Licht der Lampe schwächer wurde, und so den Sauerstoffhahn geöffnet statt den Ätherhahn.«

Hennion nickte schweigend. Seine Intuition hatte ihn nicht getäuscht. Wenn es keine Bombe war und Krebs dies bestätigte, konnte Leblanc die Anarchisten im Allgemeinen und Victor im Besonderen nicht weiter beschuldigen.

»Dabei«, äußerte Krebs nachdenklich, »hatten wir doch die Behälter mit dem Sauerstoff weiß und die mit dem Äther schwarz angestrichen, damit der Vorführer sie leicht unterscheiden konnte. Wir hatten sogar die Buchstaben O und H in Schwarz und Weiß aufgemalt, um noch mehr Sicherheit zu schaffen.«

Interessiert und voller Leidenschaft für die Technologie, hatte Krebs Kontakt mit den Brüdern Lumière aufgenommen, um mehr über die Vorführung bewegter Bilder zu erfahren. Er hatte so das genaue Modell des Apparats im Format 35 mm Joly-Normandin aufgetrieben, das im Basar benutzt wurde, sowie die Sauerstoff- und Ätherflaschen, die für das Funktionieren des Apparates erforderlich waren. Mit Mattéos Hilfe wollte er die Bedingungen im Vorführraum in der Rue Jean Goujon genau nachstellen, um zu verstehen, was sich abgespielt haben könnte – aber auch, um Lösungen vorzuschlagen, damit sich eine solche Tragödie nie mehr wiederholte.

»Wann wirst du beweisen können, was du gerade behauptest?«, fragte Hennion und erhob sich.

»Lass mir achtundvierzig Stunden Zeit«, erwiderte Krebs nach kurzer Überlegung.

Der Major hütete sich davor, ihm zu offenbaren, dass die von Hennion vermutete Brandursache seine eigenen Recherchen beflügelte.

Achtundvierzig Stunden … Das war nicht viel, wenn man es im großen Maßstab sah, es konnte aber sehr lang sein, wenn ein Menschenleben davon abhing. Hennion ging schneller und zündete sich eine Zigarette an. Es blieb nur zu hoffen, dass Victor sich ruhig verhielt.

Vierter Teil

– 28 –

8. Mai 1897, sechzehn Uhr zwanzig.
Der Kommissar hatte noch nie die Gelegenheit gehabt, den Abgeordneten, der die Senatspräsidentschaft anstrebte, zu Hause zu besuchen. Das sechzehnte Arrondissement war nicht gerade ein vertrautes Viertel. Wenn er den Fuß in diesen Stadtteil setzte, dann geschah dies vor allem, um wegen einer Straftat zu ermitteln. Trotz des Wohlstands und der Ruhe, die hier offensichtlich herrschten, brodelte hinter den Mauern eine ganz andere Realität: Gewalt und Leidenschaft kamen auch unter den Wohlhabenden vor, was genau wie anderswo zu menschlichen Tragödien führte. Das Chaos missachtete solche Feinheiten.

Hennion bewunderte das prachtvolle Bauwerk und den üppigen Park, etwas abseits von der Rue La Fontaine gelegen. Auf dem symbolistisch gestalteten Giebeldreieck prangte ein Löwe, der einen Ring im Maul hielt, typisch für eine Fassade des Zweiten Kaiserreichs. Eine Mauer aus zweifarbigen Ziegelsteinen erhob sich auf einem Granitsockel. Um die Monotonie aufzulockern, die durch die vielen Ziegelsteine entstehen konnte, hatte man die Fassade mit Seepferdchen verziert. Raffiniert ausgedacht.

Zu dem herrschaftlichen Stadthaus führte eine steinerne Vorhalle, eine Art Windfang, offen sowohl nach vorn als auch nach hinten. Die ganze Kulisse, durch geschlängelte Linienformen geprägt, verbreitete mit dem Fußboden aus gläsernen Steinen, die das Licht im Treppenaufgang verstärkten, eine wirklichkeitsferne Atmosphäre. Der Polizist betrachtete im Flur das auffallende Namensschild aus emaillierter Lava. Schon der Eingang des Hauses bot einen überraschenden Effekt: Eingerahmt von zwei gleichen, aus Kalkstein gemeißelten Säulen und mit seinen Paneelen aus glasiertem Sandstein, deren grüne Farbnuancen ab und zu kupfern schimmerten, erinnerte er stark an einen maurischen Palast. Die Keramikelemente, gebrannte oder emaillierte Ziegel, waren für den Hausherrn de Lenverpré wohl das, was für Juweliere die Edelsteine sind.

Hennion, der der Hausdame folgte, betrat ein Wohnzimmer, das ebenso groß wie überladen war – von Sammlerstücken und Gemälden alter Meister. Die Strenge der Hausdame grenzte schon an Unhöflichkeit; sie war alles andere als liebenswürdig.

»Setzen Sie sich, ich benachrichtige Monsieur«, überwand sie sich immerhin zu sagen.

»Danke.«

Der Blick des Polizisten wurde sofort angezogen von dem riesigen Porträt einer hinreißenden und extravaganten Frau mit roten Haaren und grünen Augen: die Aristokratin, die der Hehler ihm beschrieben hatte. Und das Collier, das die Dame um den Hals trug, war das Unikat von Cartier, das Hennion gerade bei sich hatte. Er begriff sofort, dass es sich hier um Adrienne de Lenverpré handelte, die Gattin des Abgeordneten – die Frau, die bei Hugues

Chaville lebte. Der Kommissar war kurzfristig starr vor Staunen. Dieses Vipernnest enthielt zweifellos die Lösung für jede Menge Fragen, die er sich bei dieser Ermittlung stellte. Er musste aber behutsam vorgehen.

»Hennion!«, rief de Lenverpré, der in das Wohnzimmer hereinplatzte. »Ich hoffe, Sie bringen gute Neuigkeiten.«

Hennion zog das Cartier-Collier heraus, legte es auf den Schreibtisch und schob es de Lenverpré hin.

»Dieses Halsband scheint Ihrer Gattin zu gehören«, sagte er seelenruhig. Dabei entging ihm die Reaktion des Abgeordneten nicht.

Dieser erbleichte und versicherte dem Polizisten, er habe keine Ahnung, dass seine Frau lebte.

»Sie trug es am Tag der Katastrophe«, bemerkte er schockiert und griff nach dem Schmuckstück. »Wieso ist es nicht verbrannt?«

»Vermutlich hat sie es im Menschengewühl verloren«, vermutete der Polizist, der nur den einen Wunsch hatte: sich schnell zu verabschieden.

Auf dem Weg zur Rue des Saussaies fragte sich der Kommissar, welches Spiel Adrienne de Lenverpré spielte. Es musste einen triftigen Grund geben, eine solche Katastrophe zu nutzen, um sich für tot erklären zu lassen.

– 29 –

8. Mai 1897, siebzehn Uhr fünf.

Die ehemaligen Festungsanlagen waren ihr Königreich, die miesen Tricks ihre Spezialitäten. Ausgestreckt in der Sonne, umweht von einem sanften Lüftchen, ließen es sich die drei Burschen – mit den Spitznamen Bitume, Le Manche und Lityum – gut gehen. Die Geschäfte liefen gar nicht übel: Hehlerei, Schwarzhandel, Prostitution, Diebstahl und »Schutzgebühren«. Alles gesetzeswidrig. Und mit dem Abgeordneten de Lenverpré im Rücken hatten die Gauner in der letzten Zeit ein nettes Sümmchen Geld gescheffelt.

Lityum war eingeschlafen.

»Leute«, sagte er und sprang hoch, nachdem er aufgewacht war. »Ich hatte gerade ein verblüffendes Traumerlebnis.«

»Die Siesta?«

»Nein, ich war auf der anderen Seite. Ich habe ins Jenseits geblickt.«

»Was hast du gesehen? Vor zwei Minuten hast du im Schlaf von deiner Cousine gefaselt. Ihr habt Doktorspiele gemacht.«

»Ich sage dir, ich kehrte aus dem Reich der Toten zurück.«

»Ah ja? Und dort war deine Cousine Krankenschwester?«

»Aber nein! Ich schwebte über meinem Körper. Und ich habe eure Stimmen gehört. Ich war in ein helles Licht gehüllt.«

Keiner der drei jungen Männer hatte bemerkt, dass de Lenverpré sich genähert hatte.

»Ein weißer Tunnel?«, mischte sich der Abgeordnete ein. »Ein strahlendes Licht, das dich erhitzte und deinen Körper zerstörte?«

»Genau«, stimmte Lityum zu.

»Du bist ja in der Sonne eingeschlafen«, stellte Lenverpré fest und amüsierte sich, »das ist alles.«

Die drei Burschen ahmten ihren Boss nach und brachen in schallendes Gelächter aus. Plötzlich wurde de Lenverpré wieder ernst.

»Los, hoch mit euch!«, befahl er und versetzte Bitume einen Fußtritt. Diesem verging das Lachen. »Ich habe Arbeit für euch.«

Sie gehorchten.

De Lenverpré befahl ihnen, bis in die Nacht hinein zu warten und dann den verkohlten Leichnam aus dem Sarg seiner Gattin herauszuholen, um einen Abdruck des Gebisses zu machen. Der Abgeordnete wollte Klarheit über die Identität der Leiche gewinnen, indem er das unorthodoxe Verfahren von Dr. Oscar Oscar benutzte, ohne es diesem zu sagen.

La Trémoille schnarchte tief. Er träumte gerade davon, dass er sich unter einem sich aufbäumenden Pferd befand, zusammen mit einer schönen nackten Frau mit zarten Brüsten, als er spürte, wie jemand zu ihm ins Bett schlüpfte.

»Ich bin's«, flüsterte eine schmachtende Stimme. »Odette ...«

Überrascht öffnete La Trémoille ein Auge. Was hatte seine Frau vor? Das sah ihr so gar nicht ähnlich!

Im Halbdunkel zog Rose ihr Nachthemd aus und enthüllte ihren sinnlichen Körper. Die venezianische Maske, die sie über dem Gesicht trug, ließ ihre abstoßenden Brandwunden vergessen.

»Liebe mich«, säuselte Rose.

La Trémoille, zitternd vor Begierde, versuchte, sie zu streicheln.

»Aber pst ...«, flüsterte sie und klopfte ihm leicht auf die Finger. »Du darfst mich dabei nicht berühren.«

Sie setzte sich rittlings auf ihn. La Trémoille, erregt wie noch nie, ließ sie gewähren.

Adrienne und Hugues hatten sich mit Küssen, heißen Umarmungen und schönen Versprechungen wieder versöhnt. Sie hatte ihm von ihrer Begegnung mit ihrer Schwester berichtet und davon, dass ihr Schwager bankrott war. Hugues hatte ihr das Porträt gezeigt, das Kommissar Hennion ihm gegeben hatte, um es zu veröffentlichen, weil dies zweifellos die Leichenfledderin sei. Es musste eine Lösung gefunden werden, um das Geld für ihre Flucht zusammenzukratzen. Hugues hatte eine Entscheidung getroffen und verkündet, dass er mit Adrienne und Camille gemeinsam nach London reisen würde.

Gemeinsam planten sie auch, das Geld dort zu suchen, wo es aufbewahrt wurde: im Safe des Wohnzimmers von Adriennes Mann, dem Abgeordneten. Sie kannte alle geheimen Schlupfwinkel dieses Hauses, das ihres war.

Langsam, wie zwei Füchse, die sich auf der Suche nach Beute zu einem Bauernhof schleichen, näherten sich die Liebenden abends dem Patrizierhaus.

Adrienne holte den Schlüssel unter dem Stein im Garten hervor. Hugues versuchte, die Tür geräuschlos zu öffnen.

»Ich gehe allein«, verkündete sie plötzlich und hielt ihn zurück. »Warte hier auf mich.«

»Nein! Ich komme mit dir. Wenn es schiefläuft, möchte ich da sein, um dir zu helfen.«

»Hugues«, unterbrach ihn Adrienne und griff nach der Umhängetasche, die er mitgeschleppt hatte. »Wenn es schiefläuft, wird dich mein Mann töten.«

Sie verschwand in der Dunkelheit, gelangte auf Zehenspitzen ins große Wohnzimmer, das sie schattenhaft durchquerte, bis sie vor ihrem eigenen riesigen Wandporträt stehen blieb. Behutsam schob sie es zur Seite und legte den Safe frei. Konzentriert stellte sie die Kombination ein, der Safe öffnete sich. Er enthielt Goldbarren, gestapelte Banknoten und Aktenordner.

Adrienne griff nach einem Bündel von Geldscheinen und ließ es in ihre Tasche gleiten. Sie zögerte, dann nahm sie ein zweites, dann ein drittes – und letztlich alle. Sie stahl das Geld ja nicht, denn es gehörte ihr. Ihr persönliches Vermögen wurde zu dem ihres Mannes hinzugerechnet. Als Frau hatte sie keinen Zugriff darauf, gleichwohl war es ihr Eigentum. Sie nahm auch die Goldbarren und dachte dabei an den Code Napoléon, dieses machohafte, militärische Gesetzbuch, das die Frauen auf den Status unreifer Gebärerinnen verwies, die voll und ganz von ihrem Mann abhingen. Sie hatte diese Ungerechtigkeit bisher erduldet, aber jetzt war es vorbei damit.

Sie blätterte den ersten Aktenordner durch. Er enthielt mehrere Partituren von Schubert, ihre Lieblingssonaten sowie die von Camille und Marc-Antoine. Warum verbarg ihr Mann diese Seiten im Safe? Sie hatte keine Ahnung. Plötzlich mahnte sie das Knurren eines näher kommenden Hundes, dass sie nicht länger hierbleiben konnte. Sie dachte an ihre bevorstehende Reise nach London und beschloss deshalb, ihre Lieblingspartituren und die von Camille einzupacken. Sie würden im Ausland ein neues Leben beginnen, fern ihrer Gewohnheiten, und diese Partituren wären ihr einziger Schatz. Sie verschloss gerade den Safe, als ein Beauceron mit lautem Gekläff ins Wohnzimmer stürmte.

»Rex«, sagte sie leise und zog sich in Richtung einer der Türen zurück. »Sei still … Ich bin's … Ich bin's …«

Der Wachhund hörte nicht auf zu knurren und fletschte die Zähne. Sein Gebell hatte die Hausbewohner aus dem Schlaf gerissen. Adrienne hörte die Stimme ihres Mannes in der oberen Etage.

»Rex?«, rief er von der Treppe aus.

Statt einer Antwort bellte der Hund erneut, kam immer näher auf Adrienne zu, mit Schaum vor dem Maul, und war offensichtlich bereit, sie anzufallen.

Adrienne gelang es, aschfahl, lautlos die Tür zu öffnen

und in den anderen Salon zu schlüpfen, während de Lenverpré herbeieilte.

»Schnauze!«, herrschte er den Hund an, als er Rex entdeckte, der vor der verschlossenen Tür zum anderen Salon knurrte.

Wenn sich de Lenverpré allein wähnte, sprach er also Deutsch.

Er riss die Tür auf, aber da war nichts, niemand.

Er ließ den Blick auf dem Gemälde seiner Frau verweilen, dann machte er sich über den Safe her – und erkannte das Parfüm, das nur seine Frau benutzte.

Im Garten traf Adrienne Hugues, der die schwere Hängetasche packte und nach ihrer Hand fasste. Und so ergriffen beide die Flucht – Adrienne nahm sich nicht einmal mehr die Zeit, den Schlüssel unter den Stein zurückzulegen.

Etwa zehn Meter entfernt hatte Hennion, verborgen in einer Kutsche, den Ablauf dieser Eskapade mitverfolgt.

»Alice«, hörte die junge Frau ihren Namen rufen.

Sie lag im Bett, fand aber keinen Schlaf. Ihre Augen waren gerötet vor Müdigkeit und von den Enttäuschungen dieses Tages. Sie erkannte Victors Stimme und erstarrte.

Der junge Mann war die Fassade hochgeklettert und klammerte sich am Sims des ersten Stockwerks fest. Er musste unglaublich verliebt sein …

»Alice, mach auf!«, bettelte der junge Mann durch die Fensterscheibe.

Sie trat ans Fenster. Er würde das gesamte Haus aufwecken, und ihre Eltern würden zweifellos sofort die Polizei rufen. Aber verdiente er es denn anders, wo er doch ein Terrorist war?

»Alice, ich bin's, Victor. Ich habe diese Frauen nicht getötet«, fuhr er fort. »Ich habe das nicht getan. Mach auf!«, flehte er und klopfte an die Scheibe.

Alice zog hektisch den Vorhang zur Seite. Nur getrennt durch Glas, trafen sie sich wieder. Er blickte ihr tief in die Augen.

»Ich liebe dich«, hauchte er.

Aufgewühlt holte Alice tief Luft und öffnete das Fenster halb.

Geschmeidig sprang Victor ins Zimmer. Alice fand nicht einmal die Zeit, einen überraschten Schrei auszustoßen. Er legte die Hand auf den Mund des jungen Mädchens und umarmte sie.

»Niemals hätte ich so etwas tun können«, sagte er.

Dann nahm er seine Hand von ihrem Mund.

»Fass mich nicht an«, blaffte sie kühl und versuchte, sich seinem Griff zu entwinden.

Die Berührung ihrer Körper, ihre unvergessliche gegenseitige Anziehung ... Victor hielt sie eng umschlungen, und ihr Widerstand schmolz immer mehr dahin.

»Ich träume nicht davon, gefährlich zu sein«, flüsterte er ihr ins Ohr. »Ich bin gegen Gewalt.«

Alice spürte seinen Atem und seinen betörenden Duft. Sie riss sich zusammen, um nicht bei der Erinnerung an seine weiche Haut schwach zu werden.

»Die Konservativen verbreiten das, weil es gut in ihr Schema passt«, fügte er hinzu.

Alice blickte ihn herausfordernd an. Ein Kampf wie ein Duell. Sie biss ihn in die Hand und befreite sich. Er hielt sie nicht zurück. Ein Kampf wie ein Duett.

»Alice, sie haben keinerlei Beweise gegen mich. Nichts.«

»Warum sollte ich dir glauben?«

»Warum hätte ich deiner Meinung nach mein Leben riskieren sollen, um deines zu retten? Und warum sollte ich dich hier aufsuchen? Wenn die mich erwischen, erwartet mich die Todesstrafe. Bitte glaub nicht, dass das zwischen uns unwichtig ist. Alice, ich spiele nicht mit dir …«

Er ging auf sie zu, und dieses Mal wich sie nicht zurück. Er umfasste ihre Taille, zog sie an sich und küsste sie leidenschaftlich.

»Ich hätte mir nie träumen lassen, dass ich mich in ein Mädchen wie dich verliebe. Aber so ist es nun einmal, jetzt will ich nicht mehr darauf verzichten.«

Aufgewühlt erwiderte Alice seinen Kuss noch feuriger. Plötzlich waren im Flur Schritte zu hören. Sie schubste Victor zum Fenster.

»Komm mit mir«, schlug er vor. »Hau ab von hier, und komm mit mir. Wir müssen jetzt leben …«

Alice fand nicht die Zeit zu antworten, denn ihr Vater rief durch die Tür.

»Jemand ist im Garten herumgestreift … Bei dir alles klar?«

»Ja, alles klar«, erwiderte sie, ohne sich zu rühren.

Aber ihr Vater stürmte beunruhigt zur Tür herein. Als er Victor Minville, den von der Polizei gejagten Anarchisten, im Zimmer seiner Tochter entdeckte, zerzaust und spärlich bekleidet, war er außer sich.

»Raus!«, brüllte er und wollte sich auf Victor stürzen, »sofort raus!«

»Lass ihn«, flehte Alice und stellte sich zwischen ihren Vater und Victor, damit dieser fliehen konnte. »Bitte, ich werde dir alles erklären.«

Victor nutzte die Situation, schwang sich zum Fenster hinaus und tauchte in der Nacht unter.

»Es gibt nichts zu erklären! Halt den Mund!«

»Papa, er hat mir das Leben gerettet. Ohne ihn wäre ich tot.«

»Was erzählst du da? Ohne ihn wären über hundert Frauen noch am Leben. Und du hast inzwischen …«

»Er sagt, sie beschuldigen ihn zu Unrecht«, konterte Alice mit herausforderndem Blick.

»Aber er ist ein Anarchist! Ist das nicht Beweis genug? Ein Anarchist, Alice, den ich in deinem Zimmer finde. Du hast den Verstand verloren.«

»Dann stimmt es also«, sagte sie leicht benommen, »dann hat er recht, und sie haben keinen Beweis …«

»Das geht dich nichts an«, schnitt Auguste ihr das Wort ab. »Es wäre besser, du würdest an deine Hochzeit denken.«

Alice erstarrte, schockiert über das Verhalten ihres Vaters.

»Ich werde mein Leben mit einem Mann verbringen, den ich nicht liebe, um die Familie zu retten«, erinnerte sie ihn und blickte ihn trotzig an. »Und das alles deinetwegen.«

»Du verlobst dich in ein paar Stunden«, erwiderte er ungerührt. »Bis dahin setzt du keinen Fuß aus dem Haus.«

Alice verschlug es die Sprache. Manchmal war es besser, seine Kräfte angesichts von Dummheit nicht zu sehr zu strapazieren – sogar wenn es sich um die Dummheit des eigenen Vaters handelte.

»Niemand, verstehst du, niemand darf wissen, dass dieser Mann in deinem Zimmer war«, beharrte Auguste. »Hast du das verstanden?«

Erneut zog es Alice vor zu schweigen. Noch nie hatte sie ihren Vater so erlebt.

»Alice, hast du kapiert?«, brüllte er. »Sieh mich an!«

Sie schlüpfte wortlos ins Bett und wandte ihm den Rücken zu. Schließlich verließ ihr Vater das Zimmer und ließ sie allein.

Alice begriff, dass sie erwachsen werden musste und ihren Eltern nicht länger blind vertrauen konnte. Sie würde die Wertvorstellungen, die diese ihr vermittelt hatten, umsetzen, doch dabei ihre eigenen Überzeugungen als Erwachsene bewahren. Sie würde Julien heiraten, um die Familie zu retten. Die Todesstrafe dagegen erschien ihr schändlich, und für einen Unschuldigen war sie schlicht indiskutabel. Das war zu viel für sie.

Fünfter Teil

– 30 –

9. Mai 1897, sechs Uhr zwanzig.
Fünf Tage nach der Explosion.

De Lenverpré musste keine große Mühe aufwenden, um den Beweis zu erlangen, dass der verkohlte Leichnam im Sarg seiner Gattin nicht ihr Körper war. Zwar war der Abdruck des Gebisses der Leiche, den die Burschen ihm gebracht hatten, nur dürftig und unzureichend, doch nach einem perfekten Einbruch in der Praxis von Dr. Oscar Oscar, dem Zahnarzt der Familie, um Adriennes Akte zu stehlen, hatte de Lenverpré die wesentlichen Teile vergleichen können. Das Gespräch zwischen Hennion und Leblanc über die Identifizierung der Herzogin von d'Alençon aufgrund der Zähne hatte er mitgehört, und es war bei ihm auf großes Interesse gestoßen. Adrienne, die sie alle beweint und am Tag zuvor zu Grabe getragen hatten, lebte.

Eindeutig war sie es, die den Safe ausgeräumt hatte. Das Weibsbild hatte den Schlüssel, den er unter dem Stein im Garten versteckt hatte, sowie eine hübsche Summe geklaut. Aber das war noch nicht das Schlimmste. Das Verschwinden der Partituren bereitete de Lenverpré solche

Sorgen, dass er schäumte. Was zettelte sie an mit ihrem vorgetäuschten Tod? Auf der Suche nach Indizien durchkämmte er das ganze Haus, Zimmer für Zimmer. Er warf Gegenstände zu Boden und fegte alles weg, was ihm im Weg stand. Das Hauspersonal war wie gelähmt und staunte über seine Wutausbrüche.

Als er Camilles Bett auf den Kopf stellte, nachdem er vorher bereits ihr Zimmer durchstöbert hatte, fand er unter dem Kopfkissen ein zusammengefaltetes Stück Papier. Drei Zeilen durchbohrten sein Herz: *Camille, mein Herz, ich lebe. Treffen wir uns heimlich am Nachmittag der Verlobung deiner Cousine Alice im Park, auf unserer Bank. Ich liebe dich, Mama.*

Die Verlobung von Alice de Jeansin und Julien de La Ferté … heute! De Lenverpré, dessen Gesicht von einem sadistischen Grinsen verzerrt war, legte die Nachricht, die Adrienne ihrer Tochter hatte übermitteln können, zurück und rannte die Treppe hinunter.

Knapp dreißig Minuten später stiegen fünf Burschen mit dichten schwarzen Schnurrbärten aus einer Droschke. Sie trugen einfarbige Schals, Pluderhosen, Westen, lange Mäntel und glänzende spitze Schuhe, und ihre Handgelenke waren tätowiert. In den Socken, die über den unteren Teil ihrer weiten Hosen gezogen waren, steckte bei jedem von ihnen ein Messer. Im Mundwinkel hatten sie alle eine Zigarette.

Sie drangen in das Büro von de Lenverpré ein, der sie unter dem Porträt von Adrienne erwartete. Er hatte ihnen den Rücken zugekehrt, doch plötzlich drehte er den Stuhl so, dass er ihnen entgegenblickte. Sein Blick verriet Wut.

»Meine Frau lebt … Sie ist irgendwo in dieser Stadt bei ihrem Liebhaber. Findet sie«, befahl er und kaute an seiner Zigarre.

»Was haben Sie denn heute Nacht mit meinem Schwiegersohn angestellt«, empörte sich Madame Huchon. »Bedienstete haben beobachtet, wie Sie aus seinem Schlafzimmer gekommen sind.«

»Ich habe getan, was getan werden musste«, erwiderte Rose in einem Zustand himmlischer Ruhe.

»Odette hat schon ewig nicht mehr mit ihrem Mann geschlafen. Was wird er daraus schließen?«

»Heute Nacht hatte Odette einen schwachen Moment! Der Brand hat sie verwirrt, es wird das letzte Mal gewesen sein. La Trémoille geht wieder auf Reisen. In ein paar Wochen teile ich ihm dann mit, dass er zum zweiten Mal Vater wird.«

Sidonie Huchon war beeindruckt. Die junge Frau hatte wirklich an alles gedacht.

»Ich hätte nicht geglaubt, dass Sie so weit gehen würden, um Ihr Kind zu retten«, sagte sie anerkennend. »Aber Sie haben ja keine Ahnung, worauf Sie sich da eingelassen haben«, fügte sie beunruhigt hinzu.

Hugues hatte zwei Glas Wein eingeschenkt. Adrienne, die am Klavier saß, genoss es.

Sie hatte plötzlich Lust, ein Stück zu spielen, und griff nach einer der Partituren der Schubert-Sonaten, die sie im Safe gefunden hatte. Sie klappte den Notenständer auf.

Aber als sie anfing, die angezeigten Kreuze (Erhöhung des Stammtons um einen Halbton) und halben Noten zu spielen, ertönte eine unbeschreibliche Katzenmusik. Sie hörte sofort auf. Hugues erstarrte, einen Schluck Wein im Mund, die Stirn gerunzelt.

Adrienne fing nochmals an zu spielen, es erklangen dieselben schrillen Dissonanzen wie zuvor. Hugues trank den Wein aus und kam zum Klavier. Er hatte es doch gerade erst neulich stimmen lassen.

Um Adrienne nicht zu beunruhigen, die enttäuscht war, dass diese Partituren in keiner Weise der jeweils auf dem Titelblatt angekündigten Sonate entsprachen, verschwieg er ihr seinen Verdacht. Er konnte ihr nicht von seiner Arbeit berichten, von der Akte, die er für den Artikel anlegte, den er über ihren Abschaum von Ehemann schreiben wollte. Das vertrauliche Dossier seitens der republikanischen Partei, das Hugues sich beschafft hatte, behauptete, dass der Abgeordnete der Konservativen unter dem schweren Verdacht der Spionage stand. Es hieß sogar, er kollaboriere mit Deutschland. Aber niemand besaß Beweise. Es war möglich, dass de Lenverpré einen Code benutzte, um Nachrichten an die ausländische Macht – womöglich an den Feind – zu übermitteln. Der Deutsch-Französische Krieg spukte immer noch in allen Köpfen. Zahlreiche Familien waren dezimiert worden, und der Hass hielt sich hartnäckig. Hugues ahnte, als er im Geiste die falsche Partitur dechiffrierte, dass es sich um einen Code handeln könnte. Warum sonst hatte der Abgeordnete die Blätter in seinem Tresor weggesperrt?

Hugues musste es zuerst überprüfen. Sollte sich seine Schlussfolgerung bestätigen, war Adrienne auf eine Sensation gestoßen.

»Spielst du mir etwas?«, fragte Adrienne und überließ ihm den Hocker. »Es ist unbegreiflich, warum er diesen Mist in seinem Safe aufbewahrt«, fügte sie hinzu und schenkte sich Wein nach.

Hugues nickte und bedachte sie mit einem umwerfenden Lächeln. Dann fing er an zu spielen. Er würde warten, bis Adrienne schlief, sich die Partituren vornehmen und versuchen, sie zu entschlüsseln.

Lucile hatte es am Vorabend abgelehnt, mit ihren Eltern zusammen zu essen. Sie fühlte sich ausgelaugt, war auf ihre Zahnnotizen konzentriert und ziemlich überfordert. Ihre Interviewreise zur Teufelsinsel rückte näher. Séverine bedrängte sie, vor ihrer Abfahrt noch einen letzten Artikel über den Basar zu schreiben.

Außerdem wusste Lucile, dass ihr Patenonkel Célestin Hennion an diesem Abendessen teilnehmen würde. Ihm wollte sie im Augenblick nicht begegnen, da sie befürchtete, ihn wegen Odette de La Trémoille anlügen zu müssen. Ihr Verdacht über die wahre Identität der Frau an der Stelle ihrer Freundin quälte sie.

Ihr fachlich versierter Freund Oscar hatte bestätigt, dass das Feuer niemals ein Gebiss veränderte. Lucile wollte eine Erklärung von dieser Person, wollte wissen, warum sie sich als Odette ausgab. Lucile war keine Polizistin, doch musste sie unbedingt sichergehen, dass niemand ihre Freundin ermordet hatte und dass diese tatsächlich ein Opfer der Flammen geworden war.

An diesem Morgen war Hortense, Luciles Mutter, vorbeigekommen, um ihre Tochter zu umarmen. Aber dies diente ihr nur als Vorwand, um den neuesten Klatsch zum Besten zu geben und ihr etwas von ihrem Lieblingsdessert zu bringen, das ihr entgangen war, da sie ja das Diner ausgelassen hatte. Hortense berichtete ihr auch, ihr Freund Hennion sei noch vor dem Hauptgang aufgebrochen. Offensichtlich kamen die Ermittlungen über den Brand kaum vom Fleck. Er benötigte die Aussagen der Frauen, die Victor Minville aus den Flammen gerettet hatte, aber als diese Damen durch die Morgenpresse erfahren hatten, dass der junge Mann ein Terrorist war, hatten die Zeuginnen eine nach der anderen einen Rückzieher gemacht. Hennion sah den Anarchisten eindeutig entlastet. Und Lucile wusste, dass Mattéo, ein Sandkastenfreund von Victor Minville, ihn ebenfalls für unschuldig hielt.

Lucile hatte nicht gezögert, sich auf der Stelle in die Rue des Saussaies zu begeben, um mit ihrem Patenonkel zu reden. Schließlich war sie ja nicht verpflichtet, Odette zu erwähnen.

»Ich habe eine Information, die dir gefallen wird«, verkündete sie, als sie in das Büro des Kommissars platzte, der gerade über einer Akte brütete. »Die Tochter der de Jeansins wurde von Victor Minville aus den Flammen gerettet! Ein Zeuge hat es gesehen.«

Hennion vergrub sich noch tiefer in seinen Sessel und freute sich. »Komm herein«, forderte er sie auf, ungeduldig, mehr darüber zu erfahren.

– 31 –

9. Mai 1897, neun Uhr fünfzig.

»Louise, haben Sie meine Tochter gesehen?«

Auguste de Jeansin hatte sich für die Verlobung von Alice mit Julien de La Ferté in Schale geworfen und war jetzt bereit, aber voller Hektik. Ihm schwebte immer noch das schreckliche Bild des Terroristen vor Augen, den er mitten in der Nacht im Zimmer seiner Tochter erwischt hatte.

»Nein, Monsieur«, erwiderte das Hausmädchen, das gerade den Tisch deckte.

Etwas weiter weg sah er Mathilde, die gekonnt die Vorbereitungen leitete.

»Ah, Mathilde, ich suche Alice im ganzen Haus. Weißt du, wo sie ist?«

»Sie ist ausgeritten«, erklärte diese und ordnete ein Gebinde aus weißen Rosen.

»Sie ist an ihrem Verlobungstag ausgeritten …«, äußerte Auguste beunruhigt.

»Warum nicht?«, konterte sie und durchbohrte ihn mit Blicken. »Sie brauchte etwas Entspannung«, betonte sie.

Der Hausverwalter führte Julien, der übers ganze Gesicht strahlte, ins Vestibül.

»Begrüßt du ihn bitte?«, bat sie ihren Mann und wandte ihm den Rücken zu.

»Guten Tag, Julien«, rief Auguste überschwänglich und zeigte sich jovial. »Sie haben Alice knapp verpasst, sie reitet gerade im Bois de Boulogne.«

»Hervorragend«, erwiderte der junge Verlobte vergnügt. »Ich mache mich auf den Weg und suche sie.«

»Aber Sie werden sie schwerlich finden«, wandte Auguste unbehaglich ein. Er befürchtete, dass sich Alice mit dem Mann traf, den sie als ihren Retter betrachtete.

»Der Park ist zu weitläufig«, fügte er hinzu, obwohl Julien bereits dem Ausgang zustrebte.

»Machen Sie sich keine Sorgen«, beruhigte ihn der junge Mann. »Wer sucht, der findet.«

»Was treibt ihr denn da Lustiges?«

La Trémoille stand in der Tür, ein Glas Whisky in der Hand.

»Willst du mit uns spielen?«, bot ihm Thomas an. Er und seine entstellte »Mama« schoben kleine Pferde umher.

»Nein ... nicht mit dir«, erklärte sein Vater mit scheelem Blick und starrte auf Roses Dekolleté.

Rose, empört, wollte vor dem kleinen Jungen keinen Aufstand proben. Sie machte sich steif, lächelte aber, um das Kind zu beruhigen.

»Thomas?«, bat La Trémoille, ohne seinen Sohn anzusehen.

»Ja?«

»Gehst du bitte hinaus?«

Dann kam er auf Rose zu.

»Gestern hast du mich im höchsten Maße befriedigt«, säuselte er ihr ins Ohr und streichelte ihren Hintern. »Jetzt bin ich an der Reihe …«

Angewidert verzog Rose keine Miene. Ihr wurde klar, was Sidonie Huchon vorhin gemeint hatte. »Aber Sie haben ja keine Ahnung, worauf Sie sich da eingelassen haben …« Rose saß in der Falle. Durch ihre ehemalige Dienstherrin Alice war sie über die sexuellen Ausschweifungen von Odettes Ehemann informiert. Ganz Paris wusste Bescheid. Als sie in die Rolle der Tochter von Madame Huchon geschlüpft war, hatte sie sich geschworen, dass dieser Lüstling sie nie berühren würde. Jetzt war da diese unerwartete Schwangerschaft …

»Nein!«, quengelte Thomas. »Erst spielen wir zu Ende.«

»Thomas«, erwiderte sein Vater gereizt und nahm einen Schluck Whisky. »Du gehorchst und gehst sofort hinaus.«

»Mein Engel, wir beenden es gleich nachher. Lass uns nur kurz allein.«

»Versprichst du es?«

»Ich verspreche es, mein Herz«, bestätigte Rose und küsste ihn auf die Wange.

Beruhigt trollte sich Thomas in den Garten.

Rose achtete darauf, die Tür doppelt zu verschließen, und legte ihr besticktes Taschentuch über das Schlüsselloch: Man wusste nie, ob nicht einer der Bediensteten hindurchschaute.

Sie konnte ihn nicht länger abhalten. Die sexuellen Wünsche von Monsieur de La Trémoille kannten keine Grenzen.

»Ich wusste, dass du mit mir durchbrennen würdest …«

Alice blieb lieber auf dem Pferd, um ihr Verlangen, Victors Haut zu berühren, zu unterdrücken und der unvermeidlichen Anziehungskraft zu widerstehen. Sie bewahrte ihre Haltung.

»Ich kann nicht«, sagte sie und beruhigte ihr Pferd. »Du weißt es genau.«

»Kannst du es nicht, oder willst du es nicht?«

»Victor, hör zu, ich bin nicht deswegen hier. Sondern um dir zu helfen. Du hast nichts getan, und ich werde es beweisen.«

»Wenn du gekommen bist, dann aus Liebe zu mir. Alice, wir müssen aufhören, uns zu belügen.«

Plötzlich näherte sich ein Pferd im Galopp: Julien.

»Ist das er?«, stieß Victor wütend aus, der kapiert hatte. »Ich werde ihm jetzt sagen, was ich von dieser Heirat halte.« Er durchbohrte den jungen Mann, der angeritten kam, mit Blicken.

»Lass das bleiben«, unterbrach ihn Alice aschfahl. »Du hast kein Recht dazu«, sagte sie und ritt ihrem Verlobten entgegen.

»Du wirst es dein Leben lang bedauern!«, rief Victor verletzt und machtlos.

Alice hörte ihn nicht.

»Wer war das?«, fragte Julien, als Alice bei ihm war.

»Jemand, der sich verirrt hat«, log sie und lächelte ihn an.

»Ich muss dich etwas fragen«, verkündete der junge Mann und bewegte sein Pferd auf das von Alice zu. »Willst du meine Frau werden?« Feierlich holte er eine kleine Schmuckschatulle aus der Tasche, die er vor Alices Augen öffnete.

Ein riesiger Diamant, der in einen Ring eingefasst war, sprühte tausend Funken und blendete die junge Frau.

»Du musst ihn mir beim Essen überreichen«, bemerkte diese.

Es fiel ihr schwer, Begeisterung zu zeigen, da sie an seine Feigheit dachte und auch an Victor und das Damoklesschwert der Guillotine, das über diesem schwebte – und an das Versprechen, das sie ihrem Geliebten vorhin gegeben hatte. Sie wollte ihn retten, nur wie sollte sie es anstellen?

»Ich weiß«, erwiderte Julien, »aber ich wollte, dass wir allein sind.«

»Außerdem hatte ich es dir längst gesagt, Julien«, wich Alice aus, denn dieses Ja fiel ihr entschieden schwer.

»Dein Vater hat zugestimmt. Doch möchte ich es gern aus deinem Mund hören.«

»Ja … ja …«

Julien, erleichtert und glücklich, streifte Alice linkisch den Verlobungsring über und gab vor, nicht zu bemerken, wie angespannt und verkrampft seine Verlobte war.

Marc-Antoine de Lenverpré traf bei den de Jeansins ein, um die Verlobung von Alice und Julien zu feiern, aber in Gedanken war er ganz woanders. Die Bemerkungen der Gäste dröhnten in seinen Ohren. »Was für ein großartiges Verlobungskleid!«, »Meine Glückwünsche«, »Du bist reizend« und »Dieser Diamant ist überwältigend.«

Julien warf Alice verliebte Blicke zu. Sie sah in ihrem

pastellfarbenen Kleid und dem Strauß Wicken in der Hand einfach hinreißend aus.

Scheinbar desinteressiert beobachtete Marc-Antoine de Lenverpré, wie sich seine Tochter Camille mit ihrem Cousin und ihrer Cousine vergnügte. Nichts in ihrer Miene oder ihrer Haltung ließ vermuten, dass das kleine Mädchen wusste, dass seine Mutter lebte. Und dass sie sich gleich im Park mit ihrer Mutter treffen würde! Camille spielte schon genauso gekonnt Komödie wie Adrienne. Der Abgeordnete konnte es nicht fassen. *Die beiden werden aber nicht davonkommen*, murmelte er innerlich.

Die Hausdame, die ehemalige Amme des Abgeordneten, war von jeher seine Verbündete gewesen. Die alte mürrische Frau, die aus Preußen stammte, hatte ihm berichtet, dass das Kind bereits gestern nach einem Spaziergang im Park verlangt hatte. Er lächelte innerlich und entwarf die letzten Details seines Plans.

Seine Handlanger, die jungen Burschen, hatten ihn darüber informiert, dass sie den Geliebten von Adrienne aufgestöbert hatten. Hugues Chaville. Ein schmieriger Journalist, der bei *La Chouette* sein Unwesen trieb, diesem Revolverblatt der Linksextremisten. Wie nur hatte Adrienne so tief fallen können?

De Lenverpré bemerkte den Hausverwalter der de Jeansins. Mit besorgter Miene trat dieser zu Auguste, Mathilde und den frisch Verlobten.

»Monsieur«, wandte er sich an den Hausherrn. »Ein Herr von der Polizei möchte dringend mit Mademoiselle Alice sprechen …«

Augustes Miene verfinsterte sich, Mathilde wurde blass.

»Er betont, es handle sich um die Ermittlungen in Bezug auf den Basar.«

»Sagen Sie ihm, das sei nicht der richtige Moment.«

Im Vestibül lüftete Kommissar Hennion höflich den Hut vor Alices Vater.

»Ich werde gern mit ihm reden«, verkündete diese plötzlich und lächelte den Hausverwalter zustimmend an.

»Wo befindet sich Madame?«, fragte La Trémoille den Hausverwalter aufgekratzt.

»In der Bibliothek.«

Er trat ein, ohne anzuklopfen.

»Meine liebe Schwiegermutter«, begann er honigsüß. »Ich hätte gern, dass wir ein großes Diner veranstalten, zu Ehren meiner Frau, der Opfer und derjenigen, die dieser grauenhaften Tragödie entkommen konnten. Ich denke, das Leben muss weitergehen«, versicherte er hochtrabend. »Sie regeln die Lieferung vom Feinkostgeschäft und ich die Einladungen. Es soll etwas Besonderes werden.«

»Und wann wollen Sie wieder auf Reisen gehen?«, erkundigte sich Madame Huchon arglos.

»Nicht sofort«, erwiderte er. »Ich würde gern in der Nähe von Odette bleiben und mich um sie kümmern, bis sie sich erholt hat.«

Im Prinzip waren seine sexuelle Gier und seine Großzügigkeit nur seinen Geliebten vorbehalten, nicht seiner Ehefrau. Das hier verhieß nichts Gutes.

Im Rauchersalon stand Alice Hennion gegenüber, Auguste und Julien an ihrer Seite.

»Mademoiselle de Jeansin, es tut mir leid, Sie während Ihrer Verlobung an diesen unheilvollen Tag zu erinnern, aber ich hätte es mir nicht gestattet, wenn es nicht so dringlich wäre«, begann der Chef der Sûreté générale. »Man hat Sie im Gespräch mit diesem Mann gesehen«, fuhr er fort und zeigte Alice das Bild von Victor. »Er ist der Hauptverdächtige des Attentats. Haben Sie das gewusst?«

»Sie hätten damit doch bis morgen warten können«, empörte sich Auguste de Jeansin.

»Nein«, erwiderte Hennion seelenruhig. »Die Ereignisse sind schlimm genug. Es heißt, dieser Mann soll sich während des Brandes wie ein Held verhalten haben«, sagte er und ließ Alice nicht aus den Augen. »Er soll Ihnen das Leben gerettet haben …«

»Das stimmt«, bestätigte das junge Mädchen spontan. »Ohne ihn wäre ich jetzt tot. Hätte er mich und andere aus den Flammen gerettet, wenn er unseren Tod gewollt hätte?«

Julien erbleichte.

»Für mich«, sagte er tonlos, »ist ein Mann, der vor der Polizei flieht, jemand, der sich etwas vorzuwerfen hat.«

»Nicht zwangsläufig! Man beschuldigt ihn ohne Beweise, das gibt doch zu denken, oder?«

»Wären Sie bereit, zu seinen Gunsten auszusagen?«, wollte Hennion wissen.

»Eine öffentliche Aussage?«, fragte Auguste beunruhigt. »Das kommt überhaupt nicht infrage.«

»Mit den Ausnahmegesetzen, die die Regierung eingeführt hat, droht diesem Mann sonst ohne jeglichen Prozess die Todesstrafe«, erklärte der Kommissar eindringlich.

»Ich möchte unbedingt aussagen«, erklärte Alice und setzte sich über die gekränkten Mienen ihrer Eltern und ihres Verlobten hinweg.

»Danke, Mademoiselle. Ich erwarte Sie morgen in meinem Büro.«

»Ich brauche Sie nicht zu begleiten, Sie kennen ja den Weg«, brummte Auguste und forderte ihn mit einer Geste auf zu gehen.

»Warum hast du mir vorhin im Park nicht gesagt, dass dieser Mann dir das Leben gerettet hat?«, warf Julien Alice vor, nachdem der Kommissar sich zurückgezogen hatte.

»Was hätte das geändert?«, erwiderte Alice und drehte sich um.

Alices eisiger Ton machte ihre Mutter betroffen und Julien zornig. Seine Verlobte entglitt ihm, das würde er nicht dulden. Diese Heirat war eine einzige Farce.

»Du hast mir nicht wirklich verziehen«, bemerkte er und hielt sie am Arm fest. »Du hast mich getäuscht, denn du möchtest lieber für einen Anarchisten aussagen …«

»Lass mich los, oder ich schreie.«

Sie löste sich aus seinem Griff und steuerte den Ausgang an. Sie ignorierte die Gäste, die dem Streit des Liebespaars am Tag seiner Verlobung schockiert beiwohnten.

»Alice, hast du dir überlegt, welchen Skandal dein Verhalten auslösen wird?«, brüllte Julien, der außer sich war. »Hast du daran gedacht? Nein, denn du denkst an nichts«, fuhr er beleidigend fort.

»Mach dich nicht lächerlich«, entgegnete ihm Alice mit fester Stimme.

Julien schwieg, funkelte sie nur wütend an und folgte ihr bis zur Tür.

»Wie weit willst du noch gehen, um diesen Nichtsnutz zu retten?«

Sie musterte ihn verächtlich. »Um das Leben eines Unschuldigen zu retten, werde ich bis zum Ende gehen«, teilte sie ihm mit und forderte dann unerbittlich: »Lass mich jetzt los! Ich muss dringend an die frische Luft!«

Bestürzt über das, was ihr Mann und sie herbeigeführt hatten, wenn auch gegen ihren eigenen Willen, brach Mathilde in Schluchzen aus.

– 32 –

9. Mai 1897, vierzehn Uhr vierzig.

»Mademoiselle Camille, warten Sie auf mich!«

Camille bewegte sich so schnell vorwärts, dass die Gouvernante Mühe hatte, ihr zu folgen. Als sie die Gittertüren des Parc Monceau passiert hatten, der an diesem strahlenden Frühlingstag sehr belebt war, beruhigte sich die Gouvernante. Unbesorgt ließ sie Camille spielen und widmete sich, unter einem Kastanienbaum sitzend, ihrem Strickzeug. Sie war so vertieft in ihre Arbeit, dass sie Adrienne nicht bemerkte, die sich lautlos näherte. Sie trug einen langen Mantel mit breiter Kapuze, die ihr tief über die Stirn fiel und auch ihre Schultern bedeckte. Adrienne nahm auf einer vollständig im Schatten liegenden Bank Platz, das Gesicht nach wie vor unter der Kapuze verborgen. Sie rührte sich nicht. Einen Augenblick später setzte Camille sich zu ihr. Das kleine Mädchen wartete voller Vertrauen auf seine Mutter, wobei sie diese, obwohl sie ihr so nah war, nicht erkannte! Den Zettel aus dem Vogelgehege hielt Camille in ihrer Tasche fest zusammengepresst, sie klammerte sich an ihn wie an einen Talisman. In der Nacht hatte sie ihn wieder unter das Kopfkissen gelegt und von dem Treffen mit ihrer Mutter geträumt.

Adrienne fand jedoch keine Zeit, sich ihr zu offenbaren. Sie hatte den Kommissar erkannt, der vor Kurzem bei Hugues aufgekreuzt war, und bemerkte noch weitere Polizisten in Zivil, die umherschauten. Sie musste augenblicklich verschwinden.

Schnell beugte sie sich vor, damit weder Hennion noch die Gouvernante sehen konnten, wie sie zu ihrer Tochter sprach.

»Camille«, flüsterte sie. »Du musst nach Hause gehen.«

Das Kind, überwältigt davon, die Mutter neben sich zu erkennen, sah sie mit tränenverschleierten Augen an.

»Mama«, flüsterte sie.

»Ich komme wieder, um dich zu holen«, sagte Adrienne leise. »Ich verspreche es dir.«

Sie erhob sich und ging langsam weiter, um keine Aufmerksamkeit zu erregen. Die Burschen, die de Lenverpré hergeschickt hatte, bekamen nichts mit.

Noch vor der Avenue de Wagram wurde sie von einem Mann am Handgelenk gepackt.

»Polizei«, schnaubte Kommissar Hennion mit aller Schärfe. »Ich muss Sie bitten, mir zu folgen.«

»Und warum?«, konterte Adrienne, ohne sich aus der Fassung bringen zu lassen.

»Madame de Lenverpré, zwingen Sie mich nicht, Ihnen Handschellen anzulegen.«

»Das brauchen Sie nicht«, gab Adrienne zu verstehen und folgte dem Polizisten.

Wie gut, dass sie ihr gesamtes Geld nicht bei sich trug, sondern es im Gepäckschließfach des Bahnhofs deponiert hatte, in Voraussicht auf ihre Abreise nach Le Havre.

De Lenverpré schäumte vor Wut: Weder war Adrienne zu dem Treffen gekommen, das sie mit ihrer Tochter vereinbart hatte, noch war sie bei ihrem Liebhaber. Offensichtlich führte sie alle an der Nase herum.

In Begleitung seiner bewaffneten Schergen war er in die Wohnung von Hugues Chaville eingedrungen und hatte den Journalisten dabei überrascht, wie er auf einer Schreibmaschine etwas über die Vergewaltigung und den Tod von mehreren Prostituierten auf dem Montmartre tippte. Die verschiedenen Berichte darüber folgten zeitlich aufeinander, doch ohne sich immer ähnlich zu sein.

»Wo ist meine Frau, Monsieur Chaville?«, fragte der Abgeordnete erneut.

Der Journalist saß gefesselt auf einem Stuhl in seinem Wohnzimmer und war umgeben von den jungen Burschen, die ihn voller Hass betrachteten. De Lenverpré hatte sich einen Cognac eingeschenkt und rauchte eine Zigarre. Er nahm den Klavierhocker Hugues direkt gegenüber.

»Sie ist ins Ausland abgereist … Sie werden Sie nie wiedersehen …«

»Es macht mich rasend, immer dieselbe Frage wiederholen zu müssen«, beharrte de Lenverpré sarkastisch. »Wo ist meine Frau, Monsieur Chaville?«, fuhr er fort und blies Hugues seinen Zigarrenrauch ins Gesicht.

»Hätten Sie vielleicht eine Zigarette für mich?«, fragte dieser, in keiner Weise aus der Fassung gebracht.

De Lenverpré erhob sich. Mit einer Kopfbewegung befahl er dem Anführer der Burschen, dem Journalisten eine Zigarette zu geben. Er selbst griff nach einem Apfel in einer

Schale auf dem kleinen Tisch und tat so, als wäre er hier zu Hause. Dann setzte er sich wieder Hugues gegenüber und biss in den Apfel. Dieser Dreckskerl wollte also spielen, kein Problem, aber das würde ihn noch teuer zu stehen kommen.

– 33 –

9. Mai 1897, sechzehn Uhr zwanzig.

»Sie sind eine erstaunliche Frau«, begann Hennion und vergrub sich noch tiefer in seinen Sessel. »Warum benutzen Sie den Brand, um als tot zu gelten? Warum haben Sie Ihren Schmuck bei einem Hehler verhökert? Und warum dringen Sie nachts wie eine Diebin in Ihr eigenes Haus ein? Madame de Lenverpré, was für ein Spiel treiben Sie?«

Misstrauisch ertrug Adrienne den anmaßenden und spöttischen Blick des Polizisten. Sie hatte wunderschöne Augen, nutzte das jedoch nicht aus, das musste Hennion anerkennen.

»Sie sind ein Polizist«, erwiderte sie und musterte ihn. »Sie buckeln vor ihm, genau wie alle anderen. Also los, bringen Sie mich zu meinem Abschaum von Ehemann. Zumindest werde ich ihn daran hindern, seine Wut an meiner Tochter abzureagieren ...«

»Ich verstehe nicht«, lächelte der Kommissar, keineswegs empört. »Erzählen Sie es mir doch«, bat er geduldig, da er abgehärtet war, was Befragungen anging.

»Sie haben kein Recht, mich festzuhalten«, erklärte die schöne Dame fassungslos. »Das Gesetz verbietet nicht, dass man verschwindet!«

»Das ist richtig. Aber hier befinden Sie sich bei der Sûreté générale, nicht bei der Polizei. Und ich halte Sie fest, wenn ich Lust dazu habe.«

Adrienne erbleichte.

»Also – erklären Sie mir, warum Sie vor Ihrem Mann fliehen?«

»Warum sollte ich Ihnen vertrauen?«, fragte schließlich Adrienne nach kurzem Zögern.

»Weil Ihr Mann all das verkörpert, was ich hasse.«

Er erhob sich und stellte sich vor Adrienne, versperrte ihr den Weg.

»Ich gebe Ihnen Zeit zum Nachdenken«, fuhr er fort. »Die Nacht bringt Rat«, bemerkte er abschließend und überließ sie sich selbst.

»Odette!«

Alice hatte das Bedürfnis, jemanden zu sehen, der sich wirklich darüber freute, mit ihr zusammen zu sein. Würde Rose noch leben, dann wäre sie zu ihr gegangen, um sich auszusprechen. Aber Rose war durch Juliens Schuld in den Flammen umgekommen.

»Alice, was ist los?«, erkundigte sich die falsche Odette. Sie war beunruhigt, als ihre Freundin an ihrem Verlobungstag mit rot geweinten Augen bei ihr aufkreuzte.

»Ich habe mich mit Julien gestritten«, gestand die junge Frau verzweifelt. »Ich musste einfach dringend an die frische Luft ...«

»Möchtest du mit mir darüber sprechen?«, beharrte Rose.

»Victor Minville«, begann Alice. »Der Mann, den man

verdächtigt, im Basar eine Bombe gelegt zu haben ... Er hat mir das Leben gerettet, er ist unschuldig.«

»Hast du ihn wiedergesehen?«

»Ja. Weißt du, er hat nichts getan. Mein Vater und Julien und mein Onkel ... Alle Welt stürzt sich auf ihn. Aber ich versichere dir, Victor hat nichts getan.«

Alice nannte ihn also beim Vornamen ... Rose, die nicht schwer von Begriff war, lächelte ihre Freundin an. Sie konnte ihrer ehemaligen Dienstherrin, die sie für tot hielt, nicht erklären, dass sie nicht Odette, sondern Rose war. Das bedrückte sie.

»Ich muss ihn entlasten, verstehst du. Ich ...«

»Vor der Explosion war ich im Vorführraum«, erklärte Rose unvermittelt, bestürzt, ihre Freundin so niedergeschlagen zu sehen. »Ich wollte Thomas bei Rose abholen.«

»Rose«, murmelte Alice und dachte voller Rührung an ihr ehemaliges Hausmädchen.

In diesem Augenblick hätte Rose alles gegeben, um Alice an sich zu drücken und ihr zu gestehen, wer sie in Wirklichkeit war.

»Im Raum des Kinematografen gab es ein kleines Feuer«, fuhr sie fort. »Ich erinnere mich daran, dass ein Mann versucht hat, es zu löschen. Es gelang ihm aber nicht, und er hat sich aus dem Staub gemacht. Sein Gesicht konnte ich nicht erkennen«, sagte sie bedauernd und voller Schuldgefühl.

»War es der Filmvorführer?«, fragte Alice und furchte die Stirn.

Odette nickte.

»Ich hörte, wie mein Vater sagte, er sei tot, doch man hat seine Leiche nicht gefunden«, meinte Alice ernst.

»Er ist abgehauen – er lebt bestimmt noch.«

»Warum meldet er sich dann nicht?«

»Vielleicht hat er Angst«, vermutete Rose. »Vielleicht fühlt er sich für das, was uns zugestoßen ist, verantwortlich.«

Alice, die Victor möglichst schnell mitteilen wollte, dass die Polizei keinerlei Beweise gegen ihn in der Hand hatte, erhob sich.

»Pass auf dich auf«, sagte sie und umarmte sie herzlich. »Ich komme wieder, sobald ...«

Alice hörte auf zu reden, als Lucile de Mermet, die mit Odette befreundete Journalistin, angekündigt wurde. Alice verabschiedete sich. Sie las die gründlichen Ermittlungen der Journalistin immer voller Begeisterung. Ihre Berichte über ihre getarnte Tätigkeit in der Psychiatrie für Frauen im Krankenhaus Sainte-Anne hatten sie aufgewühlt. Das junge Mädchen, das von dieser Ikone des Journalismus beeindruckt war, wagte es nicht, sie zu begrüßen. Sie traute sich auch nicht, ihr zu sagen, dass sie aufgrund eines ihrer Artikel die Schriftstellerin George Sand entdeckt hatte, die von Lucile manchmal als Vorbild für die Unabhängigkeit der Frau ins Feld geführt wurde.

Lucile war sehr interessiert daran, im Zuge ihrer Nachforschungen zu den Geretteten des Basars nun die Frau zu treffen, die vorgab, Odette zu sein. Sie hatte die erste Überlegung für ihren Artikel – nämlich die Geretteten mit ihrem Retter zu konfrontieren – zu diesem Zeitpunkt schon aufgegeben. Angesichts der Entwicklung der Dinge wollte sie ein durchschlagendes Pamphlet verfassen. Bereits in drei Tagen würde sie vermutlich ihre lange Reise zu Hauptmann Dreyfus antreten und wäre daher, wenn ihr Artikel erscheinen würde, sehr wahrscheinlich weit weg. Séverine, ihre Chefin, könnte das Zähneknirschen abfedern, das ihre Streitschrift mit Sicherheit hervorrufen würde. Sie sollte »Der Basar der Gleichheit« heißen und vier Seiten der Zeitung einnehmen.

Als Lucile endlich mit der Frau, die sich als Madame de La Trémoille ausgab, unter vier Augen sprechen konnte, tat sie dies mit offenen Karten.

»Ich weiß, dass Sie nicht Odette sind. Odette hatte eine Zahnlücke im Frontbereich. Zwingen Sie mich nicht, die Opfer der Brandkatastrophe ausgraben zu lassen, um zu beweisen, dass ich recht habe. Es würde genügen, dass Odettes Zahnarzt Ihr Gebiss prüft und es mit den Karteikarten der echten Madame de La Trémoille vergleicht.«

Es war, als ob Rose auf diesen Befreiungsschlag gewartet hätte! Sie atmete tief ein und berichtete von Madame Huchons Idee, von ihrem Vorschlag – und von ihrer Zuneigung zu Thomas, den sie lieb gewonnen hatte.

»Ich habe mich darauf eingelassen, und ich möchte nicht, dass Jean die Frau, die ich jetzt bin, entdeckt«, sagte sie und berührte flüchtig ihr entstelltes Gesicht.

Lucile hatte ihr zugehört, ohne sie zu unterbrechen. Der Irrwitz dieser Geschichte erschütterte sie. Es herrschte Stille zwischen ihnen, doch war es keine bedrückende, eher eine befreiende Stille. Das ehemalige Hausmädchen der de Jeansins hatte ein Geheimnis offenbart, das zu belastend für sie war.

»Finden Sie den Filmvorführer«, sagte sie schließlich. »Ich mache dann als Madame de La Trémoille eine Zeugenaussage.«

»Das würden Sie tun?«, fragte Lucile und dachte an ihren Patenonkel, der sich darüber freuen würde.

»Ja. Das bin ich Odette und all den anderen schuldig.«

Die beiden Frauen lächelten sich in stillem Einvernehmen zu.

»Sagen Sie Alice«, schlug die Journalistin behutsam vor, »wer Sie sind. Wahrheit schafft immer Klarheit in der Freundschaft und in der Liebe«, versicherte sie und drehte sich beim Weggehen nochmals um, als sei sie die Spezialistin für Gefühle.

»Besuchen Sie mich wieder?«, fragte Rose, war sich jedoch nicht sicher, ob die Journalistin es hörte. Das mit dem Gebiss hatte sie stark beeindruckt.

De Lenverpré wurde immer nervöser. Hugues fühlte sich zunehmend benommen durch die Schläge.

»Im Ernst, glauben Sie, dass Sie Adrienne glücklich machen?«, spottete der Abgeordnete.

Chaville, gefesselt, war ihm ausgeliefert.

»Sie, der kleine Scheißjournalist, in seiner erbärmlichen Wohnung?«

Hugues gelang es, den Kopf zu heben, um ihn anzustarren. Er kannte den mächtigen und gefährlichen Mann, der korrupt und verräterisch war, gut. Er hatte sich aber keine Vorstellung gemacht von der Wut und dem Hass, die diesen beherrschten.

»Und trotzdem ist es der kleine Scheißzeitungsschreiberling, den sie liebt«, konterte Chaville und bot ihm die Stirn. »Ich erinnere mich noch an das erste Mal, als ich sie getroffen habe. Vor Ihrem Haus. Sie war schön, doch sie wirkte nicht sehr glücklich. Vom ersten Augenblick an waren wir wie verschmolzen miteinander, was nie aufgehört hat. Wir haben uns überall geliebt ... überall ... in den Kutschen ... in den Hotels ... in diesem Bett, da, hinter Ihnen ...«

Er legte eine Pause ein, verzerrte den Mund ironisch und wusste genau, dass dies seinen Gesprächspartner rasend machte. Dieser drehte sich unwillkürlich um, musterte das Bett und stellte sich den Körper seiner Frau darin vor.

»Eine große Liebe«, wurde Hugues jetzt deutlicher. »Es war voller Zärtlichkeit ... Ich habe ihr geholfen, ins Ausland zu reisen, denn sie hasst Sie! Sie beschmutzen sie. Und jetzt ist sie weit weg. Und Sie können sich noch so bemühen, mir zu entlocken, wo sie ist!«, schloss er herausfordernd.

De Lenverpré begriff, dass er von diesem mutigen Mann nicht mehr erfahren würde; er hatte schon genug Zeit vergeudet. Er streckte die Hand aus, einer der Burschen reichte ihm ein Messer. De Lenverpré stieß es Hugues ohne Zögern in den Leib. Dieser war völlig überrumpelt. Dann holte de Lenverpré eine Phiole aus der Tasche und goss den Inhalt über seinen Gefangenen. Petroleum. Hugues zuckte in Panik. Er sah, wie der Abgeordnete teuflisch lachte und ein Streichholz auf seine Füße warf. Hugues verwandelte sich in eine lebende Fackel und verlor das Bewusstsein.

De Lenverpré und seine Schergen rannten aus dem Gebäude.

Der Abgeordnete musste anerkennen, dass die Feuerwehr blitzschnell reagiert hatte: Sie bogen bereits in den Quai d'Orléans ein.

Da die Kathedrale Notre-Dame, ein nationaler Schatz, direkt gegenüberlag, warfen Mattéo und seine Kameraden sich ganz besonders ins Zeug, um die Ausbreitung des Feuers zu verhindern.

Hugues wurde in einem höchst lebensbedrohlichen Zustand ins Krankenhaus Beaujon eingeliefert.

»Wo bist du gewesen?«, fragte Julien Alice, kaum dass sie durch das Eingangsportal ihres Elternhauses getreten war.

Alice hatte nicht damit gerechnet, dass er so viel Geduld haben würde. Sie war erschöpft und machte sich die größten Sorgen, da sie Victor nicht im Boucan angetroffen hatte.

»Bei Odette«, erwiderte sie ruhig. »Ich musste mit einer Freundin reden.«

»Tut mir leid, Alice«, sagte der junge Mann zerknirscht. »Ich hätte nicht so reagieren dürfen.«

Alice, die sein Entgegenkommen überraschte, machte eine leichte Kopfbewegung.

»Wenn dieser Mann dich gerettet hat und unschuldig ist, verdient er es, verteidigt zu werden.«

Julien ging auf seine Verlobte zu, küsste sie auf den Mundwinkel und begab sich dann zu seiner Kutsche.

»Bis morgen, Alice …«

»Bis morgen, Julien«, erwiderte sie, aus dem Gleichgewicht gebracht.

Im Salon standen noch die Reste des Verlobungsbuffets. Auguste saß verstört und verängstigt in einem Sessel. Als er Alice sah, seufzte er. Vor Sorge völlig erschöpft, war er unfähig aufzustehen.

»Deine Mutter war am Boden zerstört, weil du gegangen bist.«

»Ich hätte es lassen sollen, tut mir leid.«

»Zum Glück hat Julien Verständnis für dich und verzeiht dir. Wenn er gewusst hätte, dass dieser Mann zu dir ins Zimmer gekommen ist …«

»Er wird es nie erfahren«, unterbrach ihn Alice. »Ich heirate ihn, und alles wird gut.«

Sie wandte sich zur Treppe, um zu ihrem Zimmer hochzugehen.

»Hast du wirklich vor, als Zeugin zugunsten dieses Terroristen auszusagen?«, beharrte Auguste unbeholfen.

»Papa, ich bin müde …«

Doch galt das zurzeit nicht für alle?

Lucile griff nach dem dicken Ordner, den ihr Mattéo reichte. Auf dem Deckblatt prangte ein beeindruckender Totenkopf, der bei den Reportern als ein roter Code diente: Dieser Inhalt war höchst brisant oder zumindest wichtig. Der Feuerwehrmann hatte ihn zusammen mit einigen anderen Sachen aus der brennenden Wohnung auf der Île Saint-Louis vor den Flammen gerettet.

Es handelte sich um die heimlichen Ermittlungen über Lenverpré, die der Journalist begonnen hatte.

Lucile hatte Hugues noch nie so hilflos erlebt, und das

zerriss ihr das Herz. Wegen des Morphiums, das man ihm wegen der Schmerzen verabreicht hatte, befand er sich in einem komatösen Zustand und hatte bisher kein einziges Wort von sich gegeben. Die Krankenschwester bat die junge Frau, das Zimmer zu verlassen, der Patient mit den verheerenden Brandwunden müsse sich erholen.

»Wird er es schaffen?«

Lucile gesellte sich wieder zu Mattéo. Der Feuerwehrmann kannte schwere Brandwunden und ihre schrecklichen Folgen zur Genüge. Mattéo war als Erster auf der Île Saint-Louis eingetroffen. Er hatte Hugues aus den Flammen gerettet und dabei festgestellt, dass dieser vermutlich seine Verletzungen nicht überleben würde.

Er spürte die Angst und den Kummer seiner Freundin und begriff, dass er schonungsvoll sein musste. Eine schwere Brandwunde bedeutete eine über fünfzehnprozentige Schädigung der Körperoberfläche. Bei Hugues war es mindestens ein Drittel. Das Feuer zerstörte eine Unmenge Zellen, was entzündliche Kettenreaktionen auslöste, die zu einer tödlichen Dekompensation des Herzens führten. Seiner Prognose nach musste man bei Hugues früher oder später damit rechnen.

»Ich glaube nicht«, bemerkte der Feuerwehrmann, der es vorzog, die Situation nicht zu beschönigen.

Erschüttert schwieg Lucile. Als die Tür wieder geschlossen war, umfasste Mattéo ihre Taille. Sie fühlte sich zum ersten Mal unterstützt, und das tat ihr gut.

– 34 –

9. Mai 1897, dreiundzwanzig Uhr.

»Eine Republik, die die Frauen auf einen Status der Minderwertigkeit verweist, kann keine gleichgestellten Menschen hervorbringen«, erklärte Émeline von einem Podium aus.

Alice hatte die Frau, die ihr manchmal als Spaziergängerin bei ihren Ausritten durch den Bois de Boulogne begegnet war, zunächst nicht erkannt. Émeline hatte durch den Brand die Beweglichkeit ihres linken Arms eingebüßt. Doch das bedeutete ihr nicht so viel; wichtiger war, dass sie an Weisheit gewonnen und ihren Elan wiedergefunden hatte.

Alice nutzte den Applaus, der im Publikum aufbrandete, und hielt erneut Ausschau nach Victor. Der Inhaber des Nachtlokals hatte sie hereingelassen und ihr versichert, dass der gut aussehende junge Mann bald kommen würde.

»Es beginnt beim Wahlrecht«, fuhr Émeline fort. »Und es geht um den Zugang zur Universität. Um die Möglichkeit, den gewünschten Beruf auszuüben. Und es geht um die Selbstbestimmung über unseren Körper.«

Alice, betroffen durch diese Worte, kreuzte ihren Blick mit der Vortragenden. Die beiden erkannten sich wieder. Alice lächelte, ohne zu bemerken, dass Émeline sie mit den Augen verschlang.

»Kameradinnen«, ergriff Émeline erneut das Wort, »es ist an der Zeit, dass wir uns für ein neues Frauenbild einsetzen. Für eine neue Gesellschaft!«

Émeline hob die Faust ihres gesunden Arms und stimmte La Ravachole an. Gleichzeitig bemerkte sie sehr wohl Victors Eintreffen und die Röte, die Alices Wangen überzog, als sie ihn erblickte. Die Konkurrenz beeindruckte die junge Terroristin nicht weiter – sie würde warten, bis ihre Zeit gekommen war.

Das Orchester hatte wieder zu spielen begonnen, und die Paare fingen an zu tanzen.

»Sie wollen die Befreiung der Frau, sie haben recht, findest du nicht?«, neckte Victor Alice. »Du solltest versuchen, es gleichfalls zu tun – dich zu befreien.«

»Genau das tue ich dadurch, dass ich hierhergekommen bin«, erwiderte Alice mit strahlendem Lächeln.

Sie hatte Schneid, und der junge Mann liebte das. Er wollte sie zum Tanz auffordern, fand aber nicht die Zeit dazu, denn Alice kam ihm zuvor und verkündete dann leise:

»Ich weiß, was im Basar geschehen ist. Es war kein Attentat.«

Victor trat überrascht einen Schritt zurück. Was würde sie ihm berichten? Kannte sie die Identität der Person, die die Bombe gelegt hatte, die nicht explodiert und in den Trümmern gefunden worden war?

Im Boucan verbreiteten sich Gerüchte. Die Blicke aller waren auf Émeline gerichtet. Das junge Mädchen konnte noch so oft wiederholen, dass sie nicht im Basar gewesen sei und sich den Arm durch einen Sturz von einem

Baum verletzt habe. Man blieb misstrauisch, was schnell die Runde machte. Ihre Komplizen, die ihr geholfen hatten, den Sprengkörper vorzubereiten, hatten geschworen, den Mund zu halten. Aber wie lange würden sie schweigen?

Als Victor bemerkte, dass Émeline Alice anstarrte und Octave dies aus dem Augenwinkel beobachtete, zog er Alice mit nach draußen.

»Komm, wir suchen uns eine ruhige Ecke. Hier haben die Wände Ohren.«

Zu dieser späten Stunde hatte das Viertel von Belleville seinen Glanz verloren. Es waren zwar noch einige Nachtschwärmer unterwegs, doch insgesamt war die Gasse ruhig.

»Vor der Explosion gab es im Raum des Filmvorführers ein Feuer«, erklärte Alice, der die körperliche Nähe zu Victor zu schaffen machte.

»Woher weißt du das?«, erkundigte er sich neugierig.

»Eine Freundin, die den Brand überlebte, hat es mir erzählt. Sie hat einen Mann beobachtet, der versucht hat, das Feuer zu löschen. Sie konnte aber sein Gesicht nicht sehen.«

»Ich wette, es war Joyce, der Filmvorführer.«

»Kennst du ihn?«, fragte Alice überrascht.

»Ein wenig. Er wurde aus der politischen Zelle rausgeworfen, weil er in die Kasse gegriffen hatte. Er wohnt beim Schlachthof.«

»Wir müssen mit ihm reden«, beschloss die junge Frau. »Wenn er es ist, können wir beweisen, dass du nichts getan hast«, fuhr sie aufgeregt fort.

Victor, den ein Taumel wilder Leidenschaft erfasst hatte, küsste sie. Eine gefühlte Ewigkeit konnten sich ihre Lippen nicht voneinander lösen … Für Julien, der in seiner Kutsche saß, blieb die Zeit stehen, als er sah, wie Alice den Terroristen so sinnlich küsste. Rasend vor Schmerz und Eifersucht gab er seinem Kutscher das Zeichen loszufahren.

– 35 –

10. Mai 1897, acht Uhr.
Sechs Tage nach der Explosion.

»Hier«, sagte Hennion und reichte Adrienne durch das Gitter der Zelle eine Tasse Kaffee.

Wenn die Dame die Tasse annahm, würde das heißen, dass sie bereit war auszupacken. Eine Nacht in einer Zelle der Sûreté générale hatte sich schon immer als wirkungsvoll erwiesen.

»Mein Mann hat es nicht ertragen, dass ich die Scheidung einreichen wollte«, erklärte Adrienne und blies über den heißen Kaffee, den sie jetzt vor sich hatte. »Das Gesetz erlaubt es uns, aber die Männer verbieten es! Ich fliehe vor ihm, weil er mir meine Tochter gestohlen hat, um sie in ein Internat zu stecken, weit weg von mir. Er ist grausam. Als Sie mich im Park festgenommen haben, war ich gerade dabei, sie zurückzuholen. Doch Ihretwegen ist sie zu ihrem Vater zurückgekehrt.«

Die Dame war sehr bedrückt, die Worte sprudelten aus ihr heraus, dennoch wirkte sie gefasst. Hennion hoffte, dass dieser Eindruck nicht nur vorgetäuscht war, denn was er ihr jetzt mitteilen musste, konnte sie aus der Bahn werfen.

»Ihr Freund Hugues Chaville ist in seiner Wohnung brutal angegriffen worden. Er hat schwerste Brandwunden erlitten und ...«

Adrienne hatte das Gefühl, der Boden öffne sich unter ihren Füßen.

»Lassen Sie mich raus! Ich muss unbedingt zu ihm.«

»Ihr Ehemann sucht Sie«, wiegelte Hennion ab. »Er hat ein paar Männer engagiert, die Sie finden sollen.«

»Bitte, Herr Kommissar, lassen Sie mich zu Hugues«, bat sie inständig, »nur fünf Minuten!«

»Ich kenne Ihren Ehemann besser, als Sie glauben. Leider habe ich es nie beweisen können, aber er hat vor fünfzehn Jahren eine Frau getötet. Ganz brutal ... Er hat sie erst verprügelt und dann erwürgt. Sie hieß Eva Schaff. Ich habe die Ermittlungen gegen ihn geleitet, was mich damals meinen Posten gekostet hat.«

Adrienne, sprachlos über diese Geschichte, trank ihren Kaffee aus und beobachtete den Kommissar aus dem Augenwinkel.

»Warum erzählen Sie mir das?«, fragte sie und gab ihm die leere Tasse zurück.

»Damit Sie gut auf sich aufpassen! Es wäre ein Kinderspiel für Ihren Mann, Sie zu töten. Vergessen Sie nicht, dass Sie bereits tot sind«, bemerkte er und schloss ihr die Zellentür auf.

»Sie sind seine Frau?«, erkundigte sich Dr. Malo.

»Ja, ich bin seine Frau«, bekräftigte Adrienne, in Tränen aufgelöst.

»Er hat mehrere Rippenbrüche«, erklärte er, ohne den Messerstich zu erwähnen, der die Leber durchbohrt hatte, und die Brandwunden, die einige Sehnen zerstört hatten. »Viel Glück, Madame«, fügte der Arzt hinzu und zog sich zurück.

»Hugues«, flüsterte Adrienne ihrem Geliebten ins Ohr. »Hugues …«

Der Journalist, der noch immer im Koma lag, erkannte das ferne Echo von Adriennes Stimme, war aber nicht fähig zu antworten. Gerne hätte er ihr erklärt, dass ihr Mann ihn so schrecklich zugerichtet hatte. Sie müsse nicht nur misstrauisch sein, sondern sich auch schützen. Doch leider brachte er bloß ein heiseres Röcheln hervor.

»Pst … Erhol dich … sag nichts …«

Pass auf dich auf sollten seine letzten Worte sein, bevor er nach einer schmerzhaften Zuckung in den Tod hinüberdämmerte.

– 36 –

10. Mai 1897, elf Uhr zehn.

»Wollte Julien nicht heute Morgen vorbeikommen, um den Ehevertrag zu unterschreiben?«

Mathilde war voller Sorge in Augustes Büro geplatzt und ertappte nun ihren Mann dabei, wie er, den Blick ins Leere gerichtet, sich mit Lügen und Ausflüchten in Erklärungen verhedderte.

»Genau«, erwiderte er apathisch.

»Und?«, beharrte Mathilde, verärgert über die Haltung ihres Mannes.

»Er ist nicht da, was soll ich denn deiner Meinung nach dazu sagen?«

Mathildes Miene verdüsterte sich.

»Auguste«, fragte sie. »Was ist gestern passiert?«

Sie hatte kein Auge zugetan, sondern noch lange über den Streit zwischen Alice und Julien nachgedacht, den diese mitten in ihrer Verlobungsfeier vom Zaun gebrochen hatten. Mathilde, die Skandale hasste, versuchte zu verstehen, warum die Gäste diese widerliche Szene, die Julien und Alice ihnen statt eines Trinkspruchs geboten hatten, erleben mussten. Vor allem wollte sie mehr über den Mann erfahren, von dem ihnen der Polizist berichtet hatte. Der Mann, der ihre Tochter gerettet hatte. Warum brauchte die Sûreté générale so dringend eine Aussage von Alice? Gab es eine Verbindung zu dem Terroristen, der im Basar die Katastrophe verursacht hatte? Mathilde, die immer besorgt war, würde den Verstand verlieren, wenn sie nicht schnell Antworten auf ihre Fragen bekam.

Auguste, der sich unbehaglich fühlte, wich ihrem Blick aus. Mathilde kannte ihren Mann in- und auswendig, sie wusste, dass dies ein Zeichen von Nervosität war.

»Auguste, wenn du etwas weißt, dann sag es mir«, forderte sie ihn auf.

»Es gibt nichts zu sagen, was du nicht schon weißt«, versicherte er ihr verschlossen.

Mathilde, beleidigt über seinen Ton, drehte sich auf dem Absatz um.

»Sehr gut«, erwiderte sie so trocken wie ihr Mann. »Wenn du das sagst …« Dann ging sie hinaus, ohne die Tür wieder zu schließen.

Adrienne, die durch Hugues' Tod am Boden zerstört war, hatte nicht die Zeit, sich in Trauer zu vergraben. Sie musste an ihre Tochter denken, an deren Zukunft. Ihr Mann würde sie nicht aus den Fängen lassen, sie mussten weit weg fahren, und zwar schnell. London war wohl noch zu nah. Vielleicht sollten sie Kurs auf Buenos Aires nehmen.

Adrienne hatte mühelos ihr Geld, einen schönen Batzen, aus der Gepäckaufbewahrung des Bahnhofs wieder an sich genommen. Das Finanzielle stellte jetzt also kein Problem mehr dar. Ihr oberstes Ziel war, ihre geliebte Tochter in Sicherheit zu bringen, aber sie hatte keine Ahnung, wie.

Für einen Moment setzte sie sich an das Ufer der Seine und bewunderte noch einmal den Dachreiter von Notre-Dame, der stolz in die Höhe ragte. Adrienne hatte auf dieser Île Saint-Louis wunderbare Momente in den Armen ihres Geliebten erlebt … Marc-Antoine, ihr Mann, war ein Ungeheuer, er schreckte auch nicht vor der Ermordung ihres Geliebten zurück. Sie blickte zum Himmel hoch und schwor sich, Hugues zu rächen und ihren Mann in den Untergang zu treiben, bevor sie Paris hinter sich ließ. Dieser Abschaum musste für seine Tat büßen.

Sie verscheuchte die Wehmut, die sie befiel, überquerte die kleine Brücke und drehte der Vergangenheit, die ihr an der Haut klebte, den Rücken zu.

– 37–

10. Mai 1897, elf Uhr vierzig.

»Ich habe damals in der Angelegenheit ermittelt. Eva Schaff, eine preußische Sängerin, wurde brutal ermordet. Man vermutete, dass sie für die Deutschen spioniert hat. Ich dachte immer, sie sei im Auftrag des Geheimdienstes getötet worden. Aber die Ermittlungen brachten einen Mord aus niederen Motiven ans Tageslicht. Sie wurde zu Tode geprügelt, ihre Ohrringe wurden ihr abgerissen, und das Gesicht war zur Hälfte entstellt: ein regelrechtes Blutbad!«

Séverine, die Chefredakteurin von *La Chouette*, leitete die Sonder-Redaktionskonferenz, die wegen Hugues' Tod und Luciles sensationeller Enthüllungen einberufen worden war. Lucile hatte die ganze Nacht die genauen Recherchen über de Lenverpré studiert, die ihr großer Seelenbruder durchgeführt und Mattéo ihr übergeben hatte. Das war sehr aufschlussreich und starker Tobak, der, wenn sich alles bestätigte, den tiefen Sturz des korrupten konservativen Politikers bedeuten würde.

»Du solltest jetzt den Polizisten aufsuchen, der die Sache damals bearbeitet hat.«

»Wer war das?«, erkundigte sich Lucile, voller Tatendrang.

»Hennion. Er war ganz besessen von dem Mord. Übrigens hat ihn dieser Fall seinen Posten gekostet, denn kurz danach wurde er in die Kolonien geschickt. Ein Verbrechen, das übertüncht wurde und in Vergessenheit geriet.«

Lucile stand schon in den Startlöchern und war im Begriff zu gehen.

»Pass auf dich auf, wenn du die Nase da reinsteckst«, warnte Séverine sie besorgt.

»Was lungerst du hier herum?«, fragte Joyce, der Filmvorführer, abwehrend. Er fragte sich, wie Victor ihn gefunden hatte. Sein Auftauchen bedeutete nichts Gutes.

»Du fragst dich, was ich hier tue?!« Victor reagierte heftig.

Der junge Mann, der Victor gegenüberstand, sah aus wie ein rechtschaffener Mann und hatte mit seiner schlanken, fast zerbrechlichen Gestalt, der man die Feigheit ansah, so gar nichts von einem Anarchisten an sich. Victor dagegen füllte gerade die Schlagzeilen. Es war kaum möglich, nicht zu wissen, dass ihn die Polizei jagte und ihm vorwarf, eine Bombe im Basar gelegt zu haben.

»Liest du denn keine Zeitungen?«, fuhr Victor fort. »Was hat es mit dieser Projektor-Geschichte auf sich?«

»Wovon redest du?«, wurde der Vorführer lauter, er fühlte sich offensichtlich unbehaglich.

»Halt mich nicht für bescheuert, ja?«, erwiderte Victor gereizt und drängte ihn gegen die Wand. »Ich weiß genau, was sich im Basar abgespielt hat. Das Feuer ging von deinem Vorführraum aus. Und ich weiß auch, dass du dich verdrückt hast, kurz bevor es außer Kontrolle geraten ist. Ich denke, das würde die Bullen interessieren.«

»Aber ich habe nichts gesehen«, platzte Joyce heraus. »Das ist totaler Quatsch, der Raum, in dem sie den Kinematografen aufgestellt hatten ... Als ich die Filmrolle gewechselt habe, habe ich ein Streichholz angezündet, um etwas erkennen zu können. Die Lampe des Projektors ... die Ätherdämpfe darin haben Feuer gefangen, ich ...«

»Also ein Unfall?«, fiel ihm Alice ins Wort, die sich bisher zurückgehalten hatte.

»Wer ist das?«, fragte Joyce misstrauisch.

»Lass sie in Ruhe!«, blaffte Victor. »Jedenfalls bin ich jetzt derjenige, der beschuldigt wird, all die Leute ermordet zu haben.«

»Ich konnte nicht wissen, dass sich das so entwickeln würde. Ich habe noch nie unter solch miserablen Umständen gearbeitet.«

»Sie müssen der Polizei die Wahrheit sagen«, beharrte Alice.

»Nein, scheiße, wenn ich rede, muss ich den Kopf hinhalten. Man wird mir vorwerfen, dass ich schuldig bin. Und ich werde schließlich im Knast landen.«

»Aber es war ein Unfall, Sie können nichts dafür«, widersprach Alice.

»Ich habe dem Organisator schon gesagt, dass er verantwortlich war ... Er wollte in diesem Raum kein Fenster einbauen. Dann hätte man besser sehen und atmen können ... Zu teuer, hat der Chef gesagt.«

»Verzieh dich«, mischte sich Victor ein.

Die Bohnenstange, verblüfft über diese Wendung des Gesprächs, lief sofort davon. Alice verschlug es die Sprache: Sie hatten den Mann, der Victor vor der Guillotine retten konnte, aufgetrieben, doch Victor ließ ihn gehen. Sie konnte diese Entscheidung nicht verstehen.

»Hat nicht dein Vater den Vorführraum im Basar eingerichtet?«, fragte Victor statt einer Erklärung.

Ihr Vater. Er würde für die Tragödie verantwortlich gemacht und angeklagt werden. Alice wurde aschfahl: Und wieder einmal opferte Victor sich.

»Choupi! Choupi!«, rief das kleine Mädchen besorgt. Camille suchte ihr Meerschweinchen, das verschwunden war.

»Geht es um das hier?«, fragte ihr Vater und reichte ihr eine verschlossene Schachtel.

Camille erstarrte. Sie war nicht fähig, danach zu greifen, befürchtete das Schlimmste.

Ihr Vater öffnete die Schachtel mit einem sadistischen Grinsen. Entsetzt sah das Kind das tote Meerschweinchen.

»Ich habe Choupi in Rex' Maul gefunden«, erklärte de Lenverpré und ging in die Knie, begab sich auf Augenhöhe mit seiner Tochter. »Weißt du, mein Liebling«, fuhr er fort, »die Bösen werden immer bestraft. Choupi zum Beispiel ist aus seinem Käfig ausgerissen. Er ist aus seinem Haus geflüchtet, und jetzt ist er tot, der Arme.«

Camille war wie gelähmt und schluchzte lautlos.

»Ja, ich weiß, das ist traurig«, stimmte ihr Vater zu, der keineswegs traurig war. »Auch Mama hat das Haus verlassen«, fuhr er fort. »Und ich mache mir Sorgen um sie«, versicherte er ernst. »Ich fürchte, Rex könnte sie auffressen … Also sei brav.«

Das kleine Mädchen fing an zu zittern, wurde von Angst vor dem drohenden Blick ihres Vaters ergriffen.

»Sag mir, was du weißt«, herrschte der sie an.

Camille stand unter Schock. Weinend rannte sie hoch in ihr Zimmer. Sie hätte alles gegeben, um sich an ihre Mama zu schmiegen.

– 38 –

10. Mai 1897, dreizehn Uhr fünfzehn.

Adrienne hatte gut daran getan, vor Mathilde einzutreffen. So fand sie Zeit, sich zu sammeln und zu beten. Das überraschte sie selbst, da sie sich normalerweise inmitten der Kargheit der Kirchen nicht wohlfühlte. Die beiden Schwestern hatten verschiedene Wege gewählt.

Mathilde betrat die Kapelle und versicherte sich, dass ihr niemand gefolgt war. Seit der Kommissar bei ihnen aufgekreuzt war, litt sie unter einer gewissen Paranoia, ganz zu schweigen von den perfiden Andeutungen, die ihr Schwager ihr seit jenem Tag unter die Nase rieb. Mathilde hatte das Gefühl, dass er ahnte, dass Adrienne lebte.

»Marc-Antoine ist ein Mörder«, sagte Adrienne, die sich gerade zu ihr gesellt hatte.

»Wie bitte?«

Mathilde, leichenblass, schluckte schwer.

»Bevor er mich kennenlernte, hat er eine Frau getötet«, fuhr ihre Schwester fort. »Eine ehemalige Geliebte.«

»Aber Adrienne«, erwiderte Mathilde, »was erzählst du da?«

»Versprich mir eines: Sollte mir etwas zustoßen«, sagte Adrienne plötzlich todernst, »kümmere dich um Camille. Ich flehe dich an, überlass sie nicht ihm.«

»Warum sagst du so etwas?«, fragte Mathilde perplex.

Adrienne fasste sie an den Händen und blickte sie so intensiv an, als ob es um Leben oder Tod ginge.

»Versprich es mir.«

Mathilde hatte ihre Schwester noch nie so niedergedrückt und blass erlebt.

»Ja«, erwiderte Mathilde verblüfft. »Ja, natürlich«, bekräftigte sie und versuchte, beruhigend zu wirken. »Natürlich«, wiederholte sie. »Ich verspreche es dir.«

Da sie von Natur aus dazu neigte, sich ständig Sorgen zu machen, jagte ihr dieser Schwur Angst ein. Was hatte ihre Schwester vor?

Mathilde blieb stumm, als Adrienne, die ihr Gesicht unter der Kapuze verbarg, sie ohne weitere Erklärungen zurückließ.

»Sie sollte dich doch gestern im Park treffen, oder, Camille?«

Das kleine Mädchen, das gerade seine Vögel fütterte, erstarrte, was aber kaum wahrnehmbar war.

»Wer?«, fragte sie arglos.

»Deine Mutter«, stellte de Lenverpré klar.

»Mama? Mama ist tot. Ich weiß nicht, was du meinst, Papa«, versicherte sie ihm.

De Lenverpré starrte sie an, aber sie hielt seinem Blick tapfer stand.

»Du bist auf ihrer Seite«, blaffte er wütend. »Ihr wart schon immer gegen mich. Alle beide.«

Camille wich aus, indem sie vorgab, nicht zu verstehen. Ein Gong erklang und rettete sie – es war die Gouvernante –, und sie verließ das Vogelgehege, um zur Klavierstunde zu gehen.

»Nimm dich in Acht, Camille«, murmelte ihr Vater drohend. »Nimm dich in Acht …«

»Was gibt's Neues von Julien?«

Genervt lief Auguste auf und ab.

»Nichts, Monsieur«, erwiderte der Hausverwalter.

»Fragen Sie nach«, befahl er gereizt. »Er sollte längst da sein.«

In diesem Augenblick platzte Alice herein. Sie atmete schwer.

»Alice!«, rief ihr Vater und stürzte ihr entgegen. »Hast du etwas von …«

»Kann ich mit dir reden?«, bat sie ihn, ohne ihm die Zeit zu lassen, seine Frage zu beenden.

Das machte ihn stutzig, und er nahm das Schlimmste an. In den letzten Tagen hatte seine Tochter seine Nerven strapaziert und Wankelmütigkeit erkennen lassen. Er zog sie mit sich in sein Büro.

»Papa …«, begann sie, noch bevor ihr Vater die Tür geschlossen hatte. »Das Kino ist im Basar als Erstes in Brand geraten!«

»Was erzählst du da?«, fragte Auguste.

»Der Filmvorführer hat es zugegeben.«

»Der Filmvorführer?«

»Die Lampe des Kinematografen hatte keinen Äther mehr … Er musste nachfüllen. Da es dunkel war, zündete er ein Streichholz an, um etwas sehen zu können, und alles ging in Flammen auf …«

Auguste wurde blass. Die Ätherdämpfe, die die Lampen der Filmprojektoren versorgten, entfachten sich extrem leicht. Wenn Alice die Wahrheit sagte, dann war er für diese Katastrophe verantwortlich! Er stützte sich auf die Sessellehne und ließ sich hineinfallen. Er hatte das Gefühl, in einen Abgrund zu blicken.

»Weißt du, was du da sagst«, stammelte er mit trockenem Mund. »Weißt du das?«, wiederholte er, am Boden zerstört durch diese Mutmaßung.

»Papa, es war ein Unfall! Du bist nicht schuld! Du musst mit der Polizei reden«, fügte sie hinzu.

Auguste schwieg.

»Du hast doch Beziehungen«, versicherte sie ihm vertrauensvoll. »Du wirst damit fertig. Während er … Du musst die Wahrheit sagen, um Victor zu retten.«

»Alice, hast du diesen Mann wiedergesehen?!«, empörte sich Auguste wütend.

»Das ist nicht das Problem«, sagte sie und ließ ihn nicht aus den Augen. »Papa«, fuhr sie fort und riss sich zusammen, um ruhig zu bleiben, »ich flehe dich an. Ich werde meine Verpflichtung einhalten und Julien heiraten! Ich bitte dich lediglich, das Leben dieses Mannes zu retten.«

Auguste senkte den Blick. Alice starrte ihren Vater fassungslos an.

»Du wärst fähig zuzulassen, dass ein Mann unter der Guillotine stirbt, nur um deinen Ruf zu retten?«, fragte sie und wich vor ihm zurück.

Wieder einmal entschloss sich Auguste zu schweigen.

Angewidert ging Alice hinaus und schlug die Tür hinter sich zu.

»Das ist Ihr Kleid für heute Abend«, erklärte Sidonie Huchon und präsentierte es ihr.

Rose war entzückt, sie strich sanft über die Mischung aus Wildseide und Organdy. Nie hätte sich die junge Frau vorstellen können, dass sie eines Tages eine derart elegante Robe tragen würde, die dazu noch auf ihre Augenfarbe abgestimmt war!

Madame Huchon legte behutsam eine Perücke und eine Maske auf Odettes Bett.

»Sie werden nicht die Einzige damit sein«, versicherte sie Rose, als diese beides zögernd begutachtete. »In Paris tragen viele Frauen, die bei der Katastrophe Verbrennungen erlitten haben, eine Perücke und eine Maske.«

Rose beeilte sich, die Accessoires anzuprobieren. Die Perücke vermittelte beeindruckend die Illusion echter Haare, und die Maske, verziert mit Edelsteinen, Federn und Brüsseler Spitze, war ein regelrechtes Schmuckstück.

»Es wird alles klappen«, meinte Madame Huchon. »Reden Sie nicht zu viel, und bleiben Sie nicht zu lange beim Diner. Die Gäste werden das angesichts Ihres Gesundheitszustands einsehen.«

Wenn man sie so hörte, könnte man glauben, es sei ein Kinderspiel, in die Rolle einer anderen Person zu schlüpfen.

– 39 –

10. Mai 1897, dreizehn Uhr fünfzig.
»Es ist also kein Attentat – und wieso wird Ihnen das erst jetzt klar?«

Gleich würde die Versammlung der konservativen Partei stattfinden. De Lenverpré war einverstanden gewesen, seinem Schwager dieses Gespräch in letzter Minute zu gewähren, ohne zu ahnen, was dieser ihm zu sagen hatte. Auguste schloss die Augen. Die Stimme von Marc-Antoine de Lenverpré klang wie immer hart und anklagend.

»Das war ein schrecklicher Unfall«, bestätigte de Jeansin und wappnete sich innerlich gegen die Reaktion seines Schwagers. Diese ließ nicht lange auf sich warten.

»Um meine Wahl zu sichern, muss es ein Attentat von Anarchisten gewesen sein«, schnaubte de Lenverpré. »Es darf nicht der Filmvorführer sein, verstehen Sie mich?«

»Aber das ist eine Lüge …«, widersprach Auguste arglos, völlig verblüfft.

»Sie vergessen dabei Folgendes: Wenn man herausfindet, dass der Kinematograf das Feuer verursacht hat, sind Sie geliefert«, fuhr der Abgeordnete mit zynischem Grinsen fort. »Das Kino im Übrigen ebenfalls. Man wird Ihnen den Prozess machen«, warnte er ihn und zog genüsslich an seiner Zigarre. »Jeansin, das brauchen Sie nicht. Denken

Sie an Ihre Familie, an Ihren Ruf ...« Er kannte den schwachen Punkt seines Schwagers.

Auguste schluckte schwer. Die Auseinandersetzung mit Alice hatte in ihm gebohrt, ihn gequält. Tief bekümmert hatte er beschlossen, seinen Schwager um Rat zu bitten. Doch dessen Reaktion verblüffte ihn, denn er hätte von einem Mann, der gerade seine Gattin bei der Brandkatastrophe verloren hatte, nicht so viel Gleichgültigkeit erwartet.

»Ihr Schuldgeständnis macht die Frauen auch nicht mehr lebendig«, bemerkte de Lenverpré. »Weiß außer Ihnen sonst noch jemand Bescheid?«

»Niemand, außer dem Filmvorführer«, log Auguste, der nicht wollte, dass Alice in dieser Unterhaltung zur Sprache kam.

»Wissen Sie, wo er wohnt?«

»Ja.«

»Gut«, erwiderte de Lenverpré und legte ihm freundschaftlich die Hand auf die Schulter. »Ich werde mich um ihn kümmern. Ein schöner Batzen Geld, ein hübscher Posten in den Kolonien – er wird schon den Mund halten«, versprach er. »Auf jeden Fall sind diese Anarchisten die Feinde der Gesellschaft. Auch wenn sie vielleicht für den Brand nicht verantwortlich sind, sind sie es doch das nächste Mal«, beendete er seinen Satz und überzeugte Auguste schließlich.

In dem weitläufigen Wohnzimmer, das von Adriennes Porträt beherrscht wurde, begrüßten die Konservativen ihren Kandidaten de Lenverpré mit Beifall, als er eintrat.

De Jeansin, der ihm folgte, erblickte Julien und stürzte auf ihn zu. Hatte es der junge Mann etwa schlicht vergessen, den Ehevertrag zu unterzeichnen?

»Ich war besorgt um Sie«, sagte Auguste leise, um von den Anwesenden nicht gehört zu werden. »Geht es Ihnen gut?«

»In gewisser Weise ja«, bestätigte ihm der junge Mann kühl und kehrte dem Mann, der nie sein Schwiegervater werden würde, den Rücken zu.

»Sie alle kennen die Situation«, begann de Lenverpré. »Die Lage in Paris ist angespannt. Seit drei Jahren leiden wir unter den Attentatsdrohungen der Terroristen, die dem Bürgertum den Krieg erklärt haben.«

Ein zustimmendes Gemurmel kam von den Anwesenden und bestätigte die Worte des Abgeordneten.

»Wenn ich nicht gewählt werde, ist Frankreich der Anarchie ausgeliefert, diesen Unruhestiftern, die die Gesellschaft zerstören wollen …«

Erneut erklang Beifall, was ihn ermutigte.

»Wir müssen einen großen Coup landen«, fuhr er fort. »Zuerst einmal fordern wir den Kopf dieses Terroristen.«

»Warum nimmt man ihn nicht fest?«, fragte einer der Männer.

De Lenverpré wandte sich dem Polizeipräfekten zu.

»Leblanc, erklären Sie das.«

»Wir suchen ihn mit großem Aufgebot«, bestätigte dieser. »Aber es ist schwierig, er versteckt sich in den Elendsvierteln.«

»Ich weiß, wo er ist«, erklärte plötzlich Julien selbstsicher. »Im Boucan, in Belleville.«

Stille trat ein, und aller Augen waren auf ihn gerichtet.

»Das ist unmöglich«, wandte Leblanc ein und furchte die Stirn. »Hennion hat alle Nachtlokale durchkämmt.«

»Hennion? Leblanc, da sind Sie ganz schön naiv!«, kommentierte de Lenverpré und brach in schallendes Gelächter aus. »Er beschützt diese Leute. Er ist selbst ein Anarchist, der bei unserer Polizei nichts zu suchen hat!«

»Sind Sie sicher, dass das, was Sie hier vorbringen, stimmt?«, fragte Leblanc.

»Absolut sicher. Ich habe ihn selbst gesehen, und zwar erst gestern Abend.«

Julien achtete nicht auf den Tumult, der unter den überraschten Anwesenden entstand. Er beugte sich zu Auguste und flüsterte ihm ins Ohr:

»Ich bin Alice gefolgt. Sie hat dieses Lokal betreten …«

Auguste erblasste, riss die Augen auf.

»Und sie hat den Terroristen geküsst.«

Julien hatte keine Hemmung, Auguste den Rest zu geben.

»Sie haben sicherlich Verständnis dafür, dass ich deshalb die Heirat rückgängig mache. Es tut mir leid wegen Ihnen und Ihrer Familie«, sagte der junge Mann und zerriss den Vertrag, den er aus der Tasche geholt hatte.

Auguste sah die Papierfetzen vor seine Füße flattern, wie Laub unter einer dahinpreschenden Kutsche. Er hörte nicht einmal mehr de Lenverpré, der triumphierte.

»Leblanc, schnappen Sie sich den Mann«, forderte der Abgeordnete. In seinen Augen funkelte es. »Bringen wir es zu Ende!«

– 40 –

10. Mai 1897, fünfzehn Uhr zehn.

Im Boucan war die Atmosphäre ebenso aufgeladen wie verräuchert. Hinter der Theke spülte Janvier Gläser. Die Ellbogen aufgestützt unterhielten sich sein Sohn Octave und Victor mit den Stammgästen. Der Tod des Journalisten Hugues Chaville war in aller Munde. Chaville hatte nie zu ihrem Kreis gehört, trotzdem betrachteten sie ihn als einen der Ihren, denn in seinen Artikeln hatte er immer wieder ihre Bewegung erwähnt.

»Wen soll's wundern, dass man ihn umgebracht hat – er hat sich gegen die Aristokraten gewandt, hat sie als Mörder angeprangert.«

»Diese Arschlöcher!«, brüllte Octave, der zu viel getrunken hatte. »Ich werde sie alle umlegen.«

Plötzlich betrat Lucile das Lokal. Alle Blicke wanderten in ihre Richtung. Sie war Hugues' Schützling gewesen. Janvier servierte ihr ihren Lieblingstee.

»Ich weiß, wer der Mörder dieser Frau ist«, sagte Lucile und deutete auf ein altes Plakat, das einen Gesangsabend mit einer gewissen Eva Schaff ankündigte. »Ich will ihn zu Fall bringen.«

Nach Luciles Überzeugung war de Lenverpré nicht nur ein korrupter Konservativer und ein Vaterlandsverräter im Dienst der Deutschen, sondern auch ein Mörder, der Hugues getötet hatte und vor fünfzehn Jahren Eva Schaff.

Victor hatte sein Glas abgestellt und sah ihr direkt in die Augen.

»Also … du weißt, wer sie getötet hat?«

»Marc-Antoine de Lenverpré«, erwiderte Lucile, die seinem Blick standhielt.

»Du willst mir gerade sagen, dass dieser Hurensohn, der meinen Kopf will, meine Mutter getötet hat? Warum sollte ich dir das glauben?«

»Weil er seine Frau für tot ausgibt, sie aber in Wirklichkeit gefangen hält. Ihr braucht nur die Zeitung zu lesen. Schaut euch die Liste der Opfer vom Bazar de la Charité an, und ihr findet darauf ihren Namen.«

»Überprüf das mal«, befahl Janvier seinem Sohn.

»Sie faselt einfach irgendwas daher«, erwiderte Octave, der keine Lust hatte, seinen Hintern in Bewegung zu setzen.

»Überprüf es, hab ich gesagt.«

Widerstrebend ging Octave hinaus.

Janvier stellte Luciles Tee und Victors Kaffee auf ein Tablett und gab ihnen ein Zeichen, ihm zu folgen.

»Die Verlobung ist geplatzt. Wir sind ruiniert, Alice. Julien hat dich mit ihm vor dem Lokal der Anarchisten gesehen.«

»Ist er mir gefolgt?«, fragte das junge Mädchen ungläubig.

»Er hat gesehen, wie du diesen Mann geküsst hast«, explodierte Auguste. »Wie konntest du, Alice!«

»Ich habe ihn nicht geküsst«, log Alice gereizt. »Ich bin

nur zu ihm gegangen, um ihm von dem Filmvorführer zu berichten, das ist alles.«

»Hör auf zu lügen. Du machst mir Schande. Du widerst mich an.«

Noch nie hatte Alices Vater ihr derart bösartige Worte ins Gesicht geschleudert. Einen Augenblick lang war sie fassungslos. Doch dann packte sie die Wut. Sie ging auf ihren Vater zu und sagte herausfordernd:

»Ich widere dich an? Was soll ich dann erst sagen …«

»Halt den Mund! Es reicht jetzt! In diesem Augenblick nehmen ihn die Bullen im Boucan fest. Er wird zur Guillotine verurteilt werden. Alice, es ist vorbei. Vorbei!«

Überrascht begriff Alice, dass ihr Vater nicht zur Polizei gegangen war, um diese aufzuklären. Tränen des Zorns liefen ihr über die Wangen.

»Du hast nichts gesagt? Du hast ihnen nichts vom Vorführer gesagt?«, wiederholte sie entsetzt.

Wie üblich schwieg Auguste. Er schluckte schwer, um Haltung zu bewahren.

»Wegen dir wird ein Unschuldiger verurteilt!«, schrie sie voller Schmerz, konnte es einfach nicht glauben.

Erschüttert machte sie auf dem Absatz kehrt.

»Wohin gehst du?«, wollte Auguste wissen und versperrte ihr den Weg, als ob sie ein Kind wäre.

»Lass mich vorbei!«, befahl sie ihm trotzig.

»Du gehst nirgendwohin.«

»Lass mich vorbei!«

»Kommt nicht infrage, du rührst dich nicht von der Stelle.«

Der Ton wurde schärfer, entsprechend auch die Anspannung.

Außer sich hatte Alice sich nicht mehr unter Kontrolle und versetzte ihrem Vater eine Ohrfeige, was sie beide gleichermaßen überrumpelte.

Sprachlos war er zu keiner Reaktion fähig und rieb sich lediglich die Wange.

Erschüttert über die Feigheit ihres Vaters wischte sich Alice mit dem Handrücken die letzten Tränen ab und ging an ihm vorbei, ohne ihn eines Blickes zu würdigen.

»Moment! Du hast also längst gewusst, dass dieser Hurensohn de Lenverpré meine Mutter getötet hat?«

»Ja.«

Als Janvier die Funken in Victors Augen sah, zog er es vor, keine Ausflüchte zu machen. Manchmal ging nichts über die brutale Wahrheit.

»Warum hast du mir das verschwiegen?«, fragte der junge Mann erstaunt.

»Weil ich deiner Mutter versprochen hatte, dich zu beschützen«, erwiderte Janvier verlegen.

»Wovor denn schützen, du Schuft?«

Victor verstand kein Wort, und wenn er etwas nicht verstand, verlor er leicht die Beherrschung.

»Vor ihm, vor de Lenverpré.«

»Wie bitte?«

Victor schien in einem ausweglosen Labyrinth festzustecken. Hilflos blickte er Lucile an, als ob die Freundin seines Sandkastenfreunds Mattéo ein Rettungsanker wäre. Die junge Frau lächelte ihm zu. Auch wenn ihm das nicht genügen konnte, so war es doch schon mal etwas.

»Deine Mutter und er haben sich nach eurer Ankunft in Paris kennengelernt«, berichtete Janvier. »Sie war wunderschön. Und sie besaß eine unglaubliche Stimme. Ganz Paris wollte Eva singen hören. De Lenverpré war damals noch ein junger Abgeordneter und war verrückt nach ihr. Auch sie fühlte sich verliebt. Allerdings hat er sie benutzt, um Militärgeheimnisse zu verkaufen, und hat sie gezwungen, Partituren zu kodieren.«

»Partituren zu kodieren?«, wiederholte Victor fassungslos. »Was soll dieser Unsinn?«

»Er kollaborierte mit Deutschland. Das Reich finanzierte ihm seine ehrgeizigen Pläne. Doch eines Tages hat sie einen anderen Mann kennengelernt. Eine ernste Sache. Sie wollte Schluss mit de Lenverpré machen, mit ihrer Beziehung und mit seinen Spionagegeschäften. Das ließ er nicht zu.«

Lucile verhielt sich schweigsam, um das Feuer nicht noch mehr zu schüren. Dieser Abschaum war ein Verräter, Hugues hatte es richtig gesehen.

Hatte de Lenverpré ihn umgebracht, weil er der Geliebte seiner Frau war – oder weil der Journalist ihn enttarnt hatte?

Plötzlich wurde ihr bewusst, dass Hugues' Akte über de Lenverpré ein paar Partituren enthielt. Zunächst hatte sie nicht darauf geachtet. Doch Janviers Bericht änderte das Ganze. Der skrupellose Abgeordnete verriet also weiterhin sein Land und blieb vollkommen straflos.

»Man muss ihn stürzen!«, sagte Lucile und erhob sich.

»Hätte man Beweise, wäre das schon geschehen.«

In ein paar Tagen fanden die Wahlen zum Senatspräsidenten statt, und de Lenverpré hatte beste Chancen zu gewinnen. Lucile würde nicht zögern, bis ans Ende der Welt zu gehen, es durfte jetzt keine Zeit vergeudet werden. Sie trank ihren Tee aus, stand auf und raffte ihre Sachen zusammen.

»Warum hat er sie getötet?«, wollte Victor wissen, der nur an seine Mutter dachte.

»Eines Tages hat sie sich geweigert, weiterhin für ihn zu arbeiten. Sie liebte einen anderen, was er nicht ertragen konnte. Dann hat er sie bedroht. An jenem Tag hat sie mir alles erzählt. Ich musste ihr versprechen, nie darüber zu reden, damit dir nichts geschieht.«

Victor war unfähig, etwas zu sagen. Vor Jahren hatte de Lenverpré seine Mutter getötet, und jetzt hatte er es auf ihn abgesehen. Wenn er so weitermachte, was würde er dann morgen planen?

Plötzlich platzte Octave herein. »Die Bullen! Die Bullen!«, brüllte er. »Sie umzingeln uns gerade!«

Als würden sie die Ankündigung des jungen Mannes bestätigen, ertönten jetzt Schüsse aus dem Lokal. Die Anarchisten waren bewaffnet und reagierten umgehend.

Das Gesetz der Überzahl erledigte den Rest, alles ging sehr schnell.

»Meine Herren, ich will Minville lebend«, erklärte der Polizeipräfekt. »Verstanden? Und für die anderen gibt es kein Pardon!«

Sie waren wegen Victor hier, der von seinen Freunden

gedeckt wurde, die die Schüsse der Polizisten abbekamen. Janvier ging in Stellung, um auf jene zu schießen, die immer näher rückten. Es gab einen Schusswechsel. Janvier traf eine Kugel mitten in die Stirn, er fiel polternd ins Treppenhaus.

Victor, der am Ende des Flurs in die Enge getrieben war, hatte keine Chance, durchs Fenster zu flüchten, denn zehn Polizisten überwältigten ihn. Er wehrte sich mit Händen und Füßen, vergeblich.

»Du Dreckskerl, du wirst für das Feuer bezahlen«, erklärte einer der Uniformierten und versetzte ihm einen brutalen Faustschlag in die Seite.

Lucile, die instinktiv unter das Bett geflüchtet war, hörte, wie die Handschellen um Victors Handgelenke einklickten und Victor schrie.

»Lasst mich in Ruhe! Ich habe nichts getan!«

– 41 –

10. Mai 1897, sechzehn Uhr zwanzig.

Hennion sprach in seinem Büro mit Major Krebs, der ihm den Bericht vom Einsatz Mattéos und seiner Kameraden bei Hugues Chaville zusammenfasste. Für den Kommissar gab es keinen Zweifel, dass der Abgeordnete den Mord an dem Journalisten befohlen hatte. Vielleicht hatte er sogar selbst diese Tat vollbracht. Aber wie konnte man es beweisen?

»Haben denn die Nachbarn nichts gesehen und gehört?«, fragte er eindringlich.

»Nichts. Und selbst wenn – hätten sie geschwiegen.«

»Er wird wieder davonkommen«, wütete Hennion verdrossen.

Krebs holte ein Glasgefäß aus seiner Uniformtasche, das den Rest eines Apfels enthielt, den die Flammen unversehrt gelassen hatten. Vielleicht interessierten den Polizisten ja die Zahnabdrücke der Person, die in den Apfel gebissen hatte.

»Mattéo hat das bei Hugues gefunden. Er dachte an Lucile und an Dr. Oscar. Soll ich das an sie weiterreichen?«

Die Augen des Kommissars leuchteten auf, aber er fand nicht mehr die Zeit zu antworten, da er durch Lärm gestört wurde, der vom Flur her ins Büro drang.

»Was ist denn hier los?«, fragte er, als er im Flur sah, dass

Polizisten eine ganze Reihe von Anarchisten zu den Zellen schubsten. »Was soll dieser Krach?«

»Wir haben Ihre Arbeit erledigt«, erwiderte der Polizeipräfekt, den Hennion nicht bemerkt hatte. »Wir haben den Terroristen festgenommen.«

»Das ist Wahnsinn«, protestierte der Kommissar. »Wer hat den Befehl gegeben?«

»Ich.«

»Sie machen einen Riesenfehler, denn dieser junge Mann hat nichts getan. Er ist unschuldig. Sein Blut wird an Ihren Händen kleben. Was hat Ihnen de Lenverpré im Gegenzug versprochen? Ein Ministerium?«

»Monsieur wird bald höchste Verantwortung innerhalb des Staats übernehmen. Und ich stehe im Dienst des Staats«, erklärte Leblanc und verzog geringschätzig den Mund. »Hennion, Sie sind erledigt. Ich nehme Sie fest wegen Kooperation mit dem Staatsfeind.«

Bestürzt leistete Hennion keinerlei Widerstand.

»Los denn!«, befahl Leblanc einem Uniformierten.

Der legte dem Chef der Sûreté générale die Handschellen an.

»Ich wollte es nicht glauben«, meinte Leblanc, »ein Polizist wie Sie.«

»Ein Polizist wie ich zieht es vor, aufrecht zu sterben, statt zu buckeln wie Sie«, erklärte Hennion mutig mit hoch erhobenem Kopf.

Leblanc unterließ es sogar, Major Krebs zu grüßen, der fassungslos war. Es musste hier ein Irrtum vorliegen: Hennion war mit Sicherheit kein Verräter.

Sorgenvoll verstaute Krebs das Glasgefäß mit dem Rest des Apfels, der bei Hugues Chaville gefunden wurde, in seiner Tasche und zog sich zurück.

Sobald de Lenverpré die Bestätigung von Victors Festnahme erhalten hatte, berief er die Presse ein.

»Es ist eine regelrechte Tragödie, die Frankreich heimgesucht hat«, sagte er hochtrabend zu den anwesenden Presseleuten.

Die meisten unter ihnen ließen sich kein Wort des Abgeordneten entgehen und schrieben hektisch mit. Lediglich Lucile, die in der ersten Reihe saß, starrte de Lenverpré an, ohne sich etwas zu notieren. Sie wusste, was er ankündigen würde, und vor allem das, was er wohlweislich verschweigen würde – die Festnahme Hennions.

»Einige von uns haben eine Schwester verloren, andere Kinder und wieder andere ihre Ehefrau …«

Er achtete darauf, eine Pause einzulegen, damit sich die Anwesenden klar darüber wurden, dass er seinen eigenen Fall meinte. Und auch, um die Enthüllung zu genießen, die er gleich machen würde und die zweifellos wie eine Bombe einschlagen würde.

»Dank der überaus eifrigen Arbeit der Polizei kann ich Ihnen mitteilen, dass der Terrorist jetzt festgenommen wurde.«

Wie er es vorausgeahnt hatte, entstand Tumult in der Menge.

»Das ist widerlich!«, murmelte Luciles Nachbar. »Er nutzt das Ganze für seine politischen Interessen.«

»Besonders beglückwünsche ich den Polizeipräfekten Leblanc, der die Operation geleitet hat«, fuhr de Lenverpré fort und wandte sich an diesen, der sich sehr zufrieden zeigte. »Glauben Sie mir, die Strafe wird exemplarisch sein.«

Mehrere Hände schnellten in die Höhe, um Fragen zu stellen. Lucile ersparte sich die Mühe.

»Monsieur de Lenverpré«, sagte sie, ohne dass man ihr das Wort erteilt hätte. »Dürfen wir erfahren, warum Sie diese Festnahme verkünden? Soviel ich weiß, sind Sie noch nicht Senatspräsident.«

»Für welche Zeitung arbeiten Sie?«, fragte der Abgeordnete und betrachtete sie mit finsterer Miene.

»Ich arbeite als freie Journalistin.«

De Lenverpré verzog verächtlich den Mund – für diesen Mann war Freiheit oder Unabhängigkeit kein Begriff, der zu einer Frau passte.

»Wäre ich an der Macht gewesen, hätte es auf dem Bazar de la Charité keinen Terroristen gegeben«, antwortete er, indem er der Frage auswich.

Er gab einem der Journalisten mit einem Kopfnicken zu verstehen, er könne sprechen. De Lenverpré erinnerte sich nicht an seinen Namen, aber er hatte nicht vergessen, dass es ein treuer Mitarbeiter von *Le Temps* war, der Zeitung der Konservativen, mit de Jeansin als Chefredakteur.

»Haben Sie vor, alle Anarchisten ins Straflager zu schicken?«

»Unbedingt«, erwiderte der Abgeordnete, der sich über diese Frage freute. »Alle, ohne Ausnahme.«

Doch plötzlich erstarrte de Lenverpré, da er ganz hinten im Saal eine Frau entdeckte, deren Gesicht durch eine große Kapuze verdeckt war.

– 42 –

10. Mai 1897, siebzehn Uhr dreißig.

»Herzlichen Glückwunsch, das war eine schöne Rede«, sagte Adrienne, ohne mit der Wimper zu zucken. »Bald der Senat, dann die Präsidentschaft der Republik, dein Traum …«

De Lenverprés Hausdame hatte sie umgehend zum Büro des Hausherrn geleitet, der ihr jetzt gegenüberstand. Mit einem Kopfnicken gab er der Frau zu verstehen, sie allein zu lassen.

»Adrienne, warum bist du zurückgekommen?«, fragte er, äußerst misstrauisch.

»Ich weiß nicht, was mich dazu bewogen hat«, log sie und blickte ihn verführerisch an. »Du hattest mir Camille weggenommen, das machte mich wahnsinnig, tut mir leid …«

»Bedauerst du auch, mit dem Journalisten geschlafen zu haben?«

Seine Stimme war genauso schneidend wie geringschätzig. Adrienne bemühte sich übermenschlich, keinerlei Emotion zu zeigen. Sie wandte den Blick ab und schwieg. Er besaß die Gabe, seinen Gesprächspartner betroffen zu machen.

»Komm mit mir!«, forderte er sie auf und griff nach ihrem Arm. Er zwang sie, ihn in ihr gemeinsames Schlafzimmer zu begleiten, und verschloss die Tür.

»Adrienne, ich warne dich davor, mich hinters Licht zu

führen. Leider muss ich dich jetzt hierlassen, da ich noch zum Diner zu La Trémoille gehe – ich konnte ja nicht mit deiner Rückkehr rechnen ...«, spottete er.

Adrienne setzte sich auf das Bett, um ihren guten Willen zu zeigen.

»Versuch nicht, mich erneut zu verlassen«, schärfte de Lenverpré seiner Frau ein. »Vergiss nicht, dass du für die Welt tot bist«, bemerkte er noch, als er das Zimmer verließ.

Adrienne hörte, wie er den Schlüssel im Schloss umdrehte. Mit zufriedener Miene streckte sie sich auf dem Bett aus und fühlte sich ganz ruhig. Alles verlief nach Plan.

»Macht Sie die Schwangerschaft Ihrer Frau nervös?«

Das junge Hausmädchen von Madame Huchon, provozierend und spöttisch, war gerade damit beschäftigt, den Verschluss ihres Kleides zu öffnen.

»Schwangerschaft?«, stutzte La Trémoille und nahm einen Schluck Wein.

»Ah ... Sie sind wohl nicht auf dem Laufenden ... Ihr wird übel, schwindlig, sie hat Verlangen nach Apfelsaft, obwohl sie ihn sonst gar nicht mag«, fuhr die Kammerzofe fort und enthüllte kleine feste Brüste.

»Was erzählst du da?«, bemerkte er und schielte gierig auf ihre Brüste. »Wissen Sie«, fuhr sie fort, indem sie aus ihren Dessous schlüpfte, »ich habe sogar ein Gespräch mit Ihrer Schwiegermutter belauscht. Sie redeten über Abtreibung.«

La Trémoille geriet in Rage. Was bedeutete diese Enthüllung?

»Du weißt sehr genau, dass das unmöglich ist«, sagte er und schüttelte den Kopf.

»Ich weiß. Sie schlafen ja seit Jahren nicht mehr mit ihr«, sagte sie und wackelte mit den Hüften.

Das gut gebaute Hausmädchen war jetzt splitternackt. Als sie sich an La Trémoille schmiegte, widerstand er ihr nicht. Sie stieß ihn aufs Bett.

»Los, räche dich«, säuselte sie ihm ins Ohr und setzte sich rittlings auf ihn.

»Minville, sieh mir in die Augen, wenn ich mit dir rede«, herrschte ihn Leblanc an und schlug mit der Handfläche auf den Tisch. »Bist du dir bewusst, was du da sagst? Du beschuldigst den Vorführer. Ehrlich gesagt, ist dir denn nichts Besseres eingefallen?«

In seinen tiefen Sessel vergraben, triumphierte Leblanc. Ihm gegenüber stand Victor, mit Fußfesseln und Handschellen, aber mit hoch erhobenem Kopf.

»Es ist die Wahrheit! Fragen Sie ihn doch. Sein verdammtes Streichholz hat im Basar alles in Brand gesteckt.«

Genervt schüttelte Leblanc den Kopf und erhob sich.

»Wenn du nicht willst, dass man dich einen Kopf kürzer macht, solltest du lieber gestehen.«

»Dieser Wahnsinnige wird dafür sorgen, dass ich unter der Guillotine lande, ob ich nun gestehe oder nicht … Er manipuliert Sie.«

Leblanc hatte sich jetzt erhoben und setzte sich auf den Schreibtisch.

»Von wem redest du denn?«, fragte er und kreuzte die

Arme über der Brust. »Ich bin der Polizeipräfekt, niemand manipuliert mich.«

»De Lenverpré manipuliert Sie alle. Sie lassen sich vereinnahmen, Sie sehen nichts«, stieß er wütend hervor. »Dieser Kerl ist krank. Er hat meine Mutter getötet.«

Leblanc bedachte ihn mit einem verächtlichen Blick.

»Was hast du dir da für einen Unsinn ausgedacht? Glaubst du nicht, dass all diese Leute, die in den Flammen umgekommen sind, dein Geständnis verdienen?«

»An jenem Tag habe ich sie aus dem Feuer gerettet. Und wo warst du, du Hohlkopf?«, blaffte Victor.

»Halt die Schnauze!«, herrschte ihn Leblanc an und verpasste ihm eine saftige Ohrfeige. »Auf dem Schafott werden dir die Knie zittern …«

Victor und seine Komplizen hatte man schon mit Waffengewalt ins Gefängnis geworfen – Alice war zu spät ins Boucan gekommen. Sie hatte sich in die Nähe der Leute von *La Chouette* gestellt und beobachtete das Kommen und Gehen der Journalisten. Gleich nach der Pressekonferenz von de Lenverpré herrschte in allen Redaktionsbüros Hektik. Als Alice Lucile entdeckte, rief sie diese zu sich her.

»Ich muss Ihnen etwas sagen«, verkündete sie.

»Worüber?«, wollte Lucile wissen, die jetzt die Tochter von Auguste de Jeansin erkannte.

Sie fragte sich, was Odettes Freundin hier suchte.

»Der Brand im Basar«, stieß Alice hervor.

Neugierig geworden, musterte Lucile die junge Frau intensiv.

»Folgen Sie mir«, sagte sie schließlich und forderte sie auf, mit ihr ins Redaktionsbüro zu gehen.

»Sie ist jetzt seit Stunden verschwunden …«

Mathilde starrte höchst beunruhigt ihren Mann an.

»Sie wird irgendwann wieder auftauchen«, wiegelte er ab.

»Du verschweigst mir etwas, ich spüre es.«

Auguste wandte den Blick ab und versuchte, gegenüber seiner Gattin, die immer misstrauischer wurde, eine gewisse Contenance zu bewahren.

»Auguste …« Sie blieb beharrlich.

»Mathilde, es gibt keine Hochzeit mehr«, stieß er hervor. »Alles ist abgesagt.«

»Wie bitte?«, stammelte sie schließlich.

»Statt Julien zu heiraten, zieht unsere Tochter einen Anarchisten vor. Den, der die Bombe im Basar gelegt haben soll.«

»Und du hast mir nichts gesagt!«, empörte sie sich und nahm mit finsterer Miene Platz. »Ich bleibe hier.«

»Nein! Du begleitest mich zu diesem Diner! Es reicht, dass Alice fehlt. Die Leute werden sich Gedanken machen.«

»Aber es ist mir völlig egal, was die Leute denken!«, rief sie außer sich. »Du weißt nicht einmal, wo unsere Tochter steckt – und alles, was dich kümmert, ist dein guter Ruf?«

»Wegen des Geldes werde ich eine Lösung finden«, erwiderte er. »Ich rede mit Marc-Antoine.«

»Ich will meinem Schwager nichts schuldig sein«, erklärte sie ihm wütend. »Und was das Diner angeht … Tu du, was du willst, ich für meinen Teil bleibe hier«, fuhr sie fort und warf ihren Mantel zu Boden. »Ich warte auf meine Tochter.«

– 43 –

10. Mai 1897, neunzehn Uhr.
Im Redaktionsbüro hörte man das Klappern der Schreibmaschinen. Séverine saß an einem Schreibtisch und lauschte aufmerksam dem Bericht von Alice de Jeansin, den Lucile ihr gerade präsentierte.

»Der Filmvorführer? Sind Sie sich da sicher?«

»Ja, absolut«, bestätigte Alice ruhig und gefasst.

Sie hatte gerade von ihrem Besuch bei dem Vorführer berichtet, dessen Tod vor ein paar Minuten telegrafisch gemeldet worden war. Den armen Kerl hatte eine Kutsche angefahren, die in rasender Fahrt vorbeigeprescht war.

Séverine wusste jetzt, dass de Lenverpré mit der Anklage von Victor Minville dem Volk einen idealen Schuldigen anbot und damit seine eigene politische Richtlinie stützte.

»Dies öffnet seiner Partei Tür und Tor für die Wahlen«, bemerkte Lucile.

»Minville hat keine Chance bei seinem Prozess«, sagte Séverine und strich sich über die Stirn. »In Bezug auf Ihren Vater wird das hier einen ganz schönen Wirbel verursachen. Wenn Sie wollen, dass Ihre Aussage ernst genommen wird, müssen Sie sie eigenhändig unterschreiben«, bemerkte sie und blickte zu Alice hoch. »Wären Sie dazu bereit?«

Alle Blicke waren auf Alice gerichtet, man erwartete neugierig ihre Antwort.

»Ja«, versicherte diese laut und deutlich, ohne sich völlig über die Konsequenzen im Klaren zu sein.

De Lenverpré reichte de Jeansin ein dickes Bündel Banknoten, die dieser erleichtert einsteckte.

»Natürlich zahle ich alles zurück.«

»Daran zweifle ich nicht. Machen Sie sich keine Sorgen, dafür ist Familie doch da«, sagte der Abgeordnete und nahm einen tiefen Zug an seiner Zigarre. »Das Problem mit dem Vorführer wäre jetzt gelöst.«

»Gelöst?«, fragte de Jeansin verwundert. »Wie – gelöst?«

»Er soll von einer Kutsche angefahren worden sein. Der arme Kerl …«, fuhr er mit unverkennbarer Ironie fort.

»Was haben Sie getan?«, fragte Auguste leichenblass.

»Ich?«, erwiderte de Lenverpré erstaunt mit einem breiten Raubtiergrinsen. »Ich habe Sie vor einer Katastrophe bewahrt.«

»Sie sind hinreißend«, erklärte La Trémoille Odette mit unverkennbarer Bewunderung.

Rose war eine Augenweide in ihrer Robe aus Wildseide, in Perücke und Maske. La Trémoille hatte schon vor dem Eintreffen der Gäste angefangen, sich zu betrinken.

»Wenn Sie schwanger wären, hätten Sie es mir doch bestimmt gesagt, nicht wahr? Es kursieren nämlich Gerüchte …«

Fassungslos schwieg Rose und musste sich zusammenreißen, um ihre Anspannung zu verbergen.

»Sie haben doch wohl nicht mit mir geschlafen, um mir einen Bastard unterzuschieben … Dann wären Sie eine verdammte Hure. Also merken Sie sich: Wenn das da existiert«, sagte er und deutete auf Roses Bauch, »wird es nicht zur Welt kommen.«

Roses Herzrasen vermischte sich mit dem Geklapper der Kutschen, die gerade in den Hof einfuhren … Die Gäste trafen ein. Rose stand jetzt die Bewährungsprobe beim Diner bevor.

»Sie haben mich rufen lassen?«, fragte die Gouvernante mürrisch und achtete darauf, die Tür doppelt zu verschließen.

»Ja«, bestätigte Adrienne freundlich. »Könnten Sie mir bitte beim Korsett helfen?«

Die alte Hausdame half ihr, ohne ein Wort zu verlieren.

»Weiß Camille, dass ich hier bin?«, fragte Adrienne mit Unschuldsmiene. »Sie könnten mir zumindest verraten, ob es ihr gut geht.«

»Bemühen Sie sich nicht, ich sage Ihnen nichts.«

»Sie haben keine Kinder«, sagte die schöne Rothaarige und versuchte, das Mitleid der unausstehlichen Frau zu erregen.

»Seit vierzig Jahren stehe ich im Dienste Ihres Gatten, seit seine Mutter ihn im Stich gelassen hat. Ich habe ihn wie meinen Sohn aufgezogen.«

Adrienne, die begriff, dass ihr die alte Frau wirklich nichts verraten würde, schwieg. Doch sie würde sich durch sie auf keinen Fall entmutigen lassen.

– 44 –

10. Mai 1897, zwanzig Uhr.
»Meine Freunde, kommen Sie bitte mit mir«, sagte Sidonie Huchon und griff nach Roses Hand. »Danke, dass Sie alle gekommen sind. Ich freue mich sehr, dass meine Tochter Odette an diesem Diner teilnehmen kann. Es ist ihr und allen Frauen gewidmet, die zum Opfer der Katastrophe im Basar geworden sind.«

Die Gäste waren aufrichtig gerührt, und alle Blicke richteten sich auf die arme maskierte Odette. Madame Huchon hatte recht gehabt: Auch andere Brandopfer trugen eine Maske. Lediglich de Lenverpré, der sich nicht sicher war, ob er sie erkannte, beobachtete insgeheim zweifelnd die Tochter von Madame Huchon.

»Aber bald wird ihnen dank Monsieur de Lenverpré, der uns die ungeheure Ehre erweist, unser Gast zu sein, Gerechtigkeit zuteil«, verkündete die Hausherrin und beklatschte den Abgeordneten.

Die Anwesenden taten es ihr nach, Bravorufe ertönten.

»Sie können auf mich zählen«, erwiderte de Lenverpré geschmeichelt. »Der Prozess von Victor Minville wird exemplarisch und unmissverständlich sein, damit das Gesetz gesprochen hat.«

Es fehlte nicht viel, und de Lenverpré hätte sich als König in seinem Reich gesehen. Diese Beliebtheit feuerte ihn an, und er setzte seine flammende Tirade fort.

»Ich danke Monsieur de La Trémoille für seine Einladung. Nach diesem grauenhaften Drama sind wir hier unter Freunden.«

Rose, die plötzlich Übelkeit überkam, ließ sich in einen Sessel fallen.

»Odette, mein Liebling, geht es dir gut?«, erkundigte sich Madame Huchon besorgt.

»Alles in Ordnung«, versicherte Rose und tat so, als bereite es ihr Mühe aufzustehen. »Mein Gemahl und ich haben eine große Neuigkeit zu verkünden.«

La Trémoille, der Odettes Taktik durchschaute, erblasste. Dieses Weibsbild würde es doch wohl nicht wagen …

»Uns steht ein freudiges Ereignis bevor. Ich bin schwanger«, sagte Rose und fächelte sich Luft zu.

»Herzlichen Glückwunsch!«, applaudierte de Lenverpré, der jetzt die Aufmerksamkeit zurück auf sich lenken wollte. »Dieses Kind wird aus der Höllenasche wiedergeboren, es wird uns als Symbol unserer gemeinsamen Kraft dienen, ebenso unseres Kampfes gegen den Terrorismus. Bravo! Bravo!«

Im Hof des Hauses wartete Jean, der Kutscher der de Jeansins, auf das Ende des Empfangs, um seinen Herrn wieder nach Hause zu bringen. Er drehte sich gerade eine Zigarette. Als Odette das Wort ergriff, horchte er auf. Diese Stimme … Neugierig näherte er sich dem Wohnzimmerfenster und beobachtete die junge Frau, die gerade sprach. Er warf seine Kippe weg und trat durch den Dienstboteneingang ins Haus. Diener und Hausmädchen waren damit beschäftigt, das Dessert vorzubereiten.

»Ich hab schon vermutet, dass Madame schwanger ist«, sagte das Hausmädchen vor sich hin. »Vermutlich vom Heiligen Geist«, fügte sie verschlagen hinzu.

»Warum sagst du das?«, wollte Jean wissen.

»Weil die seit Jahren nicht mehr miteinander geschlafen haben. Allerdings hat sich Madame seit dem Brand sehr verändert«, erklärte sie ihm mit gesenkter Stimme. »Verstehst du, was ich meine?«

»Nein, nicht wirklich.«

»Nach der Katastrophe scheint sie eine neue Frau geworden zu sein.«

»Dein Vater hat mir alles über den Anarchisten berichtet«, sagte Mathilde, als ihre Tochter endlich heimgekommen war. »Alice, du musst ihn vergessen.«

»Er hat mir das Leben gerettet«, wiederholte das junge Mädchen zum zigsten Mal.

»Er ist vor allem verantwortlich für den Tod von über hundert Personen«, wandte Mathilde verärgert ein.

Alice, die ebenso müde wie verdrossen war, schwieg lieber.

»Alice, red mit mir«, bat ihre Mutter sie, als sie bemerkte, dass sie totenbleich war.

»Ich habe alles gesagt«, erwiderte Alice kalt und stieg die Treppe hoch, ohne sich umzudrehen.

In ihrem Zimmer legte sie sich verzweifelt angekleidet aufs Bett.

»Alice, dieser Mann hat es getan«, sagte Mathilde, die ihr gefolgt war.

»Er ist kein Mörder«, widersprach Alice und kehrte ihrer Mutter den Rücken zu. »Alle lügen, sogar Papa«, bemerkte sie und löschte ihr Nachtlicht. »Bitte, lass mich in Ruhe.«

Mathilde zögerte kurz, sie hätte gerne ihre Tochter an sich gedrückt. Da sie aber ahnte, dass Alice es nicht dulden würde, verließ sie das Zimmer, verwirrt durch die selbstsichere Beharrlichkeit ihrer Tochter.

Jean liebte Rose mit solcher Inbrunst, dass sie für ihn immer wie sein zweites Ich gewesen war. Auch ihre elegante Aufmachung konnte ihn daher nicht täuschen. Er hatte sofort ihre Stimme erkannt, als Odette das Wort ergriff. Anfangs glaubte er an eine Halluzination, doch hatte er sie während des Abends über längere Zeit beobachtet, und was er sah, bestätigte seine Intuition: Hinter der Aufmachung einer Dame der Gesellschaft mit Maske waren Stimme, Blick, Haltung und Anmut ganz eindeutig Rose zuzuschreiben. Also lauerte er ihr auf und wartete ab.

Rose selbst hatte Jeans Blick gekreuzt und hätte fast das Bewusstsein verloren. Die Gäste, überzeugt davon, dass ihre Übelkeit durch die Schwangerschaft verursacht wurde, hatten sich von ihrer Gastgeberin verabschiedet, und diese zog sich in ihre Gemächer zurück, um sich auszuruhen.

Im Flur konnte Jean sie abfangen. Falls Madame Huchon oder La Trémoille sie jedoch ertappte, wäre das eine Katastrophe. Daher schlich er sich mit ihr in ihr Boudoir und schloss die Tür ab.

»Hören Sie«, sagte er, ohne den Blick von ihr zu wenden, »wenn meine Frau Ihre Brandwunden erlitten hätte, hätte ich sie genauso geliebt wie vorher, wie immer. Wenn sie beschlossen hätte, aus dem einen oder anderen Grund zu verschwinden, hätte ich ihr verziehen, da sie ja die Liebe meines Lebens war.«

Rose stand Jean wie gelähmt gegenüber und konnte den Blick nicht von ihm lösen. Es war so verrückt.

»Habe ich etwas falsch gemacht?«, fragte Jean und näherte sich Roses Gesicht.

Sie schüttelte den Kopf, unfähig zu sprechen, überwältigt von ihren Gefühlen.

Behutsam griff Jean nach Roses linker Hand und erkannte die Narbe, die sie seit ihrer Kindheit am Handgelenk hatte.

»Ich wusste, dass du es bist«, sagte er, zu Tränen gerührt. »Ich wusste, dass du es bist«, wiederholte er und versuchte sie zu umarmen. »Ich liebe dich ...«

»Nein«, wehrte Rose ab und löste sich aus seinen Armen. »Ich bin zu einem Monster geworden.«

Sie nahm ihre Maske ab und enthüllte ihre Narben.

»Siehst du«, sagte sie verzweifelt, »Rose gibt es nicht mehr ... Zuerst würdest du Mitleid mit mir haben, und dann wärst du eines Tages für immer verschwunden.«

Tränen liefen ihr über die Wangen. Sie wollte ihre Maske wieder aufsetzen, doch Jean zog sie behutsam an sich.

»Pst … Pst … Ich werde dich nie mehr verlassen … Verstehst du? Nie mehr! Schau mich an, meine Liebste.«

Sie schluchzte, aufgewühlt. Wie gern wollte sie glauben, dass er die Wahrheit sagte!

»Und was machen wir jetzt?«, murmelte sie und ließ sich in die Arme ihres wiedergefundenen Ehemanns fallen.

– 45 –

10. Mai 1897, dreiundzwanzig Uhr.
»Wie war das Diner?«, fragte Adrienne und spielte mit dem Schaum ihres Bades, in dem sie sich träge rekelte.

Sie hatte in dem Zimmer, in dem ihr Mann sie gefangen hielt und das an den Waschraum grenzte, Kerzen angezündet.

»Sie lagen mir alle zu Füßen«, erwiderte ihr Mann, fasziniert von seiner Frau, die nach wie vor berauschend schön war.

»Daran zweifle ich nicht«, sagte sie und erhob sich. Ihre wohlgerundeten Formen waren mit Schaum bedeckt. »Reichst du mir meinen Bademantel?«

De Lenverpré befolgte ihre Bitte und war fasziniert von ihrem Nacken und ihren Haaren, die sie teilweise zu einem Haarknoten aufgesteckt hatte. Ein paar Strähnen fielen ihr ins Gesicht, das mit Sommersprossen übersät war.

Bezaubert streichelte er die Schulter seiner Frau. Er war verrückt nach ihr, konnte ihr nicht widerstehen und riss sie in seine Arme. Adrienne stieß ihn nicht zurück, sondern drängte sich ihm verführerisch entgegen.

»Was ist in Sie gefahren?«, fragte Madame Huchon wütend. »Haben Sie den Verstand verloren?«

»Er wusste schon, dass ich schwanger bin«, sagte sie

furchtlos und arrangierte sorgfältig ihre Maske. »Ich musste etwas tun, denn er wollte mein Baby umbringen.«

»Odette!«, brüllte La Trémoille, der jetzt hereinplatzte, ziemlich betrunken, ein Glas Champagner in der Hand. »Ich muss mit dir reden.«

Er schwankte, als er auf Rose zuging.

»Du hast mich heute Abend reingelegt. Von wem ist es?«, fuhr er fort und trank den Champagner in einem Zug aus. »Haben Sie es gewusst?«, sagte er plötzlich drohend, als er Madame Huchon erblickte. »Von wem ist dieser Bastard?«

Außer sich vor Wut warf er das Glas zu Boden und packte die verblüffte Odette an den Schultern.

»Hören Sie auf!«, mischte sich Madame Huchon ein. »Lassen Sie sie los!«

»Von wem ist dieser Balg? Du Schlampe!«

»Schlafen Sie Ihren Rausch aus«, blaffte Madame Huchon und stieß ihn zurück.

»Sie haben doch alles gewusst?«, fragte er und wäre fast hingefallen. Die Schwiegermutter war sicher auf dem Laufenden. Oh! Die Königinmutter! »Du antwortest, wenn ich dich was frage.«

Sidonie Huchon blieb unerschütterlich. Auf der Türschwelle stellte er kurz den Fuß in die Tür.

»Wenn ich den Kerl finde, der Odette diesen Balg angehängt hat, mach ich ihn platt«, sagte er, dann kehrte er ihnen den Rücken zu. »Ich habe das Recht auf meiner Seite! Ich werde ihn abmurksen! Zum Glück steht uns Männern auch heute noch das Gesetz zur Seite. Ja«, beharrte er, »den bringe ich um.«

Madame Huchon schloss die Tür hinter ihm. Im Flur fluchte La Trémoille weiter.

»Schlampe!«

Dann hörte man seine unsicheren Schritte, die sich entfernten.

»Legen Sie sich wieder hin, es ist jetzt vorbei«, versicherte Madame Huchon Rose. »Sie können beruhigt schlafen, er kommt nicht zurück. Ich bleibe noch ein bisschen«, fügte sie hinzu und nahm Platz, um über die junge Mama zu wachen.

Die junge Frau, die leidgeprüft war, aber auch voller Freude, ihren Jean wiedergefunden zu haben, schlief innerhalb weniger Augenblicke ein.

Sechster Teil

– 46 –

11. Mai 1897, sechs Uhr zehn.
Sieben Tage nach der Explosion.
»Ist es schon Tag?«, fragte Thomas träge.

»Schlaf, mein Engel«, sagte Rose und küsste ihn auf die Stirn. »Es ist noch früh.«

Das Kind öffnete die Augen und erblickte Rose, in einen Umhang gehüllt, das Gesicht mit der Maske bedeckt.

»Gehst du weg?«, fragte der Junge besorgt und setzte sich mit einem Ruck auf. »Ich will nicht, dass du weggehst, sonst bin ich ganz allein.«

»Aber nein. Ich gehe nirgendwohin«, erwiderte sie und streichelte seine Wange.

»Rose, ich liebe dich«, erklärte ihr das Kind und legte sich beruhigt zurück.

Rose, die gerührt war, weil er sie bei ihrem richtigen Namen genannt hatte, küsste den kleinen Jungen erneut.

»Ich hatte schon Angst, du kommst nicht.«

Jean, der sich im Pferdestall versteckt hatte, nahm Rose in die Arme. Sie umarmten und küssten sich eine Ewigkeit lang.

»Aha, so ist das also«, sagte La Trémoille, der plötzlich vor ihnen auftauchte.

Er hielt sie mit einer Pistole in Schach. Offensichtlich hatte er die Nacht durchgezecht, denn er lallte und bewegte sich unsicher und schwankend. Er stellte eine Gefahr dar.

»Dein Liebhaber ist also der Kutscher«, lachte er hämisch. »Meine arme Odette, wie tief du doch gefallen bist, aber für eine Bauerntochter, warum nicht ... Du kehrst zu deinen Ursprüngen zurück.«

»Es handelt sich hier um ein Missverständnis«, unterbrach ihn Jean, der versuchte, die Lage zu entspannen. »Wir werden Ihnen alles erklären.«

»Ein Missverständnis? Du treibst es mit meiner Frau und nennst das ein Missverständnis?«

Er nahm Rose aufs Korn, machte sich bereit zum Schuss. Jean warf sich auf ihn. Die beiden Männer wälzten sich im Stroh und prügelten sich.

»Nein!«, rief Rose verzweifelt.

Jean versuchte, an die Waffe zu gelangen, doch ohne Erfolg. La Trémoille gab einen Schuss ab, ohne dass jemand getroffen wurde. Endlich gelang es Jean, die Pistole zu ergreifen und wegzuschleudern. La Trémoille nutzte diese Gelegenheit, um die Oberhand zu gewinnen und Jean die Luft abzudrehen.

»Nein, nein!«, schrie Rose und griff nach einer großen Mistgabel, die an der Mauer lehnte.

Sie schlug damit auf La Trémoilles Kopf ein, so lange, bis er bewusstlos wurde und zusammenbrach. Rose ließ entsetzt das schwere Gerät fallen. Jean beugte sich über den leblosen Körper und fühlte den Puls.

»Er ist tot«, stellte er fest. »Wir müssen hier raus«, fuhr er fort und zog Rose mit ins Freie.

Die junge Frau rührte sich nicht von der Stelle.

»Mein Gott, Jean, was habe ich nur getan?«

»Komm, Liebling, komm schnell, bitte.«

»Wir können jetzt nicht mehr fliehen«, sagte sie leichenblass. »Madame Huchon ... Sie wird mich anzeigen, sie wird einen Zusammenhang zwischen mir und La Trémoille herstellen ...«

»Wir pfeifen drauf, man wird uns nicht finden, komm, mach schnell.«

»Nein. Ich will nicht, dass wir ein Leben lang weglaufen«, erwiderte sie, flehend an ihren Mann gewandt. »Ich will nicht, dass unser Kind im Gefängnis zur Welt kommt.«

»Sollten wir geschnappt werden, dann behaupte ich, dass ich es war. Komm«, drängte er sie und nahm ihre Hand, um sie mitzuziehen.

»Nein«, widersetzte sich Rose energisch. »Hör zu: Kehr du zu den de Jeansins zurück. Ich werde La Trémoilles Tod als Reitunfall erklären. Jeder weiß, dass er trinkt, er hat wohl ein Glas zu viel gehabt ...«

Jean war skeptisch, wusste nicht, was er davon halten sollte. Und wenn Rose recht hatte?

»Vertrau mir, Liebster«, beschwor sie ihn und schmiegte sich an ihn. »Wir werden uns wiedersehen, das schwöre ich dir.«

Adrienne beendete gerade ihre Toilette, als de Lenverpré das Zimmer betrat.

»Ich muss geschäftlich weg«, sagte er und verschlang mit den Augen den Körper seiner Frau. »Wie war diese erste Nacht zu Hause?«, fügte er hinzu und küsste sie auf den Nacken.

»Ich habe wie ein Murmeltier geschlafen. Das Nomadenleben ist nichts für mich. Und du?«

»Ich schlafe schlecht, wenn du nicht neben mir liegst, das weißt du genau …«

»Marc-Antoine«, sagte sie, als er sich zur Tür wandte. »Lass mich bitte Camille sehen.«

»Für dich zählt nur deine Tochter.«

»Sie ist mein einziges Kind. Darf ich dich daran erinnern, dass du keine weiteren Kinder wolltest«, bemerkte sie, verführerisch schmeichelnd.

»Wir beide hatten es gut«, flüsterte er ihr ins Ohr.

»Wir könnten es wieder so haben«, versicherte sie ihm.

Wachsam musterte de Lenverpré seine Frau. Was meinte sie damit?

»Wenn du mich ins Leben zurückbringst, könnte alles so sein wie vorher …«

»Dich ins Leben zurückbringen?«, fragte er ungläubig.

»Nach der Brandkatastrophe hätte ich doch an Gedächtnisverlust leiden können … Stell dir die Schlagzeilen vor: Frau des künftigen Senatspräsidenten aus den Flammen des Basars gerettet. Das würde die Menschen zu Tränen rühren … Und alle würden nur über dich reden.«

De Lenverpré bewunderte ihre Idee, er fiel darauf herein.

»Und ich hätte alle auf meiner Seite … hervorragend … Das müssen wir heute Abend feiern.«

»Nur du und ich«, schlug Adrienne mit verführerischer Stimme vor. »Im Musiksalon … wie früher … Erinnerst du dich?«

»Ja … Ich erinnere mich.«

Adrienne küsste ihn zärtlich. Er hatte angebissen.

Im Stall holte Rose ein Pferd aus seiner Box und führte es zu der Leiche von La Trémoille.

Sie reizte es so lange, bis es sich aufbäumte und dann auf dem leblosen Körper herumtrampelte.

Von nun an erhoffte sie sich ein besseres Leben, fernab der Ärgernisse mit diesem hinterhältigen Mann, und kehrte geräuschlos in Odettes Zimmer zurück.

»Der Vorführer des Kinematografen verantwortlich für den Brand. Eine belastende Aussage von Alice de Jeansin. Die Tochter des Präsidenten des Organisationskomitees bezichtigt den Vorführer, schuld an der Katastrophe zu sein, und widerlegt damit den Verdacht gegen Anarchisten«, las Mathilde laut vor, als Alice ins Esszimmer kam.

»Es ist nicht gegen dich, Papa, tut mir leid …«

Auguste, der kein Wort hervorbrachte, war niedergeschlagen und aschfahl.

»Bist du dir eigentlich bewusst, was du da angestellt hast?«, bemerkte Mathilde entrüstet und wandte sich ihrer Tochter zu. »Mein Mann, meine Kinder werden durch den Dreck gezogen … Und das alles, um diesen Terroristen zu retten, in den du vernarrt bist …«

»Victor ist kein Terrorist!«

»Alice, es reicht! Es geht nicht mehr nur um Heirat und Geld, du hast soeben deine Familie mit Schmutz beworfen. Deinen Bruder, deine Schwester … Du lässt uns als Komplizen dastehen.«

»Sag ihr, dass es die Wahrheit ist«, bat Alice ihren Vater eindringlich. »Papa, wovor hast du Angst? Du bist ja nicht verantwortlich, da es ein Unfall war.«

Auguste wandte zerknirscht den Blick ab.

»Auguste?«, fragte Mathilde fassungslos. »Ist das wahr? War es kein Attentat? Auguste, rede mit mir, sag etwas. Wovor hast du Angst?«

Statt einer Antwort griff Auguste nach der Zeitung, stand vom Frühstückstisch auf und überließ seine Frau und seine Tochter ihrer Enttäuschung.

– 47–

11. Mai 1897, neun Uhr fünfundzwanzig.

»Man hat ihn so gefunden, sein Pferd stand neben ihm«, erklärte der Stallknecht Madame Huchon, die über die Leiche ihres Schwiegersohns gebeugt war. »Man vermutet, dass er aufsteigen wollte und das Pferd sich aufgebäumt hat.«

»Madame, soll ich die Polizei benachrichtigen?«, wollte der Hausverwalter wissen.

»Ja«, stimmte sie zu. »Die Polizei soll den Unfall feststellen. Und informieren Sie das Bestattungsinstitut«, fuhr sie fort. »Weiß meine Tochter Bescheid?«

»Noch nicht.«

»Ich kümmere mich darum. Lassen Sie mich nun bitte allein.«

Sidonie Huchon wartete, bis der Hausverwalter und der Stallbursche hinausgegangen waren, um einen Edelstein, der im Stroh funkelte, aufzuheben. Es war einer der Smaragde aus Odettes Maske ... Madame Huchon steckte ihn ein.

»Warum weinst du?«, fragte Thomas. Er fühlte sich hilflos angesichts der Tränen, die über Roses Wange rannen. »Hast du dir wehgetan? Oder hat jemand dir wehgetan?«

»Nein, ich war es«, sagte sie und riss sich zusammen. »Ich habe etwas sehr Böses getan.«

»Weißt du, das passiert mir auch«, tröstete das Kind sie.

»Ich muss euch etwas Schreckliches mitteilen«, verkündete Sidonie Huchon, als sie das Zimmer betrat.

Sie vergewisserte sich, dass niemand sonst in der Nähe war. Dann schloss sie die Tür hinter sich.

»Thomas, dein Papa hatte einen Reitunfall.«

»Ist es schlimm?«

»Sehr schlimm.«

»Soll das heißen, er ist tot?«

»Ja, genau. Es tut mir sehr leid, mein Herz.«

Thomas wandte sich Rose zu.

»Kann ich heute Nacht bei dir schlafen?«

Rose nahm ihn erschüttert in die Arme. Die Reife des kleinen Jungen stellte genau das Gegenteil von der Dummheit seines verstorbenen Vaters dar.

»Natürlich«, erwiderte sie und küsste ihn zärtlich auf die Stirn. »Natürlich«, wiederholte sie, und es wurde ihr bewusst, dass sie dieses Kind liebte.

»Ich habe eine Überraschung für dich«, verkündete Marc-Antoine de Lenverpré, als er das Wohnzimmer betrat.

Adrienne blickte von ihrem Buch auf, und ihr Gesicht erstrahlte: Camille kam in Begleitung der Gouvernante herein. Sobald das kleine Mädchen seine Mutter sah, rannte es auf sie zu und fiel ihr um den Hals.

»Mama!«

»Mein Liebling«, bemerkte Adrienne und überschüttete sie mit Küssen. »Mein Schatz ... Schau mich an ...«

Die Gefühle waren überwältigend. De Lenverpré, der

sich angesichts dieser Zärtlichkeitsbekundungen, die nicht ihm galten, unbehaglich fühlte, beobachtete die beiden aus dem Augenwinkel und war etwas eifersüchtig.

»Ich überlasse euch dann eurer Wiedersehensfreude«, sagte er und ging hinaus.

Die Gouvernante folgte ihm auf dem Fuß, wie ein treuer Hund.

»Mein Liebling, alles klar?«, fragte Adrienne schnell, als sie mit Camille allein war.

»Ich möchte nicht mehr bei Papa bleiben …«

»Ich weiß, mein Herz, ich auch nicht. Hör mir gut zu«, sagte sie und setzte sich ihre kleine Tochter auf den Schoß. »Du wirst noch heute abreisen. Ich habe eine Freundin, die dich zu einem Ort begleitet, wo du in Sicherheit bist.«

»Mama, ich will aber lieber bei dir sein.«

»In ein paar Tagen hole ich dich ab«, erklärte Adrienne und drückte ihre Tochter an sich. »Bald wird die Polizei deinen Vater festnehmen, und das sollst du nicht miterleben.«

»Aber wenn es hier gefährlich ist, warum bleibst du dann?«

»Ich schwebe nicht in Gefahr«, log sie. »Mein Engel, du musst jetzt mutig sein. Und bald sind wir wieder zusammen, ja?«

– 48 –

11. Mai 1897, neun Uhr fünfundfünfzig.

»Sie wollen mit mir sprechen?«, fragte Rose und nahm Platz. »Ich wollte einfach gerne mit meiner Tochter Tee trinken«, erklärte Madame Huchon und blickte sie eindringlich an. »Das hier habe ich im Pferdestall gefunden, im Stroh.« Sie legte den Smaragd auf den Tisch. »Bei La Trémoilles Leiche. Was haben Sie dort gemacht? Was ist passiert? Und wer war bei Ihnen?«

Rose zögerte mit der Antwort. Sie wandte den Kopf zum Fenster und schwieg einen Moment lang.

»Jean war bei mir«, erwiderte sie dann, die Augen zur Decke gerichtet. »Wir hatten vor zu fliehen«, fuhr sie fort und hielt Madame Huchons Blick stand. »Ich wollte Ihr Haus verlassen.«

Sidonie Huchon wurde von einem heftigen Hustenanfall ergriffen. Sie wandte den Kopf ab, um zu verbergen, dass sie Blut im Mund schmeckte. Die Anfälle wurden schlimmer.

»La Trémoille hat uns ertappt«, erklärte Rose. »Er wollte meinen Mann töten, ich habe ihn verteidigt. Jean kann nichts dafür.«

»Es bringt mich sehr auf, wenn ich höre, dass Sie verschwinden wollten und Ihr Kind zurückgelassen hätten.«

»Ich bin nicht seine Mutter.«

»Er liebt Sie. Und Sie lieben ihn ebenfalls. Sie müssen bleiben.«

Rose war hin- und hergerissen. Thomas ging ihr unter die Haut, etwas an ihm weckte ihren Mutterinstinkt. Aber sie war schwanger, sie würde ein Kind von Jean bekommen, ihr Baby.

»Nein, das kann ich nicht. Das kann ich Jean und unserem Baby nicht antun.«

»Lassen Sie mich zu Ende sprechen. Was auch geschehen mag, ich werde Sie nicht anzeigen. In ein paar Monaten sterbe ich, denn ich bin schwer krank. Und Thomas hätte dann niemanden mehr, der sich um ihn kümmert. Es sei denn, Sie entscheiden sich zu bleiben, und Sie schwören mir, dass sie dieses Kind aufziehen werden, so als ob es Ihr eigenes wäre.«

Die junge Frau war sehr gerührt und konnte das kaum verbergen.

»Rose, ich vertraue Ihnen. Ich brauche nur Ihr Wort. Nach meinem Tod erben Sie alles, absolut alles. Odette ist jetzt Witwe und frei. Bald kann sie sich nach Belieben neu verheiraten. Und sie hat dann die Mittel, jene zu ignorieren, die etwas dagegen haben könnten.«

Rose wurde nachdenklich. Sidonie Huchon hatte den Ruf, eine starke Frau zu sein. Rose hatte während der Zeit in ihrem Haus entdeckt, wie faszinierend und rührend sie war: eine Frau, deren Trauer zu ihrer eigentlichen Krankheit geworden war.

»Welcher Teufel hat sie denn geritten?«, tobte de Lenverpré und schwenkte die Zeitung.

»Alice hatte schon immer den Mut, für die Wahrheit einzutreten«, erklärte Auguste verlegen.

»Die Wahrheit! Hier ist meine Wahrheit: Abgesehen von der Aussage Ihrer Tochter, die leider Victor Minvilles Freispruch bewirken könnte, beweist nichts, dass der Projektor sich entzündet hat. Ich habe alle Beweise verschwinden lassen«, erklärte er und kaute nervös an seiner Zigarre. »Jeansin, Sie machen, was ich Ihnen sage. Sie befehlen Alice, ihre Aussage zurückzunehmen, und veröffentlichen es in der Zeitung. Und wenn sie sich weigert, behaupten Sie, Ihre Tochter könne infolge des Brandes nicht mehr klar denken.«

»Ich soll meine Tochter für verrückt erklären?«, konterte Auguste außer sich. »Schließlich haben Sie …«

»Vergessen Sie nicht, was ich alles für Sie getan habe, Jeansin«, unterbrach ihn der Abgeordnete kalt. »Ohne mich säßen Sie und Ihre Familie auf der Straße. Schauen Sie, dass Alice ihre Aussage zurückzieht, sonst sorge ich dafür, dass sie in der Irrenanstalt landet.«

Auguste platzte in Alices Zimmer.

»Deine Aussage war sinnlos, denn dein Onkel hat alle Beweise vernichtet.«

»Aber dazu hat er nicht das Recht«, protestierte Alice, die erblasste.

»Er hat jedes Recht der Welt. Er hat die Macht, die entsprechenden Verbindungen und das Geld, das uns vor dem Bankrott bewahrt«, zählte er auf. »Ohne Julien kann ich nicht anders handeln. Alice, du hast uns vernichtet, hast alles kaputtgemacht«, betonte er, rasend vor Wut. »Du wirst deine Aussage zurücknehmen.«

»Nie und nimmer, auf keinen Fall!«

Unvermittelt griff Auguste nach dem Schlüssel für die Tür, und bevor Alice Zeit zu reagieren fand, ging er aus dem Zimmer und verriegelte die Tür.

»Papa!«, rief das junge Mädchen und sprang vom Bett hoch. »Was tust du da? Lass mich raus! Mama! Mama, bitte! Hilf mir!«, flehte sie und trommelte gegen die Tür. »Ihr seid Ungeheuer. Victor hat nichts getan. Er hat mir das Leben gerettet, und ihr werdet ihn umbringen, nur für euer bequemes Leben in Reichtum. Ich hasse euch!«

»Auguste, was tust du da?«, erkundigte sich Mathilde, die von dem Lärm herbeigelockt wurde.

»Mathilde, ich beschütze uns«, antwortete Auguste trocken.

»Mama! Mama!«, rief Alice erneut durch die Tür.

»Ich beschütze uns«, wiederholte er und entfernte sich.

– 49 –

11. Mai 1897, elf Uhr fünfundvierzig.

Adrienne, die neben dem Klavier stand, ließ Camille die *Mondscheinsonate* wiederholen. Einer von de Lenverprés Schergen las Zeitung, ohne sie aus den Augen zu lassen. Adrienne blickte durchs Fenster auf den Park hinaus. Plötzlich entdeckte sie Lucile in Begleitung eines gut aussehenden dunkelhäutigen Mannes. Die Journalistin hatte die Idee gehabt, Camille zum Schutz in die Kaserne von Mattéos Feuerwehrleuten zu bringen. Zumindest wäre sie dort in Sicherheit.

»Camille, meine Freundin ist gekommen«, flüsterte Adrienne ihrer Tochter zu, damit der Bursche es nicht hörte. »Jetzt wird es ernst.«

Camille begriff, dass sie jetzt an der Reihe war. Sie schlug falsche Tasten an.

»Nein, Camille«, mäkelte Adrienne, scheinbar verärgert. »Konzentrier dich!«

»Ich kann es nicht, es ist zu schwierig.«

»Nicht, wenn man daran arbeitet.«

»Nein. Ich hasse das Klavier. Und du und Papa, ihr geht mir auch auf den Wecker«, fügte sie mürrisch hinzu. »Ich hasse euch alle beide.«

Camille erhob sich und rannte schmollend zur Tür. Der

Bursche sprang hoch, um sie aufzuhalten, aber Adrienne stellte sich ihm in den Weg.

»Lassen Sie sie«, befahl sie. »Sie soll in den Garten, um sich zu beruhigen, das tut ihr gut.«

Der Bursche vertiefte sich wieder in seine Lektüre, und Camille ging hinaus.

Durchs Fenster beobachtete Adrienne, wie sie bis zum hinteren Teil des Gartens rannte, dann durch eine Öffnung schlüpfte und mit Lucile und Mattéo verschwand. Adrienne wusste jetzt, dass ihre Tochter gerettet war.

»Ist Camille nicht bei dir?«, fragte de Lenverpré, der plötzlich auftauchte, die Gouvernante im Schlepptau.

»Nein«, erwiderte Adrienne und tat so, als sei sie verärgert. »Sie ist im Garten, sie schmollt gerade. Sie hat ihre Sonate falsch gespielt.«

»Such das Mädchen«, befahl de Lenverpré misstrauisch dem Burschen, der das kleine Mädchen hätte bewachen sollen.

Dieser machte sich sofort auf den Weg.

»Ich dachte, nach den Wahlen könnten wir drei nach Deauville fahren«, schlug der Abgeordnete vor und wandte sich seiner Frau zu. »Was hältst du davon?«

»Tolle Idee«, lächelte Adrienne. »Camille wird glücklich sein, wenn sie das Meer sieht. Aber bist du sicher, dass deine Verpflichtungen dir die Zeit lassen?«

»Die Zeit nehme ich mir einfach«, erklärte er, erfreut über diese Perspektive.

»Monsieur«, sprach ihn der Handlanger an, der zurückgekehrt war, allein und blass. »Ihre Tochter ist nicht mehr im Garten, sie ist verschwunden.«

»Wo steckt Camille?«, brauste de Lenverpré auf und durchbohrte Adrienne mit Blicken.

»Wie soll ich das wissen?«, log Adrienne und heuchelte Besorgnis.

»Verkauf mich nicht für dumm. Wo steckt sie?«

»Ich weiß es nicht«, versicherte sie ihm. »Glaubst du, ich lasse sie einsam durch Paris irren?«

De Lenverpré begriff, dass sie sich über ihn lustig machte. Er starrte sie finster an.

»Hast du sie entkommen lassen? Bravo! Du bist wirklich mit allen Wassern gewaschen. Wer hat dir geholfen?«

Adrienne schäumte innerlich, doch sie blieb völlig gelassen. Als er sie würgte, schrie sie vor Überraschung und Schmerz auf. Ihre Augen sprühten Funken.

»Adrienne, du hast mich verraten«, presste er zwischen den Zähnen hervor.

»Und was willst du tun?«, fragte sie herausfordernd. »Mich töten? Wie Eva Schaff? Wie Hugues?«

Überrascht ließ de Lenverpré sie los. »Eva?«

»Vielleicht bin ich eine Schlampe«, fauchte Adrienne. »Aber du bist Abschaum und ein Mörder.«

»Eva«, wiederholte der Abgeordnete nach kurzem Atemholen verblüfft. »Woher weißt du von ihr? Auch sie war eine Schlampe. Ihr seid alle gewissenlose Schlampen«, fuhr er wütend fort. »Auch sie war sehr schön. Nur hat ihr das nichts genutzt«, sagte er spöttisch und starrte seine Frau an. »Letztlich passt es gut, dass Camille nicht mehr hier ist. Wir sind jetzt allein und können uns amüsieren.«

De Lenverpré streichelte Adriennes Wange, packte sie dann bei den Haaren und warf sie zu Boden. Adrienne hielt sich unwillkürlich schützend die Hände vors Gesicht, fürchtete die Schläge ihres brutalen Ehemannes.

»Du wirst deine Aussage widerrufen«, sagte Auguste und versuchte, ruhig zu bleiben. »Du wirst erklären, dass man dich falsch informiert und deine Naivität ausgenutzt hat.«

Alice hüllte sich in Schweigen und drehte ihren Eltern den Rücken zu.

»Alice, du weißt nicht, was du riskierst ... was wir alle riskieren«, erklärte Auguste, ehrlich besorgt. »Alice, es geht um dein Leben, um dein Leben, verstehst du?«

»Seit ich klein bin, wiederholst du mir immer wieder, dass Angst den Fortschritt verhindert.«

Sie wandte sich ihrer Mutter zu und blickte ihr ruhig in die Augen.

»Und der Fortschritt ist unsere Freiheit, die der Frauen. Das kann nicht länger so weitergehen«, fügte sie hinzu und starrte ihren Vater an. »Eure männliche Dominanz unterdrückt uns ... Ich musste den Mund aufmachen, ob es dir gefällt oder nicht.«

»Du wirst noch im Nonnenkloster enden«, schimpfte Auguste verbittert.

Bei der Erwähnung des Klosters durchbohrte Alice ihren Vater mit Blicken. Mathilde, die verhindern wollte, dass alles wieder von vorn losging, griff nach dem Arm ihres Mannes und zog ihn mit sich auf den Flur.

»Vergiss nicht, die Tür zu verschließen!«, schrie Alice und schlug sie vor der Nase ihrer Eltern zu.

Bitter enttäuscht, vernahm sie, wie ihr Vater tatsächlich den Schlüssel umdrehte.

– 50 –

11. Mai 1897, sechzehn Uhr zwanzig.
»In der letzten Tagesausgabe der Zeitung fehlte das Dementi, um das ich Sie gebeten hatte. Haben Sie eine Erklärung dafür?«, fragte der Abgeordnete, in seinen Sessel vergraben.

»Alice hat sich geweigert, ihre Aussage zurückzunehmen«, gestand Auguste, der mitgenommen wirkte.

»Was machen wir nun, Sie Volltrottel? Sie haben also entschieden, sich von Ihrem Flittchen von Tochter an der Nase herumführen zu lassen? Dann übergehen wir sie einfach. Schreiben Sie das Dementi an ihrer Stelle«, befahl er und schob seinem Schwager ein leeres Blatt zu. »Ich kann nicht mehr warten. Minville wird heute Nachmittag dem Strafrichter vorgeführt. Ihr Dementi räumt die Zweifel an seiner Schuld aus dem Weg«, sagte er und reichte ihm eine Schreibfeder.

De Lenverpré ließ de Jeansin allein. Zögernd starrte dieser einen Augenblick lang auf das weiße Blatt. Dann nahm er entschlossen Platz und fing an zu schreiben.

– 51 –

11. Mai 1897, siebzehn Uhr dreißig
»Es interessiert Sie also nicht, was ich von Ihnen halte?«, erkundigte sich der Richter.

»Monsieur, ich bin bereits verurteilt worden«, erwiderte Victor, »was Sie von mir halten, ändert nichts daran. Man will einen Schuldigen. Wenn ein Verbrechen begangen wurde, wollen die Menschen wissen, wer der Täter ist. Sie mögen eindeutige Antworten.«

»Ich verstehe nicht, was Sie mir sagen wollen.«

»Wie ich es sehe, haben Sie noch andere wichtige Themen, die anliegen.«

Der Richter, dem Victors Frechheit Unbehagen bereitete, setzte seinen Kneifer auf.

»Ich möchte Ihnen jetzt Ihre Aussage vorlesen …«

»Es ist nicht meine Aussage«, fiel ihm Victor ins Wort, ohne die Stimme zu heben. »Das ist eine Mischung aus dem, was mir meine Anwälte geraten haben, und dem, was die Presse berichtet hat.«

– 52 –

11. Mai 1897, achtzehn Uhr.
Die Abgeordneten der Konservativen hielten den Blick auf de Lenverpré gerichtet.

»Für die Wahl zum Senatspräsidenten gelten Sie schon weitgehend als Sieger«, sagte einer von ihnen und hob sein Cognacglas.

»Danke, danke, aber noch sind die Wahlen nicht gewonnen«, erwiderte de Lenverpré mit geheuchelter Bescheidenheit. »Die Aussage von Mademoiselle de Jeansin hat die öffentliche Meinung irritiert. Indem sie behauptet, der Kinovorführer sei für das Feuer verantwortlich, wirft sie uns indirekt vor, die Wahrheit zu verdrehen und einen Unschuldigen aufs Schafott zu schicken.«

Die verächtlichen Blicke der Abgeordneten richteten sich auf Auguste de Jeansin.

»Das arme Kind!«, bemerkte de Lenverpré ätzend. »Die Brandkatastrophe hat ihren Verstand getrübt … Sie hat sogar den eigenen Vater angeklagt. Lieber Monsieur de Jeansin«, fuhr er fort und trank einen Schluck, »ich kann Ihren Schmerz nachempfinden, glauben Sie mir.«

Auguste, leichenblass, riss sich zusammen.

»Ich danke Ihnen, dass Sie das Nötige unternommen

haben, um die Wahrheit zurechtzurücken«, fügte de Lenverpré hinzu, als ob nichts geschehen wäre.

Julien, der sich in seiner Haut unwohl fühlte, betrachtete den Mann, der sein Schwiegervater hätte werden sollen. Dieser war völlig niedergeschlagen. De Lenverpré machte kurzen Prozess.

»Monsieur Leblanc hat uns etwas zu verkünden«, sagte de Lenverpré und wandte sich dem Polizeipräfekten zu.

»Morgen früh bei Sonnenaufgang wird Victor Minville, der Mann, der die Brandkatastrophe im Bazar de la Charité ausgelöst hat, der Anarchist, der für den Tod so vieler Unschuldiger verantwortlich ist, durch die Guillotine enthauptet.«

Unter den Anwesenden verbreitete sich ein Gemurmel der Erleichterung und Zufriedenheit. Einer der Männer hob das Glas und begann »La Marseillaise« zu singen. Die Übrigen stimmten feierlich ein.

»Stimmt das, was er über Alice sagt?«, fragte Julien.

»Nein«, erwiderte Auguste nach kurzem Zögern. »Er lügt. Alles, was Alice in *La Chouette* berichtet hat, ist wahr. Der Vorführer hat das Feuer verursacht.«

»Und Sie lassen zu, dass ein Unschuldiger unter die Guillotine muss?«, fragte der junge Mann schockiert.

»De Lenverpré droht, sie in die Irrenanstalt einweisen zu lassen, wenn ich nicht seine Version stütze. Er ist wegen der Wahlen darauf angewiesen. Julien, es sind unruhige Zeiten«, fuhr Auguste fort, »und das nutzt de Lenverpré aus. Niemand wagt es, etwas gegen das Urteil und die Hinrichtung zu unternehmen. Er hat alle Abgeordneten in der Hand, alle sind ihm irgendetwas schuldig. Ich an erster Stelle.«

Sie waren jetzt bei Juliens Kutsche angelangt.

»Haben Sie das alles schon gewusst, als ich verraten habe, wo Victor Minville zu finden ist?«, fragte Julien und nahm in der Kutsche Platz.

»Ja«, gestand Auguste zerknirscht.

Julien schloss schockiert die Tür und befahl seinem Kutscher loszufahren. Auguste bedachte er noch mit einem verächtlichen Blick.

»Schluss jetzt, die Besuchszeit ist zu Ende«, mahnte der Gefängnisaufseher und bedeutete Mattéo mit einer Kopfbewegung hinauszugehen.

Dank Major Krebs hatte der Feuerwehrmann die Erlaubnis erhalten, Victor in seiner Zelle des Gefängnisses La Roquette zu besuchen. Mattéo weigerte sich zu glauben, dass sein Sandkastenfreund hingerichtet werden sollte, obwohl er unschuldig war. Seine Zugehörigkeit zum Militär verpflichtete ihn zum Gehorsam gegenüber der Obrigkeit, aber seine Arbeit als Feuerwehrmann verlangte von ihm, Leben zu retten. Und als fortschrittlicher Republikaner hielt er es für seine Pflicht, jeden Menschen vor Ungerechtigkeit zu schützen. Victor beizustehen war das Geringste, was er für ihn tun konnte.

Während der kurzen Besuchszeit hatte Mattéo ihm erklären können, dass Lucile und Krebs jeden Augenblick die Ergebnisse mehrerer »wissenschaftlicher« Experimente erwarteten, aufgrund derer die Begnadigung durch den Präsidenten möglich erschien. Victor glaubte nicht mehr daran – und es fiel ihm auch schwer, dies seinem Freund vorzutäuschen.

Durch das Kellerfenster seiner Zelle beobachtete er, wie die Guillotine errichtet wurde. Vor mehreren Jahren war das Podest abgeschafft worden, um das Schauspiel nicht noch abscheulicher zu gestalten.

Nun, überlegte Victor, es kommt letztlich auf das Gleiche hinaus – das Ergebnis ist immer dasselbe.

Julien, der unter dem Eindruck von Augustes Enthüllungen stand, trat ohne Ankündigung ein.

»Wo ist Alice?«, fragte er den Hausverwalter der de Jeansins schroff.

Dieser fühlte sich sichtlich unbehaglich und zögerte mit der Antwort.

»Wo ist sie?«, stieß der junge Mann, der sonst sehr höflich war, hervor.

»Sie ist in ihrem Zimmer, Monsieur«, erklärte der Mann.

»Julien, was tun Sie da?«, fragte Mathilde, die gerade aufgetaucht war.

»Ihr Mann hat mir alles gesagt. Ich muss mit Alice sprechen …«

Mathilde, das Gesicht verschlossen und angespannt, hielt ihn am Treppenabsatz auf.

»Ich muss dringend mit ihr reden«, erklärte er. Er hatte verstanden, dass er in diesem Haus nicht mehr willkommen war.

»Und ich bin mir nicht sicher, ob sie Lust dazu hat«, schnaubte Mathilde.

Beleidigt machte Julien auf dem Absatz kehrt und verließ das Haus. Doch ging er nicht zum Ausgangsportal, sondern um das Haus herum zu dessen Rückseite.

Unter dem Fenster von Alices Zimmer blieb er stehen. »Ich wusste nicht, dass es ein Unfall war!«, rief er hinauf. »Alle nannten es ein Attentat! Alle! Und ich war davon überzeugt, dass er es getan hat. Dass es seine verdammte Bombe war, die alles dem Erdboden gleichgemacht hat!«

Er blickte zum ersten Stock hoch und hoffte, Alice würde sich zeigen. Vergeblich.

»Hörst du mich?«, fuhr er fort, die Stimme brüchig vor Ergriffenheit. »Ich kann das, was ich dir angetan habe, nie mehr gutmachen. Aber Alice, ich kann dir helfen. Hörst du mich? Ich kann dir helfen!«, wiederholte er entschlossen. »Ich sorge dafür, dass ihr euch noch einmal seht – bevor es zu spät ist.«

In ihrem Zimmer hörte Alice, die immer noch eingeschlossen war, jedes Wort ihres Ex-Verlobten. So etwas hatte sie in ihren kühnsten Träumen nicht erwartet.

– 53 –

11. Mai 1897, einundzwanzig Uhr dreißig.
Sie musste diese Gelegenheit unbedingt nutzen.

Julien verließ gerade das Gefängnis von La Roquette in Begleitung eines Wärters und traf Alice, die vor seiner Kutsche auf ihn wartete.

»Ich habe alles geregelt«, sagte er. »Du kannst jetzt hineingehen.«

»Ich bedauere, dass es so gelaufen ist …«

»Ich ebenfalls«, gab er zu und blickte ihr tief in die Augen. »Beeil dich«, riet er ihr.

»Julien … vielen Dank.«

Aufgewühlt wandte sie sich dem Gefängniswärter zu, der bereits ungeduldig wurde, und folgte diesem in das Kellergeschoss des Gebäudes.

Die Gänge waren düster. Um sich Mut zuzusprechen, erinnerte sie sich daran, weshalb sie hier war, und bemühte sich, ihre Furcht zu verbergen. Sie ging hinter dem Wärter her, bis sie vor Victors Zelle standen, der überrascht die Augen aufriss, als er sie sah.

»Ich lasse euch fünf Minuten«, brummte der Wärter und schloss die Tür hinter ihr.

In der Zelle fielen sie sich in die Arme, trunken vor Glück.

»Ich habe mit den Presseleuten gesprochen, habe ihnen die Wahrheit erzählt. Es wird alles gut«, sagte sie vertrauensvoll.

»Ich glaube nicht, nein ... Alice, sie haben mich verurteilt, es war ein Prozess unter Ausschluss der Öffentlichkeit. Morgen früh bei Sonnenaufgang richten sie mich hin.«

»Nein!« Das junge Mädchen hätte vor Kummer fast das Bewusstsein verloren. »Sie haben kein Recht dazu.«

Sie brach in Tränen aus, schluchzte herzzerreißend.

»Schau mich an«, sagte Victor und nahm das Gesicht seiner Liebsten in beide Hände. »Schau mich an«, wiederholte er, um sie zu beruhigen. »Es gibt nichts zu bedauern. Nichts. Ohne den Brand«, fuhr er fort, das Gesicht nahe an ihrem, »hätte ich dich nicht kennengelernt. Allein deswegen lohnt es sich zu sterben.«

Sie genoss seine sanfte Stimme und unterdrückte erneutes Schluchzen. Die letzten Tage waren so unwirklich gewesen. Ihre Eltern konnten nicht verstehen, wie sehr die Katastrophe in der Rue Jean Goujon sie verändert hatte und dass sie niemals mehr dieselbe sein würde.

»Wie schön du bist«, seufzte Victor und umarmte sie voller Leidenschaft.

»Wo ist sie?«, fragte Auguste besorgt, als er entdeckte, dass Alice nicht in ihrem Zimmer war.

»Ich habe sie zu dem Mann gelassen, den sie liebt, damit sie sich von ihm verabschieden kann.«

»Warum hast du das getan?«, fragte Auguste, der es ruhig aufnahm.

»Auguste, er ist unschuldig. Du darfst das nicht zulassen. Es ist ungerecht«, fügte sie bewegt hinzu. »Und selbst Alice sagt, es sieht dir gar nicht ähnlich.«

»Mathilde, ich stecke in der Zwickmühle«, sagte er resigniert. »Ich kann nichts mehr tun.«

Gebeugt unter der Last der Gewissensbisse und der Schuldgefühle, sah er das Gespräch als beendet an und wollte sich zurückziehen.

»Auguste, hör mir zu … de Lenverpré ist ein Mörder.«

Er versteinerte, ohne sich umzudrehen.

»Er hat seine ehemalige Geliebte getötet, verstehst du? Er ist ein Mörder.«

»Aber was erzählst du da?«, fragte er verblüfft und starrte seine Gattin an.

»Adrienne hat es mir verraten. Gestern. Sie lebt!«

Auguste begriff völlig verwirrt, dass er vieles nicht wusste und einen Fehler begangen hatte. Er hielt sich am Treppengeländer fest und setzte sich auf eine Stufe. Der Schock überwältigte ihn.

Alice war sehr schnell klar geworden, dass sie alles tun und für Victor bis zum bitteren Ende gehen würde.

Angesichts des Gerüchts über die bevorstehende Hinrichtung, die sich im Boucan verbreitete, und auch wegen des Todes von Janvier hatte die Angelegenheit ein überwältigendes Ausmaß angenommen und einige Zungen gelöst. Die beiden Anarchisten, die Émeline bei der Vorbereitung ihres Attentats geholfen hatten, konnten nicht länger schweigen. Zugegeben – der Sprengkörper hatte nicht gezündet, aber Victor war keinesfalls in die Sache verwickelt!

Émeline weigerte sich hartnäckig, mit der Polizei oder dem Richter zu reden, was Victor entlastet hätte. Sie wollte nichts riskieren – zumindest nicht die Guillotine! Sie beharrte daher darauf, sich weiter in Schweigen zu hüllen, und erregte damit den Zorn ihrer Kameraden.

Émeline hatte bei der Brandkatastrophe einen Arm eingebüßt, jedoch nicht ihr Verhandlungsgeschick. Sie forderte ganz einfach Alice de Jeansin. Wenn nicht für mehrere Tage, dann doch zumindest für einige Stunden. Sie hatte es schließlich akzeptiert, dass sie nach wie vor fasziniert war von der jungen Frau, und hatte aufgehört, sich deswegen Vorwürfe zu machen.

In der Klinik hatte sie genug Zeit gehabt, ihre Empfindungen besser zu verstehen und zu begreifen, dass Schuldgefühle ein schlechter Ratgeber waren und dieses Verlangen nach einer Bürgerlichen ihre persönliche Angelegenheit war. Und als sie neulich abends Alice im Boucan wiedergesehen hatte, fand sie dies bestätigt.

Nach Victors Verurteilung hatte Émeline beschlossen, ihre Chance zu nutzen. Sie hatte Alice angeboten, zugunsten von Victor auszusagen, wenn diese ihr dafür eine Liebesnacht gewährte. Wer nicht wagt, der nicht gewinnt.

Alice reichte ihr die Hand, Émeline ergriff sie und beugte sich vor, um sie zu küssen. Ihr Herz tat einen Sprung, Begierde erfasste ihren Körper.

Alice löste ihr Korsett, griff dann nach Émelines Hemd, zog es ihr aus und warf es zu Boden. Émeline trat einen

Schritt zurück, um sie zu betrachten. Alice wurde puterrot.

»Hast du das schon mal gemacht?«

»Nein … natürlich nicht«, erwiderte Alice, die nur Victors Rettung im Kopf hatte.

Émeline zog sie an sich und küsste sie leidenschaftlich, indem sie die Zunge in ihren Mund schob.

Bald verlor sich Alice in diesem Kuss. Émeline nahm ihr Gesicht in die Hände und studierte ihre feinen Züge.

»Du bist wunderschön … Es ist ein wahres Vergnügen, dich anzusehen. Komm … Du riechst betörend gut.«

Alice legte sich auf den Bauch, und Émeline fing an, ihre Schultern zu massieren.

»Gefällt dir das?«

Alice murmelte ein schüchternes »Hmm« und drehte sich auf den Rücken.

Émeline küsste sie erneut, erst vorsichtig, dann leidenschaftlich, und zog sich wieder zurück.

»Sie sind so zart, Mademoiselle de Jeansin.«

Das Siezen elektrisierte Émeline. Ihre Nase wanderte von Alices Bauch zu ihrem Vlies.

Ihre Hände berührten dabei Alices Brüste und streichelten sie zärtlich. Alice spürte, wie ihr Atem schneller ging, und drängte sich instinktiv Émeline entgegen. Diese ließ die Finger über die Vagina ihrer kurzzeitigen Geliebten gleiten. Sie beugte sich mit geschlossenen Augen über sie, berührte sie mit den Lippen, saugte behutsam und leckte über ihren Kitzler.

Alice hielt den Atem an.

Es war so aufregend, Begierde zu erwecken.

»Mademoiselle de Jeansin, wissen Sie überhaupt, wie verführerisch Sie duften?«

Alice verdrängte alle Gedanken, auch die an die Vergangenheit, und schloss die Augen. Die Verzweiflung vermischte sich mit Lust, und sie erkannte, dass das, was sie gerade erlebte, sehr ungewöhnlich war.

– 54 –

12. Mai 1897, drei Uhr vierzig.
Acht Tage nach der Explosion.

Die Sterne spiegelten sich in den Augen von Émeline wider, vielleicht war es aber auch umgekehrt.

Die junge Frau erschien mitten in der Nacht in der Rue des Saussaies. Sie hatte keine Ahnung, dass die Vorbereitungen zu Victors Hinrichtung bereits begonnen hatten. Victor rauchte gerade in seiner Zelle die letzte Zigarette. Getreu seinen Überzeugungen hatte er die Sterbesakramente durch den Priester verweigert und den Polizeipräfekten Leblanc zum Teufel geschickt, der ihm feierlich erklärt hatte, dass sein Gnadengesuch abgewiesen worden sei.

Der Concierge der Sûreté weigerte sich, Émeline hereinzulassen, und erklärte ihr, sie solle zu den offiziellen Öffnungszeiten wiederkommen, als ob es sich um ein Museum handelte.

Hilflos fragte sich Émeline jetzt, wie sie der schönen Blondine, die ihr ihren Körper angeboten hatte, um das Leben ihres Geliebten zu retten, das Scheitern ihrer Mission erklären sollte – da entdeckte sie die Journalistin aus dem Boucan. Die junge Frau befand sich in Begleitung zweier

Feuerwehrleute in Uniform und von Dr. Oscar. Dessen Heldentat der Zahnidentifizierung der Brandopfer hatte auf der Titelseite einer der Zeitungen gestanden, illustriert mit seinem Foto – und sie alle eilten auf den Eingang der Sûreté zu.

Lucile hörte Émeline aufmerksam zu, als diese darlegte, wie sie »ihre« Bombe im Basar deponiert hatte, welche dann aber nicht losgegangen sei, was wiederum Victors Unschuld beweise!

»Folgen Sie uns«, fuhr sie fort.

Im ersten Stock wurde Émeline gebeten, auf einer Bank im Flur zu warten, während Krebs, Mattéo und Oscar der Journalistin in eines der Büros folgten.

Präsident Félix Faure hörte aufmerksam den Erklärungen des Zahnarzts zu, während er weiter seinen Kaffee trank. Oscar hatte das von Mattéo bei dem ermordeten Journalisten sichergestellte Apfelstück in Gips gegossen. Es war darauf eindeutig der Zahnabdruck der Person, die in den Apfel gebissen hatte, zu erkennen.

Der vor Kurzem erfolgte Einbruch in die Praxis von Dr. Oscar hatte Lucile aufhorchen lassen. Sie wusste, dass Adrienne de Lenverpré am Leben war, und hatte sogar versucht, ihr dabei zu helfen, ihren verhökerten Schmuck wiederzubeschaffen. Hugues hatte ihr anvertraut, dass Adrienne sich vor ihrem gewalttätigen Mann bei ihm versteckt hatte. Sie hatte ihm versprochen, das Geheimnis für sich zu bewahren, doch die Umstände hatten sich nun verändert: Hugues war tot, und Adrienne wurde von ihrem Mann gefangen gehalten. Ihre Tochter Camille war in Sicherheit gebracht, und Victor stand kurz davor, unter der Guillotine zu enden.

Lucile hatte den Verdacht, dass der konservative Abgeordnete in Hugues' Wohnung auf der Île Saint-Louis gewesen war. Oscar wiederum hatte bestätigt, dass die zahnärztliche Karteikarte von Adrienne de Lenverpré zu den gestohlenen Unterlagen gehörte – was vermuten ließ, dass der Abgeordnete dank dieses Diebstahls auf die Täuschung seiner Frau gekommen war. Dr. Oscar hatte sich daher sofort die Kopie der Zahnarztakte von Marc-Antoine de Lenverpré beschafft: Für seine persönlichen Recherchen bewahrte der vorausschauende Zahnarzt Kopien seiner Notizen, Karteikarten und Abdrücke in der Universität auf.

»Es ist wahr, Monsieur de Lenverpré hat in den Apfel gebissen«, bestätigte der Zahnarzt und legte den Gebissabdruck des Abgeordneten neben den Gipsabdruck des Apfelstücks.

Der eine fügte sich perfekt in den anderen. Besonders ein Merkmal überzeugte: Der rechte Eckzahn im Oberkiefer wies eine Anomalie auf, die der Biss in die Frucht spiegelgleich wiedergab.

»Fantastisch!«, begeisterte sich der Präsident und genehmigte sich einen fünften Kaffee.

Major Krebs nutzte den Schwung der Erklärungen von Dr. Oscar aus und stellte einen Kinematografen auf, und zwar unter denselben Bedingungen wie im Basar. Er wollte dank der Erfahrung von Mattéo eine kleine Demonstration geben.

»Monsieur de Jeansin hatte den Projektor in einem provisorischen Raum aufgestellt. Es gab hier nicht genug Platz, um die Apparate, die Sauerstoffflaschen und die Ätherbehälter der Molteni-Lampe unterzubringen«, sagte er und kündigte die Wiederholung der Installation, die jedoch begrenzt war, an.

»Man hätte den Vorführer vom Publikum trennen müssen, damit der Strahl der Lampe die Zuschauer nicht stört«, fügte Mattéo hinzu. »Stattdessen hatte sich Jeansin damit begnügt, eine Teerleinwand um den Apparat, gewissermaßen als Trennwand, zu installieren sowie einen Vorhang, um die Lampe abzudecken. Die Flaschen und Behälter hatte er mangels einer besseren Lösung auf dem unbebauten Platz hinter dem Raum abgestellt.«

»Die Projektionslampe wird mit einem kleinen Schweißbrenner angezündet«, fuhr Krebs fort und deutete darauf, ohne diese einzuschalten. »Der Kalkstab ist auf einem Sockel vor der Lampe angebracht«, sagte er und ahmte dies mit einer Geste nach. »Man lenkt die mit Äther und Sauerstoff erzeugte Flamme auf den Kalkstab. Die Lampe kann selbsttätig über eine Stunde brennen.«

Der Präsident gähnte diskret, was Lucile dazu bewog einzugreifen. Sie stellte sich neben Krebs und ahmte den Vorführer nach.

»Um sechzehn Uhr neunzehn«, erklärte sie theatralisch, »geht die Lampe in dem Augenblick aus, als eine Vorstellung beginnt. Der Vorführer sieht in seinem provisorischen Raum nichts. Er reißt ein Streichholz an. In diesem Moment entzünden sich die Ätherdämpfe und greifen sofort auf die Filmspulen über! Es fängt an zu prasseln, das Zellulosenitrat explodiert und fängt dann Feuer. Es ist sechzehn Uhr zwanzig.«

»Die Stromkabel, die durch den gesamten Basar verliefen, waren nicht isoliert«, sagte Mattéo. »Das erklärt, weshalb sich das Feuer blitzschnell von links nach rechts ausbreitete. Nach wenigen Augenblicken loderten die Flammen. Als der Vorhang, der den Raum aufteilte, Feuer fing, stiegen sie hoch zur geteerten Decke, die ebenfalls anfing zu brennen. Mit den Roben und Schleppen der Damen, die sich wie Stroh entzünden, verwandelte sich der Basar in einen regelrechten Feuerball.«

Félix Faure strich sich verblüfft über die Schläfen. Er spürte, wie sich unter seinem Hemd Schweiß ansammelte, und begann zu stammeln, da ihn diese Vorführung sprachlos machte.

»Sie … wollen mir gerade weismachen, dass die Brandkatastrophe … auf menschliches Versagen zurückzuführen ist und nicht auf ein Attentat?«

»Genau, Herr Präsident«, bestätigte Krebs.

»Aber … Aber dann ist ja der junge Minville, der im Morgengrauen hingerichtet werden soll, unschuldig?«

Der Präsident warf einen Blick auf seine Taschenuhr und erbleichte. Eile tat not.

Die Truppe rannte aus dem Büro und weckte damit Émeline, die auf der Bank eingeschlafen war. Sie wusste nicht mehr, wo sie war. Als sie an ihr vorbeieilten, kamen sie ihr wie Gespenster vor. Sie drehte sich zur Seite und versank wieder in ihrem Traum.

– 55 –

12. Mai 1897, vier Uhr zwanzig.

Als die Kutsche des Präsidenten sich den Weg durch die Menge bahnte, die sich vor dem Gefängnis La Roquette, wo die Guillotine errichtet worden war, versammelt hatte, wurde Lucile klar, dass sie vielleicht doch noch nicht zu spät kamen. Die Schaulustigen waren in bester Stimmung und beschimpften Victor: »Uh! Nieder mit dem Mörder! Nieder mit dem Terroristen! Dreckskerl! Du hast meine Tochter getötet!«

Der junge Mann, gefesselt zwischen zwei Wärtern, bewegte sich langsam vorwärts. Die Journalistin erblickte in der Menge die Tochter von de Jeansin, die tränenüberströmt versuchte, sich dem Verurteilten zu nähern. Leblanc, der Polizeipräfekt, erblasste, als er sah, dass der Präsident der Republik zur Guillotine eilte.

»Halt!«, rief der Präsident dem Henker zu. »Halt! Dieser Mann ist unschuldig.«

Plötzlich wurde es still unter den Versammelten, die völlig überrascht waren, dass der Präsident hier auftauchte.

»Das ist eine juristische Farce!«, brüllte ein Mann. »Keine Ausnahme vor dem Gesetz!«

Die anderen ahmten ihn nach, und der Tumult begann von Neuem.

Plötzlich löste sich Auguste de Jeansin aus der Menge, um seinerseits dazwischenzurufen.

»Es stimmt! Victor Minville ist unschuldig! Der Vorführer hat das Feuer entfacht. Ich bin Auguste de Jeansin … Ich habe selbst die Installation des Kinos im Basar angeordnet, und ich bin verantwortlich für den Brand. Und auch für alle seine Opfer!«

Unter den Anwesenden erhob sich ein widersprüchliches Gemurmel: »Was beweist uns, dass Sie die Wahrheit sagen?« »Warum war das nicht vorher bekannt?« »Hier gilt das Recht wohl gar nichts! Die Regierung muss zurücktreten!«

Ein junger Mann sprang auf einen Markierungsstein, um sich Gehör zu verschaffen.

»Nieder mit der Lynchjustiz!«, brüllte er und hob die Faust.

Die wütende Menge schwenkte um und beteuerte, tosend vor Zorn: »Das ist ungerecht! Das Volk wird unterdrückt! Freiheit für Minville!«

»Ruhe!«, brüllte Leblanc und schoss in die Luft.

Die Wirkung zeigte sich sofort. Stille breitete sich aus.

»Die Hinrichtung wird ausgesetzt, bis eine weitere Ermittlung Klarheit schafft«, verkündete der Präsident.

Victor, der sich nicht sicher war, richtig gehört zu haben, wäre fast ohnmächtig geworden. Als sein Blick sich mit dem von Alice kreuzte, der unbändige Freude verriet, und als in der Menge Jubel ausbrach, erfüllte ihn ganz langsam eine Art Triumphgefühl. Vielleicht war da seit ihrer ersten Begegnung etwas Magisches im Spiel gewesen, verborgen in den Nischen ihrer Liebe.

– 56 –

12. Mai 1897, neun Uhr fünfundvierzig.

Nach all dem Trubel und de Jeansins Enthüllungen und der Aussetzung der Hinrichtung verspürte der Präsident nicht den Wunsch, zum Schlafen nach Hause zu gehen. Er wollte schnellstmöglich den beunruhigenden Sachverhalt um den Abgeordneten de Lenverpré aufklären. Der Kaffee, den er literweise während der Nacht getrunken hatte, war durchaus für etwas gut. Sofort wurde Hennion aus seiner Zelle geholt.

»Kommissar, ich höre.«

»Ist Ihnen der Fall Eva Schaff bekannt? Die ermordete Sängerin?«

»Ja«, nickte der Präsident, der sich an die Schönheit und das Talent der Sängerin erinnern konnte.

»De Lenverpré hat sie getötet, weil sie nicht mehr mit ihm kooperieren wollte.«

»Kooperieren? Wie meinen Sie das?«

»Er brauchte sie, um kodierte Informationen mithilfe von Musikpartituren an den preußischen Geheimdienst zu übermitteln.«

Lucile reichte dem Präsidenten die Partituren, die sie in Hugues' Nachlass gefunden hatte.

»Es geht hier um Aufklärungseinsätze am Rhein«, erklärte sie. »De Lenverpré verkaufte Militärgeheimnisse an Preußen.«

Plötzlich schienen sich alle Puzzleteile ineinanderzufügen.

»Ein Verräter! Ich habe mich immer gewundert, wie er zu seinem Vermögen gekommen ist.«

Der Präsident verzichtete darauf, noch einen Kaffee zu trinken. Sein Arzt hatte ihm empfohlen, sich zurückzuhalten; sein Herz fing an zu flimmern, wenn er es übertrieb mit den guten Dingen des Lebens.

– 57 –

12. Mai 1897, zehn Uhr fünfundzwanzig.
Der Abgeordnete unterhielt sich in seinem Büro mit seinen Schergen. Er bezahlte sie gut, aber die Kerle wollten immer mehr und versuchten, ihm eine Erhöhung zu entlocken. Bei de Lenverpré dauerte diese Art von Erpressung gewöhnlich nicht sehr lange, denn er gab nie nach. Er stand am Fenster mit Blick auf den prächtigen Garten seines Anwesens und paffte eine Zigarre, während er die Nörgeleien seiner Handlanger überhörte. Plötzlich entdeckte er Hennion, Leblanc und ein paar Feuerwehrleute, die auf sein Haus zukamen. Befand sich Hennion, der Chef des Geheimdienstes, etwa nicht hinter Gittern?

»Verzieht euch!«, befahl er seinen Schergen.

Die Burschen, die die Ankunft der Polizisten mitbekommen hatten, eilten zum Ausgang, ohne ihr restliches Geld einzufordern. De Lenverpré nahm seelenruhig hinter dem massiven Schreibtisch aus Birnbaumholz Platz, der mehrere Schubladen hatte. Er achtete stets sorgfältig darauf, dass er den Schlüssel zu den Schubladen immer bei sich trug. Er zog eine der Schubladen auf, vergewisserte sich, dass sie seine Pistole enthielt, und schloss sie wieder.

Dann griff er nach seiner Feder, tat so, als würde er arbeiten – und erwartete seine Besucher.

Als die Tür sich öffnete, beendete er den Satz, den er gerade niederschrieb, hob den Kopf und zeigte sich überrascht.

»Monsieur Hennion! Leblanc! Was verschafft mir die Ehre? Gibt es ein Problem mit der Hinrichtung?«

»Wo ist Madame de Lenverpré?«, konterte der Polizist, der keine Zeit verlieren wollte.

»Auf dem Friedhof. Lesen Sie denn keine Zeitung?«

»Damals konnte ich nichts beweisen … den Mord an Eva Schaff und alle weiteren Verbrechen, die Sie begangen haben. Aber jetzt habe ich genügend in der Hand, um Sie aufs Schafott zu bringen«, sagte er und legte die kodierten Partituren vor de Lenverpré auf den Schreibtisch. »Ich nehme Sie hiermit wegen Verrats am Vaterland fest.«

»Nichts beweist, dass diese Papiere mir gehören«, erwiderte der Abgeordnete unbewegt.

Der Kommissar spürte, dass der Augenblick gekommen war, den Verbrecher in die Knie zu zwingen.

»Es sei denn, man findet zum Beispiel noch weitere davon in Ihrem Safe. Eine Schriftprobe wird Klarheit schaffen.«

De Lenverpré funkelte ihn wütend an. Diese bittere Niederlage schürte nur noch das lodernde Feuer seiner ehrgeizigen Pläne.

»Zum letzten Mal, Monsieur, wo ist Madame de Lenverpré?«

Der Abgeordnete wechselte einen vertrauten Blick mit seiner Gouvernante, die die darin enthaltene Botschaft verstand.

»Zeigen Sie Monsieur Hennion den Weg. Sie befindet sich in einem Zimmer im zweiten Stock«, fuhr er fort und lächelte. »Ich habe sie für das, was sie getan hat, bestraft.«

Die Gouvernante gehorchte und verließ das Büro. Der Kommissar und Mattéo folgten ihr.

»Ich will weder ins Gefängnis noch einen Prozess«, verkündete de Lenverpré resigniert und blickte Leblanc an. »Erlauben Sie mir, Herr Präfekt, als Ehrenmann zu sterben.«

Im Namen ihrer Freundschaft war dieser bereit, ihm die letzte Bitte zu erfüllen. Leblanc hatte immer tiefe Bewunderung für diesen Mann empfunden, der unverblümt das laut sagte, was die Menschen nicht erwarteten. Mit einem Kopfnicken befahl er den Feuerwehrmännern hinauszugehen, dann folgte er ihnen.

Als de Lenverpré allein war, öffnete er die Schublade, die die Pistole enthielt. Er griff nach der Waffe und blickte intensiv auf das Bild von Adrienne.

Im zweiten Stock steuerte die Gouvernante in aller Ruhe Camilles Zimmer an, gefolgt von Hennion und Mattéo.

»Geben Sie mir den Schlüssel«, befahl Hennion ungeduldig. Er hatte durchschaut, dass sie sich im Schneckentempo bewegte, um Zeit zu gewinnen.

Er riss ihr den Schlüssel aus der Hand, öffnete die Tür und entdeckte wutentbrannt ein leeres Zimmer.

»Wo ist sie?«, fragte er und wandte sich um.

Statt einer Antwort holte die Gouvernante eine Phiole aus ihrer Tasche, entkorkte sie und trank den Inhalt.

»Scheiße!«, rief Mattéo und stürzte auf sie zu.

Zu spät. Die alte Hausdame wurde von Krämpfen geschüttelt, ihre Augen traten hervor, und sie fiel tot um.

Hennion rannte wie der Blitz die Treppe hinunter bis in die Halle. Dieser Hurensohn de Lenverpré hatte sie an der Nase herumgeführt. Er musste andere Geschütze auffahren.

»Wo ist er?«, fragte er barsch, als er Leblanc in der Diele entdeckte.

Leblanc deutete mit einer Bewegung des Kinns aufs Büro. Als Hennion entdeckte, dass der Raum leer war, hatte er plötzlich große Sehnsucht nach Ruhe. Er hätte wer weiß was dafür gegeben, diesen unglücklichen Ort hinter sich zu lassen, nach Hause zu gehen und mit einem Hund, den er nicht hatte, herumzutoben.

»Bist du deswegen zurückgekehrt?«

De Lenverprés Stimme war rasiermesserscharf. Er stand vor Adrienne, die ans Fußende des Betts gefesselt war. Er richtete die Pistole auf sie, seine Augen sprühten Funken der Wut.

»Wie bitte?«

»Und ich dachte, es sei wegen Camille.«

»Aber wovon redest du denn da?«

»Von den Partituren …«

»Welche Partituren?«, fragte Adrienne voller Panik, sie verstand kein Wort.

»Hast du sie den Bullen geschickt?«

»Welche Partituren?«, wiederholte sie. Plötzlich wurde ihr klar, dass er jene meinte, die sie aus seinem Safe geklaut hatte.

»Die Bullen sind da! Sie kommen zwar zu spät«, fuhr er hasserfüllt fort, »aber sie sind da.«

Noch nie hatte sie ihren Mann derart aufgewühlt erlebt. Sie ahnte, dass das kein gutes Zeichen war. Er verpasste ihr eine Ohrfeige, was bestätigte, dass sie sich nicht geirrt hatte. Dann griff er nach der Öllampe, die auf der Kommode stand. Als er das Öl daraus über Adrienne goss, hielt sie vor Überraschung und Entsetzen die Luft an.

»Hör auf!«, flehte sie. »Hör auf!«

»Du hättest lebendig im Basar verbrennen sollen ...«, bemerkte er und zog eine Streichholzschachtel aus der Tasche. »Das ist nur gerecht!«

Sein Lachen war das eines Wahnsinnigen.

»Nein! Nein!«, bettelte Adrienne geschockt. Tränen rannen über ihre Wangen. »Hilfe!«, schrie sie und dachte daran, dass er Hugues wohl auf diese Art und Weise getötet hatte.

»Es muss qualvoll sein«, fuhr de Lenverpré voller Ironie fort und schüttelte die Streichholzschachtel. »Und es dauert lange. Aber mach dir keine Sorgen ...«

»Nein, tu es nicht! Marc-Antoine, ich bitte dich, tu es nicht!«

Sie versuchte, ihm gut zuzureden, doch war der Kampf keineswegs ausgeglichen.

»Ich bleibe bis zum Ende bei dir«, erklärte er sarkastisch und riss ein Streichholz an.

»Du wirst für immer in der Hölle schmoren«, entgegnete Adrienne. »Abschaum!«

Amüsiert blies de Lenverpré das Streichholz aus.

»Du wirst sehen«, sagte er dann und näherte seinen Mund dem ihren. »Ich werde dir fehlen«, fügte er hinzu und küsste sie.

Ungläubig und erstarrt beobachtete sie, wie er sich zum Bad begab.

»Leb wohl, Adrienne«, stieß er hervor und nahm ein letztes Mal ihr Bild in sich auf. »Ich liebe dich.«

Er schloss die Tür hinter sich, und ein paar Augenblicke später hörte man einen Knall.

Adrienne war schockiert und versuchte, mit den Zähnen die Fesseln, die sie festhielten, zu lösen. Als es ihr gelungen war, war sie völlig erschöpft und rang vor Erleichterung und Schrecken nach Luft.

Endlich stürmte Hennion herein. Er musste sich beherrschen, um sie nicht in die Arme zu schließen, denn es hätte nicht viel gefehlt, und er wäre zu spät gekommen. Mit einer Kopfbewegung deutete sie zum Bad, wo ihr Mann soeben Selbstmord begangen hatte.

»Kümmern Sie sich um sie«, wies der Kommissar Mattéo an. »Ich übernehme das da.«

»Bringt mir Wasser und ein Handtuch«, rief Mattéo seinen Kameraden zu, die einer nach dem anderen eintrafen. »Schnell!«

Er half Adrienne hoch und unterstützte sie dabei, dieses Zimmer, in dem sie die Hölle durchgemacht hatte, zu verlassen.

Als Hennion die Badezimmertür öffnete, wurde er aschfahl: Der Abgeordnete hatte keineswegs Selbstmord begangen. Vor dem offenen Fenster, durch das er geflohen war, flatterte der Vorhang.

– 58 –

12. Mai 1897, sechzehn Uhr zwanzig.

»Bravo! Freiheit! Freiheit!«

Inmitten der jubelnden Menge und der Magnesiumblitzlichter sah Victor, total benommen, nur sie. Nur Alice war wichtig, nicht einmal seine wiedergewonnene Freiheit.

Er atmete tief durch. Da, greifbar, eilte sie ihm entgegen. Sie wirkte so verletzlich, er verspürte Lust, jeden Zentimeter ihrer Haut zu streicheln, und breitete die Arme aus, um sie zu empfangen.

»Ich liebe dich«, murmelte er und drückte sie an sich, zu Tränen gerührt.

Mitgerissen küsste ihn Alice eine Ewigkeit lang. Es war ein endgültiger und verheißungsvoller Kuss.

»Die Stadt wird auf den Kopf gestellt, aber man hat immer noch keine Spur von ihm …«, erklärte der Kommissar Adrienne, als sie vor der Kaserne der BSPP angelangt waren. »Man vermutet, dass er in Deutschland Zuflucht gesucht hat.«

Sie verspürte keinerlei Lust, sich diesen Augenblick zu verderben, indem sie an diesen Dreckskerl dachte.

»Sie werden ihn nie finden«, bedauerte sie.

»Wir stellen Sie eine Zeit lang unter unseren Schutz.«

»Ich habe nicht vor, mich einsperren zu lassen, außerdem habe ich Pläne mit meiner Tochter.«

Hennion stimmte ihr schweigend zu, war aber nicht in der Lage, sie zu fragen, welche Pläne sie hatte.

»Wie Sie wollen«, sagte er schließlich und drückte ihr die Hand.

Adrienne verschwand im Inneren der Kaserne, wo Camille auf sie wartete.

Hennion zündete sich eine Zigarette an und sah ihr nach. Für seinen Geschmack war sie etwas zu schmal gebaut. Aber nicht übel, gar nicht übel.

»Odette, was macht Jean hier?«

In der Ferne, am anderen Ufer des Weihers, saß Jean, der Kutscher der Familie de Jeansin, auf einem Pferd. Er hielt Thomas an sich gedrückt und bewegte sich im Trab vorwärts. Rose hatte Alice gebeten, sie zu besuchen, denn sie musste ihr etwas sagen.

»Er lebt jetzt hier. Madame Huchon hat ihn als Kutscher eingestellt.«

»Er wirkt glücklich«, lächelte Alice und ließ den Blick zu Jean wandern. »Er war dermaßen traurig …«

»Es ist nicht gerade Amerika«, erklärte Rose und nahm ihre Maske ab. »Aber wir fühlen uns hier wohl …«

Alice sah Odette verblüfft an. Sie war sprachlos.

»Rose?«, fragte sie schließlich aufgewühlt.

Statt einer Antwort drückte diese ihre Hand, absolut sicher, dass für sie das Gute über das Böse gesiegt hatte.

»Ich habe es mir sehr übel genommen, dass ich an ihm

gezweifelt habe«, sagte Rose und drängte die Tränen zurück, als die Gefühle sie überwältigten. »Ich hatte Angst … Angst vor seinem Blick, Angst, dass er mich zurückweisen könnte. Angst, dass er mich nicht mehr liebt und nicht mehr zu mir steht.«

Alice, völlig überrumpelt, glaubte, weder ihren Augen noch ihren Ohren zu trauen. Behutsam streichelte sie die durch den Brand verunstaltete Wange ihrer Freundin, als ob sie sich davon überzeugen wollte, dass es kein Traum war.

»Aber er ist immer noch da«, fuhr Rose fort. »Ich wollte mein Glück versuchen mit … mit einem Menschen … den ich von Herzen liebe. Hoffen wir, dass er mir verzeiht und das akzeptiert, was ich getan habe …«

Erschüttert umarmte Alice ihre wiedergefundene Freundin. Julien hatte sie in die Flammen gestoßen, sie würde für immer entstellt bleiben, doch sie lebte. Und das war ein Wunder.

»Es tut mir leid«, sagte sie schluchzend. »Es tut mir ja so leid!«

»Alice«, murmelte Rose und drückte die junge Frau an sich. »Aber ich habe überlebt …«

Plötzlich flatterten, wie um ihr überraschendes Wiedersehen zu begrüßen, Blütenblätter auf sie herab. Als würden die Götter Konfetti regnen lassen.

– 59 –

12. Mai 1897, achtzehn Uhr.

»Es ist mir eine Ehre, Herr Präsident, dass Sie mich persönlich empfangen.«

»Eine Ehre?«, fragte Félix Faure, der die Heuchelei sehr wohl durchblickte. »Sie müssen dem nichts hinzufügen, Herr Polizeipräfekt. Sie wissen doch, ich lege Wert darauf, dass die Verwaltung reibungslos arbeitet. Trotz der Bedeutung, die Ihre Polizei in dieser Stadt erlangt hat, war ich immer der Meinung, dass es Ihnen nicht zusteht, den Minister zu übergehen.«

»Vermutlich, weil ich im Gegensatz zu anderen keine Karriere mache und auch keinen politischen Ehrgeiz habe«, log Leblanc.

»Leblanc, Sie sind auf jeden Fall jemand, der schlau ist. Sie haben es geschafft, dass kein Weg an Ihnen vorbeiführt. Ich habe Ihnen niemals verschwiegen, dass ich Ihre Methoden nicht unbedingt gutheiße, doch das Volk und die Parlamentarier mögen Sie. Ich teile auch nicht Ihre Vorstellung von Ethik, Ihre Art, die Menschen mit dem Wissen über ihre intimsten Dinge aus ihrem Leben einzuschüchtern. Wie Sie wissen, schenke ich dem Klatsch und Tratsch, den Ihre Mitarbeiter peinlich genau sammeln, keinerlei Glauben.«

Leblanc nahm schweigend die kaum kaschierte Anspielung des Präsidenten zur Kenntnis, der sich damit auf das Fiasko bei der Ermittlung im Fall Dreyfus, die immer noch im Gang war, bezog.

»Wie konnte es diesem de Lenverpré, der nichts anderes als ein Opportunist auf der Suche nach Bekanntheit ist, gelingen, sich ohne die Unterstützung Ihrer Dienststelle derart viele Informationen zu beschaffen?«

»Herr Präsident, ich protestiere.«

»Leblanc, täuschen Sie sich nicht, ich bin nicht hier, um abzurechnen. Ich errichte lediglich die Kulisse für eine Reihe von Wahrheiten, die uns helfen werden voranzukommen. De Lenverpré hat seine Kampagne durchgeführt und sich über das Thema meiner mutmaßlichen Toleranz gegenüber dem Anarchismus ausgelassen. Wir wissen alle, dass das falsch ist. Genauso wissen wir alle, dass heutzutage die Anarchisten eine geringere Gefahr für unser Land darstellen als das organisierte Verbrechen. Ich finde die Besessenheit, die von bestimmten Mitgliedern der Konservativen bei der Ermittlung über den Brand an den Tag gelegt wurde, etwas übertrieben. Ich will unter keinen Umständen eine weitere Affäre Dreyfus, verstehen Sie?«

»Wenn Sie mir gestatten, Herr Präsident …«

Leblanc konnte seine Bitte nicht zu Ende vorbringen, denn Félix Faure fiel ihm wieder ins Wort, er ließ keinerlei Zweideutigkeit zu.

»Leblanc, es ist jetzt an der Zeit, Entscheidungen zu fällen, nicht, Bitten vorzutragen.«

Der Präsident klopfte ihm auf die Schulter. Leblanc hasste diese Vertraulichkeit, begnügte sich aber damit, kurz zu nicken.

Er tauchte seine Feder ins Tintenfass und unterzeichnete dann seine Versetzung. Nach allem, was ihm der Präsident soeben dargelegt hatte, konnte er den Posten in den Kolonien, der ihm zugewiesen wurde, nicht mehr ausschlagen.

»Viel Glück, Leblanc«, schloss der Präsident. Dann kehrte er hinter seinen Schreibtisch zurück, was bedeutete, dass das Gespräch beendet war.

– 60 –

4. Juli 1897, Paris, Botschaft der Vereinigten Staaten, sechzehn Uhr zwanzig.
Zwei Monate nach dem Brand.

»Kommissar Hennion?«, fragte eine Stimme, deren amerikanischer Akzent den Polizisten daran erinnerte, wo er sich gerade befand.

»Yes«, erwiderte der Polizist.

Der Bedienstete in Livree reichte ihm ein Silbertablett, auf dem ein Telegramm lag.

»Thank you«, bedankte sich der Polizist und griff danach.

Außer seinen Mitarbeitern bei der Sûreté wusste niemand, dass er hier war. Da er dringenden Handlungsbedarf ahnte, riss Hennion den Umschlag schnell auf, ohne weiter auf die Medaillenverleihung und die entsprechenden Reden zu achten.

Es war eine einzige Zeile – wie eine Kriegserklärung: *De Lenverpré in Deutschland gefunden. Exekution durch Kugel in den Kopf.*

Er atmete langsam aus, konnte kaum an diese überraschende Wendung glauben. Vielleicht inszenierte de Lenverpré erneut seinen Tod, um die anderen besser zu täuschen? Zwei Monate nach dem Brand, in denen Tag für Tag die Lügen des korrupten und kriminellen Abgeordneten weiter aufgedeckt wurden, brachte sich de Lenverpré wieder dem Kommissar in Erinnerung …

Hennion würde jetzt nicht in sein Büro zurückkehren. Er wollte die festliche Stimmung hier genießen, denn solche Gelegenheiten gab es wenige. Mochte ihm dieser Verräter de Lenverpré das Leben reichlich vergällt haben: Er würde nicht auf den Empfang verzichten, der zu Ehren der Männer veranstaltet wurde, die Paris dienten – und zu denen auch er gehörte.

Es waren jene, die die Wahrheit über diesen Brand, dessen Inferno zahlreiche kleine Geschichten nach sich gezogen hatte, ans Tageslicht gebracht hatten.

Die Regierung erwog eine Regelung, die Kinematografen jeweils nach Anlass und Bedarf aufzustellen, in Sälen, die so konzipiert waren, dass die Zuschauer nicht um ihre Sicherheit fürchten mussten.

Das Problem der Ausgänge und der Notausgänge an öffentlichen Orten stand ebenfalls zur Debatte: Die Türflügel sollten sich nach außen öffnen. Nie mehr sollten Menschen, die zwischen den Mauern eines verriegelten Raums eingeschlossen waren, wegen blockierter Ausgänge im Inneren gefangen sein! Der Minister wünschte sich jedoch eine Ausnahme: Banken. Denn hier konnte es ein echter Vorteil sein, wenn sich die Türflügel nach innen öffneten. Dadurch wäre es möglich, Ganoven aufzuhalten, wenn sie dort das Geld ehrlicher Leute rauben wollten.

Hennion schreckte aus seiner Benommenheit hoch und erkundigte sich, wo er telefonieren könne. Der Hausverwalter begleitete ihn. Mit seiner bekannten Diskretion verließ er die Versammlung, ohne dass es jemand bemerkt hätte. Er wollte kurz in seinem Büro anrufen, um die Bestätigung dieser Aktion in Deutschland zu erhalten und vielleicht mehr zu erfahren über die Umstände des angeblichen Todes von de Lenverpré, der vor allem diesem selbst passen würde. Der Kommissar ließ sich da nicht täuschen.

Im Garten der Botschaft ernteten die Ehrengäste der Abendveranstaltung – die den Flammen entrissenen Damen und ihre Retter – orkanartigen Beifall. Auch der Botschafter und seine Gattin gratulierten ihnen sichtlich gerührt.

Mattéo erhielt die Ehrenmedaille für sein schnelles Eintreffen in der Rue Jean Goujon, kurz nachdem das Feuer ausgebrochen war. Voller Stolz blickte er auf Lucile, die etwas abseits stand. Sie zwinkerte ihm zu und dachte an all die großen Brände, die er noch löschen würde.

Feierlich überreichte dann der Botschafter Victor, der knapp der Hinrichtung entkommen war, die Tapferkeitsmedaille, die dieser stolz entgegennahm. Endlich wurde seine Redlichkeit, ja gewissermaßen sein Patriotismus anerkannt, was für ihn, den Anarchisten, einen Höhepunkt darstellte.

Er hatte vierundzwanzig Personen aus den Flammen gerettet. Diese hatten schließlich ihre Aussagen zu seinen Gunsten bekräftigt und seinen Mut gepriesen.

Unter diesen Geretteten befanden sich fünf Amerikanerinnen. Eine davon war die Frau des Botschafters. Dieser hatte spontan vorgeschlagen, anlässlich des prunkvollen jährlichen Empfangs der amerikanischen Botschaft am Nationalfeiertag ihres Landes des Dramas im Basar zu gedenken.

Zwei Monate nach der Katastrophe, die ganz Frankreich in Trauer versetzt hatte, freute sich Amerika, die Retter und die Geretteten zu ehren. Beim Brand war auch der Sohn von Freunden des Botschafters umgekommen. Oscar Oscar hatte ihn anhand seiner Zähne identifizieren können.

Außerdem war es dank seiner Untersuchungen der sterblichen Überreste der Herzogin von Alençon das erste Mal, dass die französische Justiz eine Zahnidentifizierung als Beweis anerkannte. Dies war in der Folge für die Behörden bei der Identifizierung der ausländischen Opfer eine große Hilfe gewesen.

Oscar hatte darauf bestanden, dass Lucile zu ihm aufs Podium kam, um sie vorzustellen und seine Auszeichnung mit ihr zu teilen.

»Sie hat die Idee gehabt! Und sie hat mich geholt, als ich noch nicht einmal über den Brand Bescheid wusste.«

Die Anwesenden lachten laut, der Applaus hatte das Ende seines Satzes verschluckt. Lucile sah den Champagner, der serviert wurde, und verdrückte sich.

»Ah, mein Lieblingspatenkind!«

Lucile lächelte, denn es gab nur ein solches. Seit Jahren wiederholte er diese Anrede unermüdlich.

»Wie war die Reise?«, erkundigte sich Hennion.

Lucile war erst vor Kurzem von der Teufelsinsel zurückgekehrt und sah heute ihren Patenonkel das erste Mal seit langer Zeit wieder.

»Hervorragend!«

»Und Dreyfus?«, fragte Hennion schalkhaft. »Was sagen seine Zähne? Ist er unschuldig?«

»Herr Kommissar, meine Analysen werden gerade durchgeführt«, erwiderte Lucile lächelnd. »Sie werden bald meinen Bericht in Händen halten.«

Sie stand stramm. Dann prosteten sie einander zu und lachten.

»Oh, man macht sich lustig?«, fragte Mattéo, der soeben gesehen hatte, wie Lucile den militärischen Gruß imitierte.

In der Hand hielt er eine Flasche Champagner, was bei diesem Feuerwehrmann, der ein Leben asketischer Mäßigkeit führte, eine Ausnahme war.

Er fand nicht die Zeit, die Flasche zu köpfen, denn plötzlich fühlte er sich beklommen und bekam keine Luft mehr. Es war nicht das erste Mal, und er wusste, was los war und dass es vorübergehen würde: Seine innere Alarmglocke schlug an! Mattéo schloss die Augen. Lucile stützte ihn und versuchte zu begreifen, was mit ihrem Geliebten vor sich ging.

»Du spürst Feuer?«

»Nein … Wasser«, stammelte er. Ihm wurde soeben bewusst, dass ganz in der Nähe jemand am Ertrinken war. »Ich muss schnell dorthin«, flüsterte er Lucile ins Ohr.

Sie hatte verstanden, dass der attraktive Feuerwehrmann zu einem Notfall gerufen wurde. Die Entscheidung, jemanden zu retten oder ertrinken zu lassen, erforderte Opfer. Dazu gehörte auch, dem Ball des Botschafters den Rücken zu kehren.

»Take care, sweety …«, säuselte Lucile, um sich der amerikanischen Umgebung anzupassen. Und er küsste sie zum Abschied diskret auf den Hals.

Die junge Journalistin, die die Anwesenden beobachtete, dachte nach. Ihr Artikel mit der Überschrift *Le Bazar de la Parité* war am Tag nach ihrer Abreise zur Teufelsinsel erschienen. Ohne den Namen der Baronin de Chapuis zu nennen, hatte sich Lucile vor allem dem weiteren Werdegang dieser Frau gewidmet, die von ihrem Mann an die Luft gesetzt wurde und deren Eltern sie nicht aufnehmen wollten. Die Aristokratin, eine Freundin von Séverine, war innerhalb weniger Wochen in Not geraten.

Einige Anhänger der Konservativen bezeichneten es als Skandal, aber die Leser lobten die ausführlichen Ermittlungen der Reporterin und ihre provokative Überschrift, die die durch die Katastrophe aufgewirbelte Problematik ins Bewusstsein brachte. Seither hatte die Tageszeitung ihre Auflage verdoppelt, und Lucile bekam von Séverine den Posten der Chefredakteurin angeboten. Sie hatte achtundvierzig Stunden Zeit, um sich zu entscheiden. Doch war sie sich nicht sicher, ob sie Lust hatte, ihre Freiheit gegen einen Posten mit so viel Verantwortung einzutauschen, und zögerte noch.

Als sie ihr Champagnerglas austrank, entdeckte sie Theodore Roosevelt, den Polizeichef von New York. Er hielt sich gerade in Paris auf, bevor er seine Europatour fortsetzte. Noch am selben Tag hatte er sich mit Kommissar Hennion getroffen, gewissermaßen sein Kollege, und die Rue des Saussaies aufgesucht.

Der Amerikaner war verblüfft über die pyramidenartige, fast militärische Organisationsform der Sûreté générale, die Hennion ins Leben gerufen hatte. Er hatte den Kommissar wegen der Modernität seines Kampfs gegen das Verbrechen beglückwünscht und ihm anvertraut, dass er sich davon für New York inspirieren lassen wolle.

Die Journalistin wusste, dass sein Programm vollgepackt war mit Empfängen und Treffen – am Tag darauf wurde er in der BSPP erwartet –, dennoch wollte sie ein Exklusivinterview mit ihm.

Da in Amerika zahlreiche anarchistische Terroristen ihr Unwesen trieben, interessierte Lucile seine Meinung über die Todesstrafe.

»With pleasure, my dear«, versicherte ihr Roosevelt. »Would you be free at breakfast, tomorrow morning?«

»Of course«, erwiderte sie ohne Zögern. »Thank you, Sir …«

Sie fand nicht die Zeit, ihren Satz zu beenden, denn ein Gast tauchte neben ihnen auf. Als Roosevelt ihn erkannte, umarmte er ihn herzlich – offensichtlich handelte es sich um einen alten Freund.

»Call me Theodore«, fügte Roosevelt, an Lucile gewandt, hinzu und ging mit seinem Freund weiter.

»See you there!«, bestätigte die junge Frau, die sich wie im siebten Himmel fühlte.

Der New Yorker Polizeichef fühlte sich überall zu Hause, was vermutlich an seinem Charisma und seiner Ungezwungenheit lag. Dieser Mann würde es noch weit bringen.

EPILOG

4. Juli 1897, amerikanische Botschaft,
neunzehn Uhr zwanzig.
Zwei Monate und drei Stunden nach dem Brand.

Das Fest war in vollem Gange. Lucile hielt sich abseits und wartete auf die Eröffnung des Balls. Als Victor Minville eintraf, bleich, ja entgeistert, spürte sie sofort, dass etwas nicht stimmte, und eilte auf ihn zu.

»Alles in Ordnung?«, fragte sie, ehrlich besorgt.

»Sicher, sicher«, log Victor.

Der junge Mann hatte gerade ein Treffen mit Kommissar Hennion gehabt. Dieser hatte ihm den Tod von de Lenverpré mitgeteilt. Aber das war noch nicht alles: Zwischen zwei Schlucken Champagner hatte er Victor erklärt, dass er sein Vater sei. Und ihm ebenso unvermittelt vorgeschlagen, Victor zu adoptieren.

»Eine reine Formalität, weißt du.«

Victor, völlig verdattert, wusste nicht, was er sagen sollte. Kein Wort kam über seine Lippen. Er brauchte Zeit.

»Mein Sohn, versprich mir einfach, darüber nachzudenken«, hatte der Kommissar ihn gebeten, bevor er sich zum Buffet begab. Victor sah ihm verblüfft hinterher.

»Möchtest du auch einen?«, schlug Lucile vor und hielt ihm einen Teller mit appetitlichen Petit Fours unter die Nase.

Victor riss sich aus seiner Benommenheit, war wild entschlossen, die existenziellen Fragen, die mit Sicherheit sein Leben umkrempeln würden – er hatte sich soeben einen Finanzier eingefangen –, auf später zu verschieben. Dann schnappte er sich ein Petit Four. Als überzeugter Antikapitalist amüsierte er sich über die Ironie der ganzen Angelegenheit und biss kräftig hinein.

Nachdem Hennion das Telegramm gelesen hatte, in dem Lenverprés Tod verkündet wurde, war ihm wieder Luciles Ausspruch eingefallen, den sie nach ihrem psychoanalytischen Gutachten über den Gebissabdruck des Abgeordneten von sich gegeben hatte: »Eine gespaltene und hinterhältige Persönlichkeit«, hatte die junge Frau festgestellt.

Hennion suchte Dr. Oscar Oscar inmitten der Menge. Er wollte, dass der Zahnmediziner ihn nach Deutschland begleitete, um dort eine Identifizierung anhand des Gebisses vorzunehmen. War die Marc-Antoine de Lenverpré zugeschriebene Leiche authentisch? Da er diesen Mann kannte und auch seine »gespaltene und hinterhältige Persönlichkeit«, die zu allen Tricks fähig war, legte der Chef der Sûreté Wert darauf, sich selbst davon zu überzeugen.

»Cheers«, prostete Oscar Lucile zu, die in Gedanken versunken war.

Überall kamen der Tod, das Leben, die Liebe und die

Freundschaft nun wieder zu ihrem Recht. Der Kreislauf endete nie, er war ewig. Sie hob das Glas und lächelte ihrem Freund zu. Man konnte sich dann ja zumindest im Traum eine Welt ohne Gott und ohne Verräter vorstellen.

Danksagung

Ein riesiges Dankeschön den Archivaren der Polizeipräfektur für ihre Unterstützung, ebenso wie der Berufsfeuerwehr von Paris.

Danke meiner fantastischen Cheflektorin Maïté Ferracci für ihr Vertrauen, ihre Ratschläge und ihre heilsamen Aufmunterungen.

Auch meiner Agentin Élisabeth Tanner und ihrem dynamischen Team bei Time Art sage ich Dank für ihre wertvolle Unterstützung.